Sarah Saxx
Dein Blick in meine Seele

AF202236

Das Buch

Die hübsche und engagierte Grundschullehrerin Cami hat sich nach einer großen Enttäuschung bei einem Dating-Portal angemeldet. Eigentlich kann sie sich nicht vorstellen, hier das große Glück zu finden, bis sie auf den attraktiven Elijah aufmerksam wird. Ihr gefällt nicht nur sein Foto, sondern auch seine einfühlsame Art, ihr berührende Nachrichten zu schreiben. Wenn Elijah im wirklichen Leben auch so toll ist, wäre Cami bereit, ihm ihr Herz zu öffnen …

Elijah geht es genauso, und er möchte nichts lieber, als Cami näher kennenzulernen – die Frau, der er sich so nahe fühlt wie niemandem sonst. Doch wie soll er ihr erklären, dass er ihr ein paar wesentliche Dinge über sein Leben verschwiegen hat?

Die Autorin

Ihre Liebe zu romantischen Romanen brachte Sarah Saxx vor Jahren zum Schreiben. Seither hat die 1982 geborene Tagträumerin erfolgreich eine Vielzahl von Geschichten veröffentlicht, die tief im Herzen berühren und dieses gewisse Kribbeln auslösen. Sarah schreibt, liebt und lebt in Oberösterreich und verbringt ihre freie Zeit am liebsten mit ihrem Mann, ihren beiden Töchtern, einer Katze und zwei Hunden.

SARAH SAXX

Dein Blick in meine Seele

Roman

M Montlake

Deutsche Erstveröffentlichung bei
Montlake, Amazon Media EU S.à r.l.
38, avenue John F. Kennedy, L-1855 Luxembourg
Februar 2023
Copyright © der deutschsprachigen Ausgabe 2023
By Sarah Saxx

Umschlaggestaltung: Tom Howey, Berlin, www.tomhowey.com
Umschlagmotiv: © dekazigzag / Shutterstock
Lektorat: Ute Köhler
2. Lektorat, Korrektorat und Satz: VLG Verlag & Agentur,
Haar bei München, www.vlg.de
Gedruckt durch:
Amazon Distribution GmbH, Amazonstraße 1, 04347 Leipzig /
Canon Deutschland Business Services GmbH,
Ferdinand-Jühlke-Straße 7, 99095 Erfurt /
CPI books GmbH, Birkstraße 10, 25917 Leck

ISBN 978-2-49671-239-1
e-ISBN 978-2-49671-238-4

www.montlake.de

Für Martina – und für alle,
die mit ihrem Herzen sehen

Playlist

Brown Eyed Girl – Imaginary Future

A Sky Full of Stars – Mother's Daughter, Beck Pete

Sing to You (Acoustic) – John Splithoff

Slow Dancing In a Burning Room – John Mayer

Back to You – J-Que Beenz

New Light – John Mayer

Bad Habits – Ed Sheeran

Love Lies – Matt Herrero

Shape of You – Ed Sheeran

Gravity – John Mayer

Just You and I – Tom Walker

Kiss Me – Zak Manley

Edge of Desire – John Mayer

We Don't Have to Take Our Clothes Off – Vivid Color

For Me, For Her, For You – John Adams

Wait – JP Cooper

Human Nature – Justin Morgan

I Guess I Just Feel Like – John Mayer

Thinking Out Loud – Ed Sheeran

Diese Playlist findest du auch auf Spotify unter
»Dein Blick in meine Seele – by Sarah Saxx«

1 – Cami

»Hey, Beauty, schön, dass du Zeit hast. Ich habe mich schon den ganzen Tag auf unser Treffen gefreut.« Meine beste Freundin Sheryl umarmte mich stürmisch, den Regenschirm über uns haltend, während ich meinen neben uns schloss. Dann betraten wir gemeinsam den Pub, vor dem wir zufällig gleichzeitig angekommen waren. »Wie geht es dir?«

Schmunzelnd ließ ich ihre Begrüßung über mich ergehen und folgte ihr in die Kneipe, in der sie nicht nur die beste Musik spielten, sondern auch die leckersten Grilled Sandwiches servierten. »Gut und dir?«

»Ebenfalls, auch wenn man es mir vielleicht gerade nicht ansieht. Die letzten Tage waren hart auf der Arbeit.«

»Dito!«

Wir setzten uns in eine gemütliche Nische und winkten der Bedienung, bei der wir ein Bier bestellten. Ich war zwar grundsätzlich keine große Biertrinkerin, aber hin und wieder war ein Pint wie ein kleiner Wellnessurlaub – besonders nach einer anstrengenden Arbeitswoche. Das sah auch Sheryl so.

Meine Freundin arbeitete als Laborassistentin im Krankenhaus und ich war Lehrerin an einer Grundschule, wo ich dieses Jahr eine erste Klasse unterrichtete. Wir beide hatten also ausreichend Gründe, um uns alle zwei bis drei Wochen auf einen Absacker zu treffen.

Kaum dass wir unsere Getränke serviert bekommen hatten, unterhielten wir uns über unsere Arbeit und über die Geburtstagsfeier von Sheryls Mutter, die letztes Wochenende stattgefunden und von der sie mir noch nichts erzählt hatte. Doch dann wechselte meine beste Freundin völlig unerwartet das Thema.

»Was ist jetzt eigentlich mit dir und diesem … wie hieß er noch mal?« Fragend schaute sie mich an und trank von ihrem Bier.

»Lyndon? Er hat sich nicht mehr gemeldet.«

Sheryl schüttelte den Kopf. »Unglaublich … Männer muss man nicht verstehen, oder?«

Darauf konnte ich nichts erwidern.

»Hat er wenigstens einen Grund genannt?«, hakte sie nach.

»Nein. Keine Ahnung, vielleicht war ich einfach nicht sein Typ.«

»Nicht sein Typ? Warte … wer von euch beiden hat wen in der Bar angesprochen?« Aufgebracht stellte sie ihr Glas auf den Tisch, sodass etwas vom Bier überschwappte.

»Es ist halt der Funke nicht übergesprungen, nehme ich an.« Im Grunde ärgerte ich mich darüber, dass ich Lyndons Verhalten mir gegenüber rechtfertigte. Denn wir hatten uns mehrfach getroffen und etwas gemeinsam unternommen. Es war schön mit ihm, auch wenn ich jetzt nicht bis über beide Ohren in ihn verknallt gewesen war. Aber nach gut drei Wochen hatte er sich plötzlich rar gemacht. Im Grunde hatte ich ihn nur noch fragen wollen, was los sei und ob sich die Sache mit uns beiden nun erledigt habe. Aber das offensichtlich beabsichtigte Weiterleiten auf die Mailbox war Antwort genug für mich gewesen.

»Was für ein Bullshit«, murmelte Sheryl verärgert. »Sieh dich doch an! Du bist hübsch, klug und witzig. Du bist einfühlsam und ein Mensch, auf den man sich hundertprozentig verlassen kann. Was zum Teufel hat ihm also nicht gepasst?«

Darauf konnte ich nur mit den Schultern zucken. Nach der zweijährigen Beziehung mit Matthew, meinem Ex, hatte ich mir geschworen, keinem Mann mehr hinterherzutrauern. Wobei Matthew es am allerwenigsten verdienen würde, aber die Entscheidungen des Herzens konnte man wohl schlecht beeinflussen.

»Ärgere dich nicht, Sheryl. Ich habe mit Lyndon abgeschlossen.«

Sie schob ihre Unterlippe vor. »Das tut mir leid für dich.«

»Schon gut.«

»Weißt du was? Wir sollten dir einen Freund suchen. Einen richtig süßen, lieben, netten. Einen, der gut aussieht, dich auf Händen trägt und mit dem du all deinen Verflossenen den metaphorischen Mittelfinger zeigen kannst.« Sogleich sah sie sich in der Bar um, woraufhin ich ihr einen Klaps auf den Unterarm gab.

»Wehe, du willst mich hier mit einem Kerl verkuppeln!« Heute hatte ich mich auf einen gemütlichen Abend mit meiner Freundin ohne Flirts gefreut.

»Muss ja nicht hier und jetzt sein«, meinte sie verschmitzt.

Ich verdrehte die Augen. »Abgesehen davon möchte ich auf keinen Fall einen Freund, nur um anderen eins auszuwischen.«

»Aber du *willst* einen Mann in deinem Leben, oder?«

»Ja, schon. Aber wenn, muss es *passieren*. Wenn ich eine Sache aus den letzten Jahren gelernt habe, dann, dass man nichts erzwingen kann.«

»Dennoch kann man das Ganze in die richtige Richtung schubsen«, meinte Sheryl mit einem verschwörerischen Grinsen.

»Wie meinst du das?«

»Wir melden dich auf *Perfect Match* an.«

»Auf gar keinen Fall!« Energisch schüttelte ich den Kopf. Niemals würde ich mich auf einer Dating-App registrieren.

»Wieso denn nicht?« Sheryl sah nicht so aus, als nähme sie meine Antwort einfach so hin.

11

»Darüber habe ich zu viele Gruselstorys von anderen gehört. Erinnerst du dich an den Kerl, mit dem sich Rasheeda ein paar Mal getroffen hat?« Auf ihrer letzten Party hatte sie einige ihrer Datinggeschichten ausgepackt, die uns alle köstlich amüsiert hatten – wobei es für sie vermutlich nicht immer lustig gewesen war.

»Du meinst den Kerl, der sie gestalkt hat, nachdem sie mit ihm Schluss gemacht hatte? Komm schon, das kann dir ohne *Perfect Match* genauso passieren.«

»Ich hatte eigentlich an den gedacht, der sie an ihrem zweiten Date in einen Swingerclub bestellt hat.«

»Auch das hat nichts mit einer Dating-App zu tun«, hielt Sheryl dagegen.

Gut, da hatte sie nicht unrecht. Trotzdem …

»Ich weiß nicht … Ich glaube nicht, dass ich der Typ dazu bin, Männer übers Handy und nicht persönlich kennenzulernen und zu Beginn nur mit ihnen zu schreiben. Wo ich noch nicht mal sicher sein kann, ob sie wirklich so aussehen oder ihr Foto mit einem Grafikprogramm bearbeitet wurde. Und was, wenn sie eine total schreckliche Stimme haben oder müffeln? Oder wenn sie einen Tick haben, der mich kirre macht? Was, wenn ich an einen Kerl gerate, der mir eine Lüge nach der anderen auftischt?«

»Du meinst, einen wie deinen Ex Matthew?«

Zustimmend presste ich die Lippen aufeinander.

Sheryl grinste mich zufrieden an. »Komm schon, probier es zumindest mal. Lediglich zum Spaß! Falls es dir nicht gefällt, kannst du dich ja wieder abmelden.«

»Nur wenn du auch ein Konto anlegst!«

»Ich bin dort registriert«, erwiderte sie und überraschte mich damit.

»Was? Seit wann? Und wieso weiß ich nichts davon?«

Meine Freundin verbarg ihr Grinsen, indem sie von ihrem Bier trank. »Schon seit einer Weile«, nuschelte sie schließlich.

»Ich fasse es nicht. Zumal ich dachte, wir hätten keine Geheimnisse voreinander.« Empört stupste ich sie an und schmunzelte über ihre roten Wangen.

»Na komm, es ist doch nichts dabei. Und wer weiß? Vielleicht lernst du ja wirklich auf diese Weise deinen Traummann kennen.« Verschwörerisch zwinkerte sie mir zu.

»Ich dachte, du bist nicht auf der Suche nach einer festen Beziehung. Wieso bist du dann registriert, wenn …?« Als sie mich unschuldig angrinste, verstummte ich. »Okay, verstehe.«

Sie zuckte mit den Schultern. »Es war noch nie derart einfach, unverbindlichen Sex zu haben.«

»Nur um es klarzustellen: Das ist nicht mein Ziel. Verstanden? Und wenn, dann suche ich einen *Freund*. Einen Mann für mehr als eine Nacht. Bestenfalls für den Rest meines Lebens, aber vorerst würde ich mich einfach mal mit den nächsten paar Monaten zufriedengeben.«

Sheryl salutierte. »Aye, Cami, das schaffen wir schon. Na komm, ich helfe dir beim Einrichten deines Profils. Das wird lustig.«

»Bist du mir böse, wenn wir das ein anderes Mal machen?« Wenn überhaupt, aber das sagte ich ihr nicht. Ich wollte uns nicht die Stimmung vermiesen.

»Nein, überhaupt nicht. Du bestimmst, wann du bereit dazu bist.« Als würde sie diese Sache besiegeln wollen, erhob sie ihr Glas und stieß es gegen meines.

Seufzend lenkte ich ein und wechselte dann das Thema, bevor sie mich doch noch heute dazu überredete. »Musst du morgen eigentlich bei deiner Nachbarin babysitten oder gehen wir auf Rasheedas Party?«

Sheryls Nachbarin Isabella Palmer war Anfang vierzig, alleinerziehend und in leitender Position bei einer Cateringfirma tätig. Sie organisierte auch Events außerhalb Londons und sogar im Ausland. Da ließ es sich nicht vermeiden, dass sie ab und zu einen Babysitter für ihre Tochter brauchte. Zudem hatte sie genug damit zu tun, ihr Kind weitestgehend aus dem Rosenkrieg herauszuhalten, den ihr Ex-Mann veranstaltete. Daher passte Sheryl gern hin und wieder auf Isabella Palmers Tochter auf. Außerdem spielte ihr die Zeit mit der Kleinen etwas zusätzliches Geld ein, was Sheryls Handtaschentick zugutekam. Dennoch stöhnte meine Freundin bei meiner Nachfrage frustriert auf, vermutlich, weil sie sich schon so auf die Party gefreut hatte.

»Makenzies Mutter hat mich vorhin angerufen, sie kann ihre Geschäftsreise leider nicht verschieben. Die Granny der Kleinen kommt erst am Sonntagvormittag aus ihrem Urlaub zurück, also gibt es bei mir morgen Abend statt gutem Essen, Alkohol und Partymusik nur *My Little Pony* und Eiscreme.«

»Ich dachte, Mrs Palmer will nicht, dass die Kleine Süßes isst?«

»Wer sagt, dass ich mit Makenzie teile?«, meinte Sheryl und lachte.

Belustigt schüttelte ich den Kopf.

»Abgesehen davon würde ich glatt mit dir teilen. Was ist? Kommst du vorbei? Machen wir uns zu dritt einen schönen Abend. Makenzie würde sich bestimmt freuen, dich mal wieder zu sehen.«

Zögernd nagte ich auf meiner Unterlippe. Ohne sie wollte ich nicht auf Rasheedas Party gehen. Ganz zu schweigen davon, dass Rasheeda genau genommen Sheryls Freundin war und ich mit ziemlicher Sicherheit die meisten anderen Gäste nicht kannte. Und allein zu Hause zu bleiben, wäre zwar eine Möglichkeit, doch ehrlich gesagt hatte ich mich darauf gefreut, einen schönen Abend mit Sheryl zu verbringen und mit ihr zu plaudern.

»Na gut, aber bitte klär das vorher mit Mrs Palmer ab; ich will nicht, dass sie etwas dagegen hat, dass ich komme. Nicht, dass sie fürchtet, sie müsse mich jetzt ebenfalls bezahlen oder so.«

»Quatsch, sie kennt dich ja. Und das Geld können wir uns teilen.«

»Auf keinen Fall! Du hast mir immerhin kürzlich diese italienische Chain Bag gezeigt, die du dir kaufen möchtest.«

Bei der Erwähnung ihrer neuesten potenziellen Beute lenkte sie ein. »Na gut. Aber ich sorge für Eiscreme und Energy-Drinks.«

»Abgemacht«, antwortete ich mit einem Lächeln auf den Lippen.

* * *

Am nächsten Abend saß ich in einem weiten Hoodie, Leggings und Wollsocken im Wohnzimmer von Mrs Palmer, die sich gerade von ihrer Tochter verabschiedete.

»Ich habe dich sehr lieb, Makenzie, und ich werde dich so sehr vermissen.«

»Ich dich auch, Mummy.«

Mit glänzenden Augen küsste sie die Kleine mehrfach und zog sie in eine herzliche Umarmung, ehe sie leise weitersprach. »Ich möchte, dass du ein braves Mädchen bist, hörst du? Du tust, was Sheryl und Cami dir sagen, und um halb acht gehst du ins Bett. Morgen, wenn du wach wirst, ist Grandma hier, um dich abzuholen.«

Ihre Tochter murmelte ein »Mhm« und sah sie mit ihren großen blauen Augen treuherzig an.

»Und keine Süßigkeiten«, erklärte Mrs Palmer mahnend an uns beide gerichtet.

Sheryl und ich nickten artig.

»Wann kommst du wieder?«, fragte das kleine Mädchen, und ihre blonden Locken wippten.

15

»Übermorgen. Wir telefonieren, abgemacht? Ich rufe morgen bei Grandma an und dann können wir reden.«

»Okay.« Die Kleine widmete sich wieder dem Ausmalbuch, das vor ihr auf dem Couchtisch lag und vor dem sie kniete.

»Keine Sorge, Mrs Palmer. Wir haben bestimmt eine schöne Zeit und machen uns mit Makenzie einen tollen Abend, der ganz schnell dahinfliegt.« Sheryl schenkte ihrer Nachbarin einen Engelsblick.

Die Frau strich ihr Businesskostüm glatt und atmete tief durch, ehe sie nickte. »Ich danke euch beiden dafür, dass ihr kurzfristig einspringen konntet. Auf die Watson-Zwillinge kann ich mich leider immer seltener verlassen. Aber die haben mit ihren siebzehn Jahren vermutlich gerade einfach andere Dinge im Kopf.«

In ihren Augen erkannte ich ihren inneren Kampf. Sie sah ihre Tochter an, wollte schon gehen, umarmte sie dann doch noch einmal. Nach einem letzten Kuss verabschiedete sie sich jedoch endgültig.

»Sie machen das großartig.« Es war mir einfach ein Bedürfnis, ihr das zu sagen.

Kurz lachte sie auf. »Vermutlich. Nur hilft das leider trotzdem nicht gegen mein schlechtes Gewissen.«

»Sie sind eine gute Mutter«, schaltete sich nun auch Sheryl ein. »Dass Sie allein für Makenzie da sein müssen, haben Sie sich nicht ausgesucht. Und Sie tun alles dafür, dass es ihr gut geht. Wir haben einen schönen Abend mit ihr, und morgen ist ihre Grandma für sie da. Sie wird geliebt und hat eine aufregende Zeit mit uns. Und Sie sind ja bald wieder zurück.«

»Ja, ihr habt ja recht.« Sie schenkte uns ein Lächeln und ich merkte, dass sie schon etwas beruhigter wirkte als zuvor. Dann verabschiedete sie sich auch von uns und verließ das Apartment.

»Also … was machen wir jetzt?«, meinte Sheryl und ging mit lustigen, übertrieben großen Schritten zurück zu ihrer kleinen Nachbarin.

»Ausmalen! Ihr müsst mir helfen.« Das Mädchen zeigte auf das Bild mit der Prinzessin, die neben einem Pferd stand. Im Hintergrund war ein Schloss zu erkennen.

»Gut, dann sag mal, was ich anmalen soll.« Neugierig ließ ich mich ihr gegenüber auf den Boden sinken.

»Das Pferd!«, verlangte die Kleine.

»Okay. Welche Farbe soll es bekommen? Grau, braun oder rosarot?«

Das Mädchen kicherte und schaute zu Sheryl. »Was meinst du?«

»Violett und türkis sind auch schöne Farben.«

»Nein, rosarot klingt toll. Nimm den da.« Sie reichte mir einen babyrosafarbenen Buntstift. »Und das Schloss ist lila.« Sheryl gab sie den fliederfarbenen Stift und wir begannen unter ihrer Anleitung, gemeinsam mit ihr das Bild auszumalen.

* * *

Drei Stunden später saßen wir auf Makenzies Bett. Ich hatte Feenflügel auf dem Rücken und auf Sheryls Kopf thronte eine Krone. In meinen Haaren steckten mehrere bunte Haarklammern, und nachdem sie mit unseren Frisuren fertig gewesen war, hatte Makenzie uns geschminkt. Sheryl und ich sahen aus, als hätten wir gerade einen wilden Boxkampf überlebt. Wir hatten so lachen müssen, als die Kleine uns die Farbe auf die Haut gepinselt hatte. Selbst jetzt fiel es mir schwer, ernst zu bleiben und die Stimme des phlegmatischen Esels I-Aah nachzuahmen, ohne zu prusten.

Makenzie hatte uns gebeten, ihr eine Gutenachtgeschichte vorzulesen. Inzwischen war es das dritte Buch, das sie uns in die Hand gedrückt hatte. Zum Glück handelte es sich um keine langen Geschichten und es war erst kurz nach halb acht.

»Noch eine!«, verlangte sie schließlich, als wir auch dieses Kinderbuch zuklappten.

17

»Nein, jetzt ist es wirklich genug. Du solltest nun schlafen, damit du für den morgigen Tag fit bist, wenn deine Grandma kommt. Wie ich sie kenne, wird sie mit dir wieder stundenlang auf den Spielplatz gehen. Dafür tankst du Kraft, während du im Land der Träume bist.«

Das Seufzen der Kleinen ging in ein Gähnen über.

»Siehst du? Du bist schon so müde.« Ich streichelte ihr die Wange. »Schlaf jetzt, okay? Prinzessinnen brauchen ihren Schönheitsschlaf.«

»Na gut. Aber ihr bleibt da?«

»Wir sind im Wohnzimmer und bleiben, bis deine Grandma hier ist«, versprach Sheryl.

»Du auch, Cami?«

Ich nickte. »Versprochen.«

Zwar hatte ursprünglich nur Sheryl vorgehabt, auf der Couch zu übernachten. Doch die war groß genug für uns beide und ich hatte kein Problem damit, mit meiner besten Freundin zu kuscheln und mir eine Decke und ein Kissen mit ihr zu teilen.

»Gute Nacht, Makenzie.« Sheryl gab ihr einen kleinen Kuss auf die Stirn.

»Schlaf gut.« Erneut streichelte ich ihr über die Wange, dann folgte ich Sheryl aus dem Zimmer.

»Sie ist so ein liebes Mädchen«, sagte ich und machte es mir auf der Couch gemütlich.

Sheryl hingegen ging in die Küche und kramte im Eisfach herum. »Das ist sie. Meine Tochter wird auch mal so wie sie sein.« Sie kam zu mir, eine Packung Vanilleeiscreme in der einen, zwei Löffel in der anderen Hand. »Siehst du, ich halte mich an die Abmachung mit Mrs Palmer. Das Eis ist nur für uns.«

»Für eine Tochter fehlt dir der Mann, das weißt du, oder?«

Sheryl verdrehte die Augen. »Genau genommen brauche ich nur seinen *Samen*. Aber das alles hat Zeit. Gerade bin ich ganz zufrieden mit meinem Leben, wie es ist.«

Ich nickte und öffnete die Eispackung.

»Hast du dir das mit *Perfect Match* inzwischen überlegt?«, fragte Sheryl dann und grub gleich mal ihren Löffel in die Eiscreme.

»Nein, noch nicht. Ich weiß nicht, ob ich für so was geschaffen bin. Ehrlich, ich lerne Männer lieber im echten Leben kennen.«

»Was ja in der Vergangenheit nur mäßig funktioniert hat.« Sheryl leckte ihren Löffel ab und fuhr damit erneut in die Packung.

Nachdenklich machte ich es ihr nach und probierte von der süßen Vanillecreme. »Aber kann man da überhaupt wen so richtig kennenlernen, wenn man nur miteinander schreibt?«

»Das wirst du ja nicht ewig machen. Irgendwann kommt der Zeitpunkt, wo ihr telefoniert und ein Date vereinbart. Dann läuft alles wie im echten Leben.« Sie zwinkerte mir triumphierend zu.

»Ich weiß nicht …« Die Sache war mir nach wie vor nicht geheuer.

»Der Vorteil daran ist, dass du nur so lange mit ihnen schreiben musst, wie du willst. Du selbst bestimmst das Tempo und du musst nichts tun, was du nicht willst – außer im Vorfeld ein paar Fotos von dir hochzuladen und einen interessanten Text für dein Profil zu verfassen.«

Je länger Sheryl mir diese Plattform anpries, desto interessanter klang das Ganze für mich. »Also gut, vielleicht wage ich einen Versuch.«

Sheryl stieß einen verhalten quietschenden Jubelschrei aus, während ich die Hände vors Gesicht schlug, weil ich nicht fassen konnte, wozu ich mich hatte überreden lassen.

»Ich kann nicht schlafen«, drang ein zartes Stimmchen zu uns durch.

Makenzie stand im Durchgang zum Flur, ihren Plüschelefanten unter einen Arm geklemmt.

Sheryl ging zu ihr. »Oh nein, Liebes, wir waren zu laut, tut mir leid. Na komm, ich gehe noch einmal mit dir ins Zimmer.«

»Singst du mir ein Schlaflied?«, fragte Makenzie und gähnte.

»Natürlich.« Sanft schob sie die Kleine vor sich her und drehte sich zu mir um. »Lade dir *Perfect Match* auf dein Handy!«, formte sie mit den Lippen, ehe die beiden im Kinderzimmer verschwanden.

Mein Herzschlag beschleunigte sich, als ich ihrer Aufforderung nachkam und die App installierte.

2 – CAMI

Seit jenem Abend, an dem ich die Dating-App installiert hatte, waren knapp zwei Wochen vergangen. Hatte ich Sheryl zu Beginn nicht glauben wollen, dass es amüsant sein könnte, mit meinen Matches zu schreiben, hatte es sich überraschenderweise als recht kurzweiliger Zeitvertreib entpuppt.

Mit ein paar der Männer hatte ich tatsächlich nette Unterhaltungen geführt. Einige andere waren ganz eindeutig nur auf der Suche nach Sex. In dem Moment, in dem sich das herauskristallisierte, beendete ich den Chat auch schon. Einer der Typen war sogar einer von Sheryls Bekanntschaften, wie wir gestern festgestellt hatten. Da sie jedoch darüber gelacht hatte, war mir klar geworden, dass sie wirklich ausschließlich auf der Suche nach etwas Spaß war und keinerlei Gefühle in diese Sache investierte.

Auch ich hatte mir vorgenommen, auf mein Herz aufzupassen. Nicht, dass ich mich schnell verliebte, aber ich vertraute Menschen früh und entwickelte Sympathie für sie. In letzter Zeit war ich zu oft enttäuscht worden, als dass ich mich leichtfertig auf etwas Neues eingelassen hätte. Deshalb hatte ich vor, es langsam anzugehen und nichts zu überstürzen. Lieber ein paar Tage oder gar Wochen abwarten und sich besser kennenlernen, als mich vorschnell mit einem der Männer zu treffen und auf die Nase zu fallen. Wenn, dann mussten sie Geduld mitbringen. Diejenigen, denen die Sache nicht ernst genug war, sprangen relativ schnell wieder ab, wie ich gemerkt hatte. Und das war okay für mich.

Eben war ich von der Arbeit nach Hause gekommen und wollte es mir mit dem mitgebrachten Salat von unterwegs auf der Couch gemütlich machen. Eine rote Drei am rechten oberen Eck der Dating-App verriet mir, dass ich neue Nachrichten in meinem Posteingang hatte. Ein Kribbeln erfasste mich, gepaart mit Neugier, weil ich wissen wollte, wer mir geschrieben hatte – und was.

Doch ich mahnte mich zur Ruhe, holte eine Gabel und eine Glasschüssel, in die ich den Salat kippte und das Dressing darüber gab. Bedächtig verrührte ich alles und aß ein paar Bissen auf der Couch, ehe ich auf das Symbol der App tippte, um sie zu öffnen.

NICK, 31
Hey, Hübsche, ich liebe Kartenspiele – willst du meine Herzdame sein?

ROBERT, 27
Hi! Hast du Lust?

TOM, 26
Oh, hallo! Wir haben ein Match – offensichtlich haben wir beide einen guten Geschmack. 😛

Augenrollend schloss ich die App wieder. Hatte ich bis vor Kurzem gedacht, die Anmachsprüche in den Bars und Clubs seien seicht, wurde ich seit der Verwendung dieser App eines Besseren belehrt: Es ging noch seichter.

Sheryl hatte mir geholfen, mein Profil zu befüllen. Wir hatten ein paar Fotos von mir ausgewählt, die wir auf unseren Handys hatten: ein Porträt, das ich gemacht hatte, um ihr mein Make-up am Abend vor meinem ersten Date mit Lyndon zu zeigen. Und eines, auf dem man mich ganz sah. Wir hatten es im Sommer auf der London Bridge aufgenommen. Der Wind hatte die Haare und mein Sommerkleid heftig durcheinandergewirbelt und wir hatten so lachen müssen, dass uns die Tränen gekommen waren. Auf dem dritten Foto saß ich auf der Wiese, den Rücken zur Kamera gewandt, und reckte den Kopf der untergehenden Sonne entgegen. Es stammte von einem Urlaub an der Küste letztes Jahr, und ich hätte es erst gar nicht ausgewählt. Man sah zwar nur meine nackte Schulter, aber Sheryl meinte, dass ein wenig Haut nicht schaden konnte. Zudem war es wohl eines ihrer Lieblingsfotos von mir – also hatte ich mich überreden lassen.

Auch beim Schreiben des Profiltextes war sie mir behilflich gewesen, und wir hatten fast eine halbe Stunde darüber gebrütet. Sie hatte mich auf ihrem Handy swipen lassen, um mir einen ersten Eindruck von der App zu vermitteln, und innerhalb kürzester Zeit wurde mir klar, dass Männer nicht viel Wert darauf legten, einen ausführlichen Text zu verfassen. Nur ganz wenige Ausnahmen waren dabei, die hier etwas über sich erzählten. Ein Punkt, der mir aber wichtig war. Also wollte ich einen aussagekräftigen Profiltext erstellen. Dass die meisten ihn jedoch oftmals gar nicht lasen, sondern ausschließlich meine Fotos anschauten, wurde mir leider relativ schnell bewusst, als ich ihre Antworten las.

Vielleicht hätte ich das Handy einfach beiseitelegen und in Ruhe fertig essen sollen, aber ich konnte es dann doch nicht lassen, eine Weile durch die Profile zu swipen. Ein paar interessante Männer waren dabei, die ich nach rechts swipte, als eine neue Nachricht einging.

ELIJAH, 29
Hey, Cami! Mir gefällt der Zufall, dass du genau wie ich die Musik von John Mayer und Ed Sheeran

magst und dir die Filme von Tarantino gefallen. Aber Ananas? Echt jetzt? Vielleicht habe ich ja bisher Pech gehabt und immer zu den sauren Früchten gegriffen, die am Ende dafür gesorgt haben, dass sich meine Geschmacksknospen für ein paar Minuten ins Koma verabschiedet haben. So oder so musst du mir erklären, was es mit deiner Vorliebe für Ananas auf sich hat. – Elijah

Kurz entschlossen tippte ich auf sein Profil. Als ich sein Foto sah, erinnerte ich mich wieder. Es musste gestern gewesen sein, dass ich ihn nach rechts gewischt hatte, denn ich mochte nicht nur seine Bilder, sondern auch seinen Profiltext. Auf einer der Aufnahmen umarmte er einen Golden Retriever, also schloss ich daraus, dass er Hunde liebte – vielleicht war es sogar sein eigener? Offensichtlich verbrachte er gern Zeit an der frischen Luft, denn auf einem Foto stand er auf einem Stand-up-Paddle-Board und auf einem anderen an einer Küste – ich tippte auf Südengland, konnte mich aber irren. Und er war auf der Suche nach einer Frau, mit der er lachen konnte, wie er im Profiltext geschrieben hatte. Hundert Punkte also – zumindest auf den ersten Blick.

Auch auf den zweiten gefiel er mir. Er hatte kurze braune Haare und blaue Augen, die frech in die Kamera funkelten. Sein nettes Lächeln ließ ihn zusätzlich sympathisch wirken. Wie jemand, mit dem man Spaß haben und sich gut unterhalten konnte. Einen Moment überlegte ich, bevor ich ihm antwortete.

CAMI, 25
Hi, Elijah, danke für deine Nachricht. Also eine Ananas muss süß, saftig und reif sein. Dann explodieren die Geschmacksknospen vor Freude und tanzen Salsa. Oder du musst sie erhitzen, das hilft auch.

Seine Antwort kam prompt.

Mist, sofort bereute ich meine Erklärung. Bestimmt hatte er bei *süß und saftig* nicht mehr an eine Ananas gedacht, oder er hielt mich für einen Freak. Abgesehen davon war diese kurze Antwort nicht wirklich etwas, worauf man ein Gespräch aufbauen konnte. Also schloss ich die App und drehte mein Handy mit dem Display nach unten. Keinesfalls wollte ich jetzt sehen, was er mir sonst noch antwortete – falls er mir überhaupt noch einmal schrieb. Wir waren hier immerhin in einer Dating-App und nicht in einem Kochforum.

Nachdem ich den Salat aufgegessen hatte, machte ich mir einen Kaffee und setzte mich an meinen Schreibtisch, um etwas für den morgigen Unterricht vorzubereiten. Doch blöderweise warf ich auf dem Weg dorthin einen Blick auf mein Handy und sah, dass ich eine neue Nachricht erhalten hatte.

Ich rang mit mir, sie lieber nicht zu lesen – aber die Neugier war einfach größer.

ELIJAH, 29
Sag nicht, ich bin gerade an die Ananasexpertin geraten? Oder ist das nur eines deiner Spezialgebiete? Dazu sollte ich vielleicht sagen, dass ich zu der Sorte Menschen gehöre, die immer und überall Wissen in sich aufsaugen. Okay, das lässt mich jetzt sicher wie den schlimmsten Nerd aussehen – der bin ich wirklich nicht. Aber du hast mich neugierig gemacht.

Bestimmt wäre es besser gewesen, den Chat einfach zu schließen und nicht darauf zu reagieren. Zumindest nicht, bevor ich

Sheryls Meinung dazu angehört hatte. Denn irgendwie klang der Typ wirklich seltsam. Vielleicht bildete ich mir das aber auch nur ein. Wer unterhielt sich schon mit einem völlig Fremden über das Gefühl von Ananas auf der Zunge?

CAMI, 25
Wenn die Ananas ein unangenehmes Gefühl auf deiner Zunge auslöst, liegt es vermutlich an dem Enzym Bromelain. Es ist für die Aufspaltung von Eiweiß zuständig. Falls sie zu sehr kribbelt oder brennt, kannst du entweder auf Dosenananas zurückgreifen (die sind halt nicht so lecker wie frische Früchte) oder du grillst/kochst sie. Das Enzym überlebt die hohen Temperaturen nämlich nicht. Eine weitere Möglichkeit wäre, darauf zu achten, wirklich ganz reife Ananas zu essen, da in ihnen weniger Säure enthalten ist.
So, wer ist jetzt der Nerd?

Drei tränenlachende Smileys kamen bei mir an.

ELIJAH, 29
Punkt für dich! Und echt spannend, das wusste ich tatsächlich nicht. Dann werde ich wohl gleich mal in den Supermarkt gehen, um mir eine Ananas zu kaufen und sie in die Pfanne zu werfen.
Woher hast du das Wissen? Arbeitest du im Lebensmittelbereich?

CAMI, 25
Nein, Lebensmittel esse ich nur. Dafür mit Leidenschaft. Aber nenne mich Schwamm des unnützen Wissens. Ich sauge auch gern alles Mögliche in mich auf und mein Kopf speichert diese

Dinge. Hilft mir zwar im Leben nicht wirklich weiter, kommt mir jedoch hin und wieder gelegen, wenn ich andere damit beeindrucken will. 😳

ELIJAH, 29
Das hat zumindest bei mir schon mal super geklappt. 😄
Doch jetzt bin ich neidisch. Ich höre und lese vieles, aber mein Hirn speichert nur einen Bruchteil davon. Vermutlich erachtet es manche Informationen nicht für so wichtig, sie wieder abrufbar zu machen.

Schmunzelnd las ich seine Nachricht und startete nebenbei den Computer. Ich wollte Arbeitsblätter zum Buchstaben *G* gestalten, da meine Schulkinder hier noch Übungsbedarf hatten.

Vermutlich hatte ich ihm nicht schnell genug geantwortet, denn schon trudelte die nächste Nachricht von ihm ein.

ELIJAH, 29
Okay, das klang jetzt vielleicht nicht unbedingt vorteilhaft für mich, stelle ich gerade fest.
Ich hoffe, ich habe mich damit nicht ins Aus geschossen.

> **CAMI, 25**
> Keine Sorge, ich finde mein Hirn manchmal echt spooky.

ELIJAH, 29
😄 Das beruhigt.

> **CAMI, 25**
> Irgendwie war das jetzt nicht sehr nett von dir. 😄

ELIJAH, 29
Du hast recht. Ich reite mich gerade immer tiefer rein, habe ich das Gefühl. Tipps, wie ich wieder aus

dem Schlamassel rauskomme? Immerhin habe ich
vor, dich besser kennenzulernen, und wenn ich es
jetzt vergeige, werde ich es mir auf ewig vorhalten.

Irgendwie war der Typ süß. Nicht aufdringlich, dafür aber auf
charmante Weise lustig.

> **CAMI, 25**
> Schon gut, ich sehe einfach mal darüber hinweg. 😄

ELIJAH, 29
Puh, Glück gehabt. 😄 Ich muss jetzt leider weg.
Hast du später noch mal Zeit, zu schreiben? Hat
gerade Spaß gemacht mit dir.

> **CAMI, 25**
> Klar, melde dich einfach. Ich habe eh auch noch was
> zu tun.

War es seltsam, dass ich gerade mit einem breiten Lächeln dasaß
und es schade fand, dass wir unsere Unterhaltung unterbrechen
mussten? Irgendwie war es schön gewesen, mit ihm zu schreiben. Erfrischend. Genau, das war das richtige Wort dafür.

Ich hoffte inständig, dass die weiteren Gespräche mit ihm
ebenfalls so ungezwungen und unterhaltsam werden würden.

Ein letztes Mal swipte ich durch seine Fotos, ehe ich das
Handy beiseitelegte, um mich auf meine Arbeit zu konzentrieren.

3 – CAMI

»Und, wie läuft es in der *Perfect Match*-Welt?« Sheryl machte es sich im Schneidersitz auf meinem Sofa bequem und langte nach der Dose *Dr. Pepper Zero* auf dem Couchtisch.

Unschlüssig zuckte ich mit den Schultern. Elijah hatte sich gestern nicht mehr bei mir gemeldet. Dass ich darüber enttäuscht war, ärgerte mich, denn im Grunde konnte es mir egal sein.

Dafür hatte ich auf zwei Nachrichten von anderen Männern geantwortet. Diese Unterhaltungen hatten bei Weitem nicht mit der mit Elijah mithalten können. Diese Tatsache nervte mich, aber fast noch mehr, dass ich ihn mit den anderen verglich. Überhaupt, dass ich darauf hoffte, er würde mir wieder schreiben.

Im Grunde hätte ich ebenfalls den ersten Schritt wagen können, aber da er gemeint hatte, er würde sich melden, wollte ich vorerst abwarten.

»Nicht so gut?« Enttäuscht und fast ein wenig schuldbewusst schaute mich meine Freundin an.

»Na ja, im Grunde hattest du recht, es ist nicht viel anders als in der echten Welt. Bei den meisten habe ich innerhalb kürzester Zeit festgestellt, dass wir keinen Draht zueinander haben.«

Sheryl hob eine Augenbraue und öffnete ihre Dose mit einem Zischen. »Gut, ich habe auch nicht das Gegenteil behauptet. Aber gibt es jemanden, mit dem du dich gut verstehst?«

Mit aller Kraft versuchte ich, mein Pokerface zu bewahren, scheiterte jedoch. Also beugte ich mich vor, um nach meiner Dose zu greifen, und trank erst einen Schluck, ehe ich antwortete. »So kann man das nicht nennen. Wir haben uns nett unterhalten, aber ich glaube nicht, dass er sich ein weiteres Mal meldet.«

Sheryl zog eine Schnute. »Wie schade.«

»Schon okay, ich bin deswegen jetzt nicht verzweifelt oder so. Du weißt, im Grunde bin ich nach wie vor gegen diese App. Ich lerne Leute lieber Face to Face kennen. Da kann ich mir viel besser ein Bild von ihnen machen.«

»Aber das kannst du ja immer noch, wenn du dich mit ihnen triffst. Betrachte es einfach als Vorselektion.«

Darauf schwieg ich. Einerseits wollte ich meiner Freundin diese App nicht madig reden – immerhin schien sie nach wie vor Spaß daran zu haben, mit fremden Kerlen zu flirten, von denen sie zuerst nur ein Foto kannte. Zudem war es sicher dumm, mir von einer kleinen Enttäuschung, die im Grunde gar keine war, die Laune verderben zu lassen. Nach dem kurzen Chat mit Elijah waren wir uns schließlich zu nichts verpflichtet. Und in dieser App gab es Männer wie Sand am Meer.

»Übrigens habe ich gestern mit Rasheeda telefoniert. Sie will am Samstag wieder eine Party geben.«

Schmunzelnd schüttelte ich den Kopf. »Feiert die Frau eigentlich nur noch?«

Sheryl zuckte belustigt die Schultern. »Keine Ahnung, aber solange die Partys bei ihr Spaß machen, bin ich die letzte, die fehlt. Noch dazu, da ich diesmal sicher nicht bei Makenzie babysitten bin. Heute Morgen habe ich mit Mrs Palmer gesprochen und sie meinte, dass sie erst wieder in ein paar Wochen auf

Geschäftsreise muss. Das bedeutet, bis dahin fix freie Wochenenden. Sattel schon mal das Partypferd, Cami!« Sie stieß ihre Faust in die Luft und johlte wie ein Cowboy, was mich zum Lachen brachte.

»Okay, ich sehe, unser Plan für das Wochenende steht fest.«

»Darauf kannst du Gift nehmen.« Sheryl zwinkerte mir zu.

Wenig später waren wir in eine Diskussion darüber verwickelt, was wir anziehen wollten, die schlussendlich darin endete, dass mir Sheryl ihre Handtaschen-Wunschliste zeigte, wofür sie Makenzie sicher noch babysitten müsste, bis sie dreißig war. Also, das Mädchen, nicht Sheryl.

In einer kurzen Pipipause meiner Freundin griff ich schließlich eher beiläufig nach meinem Handy und bemerkte, dass ich zwei neue Nachrichten auf *Perfect Match* erhalten hatte. Überrascht stellte ich fest, dass eine davon von Elijah war.

Sosehr ich auch wissen wollte, was er geschrieben hatte, ich tippte erst auf die andere.

GEORGE, 27
Hey, dein Profil klingt interessant. Schöne Fotos.
Schwimmst du gern?

Ich swipte durch seine Porträts. Ein hübscher blonder Mann, auch wenn sein Profiltext nicht wirklich originell war.

Meine Fünfjahresziele: Frau, Sonnenuntergang, Auto, Haus, Reisen.

Dass er sich in spätestens fünf Jahren eine Frau an seiner Seite wünschte, klang zwar süß. Trotzdem erweckte es den Eindruck, als würde er nur das aufzählen, was die Frauen hören wollten. Denn wer stand nicht auf romantische Sonnenuntergänge und reiste gern?

Dennoch antwortete ich ihm. Vielleicht, weil er ein sympathisches Lächeln hatte und vermutlich aus meinem letzten Foto geschlussfolgert hatte, dass ich das Meer liebte. Womöglich war er ja ein Schwimmer? Seine breiten Schultern schlossen das zumindest nicht aus.

CAMI, 25
Danke! Ja, schon. Ich bin zwar kein Profi, liebe aber das Wasser. Wieso fragst du?

GEORGE, 27
Weil ich dich mal ins Becken stoßen will. 😌 😄

Mit großen Augen starrte ich auf seine Antwort.

»Alles okay?«

Mir war gar nicht aufgefallen, dass Sheryl zurückgekommen war.

»Ich … nein … ja, doch. Aber ich zweifle gerade wieder sehr, ob diese App das Richtige für mich ist.«

»Wieso das?« Sie beugte sich über mein Handy und las, was dieser George geschrieben hatte. Dann brach sie in prustendes Gelächter aus.

»Schön, dass du dich darüber amüsierst. Ich finde seine Anmache ja echt unterste Schublade. Glauben diese Typen wirklich, mit solchen Sprüchen eine Frau beeindrucken zu können?«

»Vermutlich schon, sonst würden sie es nicht machen. Bestimmt gibt es auch genug, die darauf eingehen. Ansonsten hätte es sich bereits herumgesprochen, dass man damit nicht punkten kann.«

Ungläubig schüttelte ich den Kopf. »Manchmal zweifle ich wirklich die Echtheit der Profile an. Das klingt eher, als ob mir ein Vierzehnjähriger im Hormonschub geschrieben hat und sich jetzt gemeinsam mit seinen Freunden prächtig darüber amüsiert.«

Sheryl zuckte mit den Schultern. »Kann auch sein. Oder es sind irgendwelche seltsamen Typen, die auf einen heißen Chat aus sind und es sich dann zu deinem Foto selbst machen.«

Angewidert verzog ich das Gesicht. »Vielleicht sollte ich meine Fotos besser rausnehmen.«

»Quatsch, lass dich von mir nicht verunsichern.« Sie ließ sich wieder auf ihren Platz fallen und plapperte irgendwas weiter, jedoch hörte ich ihr nur noch mit halbem Ohr zu, weil ich kurz einen Blick auf Elijahs Nachricht geworfen hatte.

ELIJAH, 29
Tut mir leid, gestern ging es noch drunter und drüber bei mir und ich hatte keine Zeit mehr, dir zu schreiben. Aber gerade esse ich Pizza Hawaii und musste an dich denken. ☺ Ich hoffe, du hast einen schönen Tag.

»Okay, wer schreibt dir? Etwa noch einmal dieser Beckenstoßer-Typ? Kann er doch anständig?« Sheryl beobachtete meine Gesichtsregungen genau und grinste wissend.

»Nein! Gott, nein, der kommt auf die Ignore List.«

»Jemand anderes?«

»Ja, nur so ein Typ«, sagte ich ausweichend.

»Ein süßer Typ?«

»Das wird sich noch herausstellen.«

»Was schreibt er?«, wollte meine Freundin wissen.

»Dass er gerade Pizza isst und an mich denken muss.«

»Awww!«

Okay, die Art, wie Sheryl das sagte, verriet mir, dass sie das gar nicht süß fand.

»Klingt ja sehr langweilig. Sieht er wenigstens gut aus?«

Ich verdrehte die Augen. »Nein, das nicht unbedingt. Er hat eine schiefe Nase, die … na ja, gewaltig ist. Dazu eine Narbe und Dreck unter den Fingernägeln. Am schlimmsten finde ich jedoch seine gelben Zähne. Das kommt wohl vom Rauchen, also ...«

»Du verarschst mich doch, oder?«

Nun konnte ich mich nicht länger zurückhalten und prustete los. »Er sieht gut aus, ja.«

»Lass sehen.« Sie beugte sich zu mir und ich öffnete Elijas Profil.

»Hm«, machte Sheryl.

»Hm?«

»Hm. Sieht ganz okay aus.«

»Ganz okay?« Irritiert schaute ich sie an. Nicht, dass ich gehofft hatte, sie würde in Begeisterungsstürme ausbrechen, wenn ich ihr ein Foto des Mannes zeigte, mit dem ich schrieb. Aber ihre Bewertung verunsicherte mich dann doch.

»Ja, also ... er sieht gut aus, jedoch eher nach Durchschnittstyp.«

Nun stemmte ich eine Faust in meine Seite und warf ihr einen auffordernden Blick zu, der sie hoffentlich dazu brachte, mir ihre Meinung genauer zu erklären.

»Versteh mich nicht falsch, er ist nicht übel, aber ... ich dachte eher, dass du ausschließlich mit ... na ja, mit Modeltypen Matches hast.«

Ah, daher wehte der Wind.

»Glaub mir, nach Matthew habe ich wirklich genug von diesen Schönlingen, die denken, die gesamte Frauenwelt liegt ihnen zu Füßen. Mir ist es nicht so wichtig, wie er aussieht. Mir geht es vielmehr um die inneren Werte.«

Sheryl lachte auf, als hätte ich einen Scherz gemacht, ehe ihr klar wurde, dass ich das ernst meinte. »Oh, okay. Wow. Nun gut, also wenn du nach einem Mann für eine Beziehung suchst, die nicht oberflächlich sein soll, hast du vermutlich recht.« Sie nickte nachdenklich.

Ich seufzte. »Matthew dachte, er sei ein Gott. Er war davon überzeugt, die Macht über mich zu haben, zu bestimmen, was ich tun, denken und sagen durfte, hat psychischen Druck auf mich ausgeübt. Du weißt, wie sehr er mich in allem verunsichert hat. Wie er nach und nach mein Selbstbewusstsein hat bröckeln lassen.«

Sheryl schnaubte wütend. »Bah, ja, hör auf, ey. Wenn ich nur daran denke, werde ich schon wieder aggressiv. Ich bin so froh, dass du den Kerl los bist.«

Ich nickte zustimmend. »Vielleicht ist es falsch von mir, alle besonders gut aussehenden Männer in einen Topf zu werfen. Ganz sicher war es einfach Pech, dass ich an jemanden wie Matthew geraten bin. Mir ist es jedoch lieber, wenn er nett und ehrlich ist und die Äußerlichkeiten im Hintergrund stehen.«

Sheryl knibbelte an ihrem Daumennagel. »Aber dein Ex hat ja auch erst nach einer Weile sein wahres Gesicht gezeigt.«

Eine Sache, der ich mir sehr wohl bewusst war. »Ich weiß. Und ich habe wirklich intensiv darüber nachgedacht und das Thema lange mit meiner Therapeutin besprochen. Im Grunde habe ich genau zwei Möglichkeiten: Entweder ich halte mich zukünftig von Männern und somit von der Gefahr fern, erneut an einen Kerl wie Matthew zu geraten. Oder ich versuche, langsam Vertrauen aufzubauen, und wage es, mich wieder auf jemanden einzulassen.« Ich trank einen Schluck. »Und weißt du, ich will nicht den Rest meines Lebens allein sein. Dafür ist es zu schön, verliebt zu sein und einen Partner an meiner Seite zu haben.«

»Abgesehen davon bist du viel zu jung und zu hübsch, um ewig Single zu bleiben«, meinte Sheryl und prostete mir mit ihrer Getränkedose zu.

»Danke, Süße.« Ich schickte ihr einen Luftkuss, ehe ich erneut den Chat mit Elijah öffnete.

»Na los, schreib ihm zurück.« Sheryl nickte mir auffordernd zu.

Doch ich schloss die App und legte mein Telefon beiseite. »Nein, das mache ich später in Ruhe. Erst mal will ich überlegen, was ich ihm antworte.«

»Weil das mit der Pizza so seltsam ist? Wie kommt er überhaupt darauf, beim Essen an dich zu denken?«

In wenigen Worten erzählte ich meiner Freundin von der Unterhaltung über das Enzym in der Ananas, was Sheryl amüsierte und zugleich feierte.

Mein Ex hatte ein gewaltiges Problem damit gehabt, dass ich in seinen Augen schlauer war als er. Vielleicht auch deshalb hatte er mit aller Macht versucht, mich klein zu halten und zu verunsichern. Es waren oft nur Kleinigkeiten gewesen. Meistens hatte er mit einem Schnauben oder einem genervten Blick reagiert, nachdem er mir einmal erklärt hatte, dass es ihn störe, wenn ich mein Wissen vor ihm ausbreitete und ihn wie einen Idioten dastehen ließ.

Auch das war einer der Punkte in meiner Therapie gewesen: Dass ich mich nicht für meine Intelligenz entschuldigen oder rechtfertigen oder mich gar zurücknehmen musste. Ganz gezielt hatte ich wieder lernen müssen, offen mein Wissen mit anderen zu teilen. In der ersten Zeit war es mir echt schwergefallen. Nicht nur einmal hatte ich das Gefühl gehabt, völlig überheblich und besserwisserisch rüberzukommen. Bis mir meine Therapeutin klargemacht hatte, dass ich den Kindern in der Schule ebenfalls Dinge erklärte, die sie noch nicht wussten. Auch hier tat ich es nicht, um zu brillieren und neben ihnen besser dazustehen oder ihnen ihr Unwissen aufzuzeigen. Und ich hatte gelernt, darauf zu achten, wann und wo andere ihre Mitmenschen an ihrem Wissen teilhaben ließen. Irgendwann war mir aufgefallen, dass immer und überall ein ständiger Informationsfluss stattfand und dass es nicht automatisch bedeutete, sein Gegenüber dumm dastehen zu lassen, wenn man sagte, was man selbst wusste.

Männer, die ich gerade erst kennengelernt hatte, gleich mit dieser Superkraft zu konfrontieren, wie meine Therapeutin es nannte, war also vielleicht ein Schutzmechanismus meinerseits. Womöglich wollte ich auf diese Weise Kerle wie Matthew bereits in den ersten Unterhaltungen vertreiben oder ihnen klarmachen, mit wem sie es zu tun hatten.

Und Elijah hatte in dieser Hinsicht schon mal bei mir gepunktet, weil er sich offensichtlich nicht daran störte. Auch wenn das nicht bedeutete, dass er tatsächlich ein Mann war, mit dem ich mir – zumindest aus aktueller Sicht – eine Zukunft vorstellen könnte. Denn dafür kannten wir uns viel zu wenig.

4 – ELIJAH

Nachdenklich streichelte ich über Teddys Fell. Mein Golden Retriever ruhte neben mir auf der Couch, den Kopf auf meinen Schoß gelegt, und erholte sich vom Tag.

Bestimmt hatte ich mich mit der letzten Nachricht an Cami ins Aus geschossen, denn sie hatte mir seit gestern nicht darauf geantwortet. Im Nachhinein könnte ich mich für meine Aussage ohrfeigen, dass mich die Pizza Hawaii an sie erinnert hätte. Denn wie dumm war dieser Satz?

Entweder glaubte sie jetzt, ich sei ein völlig besessener Kerl, der nach kürzester Zeit bereits dermaßen auf eine Frau eingefahren war, dass er bei jeder Kleinigkeit an sie denken musste – und ihr das auch noch erzählte. Oder sie ging davon aus, dass ich sie wegen dieser Ananas-Sache verarschte.

Schon beim ersten Mal war ich verunsichert gewesen, als ich damit angefangen hatte. Dass sie so souverän darauf geantwortet hatte, hatte mir gefallen. Aber noch konnte ich sie überhaupt nicht einschätzen. Dennoch wollte ich sie nicht aufgeben. Etwas sagte mir, dass wir eine Verbindung zueinander hatten – und mein Bauchgefühl hatte mich bislang nur selten im Stich gelassen.

Um mich abzulenken, ging ich in die Küche und holte eine Wasserflasche aus dem Kühlschrank. Gleich würde mein

Bruder Ronald hier sein und mich zum Joggen abholen. Zweimal die Woche trafen wir uns dazu, und heute wollten wir mal wieder zum Richmond Park fahren, wo wir gelegentlich unsere Runde liefen.

Ich brauchte diese Auszeit, um den Kopf freizubekommen. Um wegzukommen von meinem Zuhause, in dem ich mich gerade nicht mehr zu Hause fühlte, sondern eher wie in einem Käfig. Einen, in dem ich herumschlich und genau genommen nur darauf wartete, ihn für ein paar Stunden verlassen zu können.

Als ich jedoch den Signalton hörte, der mir eine neue Nachricht ankündigte, öffnete ich so schnell wie möglich die App.

Sie war von Cami.

Und verdammt, es war verrückt, dass ich mich derart darüber freute …

CAMI, 25
Oh, Pizza Hawaii! Du weißt, wie du mein Herz höher schlagen lässt. 😋

Schmunzelnd und euphorisch räumte ich erst die Wasserflasche, ein Handtuch und ein Ersatzshirt für die Heimfahrt in meinen Rucksack, ehe ich mich im Wohnzimmer auf die Couch setzte und ihr antwortete. Auf keinen Fall wollte ich, dass sie dachte, ich hätte sehnsüchtig auf eine Nachricht von ihr gewartet.

ELIJAH, 29
Wie gut! Ich mag es, wenn eine Frau einen gesunden Appetit und keine Angst vor Pizza und Burger hat.

CAMI, 25
Bist du enttäuscht, wenn ich dir verrate, dass ich genauso gern Salat esse?

ELIJAH, 29

Nein, kein bisschen. Es ist nur anstrengend, mit einer Frau zusammen zu sein, die Kalorien zählt und die Finger von all den guten Dingen lässt, die das Leben lebenswert machen. Wie Eiscreme, Mousse au Chocolat und Pizza.

CAMI, 25

Klingt, als hättest du in dieser Hinsicht Erfahrung.

ELIJAH, 29

😄 Eventuell.

CAMI, 25

Dann solltest du das in deinem Profil ergänzen.

ELIJAH, 29

Du meinst etwas wie: Suche Frau, die ihre Pizza und ihre Mousse au Chocolat mit mir teilt?

CAMI, 25

Genau. Ich würde mal sagen, das verrät viel über ihre Persönlichkeit.

ELIJAH, 29

Würdest du denn deine Pizza und deine Mousse au Chocolat mit mir teilen?

Mein Puls beschleunigte sich, als sie nicht sofort antwortete.

Gott, diese Frau machte mich verrückt.

Die Klingel schrillte durch das Haus und gleich darauf drang Ronalds Stimme zu mir. »Ich bin's. Wo steckst du, Elijah?«

Mein Bruder hatte einen Schlüssel, von dem er hin und wieder Gebrauch machte – was mich nicht störte. So oft, wie er hier war, war das überaus sinnvoll. Und er verschaffte sich ausschließlich dann selbst Zutritt, wenn wir verabredet waren. Teddys Schwanz schlug im Stakkato klopfend gegen das Treppengeländer, als er ihn freudig begrüßte.

»Im Wohnzimmer«, rief ich zurück, während endlich Camis Nachricht einging.

CAMI, 25
Jederzeit. ☺

Mein Lächeln wurde breiter.

»Mit wem schreibst du?« Der Stuhl knarzte, als Ronald sich mir gegenüber setzte.

»Mit Cami.« Kurz drehte ich das Handydisplay in seine Richtung, um ihm ihr Profilfoto zu zeigen.

»Ah! Immer noch?«

Ich machte ein zustimmendes Geräusch.

»Dann würde ich mal sagen, das ist ein gutes Zeichen, oder?«

»Mal abwarten«, antwortete ich schulterzuckend.

Dass Gespräche in dieser App schnell mal abflauten, war kein Geheimnis. Bei vielen sprang nicht dieser Funke über, und mehr als einmal hatte ich feststellen müssen, dass wir keinen Draht zueinander hatten.

Bei Cami war es anders – doch selbst das musste nichts bedeuten.

»Vorerst genieße ich einfach die Unterhaltung mit ihr«, sagte ich deshalb ausweichend.

»Worum geht's? Oder will ich das nicht wissen?« Er lachte dreckig.

Statt ihm zu antworten, zeigte ich ihm meinen Mittelfinger, konnte mir jedoch ein Grinsen nicht verkneifen. »Wir schreiben über die beste Nebensache der Welt.«

Ronald grunzte. »Ich wusste es.«

»Über Pizza und Schokoladenmousse.«

»Scheiße, bei dir ist es echt zu lange her … Muss ich dir wirklich Nachhilfe im Flirten geben?«

»Keine Sorge, ich bin nicht so schlecht darin, wie du denkst.«

»Na, wenn du es sagst …«

Schmunzelnd stand ich auf und schulterte meinen Rucksack. »Können wir los?«

»Klar. Die schreiben übers Essen …« Ungläubig schnaubte er auf. »Ich hoffe, in der Unterhaltung ging es darum, mit ihr auszugehen, und ihr habt darüber diskutiert, in welches Lokal ihr wollt.«

Ich wandte ihm den Kopf zu und hob eine Augenbraue. »Nein, und so schnell wird das auch nicht passieren.«

Ronald schwieg für einen Moment, dann klopfte er mir auf die Schulter. »Du hast recht, sorry. Mein Fehler. Also los jetzt. Lass uns fahren, bevor es zu spät wird. Teddy, du bleibst heute zu Hause.«

Dieser brummte beleidigt und trollte sich in sein Bett unter der Treppe.

»Ja, ich … antworte ihr nur noch schnell. Gehst du schon mal vor?«

»Klar. Gib mir deinen Rucksack, dann packe ich ihn in den Kofferraum.«

Als Ronald die Haustür ins Schloss fallen ließ, atmete ich tief durch. Denn sosehr es mich freute, dass die Unterhaltung mit Cami gut lief, so sehr fürchtete ich, sie könnte, sobald ich ihr die Wahrheit über mich verriet, das Match auflösen. Und das war nun mal wirklich nicht unwahrscheinlich. Ich würde es ihr zumindest nicht verübeln. Doch dann würde ich sie nicht mehr kontaktieren können – und das wollte ich tunlichst vermeiden.

Dieser Gedanke war mir bereits einige Male gekommen, und er war ausschlaggebend dafür gewesen, dass ich mich am ersten Tag nicht wie versprochen noch mal gemeldet hatte. Doch nun hatte ich das Ganze angefangen, und jetzt würde ich es durchziehen. Denn mein Plan hatte zu Beginn gut geklungen – und das tat er in gewisser Weise immer noch. Zu sehr hatten mich meine Erfahrungen der letzten Monate geprägt, weshalb ich mich ganz bewusst für diesen Weg entschieden hatte. Und ich konnte einfach nur hoffen, dass ich meine Entscheidung nicht bereuen würde.

5 – CAMI

Wie verrückt es war, auf das Display zu starren und auf eine Antwort zu warten. Würde Elijah überhaupt noch etwas auf meine letzte Nachricht schreiben? Immerhin könnte danach auch einfach die Unterhaltung im Sand verlaufen.

Gebannt nagte ich an meiner Nagelhaut, während ich in die Stille meiner Wohnung lauschte. Das gestrige Gespräch mit Sheryl hatte mich ziemlich aufgewühlt und ich hinterfragte seit dem viel zu oft, ob ich *richtig* geantwortet hatte. Wobei ich versucht hatte, auf mein Bauchgefühl zu hören, und zudem wusste, dass ich nicht jede meiner Antworten zu sehr infrage stellen sollte.

Selbst wenn Elijah mich als seltsam empfand – aus welchem Grund auch immer –, war das kein Weltuntergang. Mal davon abgesehen, dass ich nicht erwartet hatte, über diese App überhaupt eine ernst zu nehmende Unterhaltung zu führen.

Gut, über die Ernsthaftigkeit des Inhalts in dem Gespräch mit Elijah konnte man streiten. Aber irgendwie … mochte ich seine Antworten.

Nur dass er manchmal eine Nachricht nach der anderen schrieb und dann wieder mehrere Minuten, wenn nicht länger,

Pause herrschte, machte mich fertig. Was zur Hölle tat dieser Mann? War er auf der Arbeit?

Gerade in dem Moment, als ich die App schließen und das Handy weglegen wollte, ging eine neue Message ein.

ELIJAH, 29
Vielleicht komme ich darauf ja wirklich mal zurück. 😌
Leider muss ich mich schon wieder von dir verabschieden, dabei genieße ich die Unterhaltung mit dir sehr. Mein Bruder holt mich jedoch gerade zum Joggen ab. Aber ich verspreche, ich melde mich später noch einmal.

Mein Herz schlug einen kleinen Purzelbaum. Er mochte die Unterhaltung mit mir! Vor Freude stieß ich einen quietschenden Laut aus, ehe ich ihm schnell antwortete.

CAMI, 25
Ich mag die Gespräche mit dir auch. Und klar, melde dich gern später noch einmal. Ich esse in der Zwischenzeit eine Mousse au Chocolat für uns beide, wenn du mir versprichst, für mich mitzujoggen.
ELIJAH, 29
Versprochen!

Mit aller Kraft wollte ich mich ermahnen, nicht zu viel zu erwarten. Immerhin hatte er schon einmal angekündigt, sich später zu melden, und hatte es nicht getan. Von Enttäuschungen hatte ich wirklich genug, daher versuchte ich, mich abzulenken. Zuerst, indem ich die Seite des Fitnessstudios aufrief, für das ich einen monatlichen Mitgliedsbeitrag bezahlte, aber viel zu selten dort war.

Wenn Elijah Sport trieb, sollte ich vielleicht auch mal wieder etwas für meine Figur tun – und das nicht in Form von leckerem Essen.

Tatsächlich würde in einer guten dreiviertel Stunde ein HIIT-Kurs stattfinden. Nach so einem intensiven Intervalltraining würde ich vermutlich meinen ganzen Körper spüren und es im Anschluss bereuen, so selten hinzugehen. Und weil ich die nächsten Tage einen Muskelkater aushalten müsste, der sich gewaschen hatte, würde ich meinen Ehrgeiz womöglich im Keim ersticken und still vor mich hin leidend beschließen, dass ich ohne Sport besser dran wäre.

Doch dann stellte ich mir vor, wie es wäre, gemeinsam mit einem Mann zu trainieren. Vielleicht sogar mit Elijah joggen zu gehen …

Gut, es war natürlich viel zu früh, so etwas überhaupt zu denken, aber wenn er körperlich fit war, war es definitiv an der Zeit, auch meine Kondition aufzubauen. Wenn ich dabei dann noch meine Muskeln stärken und meine Figur formen konnte, war es sicher kein Nachteil.

Also packte ich in Windeseile meine Sporttasche und fuhr ins Studio.

* * *

Gute zweieinhalb Stunden später stand ich zu Hause unter der Dusche und ließ das heiße Wasser auf meine malträtierten Muskeln prasseln.

Ja, ich würde mich morgen definitiv dafür verfluchen, ausgerechnet in diesen Kurs gegangen zu sein. Immerhin hätte ich mich alternativ auf eines der Laufbänder stellen und dort gemütlich joggen können. Aber als ich diesen Geistesblitz gehabt hatte, hatte ich bereits bei der Anmeldung Bescheid gesagt, dass ich mich der HIIT-Gruppe anschließen würde. Noch einmal aussteigen wollte ich auch nicht, vor allem, da die Frau hinter dem Tresen mir schon einen genervten Blick zugeworfen hatte, weil ich so knapp dran gewesen war.

Nachdem ich meine Haare kurz geföhnt hatte, saß ich etwas später in einer ausgewaschenen Jogginghose und einem T-Shirt auf der Couch und hatte auf einem TV-Sender eine alte Ausstrahlung von *Charmed – Zauberhafte Hexen* gefunden.

Vor mir auf dem Tisch stand ein Pizzakarton, in dem die drei letzten Stücke einer Pizza Hawaii lagen, während ich Schokoladenmousse löffelte – für Süßes war immer noch Platz in meinem Bauch. Ich fand, dass ich es nach all der Anstrengung verdient hatte, mir etwas Gutes zu gönnen. Dass es ausgerechnet diese beiden Dinge geworden waren, lag in Elijahs Verantwortung.

Bei dem Gedanken an ihn verzog ich das Gesicht zu einem Grinsen – und genau in dem Moment ging eine Nachricht von ihm ein.

ELIJAH, 29
Hier bin ich wieder.

Es war nicht nur Freude, die mich bei seiner Message packte, sondern auch Erleichterung. Sofort antwortete ich ihm und hoffte, dass er diesmal länger Zeit hatte, mit mir zu schreiben.

CAMI, 25
Hey! Wie war das Joggen?
ELIJAH, 29
Ganz okay. Heute hatte ich einen nicht so guten
Lauf, was sicher daran liegt, dass ich lieber mit dir
geschrieben hätte, als zu joggen.
Ich hoffe, du hattest einen schönen Nachmittag.

CAMI, 25
Das ist eine Frage der Ansicht. Gerade bin ich froh,
wenn ich mich nicht zu viel bewegen muss.

ELIJAH, 29
???

Ich kicherte in mich hinein und hätte jetzt zu gern gewusst, was
er bei meiner Antwort dachte. Doch anstatt nachzufragen und
womöglich irgendwelche Spekulationen aufkommen zu lassen,
durch die es unter Umständen seltsam zwischen uns werden
könnte, antwortete ich ihm ganz direkt.

CAMI, 25
Okay, also das war so: Als du mir erzählt hast, dass
du joggen gehst, hat mich das schlechte Gewissen
gepackt, weil ich da dieses Abo fürs Fitnessstudio
habe, es in letzter Zeit aber nur sehr selten nutze.
Folglich war ich dort und habe bei einem HIIT-Kurs
mitgemacht, der bewirkt hat, dass ich jetzt völlig
erledigt auf der Couch lümmle, fernsehe und dazu
Pizza Hawaii und Schokomousse esse.

ELIJAH, 29
Echt jetzt?

CAMI, 25
Ich schwöre, das ist mein voller Ernst. Drei Stück
von der Pizza liegen noch vor mir, aber die werde
ich wohl für morgen aufheben. Kalte Pizza zum
Frühstück – unbezahlbar!

ELIJAH, 29
Besonders wenn Ananasstücke darauf sind.

CAMI, 25
Ich sehe, wir verstehen uns.
Was hast du heute noch vor?

ELIJAH, 29
Ehrlich?

CAMI, 25
Ehrlich.

ELIJAH, 29
Gar nichts mehr. Ich liege auch auf der Couch,
zappe durch das Fernsehprogramm und schreibe
mit einer Frau, die mich zum Lächeln bringt.

Gott, es war verrückt, dass ich mich so über seine Antwort freute. Kürzlich hatte ich mir eine Dokumentation über einen Schwindler auf einem Datingportal angesehen, und ich wusste, wie schnell es gehen konnte, auf die Masche eines Kerls hereinzufallen, den man im Internet kennengelernt hatte. Sogar dann, wenn man sich mit ihm persönlich traf und nicht ausschließlich per Chat kommunizierte. Und von diesen Scammern hatte ich bereits genug gruselige Geschichten gehört. Wie sie sich erst das Vertrauen von ihren Opfern erschlichen, ehe sie einen tragischen Unfall vortäuschten, um sich Geld von den Menschen zu erschwindeln, zu denen sie über Wochen oder Monate eine Bindung aufgebaut hatten.

CAMI, 25
Trifft sich gut, weil ich nämlich genau dasselbe
mache: Auf der Couch liegen, fernsehen und
mit einem Mann schreiben, der mich zum
Lächeln bringt.

Okay, der Text war jetzt nicht besonders kreativ, aber einerseits war ich auf der Hut, andererseits flatterte es verdächtig in meinem Magen. Und *das* fühlte sich unglaublich gut an.

ELIJAH, 29
Das streichelt gerade sehr mein Ego.

Was schaust du? Ich brauche Empfehlungen,
im Moment habe ich keine Serie am Laufen.
Mit Hawaii Five-0 bin ich seit gestern durch.

> **CAMI, 25**
> Oh, ich weiß nicht, ob ich für Serientipps die Richtige
> bin. Zuletzt habe ich Sex and the City geschaut – zum
> dritten Mal. Und gerade läuft bei mir Charmed. Bin
> zufällig im Fernsehen darüber gestolpert.

ELIJAH, 29
Welcher Sender?

Ich antwortete ihm und fragte mich gleichzeitig, ob er den Kanal jetzt ebenfalls einschalten würde, als auch schon die nächste Nachricht von ihm kam.

ELIJAH, 29
Okay, Crashkurs: Worum geht es in der Serie und
was muss ich alles dazu wissen?

> **CAMI, 25**
> Die drei Schwestern Phoebe, Prue und Piper
> Halliwell sind Hexen. Jede von ihnen hat spezielle
> Kräfte und zudem besitzen sie dieses Buch mit
> den uralten Zaubersprüchen, das sie auf dem
> Dachboden aufbewahren. Gemeinsam kämpfen
> sie gegen Dämonen, Hexer und andere dunkle
> Kreaturen und beschützen die Unschuldigen. Du
> musst das jetzt aber echt nicht mit mir schauen. Ich
> bin nur zufällig bei der Serie hängengeblieben.

ELIJAH, 29
Du schaust sie gern?

> **CAMI, 25**
> Na ja, irgendwie hat sie was, finde ich. Es gibt jedoch
> definitiv bessere Serien.

ELIJAH, 29
Wie Sex and the City.

Also entweder wollte er mich verarschen oder diese Unterhaltung rutschte gerade in eine Zweideutigkeit ab, die mir nicht gefiel.

CAMI, 25
Ja klar …

ELIJAH, 29
Das war mein voller Ernst. Ich finde die Serie genial.

Nach wie vor war ich mir nicht sicher, ob ich ihm glauben konnte. Die hohe Anzahl an wirklich eindeutigen, aber äußerst fragwürdigen Angeboten auf dieser Plattform hatte mich mehr als enttäuscht. Und ich hätte es schade gefunden, wenn sich Elijah nun doch als ein Mann entpuppen würde, der in erster Linie auf Sex aus war.

Aber ein Teil in mir wollte an das Gute in ihm glauben. Deshalb unterzog ich ihn einem Test.

CAMI, 25
Welcher der Hauptcharaktere ist dein Liebling und warum?

Seine Antwort dauerte ungewöhnlich lange. Ich war mir nicht sicher, ob er erst Wikipedia befragen musste oder ob er jetzt versuchte, sich doch irgendwie aus der Affäre zu ziehen. Weil ich nicht die ganze Zeit auf das Display starren wollte, legte ich das Telefon beiseite und räumte die Reste meines Essens weg. Beim Aufstehen ächzte ich und erhielt eine leise Vorahnung, *wie* schlimm mein Tag morgen werden würde, wenn ich das volle Ausmaß des Trainings zu spüren bekam.

Ich legte die Pizzareste auf einen Teller und stellte ihn in den Kühlschrank. Mit einem Glas Orangensaft setzte ich mich wieder auf die Couch und nahm das Telefon zur Hand, auf dem ich eine Nachricht von Sheryl entdeckte.

Sheryl: Was halten wir von einem Bob?

Cami: Bob wie Robert oder wie die Frisur? Bist du schwanger und auf der Suche nach einem Namen für dein Kind oder brauchst du eine optische Veränderung?

Sheryl: 😊 Natürlich meine ich die Frisur! Denkst du, mir steht so was?

Cami: Hm, du willst die Wahrheit hören, oder?

Sheryl: Grundsätzlich ja, aber jetzt bin ich mir gerade nicht mehr so sicher. Du bist dagegen, richtig?

Cami: Ich glaube, du hast vielleicht ein zu rundes Gesicht. 🙈

Sheryl: Ist das eine nette Umschreibung dafür, dass du denkst, dass ich fett bin?

Cami: Nein! Das ist eine klare Analyse deiner Gesichtsform. Und die ist nun mal herzförmig bis rund. Aber da gibt es sicher Apps, bei denen du dein Foto einfügst und die verschiedensten Frisuren probieren kannst.

Sheryl: Guter Tipp!

In dem Moment wurde mir angezeigt, dass ich eine neue Nachricht auf *Perfect Match* erhalten hatte. Gespannt wechselte ich dorthin, scheute mich allerdings zunächst, Elijahs Antwort zu lesen. Da die Neugier jedoch wie immer größer war, öffnete ich schließlich den Chat.

ELIJAH, 29
Puh, gute Frage. Ich meine, Carrie ist natürlich durch und durch kultig. Es wäre leicht zu sagen, dass sie mein Lieblingscharakter ist, weil man von ihr am meisten erfährt. Immerhin erzählt sie die Geschichten. Aber ich mag Charlottes ruhige, beinahe naive Art. Sie ist mit ihrer Unschuldigkeit fast schon wieder auf ihre eigene Art sexy.
Miranda als Powerfrau ist auch nicht zu verachten. Keine klassische Schönheit, doch ich mag Frauen, die sich durchsetzen können. Samantha lässt halt nichts anbrennen. Schön für die, die es mögen, im echten Leben wäre sie mir jedoch too much. Also sicher unterhaltsam, aber keine, mit der ich mir vorstellen könnte, etwas anzufangen. Von den Männern finde ich übrigens Aidan richtig gut gelungen. Und das nicht nur, weil er einen Hund hat. Oh, und natürlich Willie Garson als Stanford. Er war ein großartiger Schauspieler!
Okay, das war nun nicht wirklich eine Antwort auf deine Frage, aber das Thema ist vermutlich zu komplex, um es in einem Chat zu beantworten.

> **CAMI, 25**
> Okay, das kommt … überraschend.

ELIJAH, 29
Inwiefern?

> **CAMI, 25**
> Weil ich echt dachte, dass du mich auf die Schippe nimmst, als du behauptet hast, dass du SatC gesehen hast.

ELIJAH, 29
Sorry – habe ich mich jetzt disqualifiziert?

> **CAMI, 25**
> Überhaupt nicht.

ELIJAH, 29
Puh. 😆

> **CAMI, 25**
> Ist dein Bruder älter oder jünger als du?

ELIJAH, 29
Wieso? Tauschst du mich gegen ihn ein?

> **CAMI, 25**
> Auf keinen Fall!

ELIJAH, 29
Ronald ist zwei Jahre älter als ich und seit drei Jahren verheiratet. Hast du Geschwister?

> **CAMI, 25**
> Nein, ich bin Einzelkind. Ist aber nicht schlimm, im Nachbarhaus meiner Eltern hat meine beste Freundin gelebt. Sheryl war und ist wie eine Schwester für mich. Auch jetzt wohnt sie nur ein paar Häuser weiter.

In dem Moment ging eine Nachricht von ihr auf meinem Telefon ein.

Sheryl: Du hattest recht mit dem runden Gesicht. Ein Bob steht mir gar nicht.

Cami: Das habe ich dir schon mit elf gesagt, als du für Robert Pattinson in Twilight geschwärmt hast.

Sheryl: Wie oft denn noch? Taylor Lautner hat einfach gar nichts an sich, was anziehend ist. #teamedward

*Cami: Was bin ich froh, dass unser Männergeschmack so unter-
schiedlich ist.* 😋 *#teamjacob*

*Sheryl: Darüber bin ich auch echt erleichtert! Stell dir mal vor,
wir würden mit demselben Kerl auf Perfect Match schreiben …*

Cami: 😮

Das brachte mich auf eine Idee …

Schnell wechselte ich zu *Perfect Match* zurück, wo mir
Elijah geantwortet hatte, dass er gute und langjährige Freundschaften feiere und als äußerst wertvoll empfinde. Doch darauf
wollte ich gerade nicht eingehen. Dafür war die Sache, die mir
auf der Seele brannte, zu wichtig.

CAMI, 25
Darf ich mal fragen, wieso du überhaupt hier
angemeldet bist? Ich meine … was genau erhoffst
du dir, hier zu finden?

6 – ELIJAH

Fuck! Mit dieser Frage hatte ich natürlich irgendwann gerechnet, aber im Moment war ich noch nicht bereit dafür. Denn was sollte ich ihr sagen? Die Wahrheit? Das war unmöglich … Nicht jetzt, nicht über den Chat.

Ich trank von meinem Wasser und dachte darüber nach, was ich ihr antworten konnte, was so nah wie möglich an der Realität lag, ohne ihr alles zu verraten – und sie dadurch zu verlieren. Schließlich begann ich zu tippen …

ELIJAH, 29
Ich bin nicht auf der Suche nach schnellem Sex, falls du das meinst. Ich hoffe, das hast du inzwischen gemerkt. Keine Ahnung, ob es richtig ist, wenn ich sage, dass ich mir wünsche, die Frau für den Rest meines Lebens zu finden. Das klingt viel zu fordernd und vermutlich ist noch nicht der Zeitpunkt, es auf diese Weise zu formulieren.
In meiner Wunschvorstellung lerne ich hier eine Frau kennen, mit der ich Spaß haben kann – auf allen Ebenen. Eine, mit der ich lachen und eine

schöne Zeit erleben darf. Eine, die für mich wie ich
für sie tiefere Gefühle entwickelt. Und vielleicht
kann daraus ja wirklich eine Beziehung entstehen,
die von Dauer ist.

Als ich diese Nachricht abschickte, war ich nervös. Wie immer,
wenn ich etwas von mir offenbarte, so wie vorhin die Erklärung,
warum ich Sex and the City mochte. Es lag nicht nur am Humor und an den Themen, die behandelt wurden. Die Serie war
sexy und unterhaltsam. Kurzweilig und lustig. Und ja, auch der
Romantiker in mir bekam seinen Teil ab.

Dass Cami meine Antwort darauf ganz offensichtlich nicht
abgeschreckt hatte, beruhigte mich. Doch dass ich nun schon
wieder aufgekratzt auf eine Reaktion von ihr wartete, machte
mich völlig kirre.

Endlich ging eine neue Nachricht von ihr ein, die meinen
Puls erneut in die Höhe trieb.

CAMI, 25
Dann zählst du vermutlich zu dem einen Prozent
auf dieser Plattform, das auf eine Beziehung hofft
und nicht auf Sex.

> **ELIJAH, 29**
> Ist es wirklich so schlimm?

CAMI, 25
Es ist schlimmer als schlimm …

> **ELIJAH, 29**
> Tut mir ehrlich leid. Ich entschuldige mich im
> Namen aller Männer für ihr unmögliches Verhalten.

CAMI, 25
Musst du nicht. Die Nachrichten sind nur
manchmal wirklich anstrengend. Aber
zugegeben, hin und wieder auch echt amüsant.

ELIJAH, 29
Will ich Beispiele wissen?

CAMI, 25
Moment, ich schau mal, ob ich einen lustigen
Text finde …

Gespannt wartete ich ab, und je mehr Zeit verfloss, desto größer wurde die Frage, mit wie vielen Männern sie denn gerade schrieb. Dass ich einen kleinen Stich Eifersucht verspürte, brachte mich dazu, den Kopf zu schütteln.

Klar, auch Frauen waren auf dieser Plattform manchmal ziemlich direkt. Und ja, vor Cami gab es viele Matches, von denen einige sogar das Potenzial für mehr gehabt hätten, bis ich feststellen musste, dass es für mich aus diversen Gründen nicht infrage kam, mich näher auf sie einzulassen.

CAMI, 25
Der hier zum Beispiel: Sorry, ich konnte mit
meinem Bike nicht mehr rechtzeitig bremsen und
bin bei dir gelandet. Wie geht's so?

ELIJAH, 29
Okay, der ist gar nicht mal so schlecht. 😄

CAMI, 25
Ja, aber so gut wie alle anderen gehen unter die
Gürtellinie. Der war der Einzige, der herzeigbar ist. 😄

ELIJAH, 29
Dann wundert es mich, dass du dich nicht bereits
von der Plattform abgemeldet hast.

CAMI, 25
Das liegt ehrlich gesagt auch nur an einem einzigen Mann.

Scheiße, bei dieser Antwort musste ich breit grinsen. Und wie irre schnell mit einem Mal mein Herz schlug!

ELIJAH, 29
Der Glückliche!

CAMI, 25
Und ICH Glückliche! In dem Meer aus fixierten
Typen den einen zu finden, mit dem man sich nett
unterhalten kann, der einen zum Lachen bringt und
bei dem man jede weitere Nachricht sehnsüchtig
erwartet, klingt fast wie ein Jackpot im Lotto.

ELIJAH, 29
Stimmt!
Ich hoffe, wir reden gerade über mich? Ansonsten
muss ich wohl die App deinstallieren und mich im
Sand vergraben.

CAMI, 25
😄 Ja, wir reden über dich! 🖤

Sie hatte mir wirklich ein Herz geschickt? Gut, vielleicht hatte
das nichts zu bedeuten. Manche Frauen warfen mit Herzen nur
so um sich. Aber Cami hatte ich bisher nicht so eingeschätzt.

Doch ich würde das jetzt besser nicht thematisieren. Stattdessen freute ich mich im Stillen darüber, während es im Fernsehen gerade die drei Hexen mit einem Dämon aufnehmen mussten, der erst Cupido umgebracht hatte und nun auch noch Hass zwischen den Schwestern säte.

Eventuell war die Serie wirklich ganz unterhaltsam. Im Moment gab es jedoch etwas, das ich um Welten besser fand als die drei Hexenschwestern.

ELIJAH, 29
Danke! Das Kompliment kann ich übrigens nur
zurückgeben. Also das mit dem Jackpot.

CAMI, 25
🙈 Du machst mich total verlegen.

Der Wunsch in mir wuchs, sie zu bitten, die Telefonnummern zu tauschen. Einfach, um ihr einen Anlass zu bieten, die App zu deinstallieren und ausschließlich mit mir zu schreiben. Keine Ahnung, ob sie noch mit anderen über *Perfect Match* kommunizierte.

Aber das ging aus diversen Gründen nicht …

Dass so viele Kerle dachten, sie würden sich auf einer Plattform befinden, auf der sie Frauen für Sex wie in einem Katalog auswählen konnten, kotzte mich an. Noch mehr, dass ich es für eine gute Idee befunden hatte, mich hier ebenfalls zu registrieren. Doch auch Ronald hatte *Perfect Match* befürwortet, immerhin hatten zwei seiner Arbeitskollegen hier ihre Freundinnen gefunden. Und schließlich hatte ich auf diese Weise Cami kennengelernt. Jetzt durfte ich es nur nicht mit ihr versauen …

> **ELIJAH, 29**
> Ist bloß die Wahrheit. Und gerade würde ich dich echt gern sehen, wenn ich dich verlegen mache. Werden deine Wangen dabei rosig? Senkst du den Blick? Versteckst du dein Gesicht in den Händen? Beschreib es mir mal, wenn ich dich schon nicht sehen kann. Bitte.

> **CAMI, 25**
> Das mit den geröteten Wangen trifft es vermutlich ganz gut.

> **ELIJAH, 29**
> Süß! Und keine falsche Scheu, ich finde, man darf ruhig auch Schwächen zeigen.

> **CAMI, 25**
> Machst du das denn? Schwächen zeigen, meine ich.

> **ELIJAH, 29**
> Ja. Gezwungenermaßen musste ich lernen, dass es zum Leben dazugehört.

CAMI, 25
Oh! Was ist passiert, wenn ich fragen darf?

Unschlüssig überlegte ich, was ich ihr verraten konnte, ohne zu viel von mir preiszugeben. Verdammt, warum fühlte ich mich in der Unterhaltung mit Cami derart wohl? Da vergaß ich regelmäßig, dass ich aufpassen musste, was ich sagte.

Gut, es war definitiv ein positives Zeichen, dass ich keine Hemmungen hatte, mich ihr zu öffnen und ihr alles anzuvertrauen. Aber in der Hinsicht war ich egoistisch. Ich wollte die Zeit, so weit es ging, mit ihr genießen und nicht alles gleich zu Beginn mit der niederschmetternden Realität zerstören.

ELIJAH, 29
Sagen wir mal so, das Schicksal hat es nicht immer gut mit mir gemeint. Aber inzwischen weiß ich, dass es besser ist, zu meinen Schwächen zu stehen. Als Mann wirst du quasi von den Eltern und der Gesellschaft dazu erzogen, dauernd stark sein zu müssen. Schwäche zu zeigen, macht dich angreifbar, wertet dich ab – das wird einem schon als Kind beigebracht. Dabei muss man dafür erst einmal die Eier in der Hose haben, zugeben zu können, dass man eben nicht perfekt ist. Dass Fehler einen zu dem Menschen geformt haben, der man ist.

CAMI, 25
Das ist so wahr und gleichzeitig wirklich traurig. Ich meine, als Frau ist es ja im Grunde genauso schwierig. Früher wurde von einer Frau noch »erwartet«, schwach und hilflos zu sein. Starke Frauen wurden bestraft und mussten dafür büßen, die Stimme zu erheben oder sich verteidigen zu

wollen. Das hat sich zwar um Welten gewandelt, aber dennoch ist es nicht einfach, die richtige Balance zu finden. Entweder du bist die starke Frau, die sich durchzusetzen weiß und auf eigenen Beinen steht – dann bist du die unweibliche Emanze. Oder du bist sensibel und brauchst eine Schulter zum Anlehnen – schon giltst du als verweichlicht, als ein leichtes Opfer und wirfst die Frauenbewegung um gefühlt fünfzig Jahre zurück.

> **ELIJAH, 29**
> Ein Glück, dass ich nicht viel von Vorurteilen halte.

CAMI, 25
Das macht dich definitiv zu einem besseren Menschen.

Ein Schmunzeln huschte über meine Lippen.

CAMI, 25
Und? Wie hat dir deine erste Folge Charmed gefallen?

> **ELIJAH, 29**
> Gar nicht mal so übel, aber die Unterhaltung mit dir war zugegebenermaßen spannender.

CAMI, 25
Du Charmeur!

Mit einem wohligen Gefühl im Bauch schaltete ich den Fernseher aus und stand auf. Die halbvolle Wasserflasche trug ich schon mal ins Schlafzimmer, wo ich sie auf den Nachttisch stellte, und machte mich auf den Weg ins Badezimmer.

> **ELIJAH, 29**
> Ich hoffe, es ist okay, wenn ich dich mit ins Bad

und anschließend mit ins Bett nehme? Ich muss morgen früh raus und habe letzte Nacht schlecht geschlafen.

CAMI, 25
Nur zu, ich werde nicht gucken, wenn du nackt bist. ☺

Ihre Nachricht brachte mich zum Lachen.

ELIJAH, 29
Wieso habe ich die Vermutung, dass du das gerade nicht ernst meinst?

CAMI, 25
Keine Ahnung, wie du darauf kommst. ☺
Aber weshalb hast du schlecht geschlafen?

ELIJAH, 29
Liegt vermutlich daran, dass mein Leben gerade etwas … na ja, kompliziert ist. Aber es ist nichts, was sich nicht beheben lässt. Daher will ich dich auch gar nicht damit belasten.

CAMI, 25
Oje. Falls du wen zum Reden brauchst – jederzeit.

ELIJAH, 29
Danke!

CAMI, 25
Und wieso musst du morgen früh raus?
Zur Arbeit, oder hast du was anderes vor?

ELIJAH, 29
Arbeit. Ich bin Masseur in einem Massage-Fachinstitut.

CAMI, 25
Echt jetzt?

ELIJAH, 29
Echt jetzt! Und du?

Die ganze Zeit, während ich die Zähne putzte, konnte ich das Grinsen nicht abstellen. Und verdammt, ich würde alles dafür geben, ihr Gesicht zu sehen oder zumindest ihre Reaktion auf meinen Job zu hören. Dass man als Masseur gute Karten bei den Frauen hatte, durfte ich nicht zum ersten Mal feststellen.

CAMI, 25
Ich bin Grundschullehrerin.

> **ELIJAH, 29**
> Wow! Ein sehr verantwortungsvoller Beruf.
> Immerhin prägst du mit deiner Arbeit die nächste
> Generation auf positive Weise.

CAMI, 25
Ich versuche es zumindest.

> **ELIJAH, 29**
> Ganz sicher bist du eine großartige Lehrerin. Ist es
> dein Traumjob?

CAMI, 25
Es ist toll, wenn auch anders, als ich es mir zu Beginn vorgestellt habe. Wie groß die Verantwortung ist, ist mir erst im Laufe des Studiums klargeworden. Es ist oftmals anstrengend und bringt mich immer wieder an meine Grenzen, aber ich liebe Herausforderungen und die Arbeit ist unglaublich schön. Die Kleinen geben einem einfach so viel zurück, das macht den ganzen Frust mit überempfindlichen und hypersensiblen Eltern, unbegreiflichen neuen Vorschriften und Verordnungen und einer strengen Chefin wieder wett.
Und selbst?

> **ELIJAH, 29**
> Das klingt schön und ich freue mich für dich, dass
> dir dein Job Spaß macht und dich fordert.
> Ich arbeite auch sehr gern als Masseur. Es erfüllt

mich, zu wissen, dass ich Menschen durch meine
Hände helfen kann. Dass ich ihre Beschwerden
lindern und ihnen was Gutes tun kann.

Nachdem ich die Antwort abgeschickt hatte, legte ich das Telefon beiseite und zog meine Jogginghose und das T-Shirt aus. Dann machte ich es mir im Bett gemütlich und öffnete noch einmal den Chatverlauf. Und natürlich hatte Cami bereits auf meine letzte Nachricht reagiert.

CAMI, 25
Das klingt auch wirklich schön. Dann sind wir
beide wohl besondere Glückspilze, weil wir
zufrieden mit unseren Jobs sind.

> **ELIJAH, 29**
> Auf jeden Fall!

CAMI, 25
Was würdest du sagen, sind die größten
Herausforderungen in deinem Beruf?

> **ELIJAH, 29**
> Stinkende und ungepflegte Menschen, ganz
> eindeutig.

CAMI, 25
Iih! I feel you.

> **ELIJAH, 29**
> Und bei dir?

Ihre Antwort dauerte etwas länger. Ich nutzte die Zeit, um meinen Wecker zu stellen, und trank noch einmal einen Schluck, ehe ich gebannt auf ihre Nachricht wartete.

CAMI, 25
Erst wollte ich sagen, es sind die Eltern, denen man

nichts recht machen kann. Aber dann habe ich die Antwort wieder gelöscht. Denn genau genommen sind es die Kinder, die in schwierigen Verhältnissen aufwachsen. Wenn ich mitbekomme, dass bei den Kleinen zu Hause etwas nicht so läuft, wie es sein sollte, fällt es mir wirklich schwer, die Vorschriften einzuhalten und nicht unüberlegt zu handeln. Bei Gewalt gegen Kinder und bei Missbrauch jeglicher Art werde ich zur Löwin, die sich am liebsten mit gefletschten Zähnen vor die Kleinen stellen möchte. Dass es nicht immer einfach ist, dagegen vorzugehen, und dass vor allem der vorgegebene Weg eingehalten werden muss, ist jedes Mal aufs Neue eine Zerreißprobe für meine Nerven.

ELIJAH, 29

Das kann ich gut nachvollziehen. Ich kann es genauso wenig ab, wenn Erwachsene zu Lasten der Kleinen ihre Macht demonstrieren oder sie in etwas hineinziehen, was Kinder einfach nicht durchmachen sollten. Das Leben ist schon hart genug und manche Erfahrungen bleiben ihnen so oder so nicht erspart. Da braucht es nicht auch noch Erwachsene, die ihnen Schaden zufügen. In solchen Fällen bin ich sehr dafür, Gleiches mit Gleichem zu vergelten.

CAMI, 25

Ich sehe, du verstehst mich.

Und tut mir leid, dass ich dich so kurz vorm Schlafengehen mit solchen Themen belaste. Das war jetzt sehr unsensibel von mir.

ELIJAH, 29

Keine Sorge, ich werde heute definitiv erholsame Träume haben.

CAMI, 25

Du bist süß! Gute Nacht, Elijah. Und morgen einen schönen Arbeitstag.

> **ELIJAH, 29**
> Schlaf du auch gut. Und dir einen erholsamen Samstag.

Mit einem zufriedenen Seufzen legte ich das Telefon auf den Nachttisch, als es vibrierte und eine neue Nachricht ankündigte. Schmunzelnd griff ich danach und stellte fest, dass sie von Ronald war.

Ronald: Wie lief das Gespräch mit Lara?

Elijah: Ich habe nicht mit ihr geredet.

Sofort klingelte das Telefon.

»Du bist ein verdammter Schisser, Elijah Robson!«

»Ich weiß. Aber hör auf, mich zu drängen. Der richtige Zeitpunkt war einfach noch nicht da. Mal davon abgesehen, dass sie heute den ganzen Tag nicht zu Hause war. Ich werde sie garantiert nicht anrufen und die Sache mit ihr am Telefon klären. Das verstehst du sicherlich.«

Ein zerknirschter Laut drang an mein Ohr. »Ja, schon klar. Aber du solltest mit offenen Karten spielen. Mit allen. Du kennst meine Meinung dazu.«

Nun war ich es, der reuevoll brummte. »Ich weiß. Ich weiß, verdammt! Ich will das ebenfalls und werde es auch. Doch ich kann nicht einfach mit der Tür ins Haus fallen. Weder bei Lara noch bei Cami.«

»Cami, hm? Du schreibst nach wie vor mit ihr?«

»Ja.«

Eine Weile schwieg Ronald, dann raunte er zustimmend. »Gut, Eli … Bring das Chaos in deinem Leben in Ordnung. Ich will nicht, dass sich die Sache zu lange hinzieht und mir ebenfalls alles erschwert.«

Mein Magen verknotete sich. Dass ich meinen Bruder da hineingezogen hatte, tat mir jetzt schon leid. Aber zum einen hatte er seine Hilfe angeboten, und andererseits hatte ich für mich keinen Ausweg mehr gesehen.

Ja, ich musste etwas an meinem Leben ändern. Und ich war bereits dabei. Nur dauerte es länger als erwartet. Ich musste sensibel mit all den Dingen umgehen, die ich Lara und Cami sagen wollte. Sagen musste. Mit keiner der beiden hatte ich vor, im Streit auseinanderzugehen. Doch dafür brauchte ich nun mal Zeit und das nötige Fingerspitzengefühl – das ich hoffentlich zum rechten Zeitpunkt haben würde.

7 – Cami

Mit einem Lächeln auf den Lippen schlug ich am nächsten Morgen die Augen auf. Dass mein erster Griff zum Handy ging, wäre an jedem anderen Tag eigentlich undenkbar gewesen, aber ich konnte nicht die Finger davon lassen, musste nachschauen, ob ich von Elijah eine Nachricht erhalten hatte.

Tatsächlich wurde mir eine neue Message auf dem Sperrbildschirm angezeigt. Ohne groß darüber nachzudenken, öffnete ich sie.

BART, 26
Hey, Schöne, kannst du lesen? In meiner Hose
steht was für dich.

Bah … Das war echt etwas, was ich mir nicht vorstellen wollte. Schon gar nicht am Morgen und von einem Wildfremden und noch weniger, wo wir zuvor kein einziges Wort gewechselt hatten.

Ich war nicht prüde und hatte nichts gegen Dirty Talk einzuwenden. Aber nicht, wenn es das Erste nach dem Hallo war. Dazwischen sollten mindestens unzählige lange Kennenlerngespräche stattgefunden haben. Man sollte sich sympathisch sein, sich zueinander hingezogen fühlen. Auf jeden Fall jedoch sollte man sich im echten Leben getroffen, sich geküsst und vielleicht sogar weitere Zärtlichkeiten ausgetauscht haben.

Dass viele Männer diese für mich – und vermutlich für die meisten anderen Frauen – wichtigen Details einfach übersprangen, war nach wie vor etwas, was ich nicht nachvollziehen konnte. Dachten sie, sie würden damit Zeit sparen? Wenn ja, welcher Art von Frau gefiel so was? Stiegen darauf überhaupt Frauen ein, oder eher Kerle – womöglich noch im Teenageralter –, die sich mit weiblichen Fake-Profilen den Spaß erlaubten, schmutzige Gespräche zu führen, um die Urheber solcher Texte zu verarschen?

Gerade wollte ich die App wieder schließen, als ich sah, dass noch eine weitere Nachricht eingegangen war. Und diese kam tatsächlich von Elijah.

ELIJAH, 29
Guten Morgen! Ich wollte dir unbedingt einen schönen Tag wünschen, bevor ich mich auf zur Arbeit mache. Genieße deinen Samstag. Ich denke an dich – und du ja vielleicht auch an mich?

Ich denke an dich …

Diese Worte hallten noch in mir wider, als ich mich mit dem Muskelkater meines Lebens aus dem Bett quälte und in die Küche schlurfte, wo ich die Kaffeemaschine bediente. Mein Herz hüpfte euphorisch und ich war im ersten Moment zu aufgeregt und unschlüssig, was ich ihm am besten antworten sollte. Ein simples *Das mache ich sowieso* entspräche zwar der Wahrheit, aber ich wollte ihm etwas schreiben, was ihm ebenfalls den Tag versüßte.

In dem Augenblick, in dem ich zu tippen begann, ging eine Nachricht von Sheryl ein.

Sheryl: Bist du auf? Schon in Partystimmung?

Cami: Ich bin wach und habe definitiv gute Laune. Wann treffen wir uns heute? Oder soll ich dich abholen?

Sheryls Apartment lag nur eine Querstraße weiter, weshalb es für mich nicht wirklich einen Umweg darstellte. Davon abgesehen wäre es mir sowieso lieber gewesen, wenn ich nicht allein auf Rasheedas Party aufkreuzen müsste. Jedoch wusste ich nicht, ob Sheryl direkt von der Arbeit kommen würde. Aufgrund ihres Jobs im Krankenhaus mit hin und wieder Schichtdienst wäre es nicht das erste Mal, dass sie ohne Umweg direkt von dort bei Rasheeda aufschlagen würde.

Sheryl: Komm vorher zu mir. Wir könnten noch ein Glas Wein trinken, bei dem du mir in Ruhe alles über deine neuesten Perfect Match-*Erfahrungen erzählen kannst.*

Cami: Ich habe einen noch besseren Vorschlag. Was hältst du davon, wenn wir uns am Nachmittag in der Stadt treffen, ein wenig shoppen, dann gemütlich zu Abend essen und uns anschließend bei dir für die Party aufstylen?

Sheryl: Ich habe kein Geld für Klamotten, du weißt ja, ich spare auf die Handtasche. Aber natürlich begleite ich dich, wenn du willst. Pizza oder Burger sind definitiv drin.

Cami: Dann lass uns den Teil mit dem unnötigen Geldausgeben überspringen und wir treffen uns gleich zum Essen. Soll ich für uns reservieren?

Sheryl: Das wäre super, danke! 💜

Nachdem ich in der Pizzeria einen Tisch für uns bestellt hatte, schrieb ich Sheryl, dass ich sie um sieben Uhr abholen würde. Danach machte ich es mir mit einer Schale Müsli und meinem Kaffee auf der Couch bequem und las noch einmal Elijahs Nachricht, ehe ich ihm antwortete.

> **CAMI, 25**
> Dir ebenfalls einen schönen guten Morgen! Ich hoffe, du hast mindestens so gut geschlafen wie ich. Nein, hoffentlich besser, mich hat der Muskelkater spüren lassen, dass ich eindeutig zu selten Sport treibe. Das sollte ich wohl ändern ... Jedenfalls wünsche ich dir einen schönen Arbeitstag – ich denke auch an dich.

Ich hatte keine Ahnung, ob Elijah mir zeitnah antworten würde. Vermutlich nicht, immerhin war er auf der Arbeit und konnte da bestimmt nicht ständig sein Handy checken. Also legte ich es kurz darauf beiseite, frühstückte zu Ende und kümmerte mich im Anschluss um den Haushalt, der sich leider nicht von selbst erledigte.

* * *

Als ich um kurz vor sieben Uhr bei Sheryl klingelte, öffnete mir meine Freundin in einem sexy Outfit. Sie trug ein dunkles bodenlanges Schlauchkleid mit Zick-Zack-Muster, das ihre Kurven mega in Szene setzte. Mit den schwarzen Plateau-Heels überragte sie mich um einiges und ich war mir jetzt schon sicher, dass sie auf Rasheedas Party mal wieder die Aufmerksamkeit aller auf sich ziehen würde. Sie war ein echtes Partygirl, und mit diesem Outfit und den offenen blonden Haaren, die ihr wild gelockt bis zu den Ellenbogen reichten, stand sie garantiert im Mittelpunkt.

»Wow, Beauty, du siehst umwerfend aus.« Sie begrüßte mich mit einer herzlichen Umarmung und mir stieg ihr Parfum in die Nase, das genau wie sie kein bisschen zurückhaltend war.

»Danke. Jetzt fühle ich mich fast ein wenig underdressed neben dir.« Verunsichert schaute ich an meiner schwarzen Seidenbluse und dem hellgrauen Paillettenrock hinab zu meinen Füßen, die in schwarzen Pumps steckten.

»Musst du nicht. Wobei ... willst du diese Strickjacke tatsächlich mitnehmen?« Stirnrunzelnd betrachtete sie das graue Wollteil, das ich über meinen Unterarm gelegt hatte.

Seufzend verdrehte ich die Augen. »Ja. Du weißt, wie schnell mir kalt wird. Beim letzten Mal standen ständig Fenster offen und die Luft war eisig. Also ... schon klar, wenn ich mehr getrunken hätte, wäre es mir vielleicht nicht so aufgefallen, aber ich habe nicht vor, mich zu betrinken, nur um nicht ständig zu zittern.«

Sheryl griff nach ihrer blutroten Designer-Handtasche und legte nachdenklich den Kopf schräg. »Ich könnte dir meine Lederjacke leihen.« Sie zeigte auf den Garderobenständer, auf dem ich ihr Lieblingsstück entdeckte.

»Das würdest du wirklich machen?«

»Wenn du mir versprichst, sie auf der Party nicht auszuziehen. Selbst dann nicht, wenn du einen heißen Typ kennenlernst und dich spontan mit ihm zurückziehst, um Sex zu haben.« Sie grinste versaut.

Schmunzelnd verdrehte ich die Augen. »Du weißt schon, dass das nicht passieren wird.«

»Falls doch, denk dran, du musst sie anbehalten.« Mahnend hob sie ihren Zeigefinger und brachte mich damit nun endgültig zum Lachen.

Wir machten uns auf den Weg zur Pizzeria, die nicht weit von Sheryls Haus entfernt lag. Giulia, die Inhaberin, begrüßte uns überschwänglich und führte uns zu unserem Tisch.

Ich bestellte eine Pizza mit Meeresfrüchten und Sheryl nahm die Lasagne. Sie ließ es sich nicht nehmen, dazu eine kleine Flasche Lambrusco mit zwei Gläsern zu ordern, während ich zusätzlich um ein großes Wasser bat. Sheryls Augenrollen ignorierte ich geflissentlich.

»Also, was tut sich bei dir?«, fragte sie, als wir schließlich die Getränke vor uns hatten, und wackelte dabei vielsagend mit den Augenbrauen.

»Meinst du damit«, genau wie sie hob ich mehrfach die Brauen an, »die Unterhaltungen auf *Perfect Match*?«

»Du kannst mir auch von deiner Arbeit erzählen, aber ich fürchte, dass das nicht so spannend sein wird wie das andere Thema.« Sheryl grinste.

»Also grundsätzlich muss ich sagen, dass sich meine Befürchtung bestätigt hat.«

»Die da wäre?«

»Dass die App kompletter Mist ist. Ich meine, wie hältst du das mit den vielen nervigen Nachrichten aus?«

Sie zuckte mit den Schultern. »Ignorieren oder mir einen Spaß daraus machen und antworten.«

»Sorry, aber das wäre mir vermutlich zu anstrengend. Heute Morgen hat mich einer gefragt, ob ich lesen kann.«

Meine Freundin runzelte fragend die Stirn.

»Na ja, in seiner Hose würde etwas stehen.«

Sheryl prustete los. »Aber du musst zugeben, dass der nicht schlecht ist.«

»Das ist Ansichtssache, würde ich sagen. Jedenfalls weiß ich nicht, ob ich noch lange registriert sein werde. Mich nervt das Ganze.«

»Ich dachte, da ist jemand, mit dem du dich gut verstehst?«

»Ja, schon.«

»Dann kannst du dich ja abmelden, wenn du denkst, dass es mit ihm was werden könnte.«

Langsam schüttelte ich den Kopf. »Dafür ist es viel zu früh.«

»Aber du kannst ja dennoch weiter mit ihm schreiben. Außerhalb von *Perfect Match*, meine ich. Warte … Ihr habt doch Nummern getauscht, oder?«, fragte sie, als ich nicht gleich reagierte.

»Nein.«

Sheryl trank von ihrem Weinglas und musterte mich eingehend. »Okay, und wieso nicht?«

»Keine Ahnung. Gerade passt es für mich, wie es ist.«

»Dann könntest du immerhin die App löschen und würdest keine Nachrichten von anderen mehr bekommen, wenn sie dich so nerven.«

Unschlüssig drehte ich mein Weinglas zwischen den Fingern. Nach der Trennung von meinem Ex hatte ich mir eine neue Nummer zugelegt. Diese nun irgendwelchen Leuten zu geben, fühlte sich nicht richtig an. Klar, ich verstand mich gut mit Elijah, aber um ihm meine Telefonnummer anzuvertrauen, brauchte es für mich etwas mehr.

»Suchst du noch nach neuen Kerlen?«, durchbrach Sheryl meine Gedanken.

»Nein, also … hin und wieder swipe ich schon, doch eher aus Langeweile oder um mich von anderen Dingen abzulenken.«

»Gut, dann hast du nach wie vor Matches. Wenn du damit aufhörst – mit dem Swipen, meine ich –, bekommst du nach ein paar Tagen keine Nachrichten mehr.«

»Mir ist bewusst, dass ich das nicht machen sollte. Ich weiß auch nicht, es ist blöd, aber hin und wieder …« Ich zuckte mit den Schultern. »Schon klar, ich sollte das einfach sein lassen.«

»Du musst natürlich nicht. Ich meine, es ist ganz allein deine Entscheidung. Wenn du jedoch genervt bist von den zum Teil halt etwas primitiven Texten …«

»Ja, du hast recht. Ich brauche nur eventuell ein bisschen mehr Zeit, bis ich ihm meine Nummer gebe. So lange werde ich die anderen Messages wohl noch aushalten müssen.«

Sheryl schenkte mir einen mitfühlenden Blick, ehe sich ihre Lippen zu einem Grinsen verzogen. »Oder du swipest einfach nur noch nach links.«

»Gut, das wäre natürlich auch eine Möglichkeit. Ich werde an mir arbeiten«, versprach ich und prostete meiner Freundin zu, bevor wir unser Essen serviert bekamen.

* * *

Auf der Fahrt mit der U-Bahn zu Rasheeda erzählte Sheryl mir von ihrem letzten *Perfect Match*-Date. Der Kerl hatte ganz anders ausgesehen als auf seinen Fotos, die wohl ein professioneller Fotograf gemacht hatte. Vor acht Jahren. Der Waschbrettbauch hatte sich in einen Wasch*bär*bauch verwandelt und die dichten Haare waren lichter geworden. Dennoch hatte Sheryl ihm eine Chance gegeben. Doch als der Typ nur vom Angeln und von seinem letzten Urlaub in Schottland gesprochen hatte, hatte sie ihr Getränk ausgetrunken, selbst bezahlt und sich auf den Heimweg gemacht.

»Die Äußerlichkeiten waren mir mehr oder weniger egal. Ich meine, ich bleibe sicher auch nicht immer so heiß und knackig, wie ich es jetzt bin. Obwohl es mich gestört hat, dass er keine aktuellen Fotos von sich eingestellt hatte.«

»Hast du ihn darauf angesprochen?«, wollte ich wissen, da ich meine Freundin gut kannte.

»Natürlich! Er war auch echt verlegen, meinte jedoch, die Frauen würden nicht auf sein heutiges Äußeres abfahren. Zumindest nicht die, die ihm gefallen würden. Halte ich für eine lahme Ausrede, aber gut. Andererseits sprechen wir von *Perfect Match*, der wohl oberflächlichsten Dating-App.«

»Und warum hast du ihn sitzen lassen? Ich meine, Schott-land ist schön und … er kann angeln. Das bedeutet, dass du an seiner Seite selbst in schlechten Zeiten nicht verhungern wür-dest«, zog ich sie auf.

Statt eine Antwort zu geben, streckte sie mir die Zunge raus, als wir bereits in die Haltestelle King's Cross einfuhren, wo wir aussteigen mussten. Kurz darauf traten wir ins Freie, und ich freute mich schon riesig auf die Party.

8 – CAMI

Als wir Rasheedas Wohnung erreichten, war schon einiges los. Überall standen Gäste, von denen ich einen Teil vom Sehen beziehungsweise noch von den letzten Partys in Erinnerung hatte, den meisten jedoch war ich noch nie begegnet.

Keine Ahnung, woher Rasheeda so viele Leute kannte. Ich wusste nur, dass sie und Sheryl denselben Jumping-Fitness-Kurs besuchten. Eine Sportart, die perfekt zu den beiden Powerfrauen passte.

Wir entdeckten die Gastgeberin in der Küche, wo sie gerade die Folie von einem Kuchenblech nahm, das wohl einer der Gäste mitgebracht hatte.

Sheryl und ich hatten uns dazu entschlossen, vom Italiener zwei Flaschen Lambrusco mitzunehmen, die wir ihr nun mit Küsschen überreichten.

»Danke für die Einladung, du Goldstück. Und puh, du bist mal wieder die heißeste Schnitte auf deiner Party.« Sheryl schüttelte übertrieben die Hand, als hätte sie sich verbrannt, und betrachtete Rasheeda dabei von oben bis unten.

Sie trug ein Kleid, das mehr Haut zeigte, als es verdeckte. An der rechten Seite wurden die Stoffteile nur von Schnüren zusammengehalten. Wie sie mit diesem Teil aufs Klo ging, wollte ich mir gerade nicht vorstellen. Vermutlich brauchte sie dabei eine Freundin, die ihr half, wieder alles an Ort und Stelle zu rücken.

»Nein, Liebes, *ich* habe zu danken, dass ihr gekommen seid. Ihr seht großartig aus.« Rasheeda strahlte uns an, und ich zweifelte ihre Worte keinen Augenblick an. »Bitte greift zu. Nehmt euch was zu trinken und zu essen und genießt den Abend.«

Das ließen wir uns nicht zweimal sagen. Wie jedes Mal auf ihren Partys füllten wir uns zuerst von ihrer leckeren Fruchtbowle in zwei Gläser. Diese war stets als Erstes leer, obwohl sie immer einen großen Bottich ansetzte. Angeblich schon am Vortag, damit die Früchte richtig gut mit Alkohol vollgesoffen waren. Das Fiese war jedoch, dass man das nicht schmeckte. Auf keinen Fall würde ich ein zweites Glas davon trinken. Ich war mir sicher, das Zeug katapultierte einen, ohne dass man es merkte, ins Delirium. Schon die letzten beiden Male hatte ich den einen oder anderen abstürzen sehen, der zu viel davon erwischt hatte.

Wir stellten uns mit unseren Getränken in die Nähe des Fernsehers und scannten die Lage. »Bad Habits« von Ed Sheeran drang aus den Boxen und übertönte den Geräuschpegel der Leute.

Letztes Mal hatte ich Rasheeda gefragt, ob sich denn die Nachbarn nicht über den Lärm beschweren würden. Doch sie meinte, sie würde alle im Haus darüber in Kenntnis setzen und einladen. Manche kamen wirklich vorbei, die anderen hatten sich bisher ruhig verhalten und beschwerten sich nicht, wenn es mal etwas länger lustig blieb. Das erklärte vermutlich auch, warum hier so viele Leute waren, die ich von den vorherigen Malen nicht kannte. Bestimmt handelte es sich bei einem Teil von ihnen um Nachbarn, die, als ich das letzte Mal hier gewesen war, die Party nicht besucht hatten.

»Puh, keine Ahnung, wo Rasheeda immer diese Typen ausgräbt, aber ich muss sagen, mir gefällt, was ich sehe.« Mit diesen Worten musterte Sheryl einen Mann ungeniert von oben bis unten, der nur wenige Schritte von uns entfernt stand.

Er trug ein helles Hemd und dazu eine lässige Stoffhose. Beides lag eng an und ließ erahnen, dass er definitiv *keinen* Waschbärbauch hatte. Sein dichtes mittelblondes Haar fiel ihm in leichten Wellen ins Gesicht, und als er sich die Strähnen, die ihm bis zum Kinn reichten, zurückstrich, enthüllte er damit seinen Undercut.

Ja, er sah wirklich nicht schlecht aus, auch wenn er nicht mein Typ war.

»So viel zum Thema, *Perfect Match* ist oberflächlich«, zog ich sie mit ihren eigenen Worten auf.

Ertappt sah sie mich an, wandte sich jedoch gleich wieder diesem Kerl zu, dem sie nun ebenfalls aufgefallen war.

»Was für ein Prachtexemplar.«

Fast hätte ich losgeprustet. »Wie bist du denn heute drauf?«

»Was soll ich sagen … Mein letztes Date ist nicht wie geplant verlaufen, und manchmal muss ich halt auf die altmodische Art an Kerle kommen.«

»Wieso klingt das, als wärst du eine männerverschlingende Gottesanbeterin?«, neckte ich sie.

Sheryl lachte. »Keine Ahnung. Vielleicht bin ich das ja.« Sie seufzte. »Ach, ich weiß nicht, im Moment macht es mir einfach Spaß. Du verurteilst mich doch nicht für mein gerade sehr buntes Sexleben?«

»Selbstverständlich nicht, du kannst so viel darüber reden, wie du möchtest. Und es natürlich tun, wann und mit wem auch immer du willst. Solange du keine dummen Sachen machst und dich schützt.«

»Ja, Mum.« Sie verdrehte die Augen, aber an ihrem Schmunzeln konnte ich erkennen, dass sie mir nicht böse war wegen meiner kleinen Tirade.

Der Mann zwinkerte Sheryl zu und hob sein Glas Bowle, um ihr zuzuprosten.

»Na los, geh zu ihm und sprich ihn an!«, forderte ich sie auf.

»Nein, ich bin mit dir hier und wir sind gerade erst angekommen. Da werde ich sicher nicht gleich mit einem Kerl abziehen und dich allein lassen.«

»Zu spät, er nimmt dir die Entscheidung ab«, stellte ich fest und konnte mir das Grinsen nicht verkneifen. Denn tatsächlich kam er geradewegs auf uns zu. Oder besser auf Sheryl, zumal er sie dabei nicht aus den Augen ließ.

»Hey, wie geht's euch, habt ihr Spaß auf der Party?«

»In den letzten zehn Minuten, seit wir hier sind, schon.« Sie grinste und ich war mal wieder fasziniert, wie rauchig ihre Stimme klang, wenn sie flirtete. »Ich bin Sheryl und das ist meine Freundin Cami.«

Er schüttelte uns beiden die Hände. »Ich bin Jacob und ich glaube, ich habe euch bereits letztes Mal hier gesehen, kann das sein?«

»Sag nicht, ich bin dir damals schon aufgefallen?« Sie klimperte mit ihren langen Wimpern und sah ihn unschuldig an.

»Doch, und als ich dich nicht mehr finden konnte, habe ich mich maßlos darüber geärgert, dass ich dich nicht angesprochen habe. Deshalb bin ich umso erleichterter, dich wieder hier zu sehen. Darf ich dich auf einen Himbeerkuchen einladen?«

»Nur, wenn du den selbst gebacken hast«, erwiderte Sheryl.

»Selbstverständlich«, erwiderte er und überraschte damit nicht nur meine Freundin.

»Ich dachte, für Kuchen auf Partys sind immer die Frauen zuständig«, meinte Sheryl nachdenklich.

»Hast du denn ebenfalls Kuchen mitgebracht?«, wollte Jacob wissen.

Meine Freundin sah mich an und lachte lauthals. »Nein, wir sind mit zwei Flaschen Wein gekommen.«

»Ein Glück! Dann ist das Gleichgewicht wieder hergestellt.« Er zwinkerte ihr zu.

Unschlüssig schaute Sheryl zu mir. Mir war klar, dass sie mich ungern allein zurückließ. Immerhin hatte ich bereits mehrfach erwähnt, dass ich nicht ohne sie auf diese Partys gehen wolle, weil ich hier außer ihr niemanden kannte.

»Na los, geht schon. Esst Kuchen und habt Spaß, Kinder«, sagte ich und scheuchte die beiden in Richtung Küche.

»Bist du dir sicher?« Sheryl stand das schlechte Gewissen ins Gesicht geschrieben.

»Klar, ich komm schon eine Weile zurecht.«

»Maximal eine Stunde«, raunte meine Freundin mir zu. »Dann bin ich zurück. Wir unterhalten uns nur einen Moment und tauschen Nummern und so.«

Ich winkte ab und deutete auf meine Bowle. Ihr *und so* bezog sich vermutlich auf diverse Körperflüssigkeiten, und dabei ging ich mal nicht davon aus, dass sie Sex mit ihm haben würde. Nicht nach so kurzer Zeit. Wobei …

Sheryl warf mir noch eine Kusshand zu, ehe sie Jacob in die Küche folgte.

Seufzend schaute ich mich um und entdeckte schließlich einen freien Barhocker an dem Stehtisch neben der Balkontür, auf den ich mich setzte. Eine Weile beobachtete ich die verschiedenen Gruppen, die im Wohnzimmer beisammenstanden. Männer und Frauen, alle zwischen Anfang zwanzig und vermutlich Ende fünfzig, wobei ich die meisten Gäste auf unter fünfunddreißig schätzte.

Von der anderen Seite lächelte mir ein Mann zu, der sich mit einer Frau unterhielt. Keine Ahnung, was ich davon halten sollte, aber da ich nicht vorschnell urteilen wollte, ließ ich mich zu einem kleinen Augenflirt hinreißen. Als die Frau jedoch irgendwann ihre Hand auf seine legte, wandte ich mich demonstrativ ab und holte mein Handy aus der Tasche. Egal, ob die zwei nun ein Paar waren oder nicht – diese Frau hatte ganz offensichtlich die Fühler nach ihm ausgestreckt, während er es nicht der

Mühe wert gefunden hatte, ihr klar sein Desinteresse mitzuteilen. Ihre Körpersprache würde sonst etwas anderes sagen.

Ohne es bewusst zu steuern, öffnete ich *Perfect Match*. Als mir klar wurde, was ich tat, verdrehte ich über mich selbst die Augen, navigierte jedoch sofort zum Posteingang, in dem mir mehrere neue Nachrichten angezeigt wurden. Zuallererst tippte ich auf die von Elijah.

> **ELIJAH, 29**
> Puh, endlich zu Hause. Ich hoffe, du hattest einen schönen Samstag. Was steht bei dir heute noch auf dem Plan?

Ich zog die Nachricht von ihm zur Seite, um einen Blick auf die Uhrzeit zu erhaschen, zu der er sie mir geschickt hatte.

Halb sieben Uhr abends …

Seltsam, dass mir die nicht vorher angezeigt worden war. Andererseits hatte ich mich da bereits fast auf dem Weg zu Sheryl befunden.

> **CAMI, 25**
> Oje, das klingt nach einem anstrengenden Tag. Ich war vorhin mit einer Freundin essen und jetzt sind wir auf einer Party. Starke Bowle in der einen, Handy in der anderen Hand – kannst dir also ausmalen, wie aufregend es hier ist. 😫

Weil ich nicht damit rechnete, dass Elijah mir gleich zurückschreiben würde, klickte ich mich durch die anderen Nachrichten. Die, die mir auf den ersten Blick zu blöd vorkamen, ignorierte ich einfach. Auf ein »Hi, wie geht's?« von einem Harry, 27, antwortete ich dann doch, wenn auch nur genauso knapp mit einem »Gut und dir?«

Gerade wollte ich mein Handy wieder in der Tasche verstauen, als eine Antwort von Elijah einging.

ELIJAH, 29
Sagen wir mal so, es gibt definitiv bessere Tage. 😕
Aber morgen und Montag habe ich frei und das
ist alles, was für mich im Moment zählt.
Autsch, klingt ja nicht gerade spannend. Kannst
du dir denn nicht dennoch einen schönen Abend
mit deiner Freundin machen?

> **CAMI, 25**
> Würde ich ja, aber die tauscht vermutlich gerade
> Kuchenstücke gegen Küsse in der Küche.

ELIJAH, 29
Eine beeindruckende Alliteration. So stark kann
die Bowle also nicht sein. 😄
Und spricht für mich, wenn du mit mir schreibst,
statt dich mit jemand anderem zu unterhalten.
Oder tatsächlich gegen die Party.

> **CAMI, 25**
> Oder gegen mich, weil ich wie ein Freak hier
> inmitten der Leute hocke und aufs Telefon gaffe.

ELIJAH, 29
Keine Sorge, ich habe vollstes Verständnis dafür.
Manchmal muss man die Umgebung ausblenden,
weil man gerade nicht bereit für die Leute um
einen herum ist.

> **CAMI, 25**
> Ja, oder? Keine Ahnung, wie Menschen vor
> der Erfindung des Mobiltelefons aus solchen
> Situationen entkommen konnten.

ELIJAH, 29
Vermutlich gar nicht. Oder sie haben ihre Nase

in das nächstbeste Buch gesteckt. Oder in die
Tageszeitung.

CAMI, 25
Oder sie haben sich volllaufen lassen – hier kann ich
nämlich gerade weder Bücher noch Zeitschriften
entdecken.

ELIJAH, 29
😆

Eine Weile nagte ich an meiner Unterlippe und starrte auf seinen Smiley. Gott, hoffentlich hielt er mich jetzt nicht für eine Frau mit leichtem Hang zu Alkoholproblemen.

CAMI, 25
Keine Sorge, ich bleibe bei dieser einen Bowle.

Ich wusste nicht, wie lange ich noch das Display mit den Augen hypnotisierte, doch Elijah schrieb mir nicht mehr zurück.

Nun gab es natürlich Hunderte Gründe, weshalb er nicht antwortete – und die mussten gar nichts mit mir zu tun haben. Vielleicht war er eingeschlafen oder jemand hatte ihn angerufen. Dennoch blieb dieser miese Beigeschmack der Unterhaltung an mir haften.

Seufzend sah ich mich auf der Party um, doch immer noch standen die Gruppen beisammen, von denen ich niemanden so gut kannte, dass ich mich einem Gespräch einfach so anschließen wollte. Alle waren mit sich selbst oder ihren Gesprächspartnern beschäftigt, und dafür, dass jemand zur Musik tanzen würde, hatten die Leute wohl noch zu wenig getrunken. Und um die Erste zu sein, die damit anfing, fehlte mir ehrlich gesagt der Mut.

Gerade als ich beschloss, in die Küche zu gehen, um mir – ohne Sheryl und Jacob stören zu wollen – ein Stück Kuchen zu holen, ging eine Frau mit einem Tablett vorbei. Ich entdeckte darauf kleine Aprikosenküchlein, und Servietten hatte sie ebenfalls dabei. Da konnte ich nicht widerstehen und griff dankend nach einem Kuchenstück.

Es schmeckte süß und lecker, und nachdem ich mir die Finger abgewischt hatte, checkte ich noch einmal den Chat. Von Elijah war jedoch nichts mehr gekommen. Dennoch war eine neue Nachricht eingegangen, und zwar von diesem Harry.

HARRY, 27
Danke, mir geht's auch gut. Ich musste dich einfach anschreiben, als du mir als Match angezeigt wurdest. Du bist eine unglaublich attraktive Frau und deine strahlenden Augen faszinieren mich.

Seine Worte gefielen mir. Auch wenn sie irgendwie nach eindeutiger Anmache klangen, machten sie den Eindruck, als würde er sie ernst meinen und das nicht jeder Frau schreiben – oder vielleicht wollte das auch nur mein leicht angekratztes Ego glauben.

Ich öffnete also noch einmal sein Profil.

Dunkler Typ mit kantigem Kinn und vollen Lippen. Auf einem Foto trug er einen Anzug – der Blumenschmuck und die elegante Kleidung der verschwommenen Personen im Hintergrund ließen vermuten, dass die Aufnahme während einer Hochzeit entstanden war. Er hatte die Hände in die Hosentaschen geschoben und lachte. Auf einem anderen Foto trug er Badeshorts und ein weißes Unterhemd, das so eng anlag, dass es nur wenig der Fantasie überließ. Auf seiner Haut glänzte der Schweiß, und obwohl er anscheinend gerade dabei gewesen war, Steine in einer Einfahrt zu verlegen, sah er unglaublich heiß aus. Das dritte und letzte Foto zeigte ihn mit einem Weihnachtspullover auf einer Couch. Eine Katze lag auf seinem Schoß, die er mit verträumtem Blick kraulte.

CAMI, 25
Danke für das Kompliment. Du wirkst ebenfalls
äußerst sympathisch auf den Fotos. Ist das deine
Katze?

HARRY, 27
Nein, die von meiner Schwester. Hast du
Haustiere?

CAMI, 25
Leider nicht. Ich hätte gern einen Hund, aber dafür
ist meine Wohnung zu klein. Und er wäre ständig
allein, wenn ich auf der Arbeit bin, das würde ich
nicht übers Herz bringen.

HARRY, 27
Was machst du beruflich?

CAMI, 25
Ich bin Lehrerin und du?

Mehr Details würde ich vorerst sicher nicht rausgeben.

HARRY, 27
Ah, spannend. Ich bin Versicherungsmakler –
also nicht so aufregend. ☺
Und was machst du heute noch?

CAMI, 25
Ich bin gerade mit einer Freundin auf einer Party.

HARRY, 27
Und schreibst mit mir? Wow, dann muss es
dort ja ziemlich öde sein.

»Hey, *Perfect Match*-Girl!« Sheryl stieß mir in die Seite und stellte zwei kleine Gläser mit einer klaren Flüssigkeit vor mir ab.
»Na, wie war's?«

»Wir haben geknutscht und Nummern getauscht.« Sheryl grinste breit. »Na komm, verabschiede dich von deinem Match und lass uns Spaß haben.«

Stutzig schaute ich zwischen ihr und dem Shot hin und her, doch als sie mich erneut zur Eile antrieb, schrieb ich eine letzte Nachricht an Harry.

CAMI, 25
War nur kurz allein. Schönen Abend noch!

Dass sich Elijah nicht mehr gemeldet hatte, machte mich einerseits nervös, andererseits konnte ich jetzt nichts daran ändern. Und auf keinen Fall würde ich mir davon die Laune verderben lassen.

Mein Telefon verstaute ich in der Handtasche, bevor ich den Shot nahm und mein Glas an das von Sheryl stieß.

Nur diesen einen noch, schwor ich mir. Anschließend würde ich zu Wasser wechseln. Sheryl wusste das, aber hin und wieder konnte sie nicht anders, als mich zu einem letzten Drink zu überreden. Das war dann üblicherweise ein Shot – mein Ausstieg und ihr Startschuss in einen feuchtfröhlichen Abend, der meistens damit endete, dass ich meine betrunkene Freundin sicher nach Hause brachte. Dafür waren Freundinnen schließlich da.

9 – CAMI

Auch am nächsten Morgen – oder eher Vormittag – hatte ich noch immer nichts von Elijah gehört. Nun wusste ich nicht, ob ich irgendwas geschrieben hatte, was mich bei ihm disqualifiziert hatte.

Dafür hatte ich eine Nachricht von Harry im Posteingang.

HARRY, 27
Guten Morgen, schöne Frau. Wie war die Party noch?

Dass er sich meldete, war nett. Überhaupt, dass er heute nach dem Aufstehen an mich gedacht hatte. Okay, vielleicht kontaktierte er alle, mit denen er gerade schrieb, doch andererseits war ich auch mit zwei Männern in Kontakt.

Gut, vorerst nur mit einem. Was ich mit Elijah machen sollte, wusste ich nicht, aber ich beschloss, erst mal abzuwarten, bis er sich wieder meldete. Zuletzt hatte ich ihm geschrieben, was bedeutete, dass er nun an der Reihe war.

Leise schlich ich mich aus dem Schlafzimmer, um Sheryl nicht zu wecken, die auf der anderen Betthälfte ihren Rausch ausschlief. Wie befürchtet hatte sie nach dem einen Shot nicht aufgehört, sondern weitergetrunken, ehe sie sich von mir hatte überreden lassen, zu Wasser zu wechseln. Eine halbe Stunde, zwei große Gläser und eine Pizzaschnecke später war sie so weit nüchtern gewesen, dass ich ihr zugetraut hatte, sich mit mir in ein Taxi zu setzen und nach Hause zu fahren. Dennoch hatte ich sie kurz entschlossen mit zu mir genommen, wo sie es sich gleich in meinem Bett gemütlich gemacht hatte und, nachdem ich ihr ein Schlafshirt von mir gegeben hatte, keine zehn Minuten später eingeschlafen war.

Vorsichtig schloss ich die Schlafzimmertür hinter mir, ging in die Küche und aktivierte meine aktuelle Playlist, die mit »Just You and I« von Tom Walker startete. Ich füllte Kaffeepulver ein, goss Wasser in den Tank und lauschte der Kaffeemaschine beim zufriedenen Gluckern, während ich mich an den kleinen Esstisch setzte.

Dann öffnete ich *Perfect Match* und schrieb Harry zurück.

CAMI, 25
Guten Morgen! Danke der Nachfrage, es war gestern dann noch sehr unterhaltsam. Jetzt freue ich mich aber auf meinen Kaffee und auf ein ausgedehntes Frühstück. Wie war dein Abend?

Zufrieden mit meiner Antwort stand ich auf, holte Milch und Joghurt aus dem Kühlschrank und deckte den Tisch.

Als ich das nächste Mal einen Blick auf mein Handy warf, hatte mir Harry schon geantwortet.

HARRY, 27
Ganz okay. Ursprünglich wollte ich auch weggehen, aber mein Kumpel hat mich hängen lassen. Seine Freundin und er hatten Streit und … so war ich eben allein zu Hause.

CAMI, 25

Oje, das tut mir leid für dich – und für deinen Kumpel.

HARRY, 27

Ah, die beiden haben sich bestimmt wieder versöhnt. Aber weißt du was? Ich bin echt nicht der Typ für langes Hin- und Herschreiben und würde außerdem gern deine Stimme hören. Darf ich deine Nummer haben? Das ist meine:

Mein Herz klopfte heftig in der Brust, als ich auf die Ziffernfolge starrte, die er mir geschickt hatte.

Keine Ahnung, ob ich wollte, dass er meine Telefonnummer hatte. Andererseits gab es die Funktion, die eigene Nummer zu unterdrücken, oder? Und ich war ebenfalls neugierig auf diesen Mann – auch wenn ich viel lieber was von Elijah gehört hätte.

Leise linste ich in das verdunkelte Schlafzimmer, wo Sheryl immer noch tief und fest schlief. Ich schloss die Tür wieder, schenkte mir Kaffee ein und setzte mich zurück an den Tisch, wo ich mit klopfendem Herzen Harrys Nummer speicherte. Im Anschluss googelte ich, wie ich bei einem Anruf meine Telefonnummer auf dem Handy unterdrücken konnte.

Ich befolgte die Anweisungen, dann drückte ich auf den Wählen-Button und wartete gebannt darauf, ob Harry sich wirklich meldete.

»Hallo?« Eine tiefe weiche Stimme drang an mein Ohr. Sofort mochte ich ihren Klang, der beruhigend auf mich wirkte.

»Harry?«

»Ja? Cami?«

Dass er meinen Namen sagte, ließ mich vermuten, dass er heute Morgen nicht unzähligen Frauen dieselbe Nachricht geschickt hatte.

»Genau. Sorry, dass ich mit unterdrückter Nummer anrufe, aber ich habe leider nicht so gute Erfahrungen gemacht und …

na ja. Wenn es für dich okay ist, würde ich vorerst gern meine Telefonnummer für mich behalten.«

Kurz schwieg er. Bestimmt hatte er damit nicht gerechnet, doch da musste er jetzt durch.

»Schon okay, kein Problem. Ich mag den Klang deiner Stimme. Ganz anders als erwartet, aber … sie gefällt mir.«

Ich spürte, wie ich errötete. »Danke, ich mag deine auch. Du sprichst nicht zufällig Hörbücher ein?«

Harry lachte. »Nein. Sollte ich?«

»Du hättest auf jeden Fall die Stimme dafür«, gab ich ehrlich zu.

»Dann sage ich Danke für das Kompliment.«

»Gern.«

Für einen Moment hüllte uns Schweigen ein und ich wartete gespannt darauf, erneut seine Stimme zu hören. Doch er überraschte mich, indem er lachte.

»Was?«, fragte ich schmunzelnd.

»Nichts, ich versuche nur gerade, mir dich vorzustellen. Wie du mit zerzauster Frisur an deinem Frühstückstisch sitzt, in einer Hand den Kaffee, in der anderen das Telefon.«

»Woher willst du wissen, wie meine Haare aussehen?«

»Es ist nur eine Vermutung, aber ich gehe mal davon aus, dass du noch nicht lange wach bist und erst mal frühstücken wolltest, bevor du ins Badezimmer gehst, oder?«

»Stimmt«, antwortete ich lächelnd. »Ertappt.«

Er lachte leise. »Und was steht bei dir heute noch auf dem Plan?«

Ich warf einen Blick aus dem Fenster, wo die grauen Wolken tief hingen und von der versprochenen Sonne nicht viel zu sehen war.

»Keine Ahnung, ehrlich gesagt. Ursprünglich hatte ich vor, ein wenig rauszugehen. Spazieren oder so, aber das Wetter sieht gerade mehr nach Regen aus. Jetzt muss ich sowieso erst einmal abwarten, bis meine Freundin wach wird.«

»Ah okay. Was hältst du von Pizza und Kino?«

Ich brauchte einen Moment, bis ich verstand, dass er mit *mir* ausgehen wollte. »Oh, also … ehrlich gesagt geht mir das etwas zu schnell, Harry. Im Grunde kenne ich dich ja gar nicht.«

»Das ist ja der Sinn eines Treffens – um sich besser kennenzulernen. Wenn du keine Pizza magst, können wir auch einen Kaffee trinken gehen. Und wir müssen nicht ins Kino, falls du befürchtest, ich könnte meine Hände nicht bei mir behalten.« Er lachte leise, und irgendwie ließ ihn das verzweifelt klingen. Fast so, als hätte er Angst, etwas zu forsch gewesen zu sein.

»Lass uns … vielleicht vorher einfach noch ein paar Mal telefonieren«, bat ich ihn.

Wieder hüllte uns Stille ein, doch diesmal war sie durch die Anspannung nicht mehr so angenehm wie beim letzten Mal.

»Okay, wenn du dich dabei wohler fühlst. Aber ich kann dich nicht erreichen«, meinte er, darauf hinweisend, dass er meine Nummer nicht hatte.

»Kein Problem, ich kann mich ja bei dir melden.«

»Und falls ich dich anrufen will?«, fragte er und seine Stimme klang wieder so sanft, dass ich den Eindruck hatte, er sei mir nicht länger böse, weil ich mich vielleicht ein wenig freaky verhielt.

»Schreib mir einfach auf *Perfect Match*. Ich melde mich, sobald ich Zeit habe.«

Harry atmete laut aus, ehe er ein »Okay« murmelte.

»Tut mir leid, wenn es mit mir etwas kompliziert ist.«

»Schon gut. *Mir* tut es leid, dass du so schlechte Erfahrungen hast machen müssen, dass du dich dazu gezwungen fühlst.«

Weil ich nicht wusste, was ich darauf antworten sollte, schwieg ich.

»Na gut, liebe Cami … Hat mich gefreut, deine Stimme zu hören. Vergiss mich nicht und melde dich bei mir. Mein Angebot mit dem Essengehen steht nach wie vor. Ich richte mich nach dir. Kaffee, Pizza, Burger, Fisch, was auch immer du möchtest.«

Dass sich Harry nun so verständnisvoll zeigte, machte mir glatt ein schlechtes Gewissen.

»Danke. Hat mich ebenfalls gefreut, dich zu hören. Bis bald, und schönen Sonntag noch.«

»Den wünsche ich dir auch.«

Nach einem letzten »Bye« legte ich auf und atmete erst einmal tief durch, ehe ich einen großen Schluck Kaffee trank.

Aus den Boxen drang »Love Lies« von Matt Herrero. Für einen Moment nahm mich der Text gefangen und ich schweifte kurz mit den Gedanken ab, als die Schlafzimmertür geöffnet wurde und eine ziemlich müde Sheryl heraustrat. Ihre Haare glichen einem Vogelnest und ihr verschmiertes Make-up unterstrich nur zusätzlich die Ringe unter ihren Augen, die verrieten, dass sie eine üble Nacht hinter sich hatte.

»Guten Morgen. Oh nein, tut mir leid, ich habe dich hoffentlich nicht geweckt?«

Sheryl grinste. »Nein, das war Jacob, der mir geschrieben und sich erkundigt hat, wie es mir Schrägstrich meinem Kopf heute geht.« Sie rollte mit den Augen und streckte die Zunge heraus.

»Und wie geht es dir und deinem Kopf?«, fragte ich.

»Ging schon mal besser.« Gähnend setzte sie sich auf den zweiten Stuhl und lehnte sich kraftlos an die Wand neben sich.

»Kaffee? Wasser? Orangensaft?«

Sheryl stöhnte.

»Kopfschmerztablette? Müsli?«

Wieder ein Ächzen von ihr.

»Oder soll ich dir Baked Beans machen?«

Erneut kam ein Laut über ihre Lippen, bei dem ich mir jedoch nicht mehr sicher war, ob sie schmerzvoll keuchte oder sehnsuchtsvoll seufzte.

»Gott, das wäre der Hammer! Darf ich alles bis auf das Müsli haben?«

Lachend erhob ich mich. »Na klar! Warte, bleib sitzen, ich bringe dir alles.«

»Du bist eine absolute Traumfrau, Cami. Würden wir beide auf Frauen stehen, würde ich dich vom Fleck weg heiraten.«

Ich küsste meine Freundin auf die Stirn und schenkte ihr zuallererst Kaffee in die Tasse. »Da wäre Jacob sicher schwer enttäuscht.«

»Ach, wer weiß. Ich könnte mir vorstellen, dass er sich auch auf eine polyamore Beziehung mit uns beiden einlassen würde.« Sie zuckte mit den Schultern und grinste.

»Dafür hat er mich gestern aber ziemlich links liegen lassen.«

»Bestimmt hat er es nicht böse gemeint. Er war sicher nur von meinem Anblick wie gefesselt und hatte Sorge, ich könnte ihm wieder entwischen wie beim letzten Mal.«

Schmunzelnd stellte ich einen Topf auf den Herd und kippte eine Dose Baked Beans hinein. In einer Pfanne daneben erhitzte ich etwas Fett, um gleich Speckstreifen und zwei Eier darin zu braten. Inzwischen hatte ich ebenfalls Lust auf ein deftiges Frühstück bekommen und würde das Müsli einfach wieder in den Schrank packen.

Ich reichte Sheryl noch zwei Gläser – eines mit Wasser, eines mit O-Saft befüllt – und gab ihr eine Kopfschmerztablette, die sie sofort einwarf.

»Erzähl, was hat Jacob denn geschrieben?«, fragte ich anschließend, als sie gedankenverloren in die Ferne schaute.

»Er lädt mich heute Abend auf ein Date ein.« Dabei grinste sie bis über beide Ohren.

»Das freut mich für dich«, sagte ich schnell und musste an Harry denken, dem ich vorerst einen Korb gegeben hatte. Hatte ich zu vorschnell gehandelt? Hätte er eine Chance verdient gehabt? Immerhin würden wir in ein Café oder Restaurant gehen und nicht zu ihm nach Hause. Wir wären in der Öffentlichkeit, was würde schon dagegen sprechen?

»Und mit wem hast du vorhin telefoniert? Mit Elijah?«, lenkte sie meine Aufmerksamkeit wieder auf sich.

Zögernd rührte ich noch einmal die Bohnen um, ehe ich Speck in die Pfanne legte und zwei Eier danebengleiten ließ.

»Nein, mit Harry«, gestand ich schließlich.

»Harry? Harry wer?«

»Einer von *Perfect Match*. Er hat mich gestern angeschrieben und … na ja, heute wollte er telefonieren.«

»Uh!« Sheryls Augen leuchteten. »Dirty Talk am Telefon?«

»Nein! Wir haben uns nur so unterhalten«, erwiderte ich schnell.

»Wart's ab, das kommt bestimmt. Vielleicht schickt er dir dann noch mehr Fotos von sich, ich finde das immer total spannend.«

»Das wird nicht passieren. Ich habe ihn mit unterdrückter Nummer angerufen.«

»Du hast …« Stirnrunzelnd schaute sie mich an, dann stand sie auf und legte ihre Arme um mich. »Bah, ich hasse deinen Ex, ich hoffe, das weißt du.«

»Ich auch, aber ich denke, Harry hat es ganz gut aufgenommen, dass ich ihm meine Nummer noch nicht gegeben habe.«

»Okay. Dann rufst du ihn also in Zukunft jedes Mal an?«

»Vorerst zumindest. Ich weiß nach wie vor nicht, wie ich damit umgehen soll. Er wollte mich heute Abend auf ein Date einladen, aber ich habe abgelehnt.«

Sheryl schob die Unterlippe vor und umarmte mich erneut. »Schon gut. Wenn er es nicht versteht, ist er sowieso nicht der Richtige.«

Beklommen nickte ich.

»Und was ist mit Elijah? Ist er inzwischen Geschichte?«

»Keine Ahnung«, meinte ich schulterzuckend. »Er hat sich gestern nicht mehr gemeldet.«

»Gab es einen Grund dafür?«

Statt ihr zu antworten, öffnete ich unseren Chat und reichte Sheryl mein Handy, während ich unser Essen auf zwei Teller aufteilte. Anschließend setzte ich mich zu meiner Freundin an den Tisch und wartete ihr Urteil ab.

»Ah, okay. Aber das heißt ja nichts. Bestimmt ist ihm was dazwischengekommen.«

»Ja, das denke ich auch. Trotzdem ist da diese fiese Stimme in meinem Kopf, die mir weismachen will, dass es was mit mir, der Party und der Bowle zu tun hat. Was, wenn er völlig gegen Alkohol ist? Oder wenn er … keine Ahnung. Ich mache mir vermutlich viel zu viele Gedanken, aber irgendwie fände ich es schade, falls es das mit ihm gewesen sein sollte. Wir haben uns so gut unterhalten und ich habe echt gedacht, dass sich zwischen uns eine Bindung aufgebaut hatte.«

»Lass ihm Zeit. Immerhin ist Sonntagmorgen.«

»Ja, bestimmt hast du recht.« Es war zwar schon fast zehn Uhr, aber dennoch …

Sheryl lächelte mir noch einmal aufmunternd zu, bevor sie zu essen begann. Auch ich spürte, wie hungrig ich inzwischen war.

* * *

Nach dem Frühstück und einem kurzen Abstecher ins Badezimmer wollte sich Sheryl von mir verabschieden. Doch als sie in ihrer Handtasche hektisch ihren Haustürschlüssel suchte und ihn nicht fand, wurde sie immer nervöser.

»Mist, wo habe ich denn den … Oh, fuck!« Mit weit aufgerissenen Augen starrte sie mich an.

»Was ist?«

»Ich fürchte, ich habe den bei Rasheeda vergessen.«

»Du hast was?« Ich hatte ehrlich keine Vorstellung, wie ihr Schlüssel es auf der Party aus ihrer Handtasche geschafft haben sollte.

»Jaaa, ich habe Jacob den Anhänger gezeigt, den Makenzie für mich gebastelt hat. Dann haben wir uns eine Weile über die Kleine unterhalten. Er hat von seinen Neffen erzählt, auf die er hin und wieder aufpasst und … keine Ahnung. Irgendwie muss ich über dem nächsten Kuss vergessen haben, dass ich den Schlüssel auf den Tresen neben uns gelegt hatte.«

Stirnrunzelnd schaute ich sie an. »Und nun …?«

»… muss ich wohl noch einmal zu Rasheeda fahren«, vollendete Sheryl meinen Satz.

»Ich begleite dich«, sagte ich ohne Umschweife.

»Nein, das musst du wirklich nicht.«

»Dann wärst du nicht allein. Du hättest Gesellschaft, wir könnten ein wenig quatschen und die Zeit vergeht schneller. Und ich komme heute doch noch raus aus der Wohnung.«

Kurz zögerte Sheryl, aber offensichtlich fielen ihr keine Gegenargumente ein. »Na gut, dann nehme ich dein Angebot gern an.«

10 – CAMI

Als uns Rasheeda eine gute Stunde später die Tür öffnete, stand ihr der Kater mindestens so sehr ins Gesicht geschrieben wie Sheryl nach dem Aufstehen.

»Oh, Mist, tut mir leid, du hast noch geschlafen.« Dass Sheryl einmal verlegen war, kam wirklich selten vor.

»Schon gut, kommt rein. Was kann ich für euch tun?«

»Ich habe, glaube ich, meinen Schlüssel bei dir vergessen.«

Rasheeda runzelte die Stirn und warf einen Blick in das Wohnzimmer, in dem es noch ziemlich wild aussah. Leere Becher und Flaschen standen herum sowie mehrere vollgekrümelte Teller, Servietten und ein Kuchenblech, auf dem – mit viel Fantasie – zwei Stücke von dem Aprikosenkuchen zu erkennen waren.

»Also … ich habe keinen Schlüssel gesehen, aber schaut euch gern um.« Sie drehte sich um und schlurfte voraus in die Küche. Sheryl folgte ihr dorthin, während ich unschlüssig im Wohnzimmerchaos stehen blieb.

Kurz entschlossen griff ich nach ein paar Bechern, die ich ineinander stapelte. Dann räumte ich die Teller zusammen und wollte sie gerade in die Küche bringen, als die Wohnungstür aufgesperrt wurde.

Eine junge Frau betrat das Wohnzimmer. Sie hatte ihre blonden Haare zu einem lockeren seitlichen Zopf gebunden, der ihr über die Schulter fiel. Ihr Gesicht sah frisch aus und nicht, als hätte sie eine lange Partynacht hinter sich – und sie machte den Eindruck, als würde sie sich hier zu Hause fühlen. Irritiert schaute sie mich und anschließend das Geschirr in meinen Händen an.

»H-h-hallo«, sagte sie und das Wort klang gleichzeitig wie eine Frage.

»Hi, ich … bin Cami.«

Sie schloss die Tür hinter sich und wandte sich schließlich wieder mir zu. »I-I-ich b…« Sie senkte die Lider, als wäre sie von sich selbst genervt. »Ich bin A-A-Alice und w-wohne hier. Was ist d-deine Ausrede?«

Nur kurz war ich irritiert, weil diese junge Frau stotterte. Aber ich wollte mich davon nicht verunsichern lassen. Stattdessen ging ich freundlich lächelnd auf sie zu und streckte ihr meine Hand entgegen. »Freut mich, dich kennenzulernen. Meine Freundin Sheryl hat wohl gestern ihren Schlüssel hier vergessen.« Ich deutete über meine Schulter in Richtung Küche. »Sie sucht ihn gerade. Rasheeda hilft ihr. Und ich … wollte mich in der Zwischenzeit nützlich machen.«

Alice nahm mir das Geschirr aus den Händen und stellte es wieder auf den Tisch. »Diesen M-M-Mist soll Rasheeda ruhig selbst wegräumen. Das ist u-unser Deal für die Partys.« Sie zwinkerte mir verschwörerisch zu.

»Okay, alles klar. Aber du warst gestern nicht hier, kann das sein?« Ich kramte in meiner Erinnerung, doch an diese Frau konnte ich mich nicht erinnern.

»I-ich war am A-A-Anfang noch bei einer Freundin und bin n-n-nach Hause gekommen, als die P-P-Party schon in vollem Gange war. D-du hast dort gesessen und h-h-hast auf dein Handy geschaut, als ich i-i-in mein Zimmer gegangen bin. Muss also echt a-a-aufregend gewesen sein. Die F-F-Feier meine ich.« Sie verzog ihr hübsches Gesicht zu einem schiefen Grinsen und zog die Jeansjacke aus, die sie über ihrer geblümten Bluse zu einem schwarzen Rock trug.

»Na ja, es war schon lustig, aber zu dem Zeitpunkt war Sheryl gerade mit einem Typen in der Küche und … ich habe mich mit jemandem auf *Perfect Match* unterhalten.« Natürlich musste ich mich nicht rechtfertigen, dennoch hatte ich das Gefühl, die Party verteidigen zu müssen, um Rasheedas Ehre bei ihrer Mitbewohnerin wiederherzustellen. Trotzdem spürte ich, wie mein Gesicht knallrot anlief.

»Ah, *Perfect Match*.« Sie verdrehte lächelnd die Augen. »Eine ü-ü-üble Plattform, oder? I-irgendwie hofft man, dass man i-i-irgendwann einen Mann trifft, der anders als die v-v-vorherigen ist. Aber unterm Strich wird man dennoch e-enttäuscht.« Sie musterte kurz meinen Gesichtsausdruck. »A-A-Also das waren halt meine Erfahrungen. Vielleicht h-h-hast du ja Glück und bei dir läuft es b-besser.«

Unschlüssig zuckte ich mit den Schultern. »So lange bin ich noch nicht dabei, um das einschätzen zu können. Da fehlen mir vermutlich die Erfahrungswerte.« Verlegen lachte ich auf.

»Ah, okay. Ich versuche es i-i-immer wieder mal. Es ist für mich halt l-leichter, wenn das Stottern nicht sofort im Vordergrund steht. Über k-kurz oder lang muss ich es natürlich zur Sprache bringen.« Sie seufzte. »Schlussendlich ist es wohl für die m-m-meisten Männer ein No-Go.«

»Echt jetzt?« Ich konnte meine Überraschung nicht verbergen.

»Leider«, sagte sie und lächelte, aber ich merkte, dass ihr die Sache dennoch zusetzte.

»Tut mir leid, dass Männer solche Idioten sind.« Ich schüttelte den Kopf. Als ob das Stottern einen anderen Menschen aus Alice machte … Dabei schrieben sie ja nicht ohne Grund mit ihr.

»D-die Leute sind o-o-oberflächlich und eine P-Plattform wie *Perfect Match* unterstreicht das natürlich auf b-b-brutale Weise.«

Ich nickte, da ich diese Erfahrung ebenfalls gemacht hatte.

»Ich habe ihn!« Eine erleichterte Sheryl kam aus der Küche und hielt ihren Schlüsselbund in die Luft. »Oh, hi, Alice!«

War ja klar, dass sich die beiden kannten.

»H-h-hallo, Sheryl. Na gut, ich gehe dann mal. Sch-sch-schönen Tag noch.« Alice winkte und steuerte auf ein Zimmer zu, das vom Wohnzimmer abging.

»Wo war der Schlüssel denn?«, wandte ich mich an Sheryl, als gerade Rasheeda mit einer gigantischen Tasse aus der Küche kam und herrlicher Kaffeeduft in meine Nase stieg.

»Zwischen der Arbeitsfläche und der Wand ist gerade mal so viel Abstand, dass dort der Mülleimer Platz hat. Da ist er hinuntergefallen.«

Sofort riss ich die Augen weit auf.

»Nein, keine Sorge, er ist nicht *im* Müll gelandet, sondern dahinter. Wir haben jedoch die halbe Küche auf den Kopf gestellt.«

Rasheeda seufzte. »Das liegt nur an dem Chaos in der Wohnung. Wenn ihr in drei Stunden gekommen wärt, hätten wir ihn vermutlich gleich gefunden – falls er mir nicht bereits beim Aufräumen aufgefallen wäre.«

»Schon gut, jetzt ist er ja wieder da. Danke noch einmal für die Party gestern und … sorry für das Chaos«, sagte Sheryl und sah sich verlegen um.

Doch Rasheeda winkte ab. »Kein Ding, so habe ich alle paar Wochen einen triftigen Grund für einen gründlichen Wohnungsputz.« Sie grinste und begleitete uns zur Wohnungstür.

»Hoffentlich seid ihr das nächste Mal wieder dabei. Ich schicke dir eine Einladung«, versprach sie an Sheryl gewandt.

»Selbstverständlich, sehr gern.«

Auch ich nickte und bedankte mich.

Wir verabschiedeten uns und machten uns auf den Heimweg.

»Dann steht deinem Date mit Jacob ja nichts mehr im Wege«, meinte ich, als wir einen Sitzplatz in der U-Bahn ergattert hatten.

»Ja, ich freue mich!«

»Ich warte gespannt auf Updates.«

Zweifelnd schaute Sheryl mich an. »Ich dachte, du willst nichts davon wissen, was ich mit ihm ...«

»Genau, keine Details. Trotzdem interessiert mich, wie das Date war. Wo ihr essen wart, wie die Unterhaltung lief, wie er so ist, wenn ihr nüchtern seid.« Ich grinste.

Sheryl verzog empört das Gesicht. »Wer sagt, dass ich heute nichts trinken werde?«

»Na, ich weiß nicht. Dein Anstand vielleicht? Oder greifst du prinzipiell beim ersten Date zu Alkohol? Denn das würde nicht für die Männer sprechen.«

Statt eine Antwort zu geben, zeigte sie mir die Zunge, was mich zum Lachen brachte.

»Also Updates wie immer?«

»Ich bitte darum.«

»Das Gleiche gilt übrigens nach wie vor für dich, was deine Matches betrifft.«

Ich nickte und musste an Elijah denken.

»Hat er sich denn inzwischen gemeldet?«, fragte Sheryl, als hätte sie meine Gedanken gelesen.

»Nein.« Ich hatte vorhin beim Warten auf die U-Bahn einen kurzen Blick in die App geworfen.

»Hm. Blöd. Also entweder es klärt sich von selbst und er meldet sich wieder oder er ist ab sofort Geschichte und du findest neue nette Gesprächspartner. Wie diesen Harry zum Beispiel.« Offensichtlich konnte sie an meinem Gesicht ablesen, was ich davon hielt. »Nicht? Sind wir nicht mehr Team Harry?«

»Doch, schon«, gab ich zögernd zu. »Aber mehr Team Elijah.«

Sheryl zog eine Schnute und legte den Arm um mich. »Er muss sich einfach wieder melden. Allein deshalb, weil du dich gestern Abend so lieb um mich gekümmert hast.«

»Du meinst, das hat die Karmapunkte so aufgefüllt, dass das Schicksal auf meiner Seite sein muss?«

Sie nickte kräftig, stöhnte dann jedoch und hielt sich die Hand an den Kopf. Offensichtlich war der Kater noch nicht ganz verflogen. »Genau.«

»Na gut, hoffen wir mal das Beste«, meinte ich nach einem tiefen Seufzen, das Sheryl mit einem aufbauenden Lächeln beantwortete.

* * *

Tatsächlich zeigte sich später dann doch noch die Sonne, die den Himmel in ein sanftes Rosarot tauchte, als ich abends auf meiner Couch saß. Sheryl war bestimmt schon top gestylt, wenn nicht sogar bereits auf dem Weg zu ihrem Date, während ich allein zu Hause saß und unschlüssig durch die vielen Serien auf Netflix swipte. Vermutlich würde es die nächste Staffel von *Bridgerton* werden, beschloss ich, während ich doch noch einmal einen Blick auf mein Telefon warf. Genauer gesagt auf *Perfect Match*.

Mein Puls beschleunigte sich, als ich neben einer Nachricht von Harry eine von Elijah sah. Und weil ich offensichtlich darauf stand, mich selbst zu quälen, öffnete ich erst die von Harry.

HARRY, 27
Falls ich dich doch einmal zu einem Date
ausführen darf, müssen wir unbedingt in das
Restaurant gehen, das ich heute zufällig entdeckt
habe. Mediterrane Küche, super Ambiente. Ich bin
mir sicher, dir würde es dort gefallen.

> **CAMI, 25**
> Das klingt gut, ich bin gespannt.
> Ich bin mal ganz mutig und sage, vielleicht nächstes
> Wochenende …

Mein Herz raste, aber nachdem ich mir die letzten Stunden mehrfach darüber den Kopf zerbrochen hatte, war ich zu dem Entschluss gekommen, ihn an einem öffentlichen Ort treffen zu können. Dort würde ich sicher sein und jeden Moment gehen können, sollte ich mich in seiner Gegenwart doch nicht wohl fühlen.

Einen Augenblick wartete ich noch ab, ob Harry gleich zurückschrieb, aber er war anscheinend gerade nicht online, weshalb ich zum Chat mit Elijah switchte.

ELIJAH, 29
Sorry, dass ich mich gestern nicht mehr gemeldet habe. Das hatte nichts mit dir, sondern mit dem Chaos hier zu tun. Ich hoffe einfach, dass das bald ein Ende haben wird. Dann bin ich auch entspannter.

Irritiert las ich mehrfach seine Nachricht. Was für ein Chaos? Dieser Mann sprach in Rätseln.

CAMI, 25
Oje, was ist denn los bei dir? Also falls du darüber reden möchtest …

Abwartend starrte ich auf den Chatverlauf, in dem sich nichts regte. Für einen Moment stellte ich mir vor, wie es wäre, mit Elijah zu telefonieren. Ob es so wie mit Harry sein würde? Er hatte eine schöne Stimme und ich hatte mich im Gespräch mit ihm sofort wohlgefühlt. Dennoch stand ich nach wie vor hinter meiner Entscheidung, ihm nicht meine Nummer gegeben zu haben. Es fühlte sich im Moment einfach richtig an.

Fast hätte ich das Telefon auf den Tisch vor mich gelegt, um endlich die erste Folge zu starten, als die drei Punkte zu hüpfen begannen und mir anzeigten, dass Elijah mir antwortete.

Augenblicklich stieg mein Puls an.

ELIJAH, 29
Es ist im Grunde nichts, mit dem ich dich belasten
möchte. Meine Ex sorgt seit einiger Zeit für
Probleme und das macht mir ziemlich zu schaffen.

> **CAMI, 25**
> Oh ... Magst du erzählen, warum es
> auseinandergegangen ist?

Meine Aufregung stieg weiter an. Endlich würde ich mehr über
Elijah erfahren. Ich sog gebannt jede noch so kleine Information auf, die wie einzelne Puzzleteile das Gesamtbild von ihm
nach und nach vervollständigten.

ELIJAH, 29
Wir waren fast fünf Jahre zusammen, aber
irgendwie haben wir uns auseinandergelebt. Als
mir klargeworden ist, dass ich keine Gefühle mehr
für sie habe, habe ich das bei ihr angesprochen
und mich von ihr getrennt. Das Problem ist, dass
sie noch nicht ganz mit mir abgeschlossen hat.

> **CAMI, 25**
> Okay, das kommt mir (leider) gerade sehr bekannt
> vor ...

ELIJAH, 29
Wirklich?

> **CAMI, 25**
> Ja. Als ich mich von meinem Ex getrennt habe, hat
> er ebenfalls lange Zeit nicht wahrhaben wollen,
> dass es vorbei ist. Er ist mir nachgestiegen, hat
> mich unzählige Male angerufen. Von Anflehen
> bis Beschimpfen war alles dabei, weil er nicht
> einsehen konnte, dass ich ihn nicht zurückhaben
> wollte.

ELIJAH, 29
Krass, dass es bei dir ähnlich war wie bei mir.
Es tut mir ja auch leid, dass ich sie nicht mehr
liebe, aber Gefühle kann man nun mal nicht
erzwingen. Und mit ihr aus reiner Gewohnheit
zusammenzubleiben, macht für mich null Sinn.
Andere können das vielleicht, doch mich hält
nichts bei ihr. Mein Hund gehört mir und wir haben
keine Kinder. Wir sind nicht verheiratet und im
Grunde würde man meinen, dass eine Trennung in
unserem Fall ein klarer Cut sein könnte.

Die Emotionen in mir sprudelten über und der Wunsch, mich mit ihm zu *unterhalten*, also richtig miteinander zu sprechen, wurde übermächtig. Und das bei mir, wo ich bisher in dieser Hinsicht so zurückhaltend gewesen war.

CAMI, 25
Da hast du recht, Gefühle sind wie Pflanzen. Sie
kommen ganz von allein – und gehen, wenn
man sich nicht um sie kümmert, sie pflegt und
regelmäßig Zeit in sie investiert. Sie können zart und
verletzlich sein oder stark und beeindruckend.

ELIJAH, 29
Und manche haben einen grünen Daumen,
verlieben sich schnell und intensiv und
machen etwas Wunderschönes daraus. Andere
hingegen sind da nicht so begabt und schaffen
es, die perfekten Beziehungen an die Wand zu
fahren.

CAMI, 25
Oh! Ich hoffe, du sprichst bei Letzterem nicht
von dir?

ELIJAH, 29
Eine Zeit lang hatte ich schon befürchtet, verlernt
zu haben, wie es ist, etwas zu empfinden.
Ich dachte, meine Erfahrungen hätten mich
abgestumpft.

> **CAMI, 25**
> Aber dem ist nicht mehr so?

ELIJAH, 29
Ich glaube nicht, nein …

Was genau meinte Elijah damit?

Mit Daumen und Zeigefinger knetete ich meine Unterlippe, während ich überlegte, wie ich am besten nachfragen
konnte. Ich wollte herausfinden, was das bedeutete, ohne mich
selbst in eine peinliche Situation zu manövrieren. Doch dann
ging eine weitere Nachricht von ihm ein.

ELIJAH, 29
Zumindest nicht, seit ich mit dir schreibe.

Ein sanftes Kribbeln breitete sich in meinem Bauch aus, als ich
seine Worte las. Und vielleicht war es diese Gewissheit, dass
er mich ebenso sympathisch fand wie ich ihn, die mich dazu
veranlasste, all meinen Mut zusammenzunehmen, als ich die
nächste Nachricht verfasste.

> **CAMI, 25**
> Ich würde jetzt wahnsinnig gern deine Stimme
> hören, Elijah.

11 – Elijah

Fuck, da war er, der Moment, den ich scheute …

Sie wollte meine Stimme hören. Etwas, was grundsätzlich kein Problem war, aber nicht jetzt. Nicht heute. Und sie nun enttäuschen zu müssen, sorgte für ein schmerzhaftes Ziehen in meiner Brust.

> **ELIJAH, 29**
> Ich würde auch wahnsinnig gern deine Stimme hören, Cami. Aber ich habe im Moment Besuch, es ist also gerade etwas ungünstig …

Dass ich sie anflunkern musste – schon wieder – ging mir gehörig auf den Zeiger. Aber wenn ich nicht wollte, dass sie den Kontakt zu mir abbrach und mich gleichzeitig auf *Perfect Match* blockierte, war es leider notwendig.

> **CAMI, 25**
> Ist okay. Dann halte ich dich nicht länger auf.
> Schönen Abend noch. ☺

Verdammt! Genau das hatte ich nicht erreichen wollen, aber jede andere Ausrede wäre weit blöder für mich ausgefallen.

ELIJAH, 29
Schon gut, es ist nicht so, dass ich nicht nebenbei
mit dir schreiben kann. Und das tue ich wirklich
sehr gern.

Seufzend strich ich Teddy über sein flauschiges Fell, der seinen
Kopf auf meinen Schoß gelegt hatte.

»Dein Herrchen ist ein ganz übler Bursche«, murmelte ich
ihm zu.

Seine Antwort war ein tiefes Schnauben.

»Danke, Kumpel. Wenigstens von dir hätte ich etwas mehr
Trost erwartet. Ich meine, ich fühle mich eh schon schlecht
genug.«

Seine raue Zunge leckte mir über den Handrücken und ich
wuschelte ihm erneut durch das Fell, ehe ich meine Aufmerksamkeit wieder auf den Chatverlauf mit Cami richtete.

CAMI, 25
Das ist deinen Gästen gegenüber aber nicht sehr
höflich. Jetzt habe ich ein schlechtes Gewissen.

ELIJAH, 29
Musst du nicht, wirklich.

CAMI, 25
Du bist echt ein verrückter Mann – und jetzt bin
ich noch neugieriger auf dich. Wie lange arbeitest
du morgen? Ah, nein, du hast frei, richtig?

ELIJAH 29
Genau. Und du? Wann kommst du nach Hause?

CAMI, 25
Ich bin wahrscheinlich gegen fünf Uhr
nachmittags zu Hause. Soll ich mich
bei dir melden, wenn ich Zeit habe, zu
telefonieren?

ELIJAH, 29
Gern. Dann haben wir also morgen ein Telefondate. 😜

CAMI, 25
Jaaa! Ich freue mich! 😄 Und bin wahnsinnig
aufgeregt. Bestimmt kann ich kaum schlafen,
weil ich mich frage, wie deine Stimme klingt und
wie es ist, dich zu hören.

War es verrückt, dass ihre Worte ein Flattern in mir auslösten?

ELIJAH, 29
Da wird es mir wie dir gehen.

CAMI, 25
Dann liegen wir beide heute Nacht wach und
denken aneinander.

ELIJAH, 29
Das klingt schön. Also das Aneinanderdenken. 😜

CAMI, 25
Finde ich auch. Viel Spaß weiterhin mit deinem
Besuch, ich werde jetzt netflixen und dann ins Bett
gehen. Montage sind immer anstrengend.

Dass ich nun doch nicht noch eine Weile mit ihr schreiben
konnte wie erhofft, gab mir einen Dämpfer. Mit Cami fühlte
sich all die Schwere, die ich schon viel zu lange mit mir herumtrug, um einiges leichter an. Da war nichts mehr, was mich belastete, was mich förmlich zu erdrücken schien. Als würde alles
in den Hintergrund rücken oder sich von Zauberhand irgendwann selbst erledigen.

Bestimmt war es reines Wunschdenken, denn wie Ronald
immer wieder betonte, lag es ganz allein an mir, mein Leben
auf die Reihe zu bekommen. Und dessen war ich mir sehr wohl
bewusst.

ELIJAH, 29
Dir auch einen schönen Abend, eine gute Nacht und
erholsame Träume.

Mit einem Seufzen legte ich mein Telefon zur Seite, bis ich es
doch noch einmal an mich nahm und Ronalds Nummer wählte.

»Hey, Eli, wie geht's?«

»Hi, alles klar, und bei dir?«

Im Hintergrund hörte ich Michelle was sagen. »Ja, ja. Liebe
Grüße von meiner besseren Hälfte soll ich dir ausrichten.«

»Danke, zurück. Hör mal, ich brauche deinen Rat.«

»Hm?«, machte mein Bruder, der – wie mir das Quietschen
einer Tür verriet – wahrscheinlich gerade in seine Garage ging,
um ohne Hintergrundkommentare von Michelle reden zu können. Und vielleicht auch, um seinen BMW zu streicheln.

»Cami will mit mir telefonieren.«

Er lachte. »Na endlich!«

Unwirsch brummte ich ins Telefon. »Ich brauche ein Profilfoto von dir in den ganzen Messenger-Diensten.«

Ronald schnaubte. »Das wird garantiert nicht passieren.
Dass ich dir für *Perfect Match* meine Fotos geliehen habe, war
eine einmalige Sache, und ich hoffe, du deaktivierst das Profil
bald wieder. Kürzlich hat mich eine Arbeitskollegin angesprochen, dass wohl jemand meine Fotos für ein Fakeprofil verwendet. Ich konnte sie gerade noch davon abhalten, den Account
zu melden. Und eine Freundin von Michelle hat sie darauf
angeredet, ob denn in unserer Ehe alles in Ordnung sei, weil
ich anscheinend auf *Perfect Match* nach Alternativen Ausschau
halten würde.«

Fuck, dass es so übel für ihn war, traf mich hart.

»Scheiße, das tut mir leid. Ich werde …«

»Ich sag dir, was du tun wirst«, unterbrach er mich scharf.
»Du wirst Cami morgen gestehen, dass du mit einem falschen

112

Foto angemeldet bist. Inzwischen hattet ihr ja hoffentlich so viele tiefgründige Gespräche, dass du mein Gesicht nicht mehr brauchst, um zu überzeugen.« Dass er bei den letzten Worten breit grinste, war nicht zu überhören.

Schnaubend schüttelte ich den Kopf. »Du stellst dir das so leicht vor ...«

»Ich stelle es mir nicht nur so vor, genauso wird es auch sein. Du hast einfach Schiss davor, dass etwas nicht läuft, wie du es dir ausmalst. Aber selbst wenn, hast du es einmal auf diese Weise probiert und festgestellt, dass du mit meinem Gesicht genauso wenig Erfolg hast wie mit deinem.«

Hätte er mir jetzt gegenübergestanden, hätte ich ihm den Mittelfinger gezeigt, doch so schüttelte ich nur den Kopf und verkniff mir jeden Kommentar dazu.

»Ich meine es ernst, Elijah. Wenn sie dir wichtig ist, *musst* du sie mit der Wahrheit konfrontieren. Denkst du denn ernsthaft, dass sie sich von dir abwendet, nur weil du nicht so gut aussiehst wie ich?« Wieder dieses Grinsen, das er vor mir nicht verbergen konnte.

Dass ich ihn gebeten hatte, sein Foto verwenden zu dürfen, lag genau genommen eher daran, dass ich es gehasst hatte, von den Frauen auf mein Aussehen reduziert zu werden. Ja, ich hatte die besseren Gene von uns beiden erhalten. Aber in mir steckte mehr als die äußere Hülle – und dafür hatten sich die Frauen davor kaum interessiert. Schon gar nicht mit meinem Handicap, das so überhaupt nicht in ihr Bild von mir gepasst zu haben schien.

So schnell, wie sie sich auf Gespräche mit mir eingelassen hatten, genauso schnell waren sie wieder weg gewesen, wenn ich nicht ihren gesamten Vorstellungen entsprochen hatte. Und interessanterweise war ich mit Ronalds Fotos erfolgreicher gewesen. Unter anderem hatte ich schließlich Cami kennengelernt.

»Danke, Bruder, du bist mir heute echt eine Hilfe«, grummelte ich.

»Danke mir morgen, wenn du dieses Gespräch mit ihr hinter dir hast.«

Aus lauter Frust schnaubte ich auf und ballte meine freie Hand zu einer Faust, ehe ich mich von Ronald verabschiedete, der amüsiert über meine Verzweiflung lachte, ehe er auflegte.

Teddy stieß ein leises Winseln aus, als spürte er meine innere Zerrissenheit – was er vermutlich auch tat. Und als ich Stunden später ins Bett ging, lag ich mit heftig klopfendem Herzen wach. An Schlaf war nicht wirklich zu denken. Denn morgen würde sich herausstellen, ob Cami war wie alle anderen Frauen bisher – oder ob ich Glück hatte und sie mich nicht nur akzeptierte, wie ich war, sondern mir auch meine kleine Notlüge verzieh.

12 – CAMI

»Alles okay mit dir, Cami? Du siehst müde aus.« Meine Kollegin Sarah schaute mich besorgt an, als sie gerade mit einer Tasse Kaffee in der Hand an meinem Platz im Lehrerzimmer vorbeigehen wollte.

»Ja, ich habe nur lange wachgelegen.« Vergebens bemühte ich mich um einen neutralen Gesichtsausdruck.

Sarah setzte sich auf den freien Stuhl neben meinem Schreibtisch und sah mich neugierig an. »Erzähl, was ist passiert?«

»Im Grunde nichts. Ich werde nur heute Abend ein Telefondate haben.«

Sie runzelte die Stirn. Sarah war Ende vierzig und seit fast dreißig Jahren mit ihrem Mann verheiratet. Online-Dating kannte sie nur vom Hörensagen, und vermutlich war es für sie eigenartig, sich zu einem Telefonat zu verabreden – besonders dann, wenn man sich zuvor nicht persönlich getroffen hatte. Selbst in meinem Kopf klang das reichlich seltsam.

»Ich habe jemanden auf einer Dating-Plattform kennengelernt. Bisher haben wir nur geschrieben und heute wollen wir das erste Mal telefonieren.«

Ihre Augen blitzten wissend auf. »Ah, wie aufregend!«

»Ja, deshalb habe ich die halbe Nacht wachgelegen. Total verrückt, immerhin weiß ich noch gar nicht, ob wir uns am Telefon genauso gut verstehen wie im Chat. Vielleicht halte ich ihn für einen kompletten Langweiler oder wir schweigen uns an, weil uns der Gesprächsstoff ausgeht. Oder er hat eine seltsame Stimme, die nicht zu dem Mann passt, wie ich ihn mir vorstelle.«

»Was arbeitet er?«

»Er ist Masseur.«

Nachdenklich legte sie den Kopf schräg. »Gut, dafür braucht er seine Stimme nicht. Überhaupt wird Reden in seinem Job vermutlich überbewertet. Ich bin gespannt, was du mir morgen dazu erzählst.« Sie zwinkerte mir zu, bevor sie aufstand und zu ihrem Schreibtisch am anderen Ende des Raumes ging.

Das Gespräch mit ihr hatte meine Aufregung erneut angetrieben. Zum Glück war ich mit meiner Arbeit hier fertig. Die Schreib- und Rechenaufgaben von gestern hatte ich bereits korrigiert, weshalb ich mich endlich auf den Heimweg machen konnte.

Kaum dass ich meine Wohnung betreten hatte, kochte ich mir einen Tee und setzte mich mit der Tasse auf die Couch. Ein letztes Mal atmete ich tief durch, ehe ich Elijah schrieb.

> **CAMI, 25**
> Hey, wie war dein Tag? Ich bin jetzt zu Hause. Wie machen wir es? Rufst du mich an oder soll ich dich anrufen? Wer schickt wem die Nummer? Ich bin immer noch so aufgeregt. 😄

Es dauerte nicht lange, bis ich die drei Punkte tanzen sah und mir gleich darauf seine Antwort angezeigt wurde.

> **ELIJAH, 29**
> Hi! Auf diese Nachricht habe ich den ganzen Tag

gewartet. 😊 Ich kann dich gern anrufen. Wenn es
dir umgekehrt lieber ist, hier meine Nummer …

Mein Herz überschlug sich vor Aufregung, als ich Elijah ein-speicherte. Mehrfach atmete ich tief ein und aus, bis ich endlich den Mut hatte, auf seinen Namen zu tippen und ihn anzurufen. Ganz ohne unterdrückte Nummer. Keine Ahnung, warum, aber bei ihm hätte es sich falsch angefühlt, diese Sicherheits-maßnahme zu ergreifen. Es hätte eher den Beigeschmack von mangelndem Vertrauen gehabt, wenn ich es getan hätte.

»Hallo.« Dieses eine Wort von ihm allein reichte aus, um eine prickelnde Gänsehaut auf meinem Körper auszulösen. Mein Herz schwoll an vor Glück, und ich war sofort in seinen Klang verliebt.

»Hi, Elijah«, sagte ich und meine Aufregung war deutlich zu hören.

»Wow … Kannst du noch etwas sagen?« Ein sanftes Lächeln lag in seiner Stimme und ich musste vor Freude die Augen schließen.

»Du klingst großartig. Viel besser, als ich es mir ausgemalt habe.«

Ein leises Lachen drang an mein Ohr. »Hey, das war mein Text!«

Schmunzelnd ließ ich mich zurücksinken, eine Hand an meine Brust gepresst. »Wie geht es dir?«

»Gut. Das heißt … *jetzt* geht es mir gut. Ich war den gan-zen Tag zu nix zu gebrauchen, weil ich ständig die Uhr im Blick hatte und gehofft habe, die Zeit würde schneller vergehen. Dazu kommt, dass ich letzte Nacht kaum geschlafen habe. Wie geht es dir? Wie war dein Arbeitstag?«

»Es war schön. Die Kleinen haben heute den Buchstaben *B* gelernt. Wir haben Bananen und Blaubeeren genascht, Butter-brot gegessen, Ballons aufgeblasen und Boote gezeichnet.«

»Das klingt großartig. Meine Lehrerin hat uns das Lesen und Schreiben nicht auf diese Weise beigebracht. Wir mussten die Buchstaben auf einem Papier nachziehen. Wieder und wieder und wieder.«

»Das dürfen die Kinder bei mir auch, aber erst einmal wird überlegt, welche Wörter wir mit dem Buchstaben B kennen.«

»Oh, ich erinnere mich an einen Zungenbrecher. Irgendwas mit Bäcker Braun …«, meinte er.

»Bäcker Braun backt braune Brezeln. Braune Brezeln backt Bäcker Braun.«

Elijah lachte, und Gott, sein Lachen kitzelte in meinem Bauch.

»Ja, genau! Haben die Kinder den heute auch gelernt?«

»Nein, aber der wäre was für die kommenden Tage. Danke für die Inspiration«, erwiderte ich schmunzelnd und griff nach dem Tee.

»Immer gern.« Er atmete tief durch und ich war mir nicht sicher, ob er noch etwas sagen wollte. Kurz hatte ich das Gefühl, eine Schwere hätte sich über ihn gelegt, doch als er weiterredete, war sie verschwunden. »Du lebst also in London?«, fragte er und klang ehrlich interessiert.

»Ja, in Barking, und du?«

»In Dartford. Hast du eine Wohnung?«

»Jep, ich hatte das Glück, eine bezahlbare Zweizimmerwohnung zu ergattern. Und du?«

Er räusperte sich. »Ich wohne in einem kleinen Haus. Es ist echt nichts Besonderes und hat auch schon einige Jahre auf dem Buckel, also …«

»Wow, das klingt toll.«

Ein Bellen erklang im Hintergrund und ich musste schmunzeln. »Ist das dein Hund?«

»Ja, das ist Teddy. Komm mal her, Großer.«

Leise Schnüffelgeräusche drangen zu mir durch.

»Hey, Teddy. Ich bin Cami, wie geht es dir?«

Elijah lachte. »Er hat seinen Kopf auf meinen Schoß gelegt. Sieht also so aus, als ob er deine Stimme mag.«

»Awww, wie niedlich. Ist er ein Golden Retriever?«

»Genau. Er ist so eine gute Seele.«

Ein schweres Seufzen kam über meine Lippen. »Ich wünsche mir auch einen Hund. Irgendwann, wenn ich mehr Platz habe, will ich unbedingt einen haben. Aber in der Wohnung ist es einfach ungünstig.«

»Das kann ich mir denken. Ich kann mir ein Leben ohne Fellnase nicht mehr vorstellen. Er ist mein allerbester Freund. Nicht wahr, Teddy? Du bist mein Bester.«

Er bellte einmal, als würde er Elijah zustimmen.

»Gott, wie süß. Und der Hund auch«, sagte ich grinsend, nur weil ich hoffte, Elijah erneut zum Lachen zu bringen.

Ich hatte Glück.

»Ja, wir beide geben schon ein richtig gutes Paar ab.«

»Was machst du mit ihm, wenn du arbeiten bist?«

»Ich nehme ihn mit«, sagte er und überraschte mich damit.

»Wirklich? Ist das bei dir erlaubt?«

»Ja, das … ähm … Mein Boss ist da sehr liberal. Und Teddy ist nicht der einzige Vierbeiner bei uns, also …«

»Du bist Masseur in einer Praxis, sagtest du?«

Elijah lachte leise. »Genau. Die Kundinnen und Kunden wissen, dass wir unsere Hunde mithaben, und sie lieben sie. Ich kann mir gut vorstellen, dass viele gerade wegen ihnen immer wieder zu uns kommen.«

»Das ist ja verrückt. Vielleicht sollte ich doch mal über einen Massagetermin nachdenken«, meinte ich, mehr im Scherz. Denn Elijah und ich waren definitiv noch nicht so weit, dass ich mich von ihm massieren lassen würde.

Es wäre etwas anderes, wenn eine mir völlig fremde Person meinen Rücken durchkneten würde, doch in Elijahs Fall war eine nicht zu leugnende Anziehung zwischen uns vorhanden.

Berührungen von ihm würden sich zwar ganz bestimmt gut anfühlen – aber vermutlich zu gut. Und weil wir uns noch zu wenig kannten, wäre es einfach seltsam …

»Wenn wir uns irgendwann einmal sehen … vielleicht … dann kann ich dich gern massieren, falls du das möchtest.« Elijahs Stimme klang jetzt rauer und ein Prickeln fegte durch meinen Körper, als hätte er mich bereits berührt.

»Okay, darauf komme ich bei Gelegenheit zurück.« Auch mir war eindeutig anzuhören, dass mir ziemlich heiß wurde bei der Vorstellung.

»Wie geht es deinem Muskelkater?«, erkundigte sich Elijah schließlich.

»Gute Überleitung.« Ich lachte. »Schon ganz passabel. Ein wenig spüre ich ihn noch, aber ich denke, ich bin wieder bereit für Sport. Gehst du regelmäßig laufen?« Ich trank einen Schluck von meinem Tee und stellte die Tasse anschließend auf den Tisch.

»Ja, mein Bruder holt mich dreimal die Woche zum Joggen ab. Heute wären wir auch verabredet gewesen, ich habe ihn jedoch versetzt, weil ich einen ganz wichtigen Anruf erwartet habe.«

»Oh, ich hoffe, ich blockiere dafür nicht deine Leitung«, sagte ich im Scherz.

»Keine Sorge, es ist genau richtig, wie es ist.«

»Für mich fühlt es sich ebenfalls so an«, gestand ich und spürte, wie sich mein Herzschlag beschleunigte.

»Ich bin unglaublich froh, dich heute zu hören. Ehrlich gesagt hatte ich Bammel davor – was, wenn wir nichts zu reden wissen oder wir das Gefühl haben, uns nicht sympathisch zu sein. Jetzt weiß ich umso mehr, dass es die richtige Entscheidung war.«

»Ja, ich bin auch echt froh. Und ich höre dir so gern zu. Deine Stimme ist wahnsinnig angenehm. Ich glaube, von dir könnte ich mich in den Schlaf lesen lassen.« Noch in dem

Moment, als ich diese Worte aussprach, kniff ich die Augen zusammen und schlug mir mit der freien Hand gegen die Stirn.

Doch Elijah stieß ein tiefes Brummen aus, das durch mich hindurch vibrierte. »Das klingt nach einer schönen Vorstellung. Wenn wir mal so weit sind, sollten wir das unbedingt probieren.«

Erleichtert atmete ich aus. »Welche Genres liest du denn?«

»Biografien und Fantasy. Manchmal sogar romantische Literatur. Don't judge me.« Er lachte.

Ungläubig schüttelte ich den Kopf. »Liebesromane?«

»Ja, aber nur die guten. Colleen Hoover, Jojo Moyes, John Green. So in der Art … Und Gedichte.«

Immer noch war ich überrascht – und völlig begeistert von ihm. Nie zuvor hatte ich einen Mann kennengelernt, der eine derart ausgeprägte romantische Ader hatte, dass er Literatur dieser Art las.

»O ja, du musst mir unbedingt mal etwas vorlesen. Das stelle ich mir schön vor.«

»Soll ich jetzt?«

Mein Herz machte einen Satz vor Freude. »Gern.«

»Okay, Moment.« Es klang, als ob er das Telefon eben beiseitegelegt hätte. Ich hörte Schritte und kurz darauf räusperte sich Elijah.

»Laß tief in dir mich lesen,
Verhehl auch dies mir nicht,
Was für ein Zauberwesen
Aus deiner Stimme spricht!
So viele Worte dringen
Ans Ohr uns ohne Plan,
Und während sie verklingen,
Ist alles abgetan.
Doch drängt auch nur von Ferne
Dein Ton zu mir sich her,

Behorch ich ihn so gerne,
Vergeß ich ihn so schwer!
Ich bebe dann, entglimme
Von allzurascher Glut:
Mein Herz und deine Stimme
Verstehn sich gar zu gut!«

Seine Stimme hallte noch ein paar Sekunden in mir nach, ehe ich tief durchatmete. »Wow. Von wem ist das?«

»Von August von Platen, einem deutschen Dichter aus dem neunzehnten Jahrhundert.«

Hatte er dieses Gedicht nur zufällig aufgeschlagen gehabt oder hatte es eine tiefere Bedeutung? Wollte er mir damit etwas sagen?

»Warum genau noch mal bist du Single?«, fragte ich.

Elijah schnaubte belustigt auf. »Wenn ich das wüsste … Ich denke jedoch, dass ich mehr als bereit dazu bin, das zu ändern. Nicht heute, nicht unbedingt morgen, aber … bald.«

Wieder waren seine Worte genau richtig. »Da geht es dir wie mir«, gestand ich mit rasendem Herzen.

»Cami, ich … muss ganz oft an dich denken. Fast hätte ich *ständig* gesagt, das klingt jedoch, als sei ich von dir besessen, was ich nicht bin. Na ja, vielleicht doch, jedenfalls … ich liebe die Gespräche mit dir. Ich bin verrückt danach, mehr von dir zu erfahren, und jetzt auch noch deine Stimme zu hören, ist …« Er holte geräuschvoll Luft. »Verdammt, du musst mich für einen völlig irren Kerl halten, aber … du machst etwas mit mir. Alles, was sich wie eine Last auf meinen Schultern angefühlt hat, existiert nicht in den Momenten, in denen wir uns schreiben oder telefonieren. Ist das verrückt? Ich meine, wir kennen uns erst so kurze Zeit, haben uns nicht einmal gesehen und …«

»Nein, ich bin ganz deiner Meinung«, fiel ich ihm ins Wort, aufgeregt, zu hören, dass es ihm genauso ging. »Und es gibt noch so viel, was ich über dich wissen möchte. Am liebsten würde ich dich alles fragen, ich will ...« ... *dich sehen*, hätte ich beinahe gesagt, verkniff es mir jedoch im letzten Moment. Denn mich mit ihm zu treffen, war der nächste große Schritt, für den ich mich aber noch nicht bereit fühlte. Ich genoss, wie es gerade mit ihm war. Wir konnten uns kennenlernen, ohne uns von irgendwelchen optischen Reizen ablenken zu lassen. Ohne dass ich das Bedürfnis verspürte, meine Finger mit seinen zu verschränken und ihn vielleicht sogar zu küssen.

Gut, diesen Wunsch hegte ich dennoch, aber übers Telefon war das natürlich nicht möglich.

»Was möchtest du denn wissen? Du weißt hoffentlich, dass du mich alles fragen kannst.«

Kurz überlegte ich. »Okay, machen wir ein kleines Spiel. Bist du bereit?«

»Bereit«, sagte er und ich konnte hören, wie er dabei lächelte.

»Tee oder Kaffee?«

Er stöhnte verhalten. »Das ist eine fiese Frage. Die nächste, bitte.«

»Hey!«, rief ich aus, amüsiert und gespielt entrüstet. »So funktioniert das Spiel nicht.«

Er seufzte. »Na gut, lass mich erklären. Ich brauche Kaffee am Morgen. Meine Lider fühlen sich schwer an und irgendwie kommt mein Körper ohne nicht in die Gänge. Gut, ich könnte auch Sport machen, kaum dass ich aus dem Bett raus bin, aber dabei würde ich mich garantiert verletzen.«

Ich grinste und freute mich gleichzeitig, dass er mir nun eine derart ausführliche Antwort gab.

»Aber hey, was wäre ein Tag ohne Tee? Immerhin bin ich Brite. In meinem Blut fließt Tee, ich brauche ihn also genauso dringend zum Überleben wie Kaffee.«

»Ist das nicht zu viel Klischee auf einmal?«

»Du wolltest die Wahrheit wissen. Das ist sie. Unverblümt und ehrlich. Wie ist das bei dir? Tee oder Kaffee?«

»Sagen wir mal so: Wir würden uns in dieser Hinsicht hervorragend verstehen. Kaffee am Morgen ist Pflicht. Aber ich bleibe bei einer Tasse am Tag. Bei mehr wäre ich zu hibbelig. Und Tee ist toll. Jetzt trinke ich zum Beispiel gerade einen Kräutertee.«

»Welche Sorte?«

»Es ist eine Mischung aus Pfefferminze, Kamille und Fenchel.«

Elijah hustete. »Die ganz Gesunde.«

»Genau. Immerhin muss ich auf meinen Körper achten. Wir haben nur den einen, also …«

»Also treibst du deshalb regelmäßig Sport«, meinte er belustigt.

»Touché.« Ich lachte. »Na gut, machen wir weiter. Katze oder Hund?«

»Das ist leicht. Hund. Eindeutig. Stimmts, Teddy? … Er wedelt mit dem Schwanz, somit werte ich das als Zustimmung. Und selbst?«

»Hund. Katzen sind zwar süß, aber ihre versnobte Art ist manchmal … ich weiß auch nicht.«

Elijah lachte. »Ja, Katzen darfst *du* dienen, bei Hunden ist es so, dass sie alles für dich tun, um dich glücklich zu machen.« Er sagte diese Worte voller Liebe, sodass ich ihn mir richtiggehend vorstellen konnte, wie er gerade mit seinem Goldie kuschelte.

Ich brauchte einen Moment, ehe ich die nächste Frage aussprach. »Städte- oder Strandurlaub?«

Elijah atmete geräuschvoll aus und dann … schwieg er.

Mist. Ich war mir nicht sicher, ob ich einen Fehler begangen hatte mit dieser Frage, denn irgendwie fühlte es sich mit einem Mal seltsam zwischen uns an.

13 – ELIJAH

Du weißt hoffentlich, dass du mich alles fragen kannst ...

Fuck, wieso genau noch mal hatte ich diesen Satz ausgesprochen? Denn natürlich konnte sie mich *nicht* alles fragen. Das hieß ... sie durfte schon, mit dem Unterschied, dass ich ihr nicht alles beantworten konnte.

Aber weil das Schweigen zwischen uns seltsam zu werden schien, lachte ich verlegen auf. »Keine Ahnung, ob ich mich da entscheiden kann. Wie ist es bei dir?«

»Strand. Oder nein, geht auch Land?«

Ich musste schmunzeln, weil sie mich das fragte, wo sie doch das Spiel begonnen und die Fragen gestellt hatte.

»Ich bin gern in der Natur«, fuhr sie dann fort. »Meine Grandma hatte einen kleinen Bauernhof ungefähr zwei Stunden südöstlich von London. Als ich ein Kind war, sind wir oft dort gewesen und ich habe es geliebt, den Hühnern beim Scharren im Sand zuzusehen, oder wie Onkel Bart die Schafe auf die Weide getrieben hat. *Das* ist Erholung für mich. Diese Ruhe, die es in der Stadt nie geben kann. Weißt du, was ich meine?«

»Oh ja, das kann ich sehr gut nachvollziehen. Wenn du das so sagst, bin ich auch auf jeden Fall für einen Urlaub in der

Natur. Dort, wo man das Zwitschern der Vögel hören kann, das Plätschern des Baches, der sich durch den Wald schlängelt.«

»Das Summen der Bienen, das Rascheln der Blätter im Wind. Wo es nach gemähtem Gras und feuchter Erde riecht.«

»Und nach Kuhdung«, warf ich ein, was Cami zum Lachen brachte.

»Ja, das auch. Und es mag vielleicht verrückt klingen, aber sogar das hat etwas Entspannendes an sich, wenn man den Geruch mit der ruhigen Zeit auf dem Land mit Erholung verbindet.«

»Na ja, darüber können wir noch einmal diskutieren, wenn sich Teddy vor Freude in einem Feld wälzt, das vom Bauern frisch gedüngt wurde.«

Wieder lachte sie und alles in mir wurde schwerelos. Leicht und unbekümmert.

»Dieser Punkt geht an dich.«

»Okay, ich weiß auch noch eine Frage – darf ich?«

»Nur zu«, meinte sie und ich liebte es, dass ich das Lächeln auf ihren Lippen hören konnte.

»Jeder auf seiner Seite im Bett oder eng aneinandergekuschelt einschlafen?«

Für einen Augenblick herrschte Stille in der Leitung und ich war mir nicht sicher, ob ich nicht zu forsch gewesen war. Aber es war lediglich die Frage nach den Schlafgewohnheiten.

Cami räusperte sich. »Eng aneinandergekuschelt einzuschlafen, finde ich toll. Den Partner noch einmal zu spüren, gehalten zu werden … Es gibt nichts Schöneres. Wie ist es bei dir?«

Ich zwang mich, nicht zu erleichtert aufzuatmen. »Auch. Meine Ex-Freundin mochte das gar nicht, das hat mir gefehlt. Jeden Abend. Zu wissen, dass sie neben mir und dennoch eine Armlänge entfernt von mir geschlafen hat, hat mich immer verrückt gemacht.«

»Wieso wollte sie deine Nähe nicht?«, erkundigte sich Cami verwundert.

»Sie mochte die Hitze meines Körpers an ihrem nicht. Und die Schwere meines Armes oder Beines auf ihr.«

»Oh«, machte sie und klang dabei fast so, als würde sie Bedauern darüber empfinden – was meinen Herzschlag antrieb. »Pyjama oder … nackt schlafen?«, fragte sie dann, und ruckartig setzte ich mich aufrecht hin.

Hitze wallte in mir auf, wirbelte durch die Brust hoch zu meinem Gehirn und in die tieferen Regionen. »Boxershorts. Du?«

»Pyjama, weil ich schnell friere. Aber wenn mich wer hält und wärmt …«

Scheiße. Die Bilder, die in meinem Kopf Gestalt annahmen, brachten mich gehörig ins Schwitzen.

Und weil wir schon mal diese Richtung eingeschlagen hatten, wagte ich mich noch weiter vor. »Küsse mit oder ohne Zunge?«

Bildete ich es mir ein oder hatte Cami eben leise aufgekeucht?

»Ganz klar mit. Und selbst?«

»Auch mit. Es gibt nichts Sinnlicheres, als sich aneinander reibende Zungen, die sich necken und massieren. Wenn man den anderen riecht und schmeckt. Vor allem, weil es so viele verschiedene Arten von Küssen gibt. Den langsamen, vorsichtigen Kuss. Den zärtlichen und den wilden, leidenschaftlichen. Und wenn er richtig ist, lässt er einen alles vergessen. Man fühlt nur noch, verliert sich in dem anderen.«

Camis Atmung hatte sich beschleunigt. Ich konnte es ganz deutlich hören, und fuck, ich liebte es, dass ich sie allein durch meine Worte dazu gebracht hatte.

»Küssen mit offenen oder geschlossenen Augen?«, war ihre nächste Frage, die mich schmunzeln ließ.

»Geschlossen. Immer. Und du?«

Ich hörte, wie sie lächelte, als sie mir antwortete. »Geschlossen. Meistens. Manchmal könnte es jedoch passieren, dass ich blinzle, weil ich die Augen nicht von dem Mann lassen kann, in den ich verliebt bin.«

»Das klingt schön«, erwiderte ich und spürte einen sehnsuchtsvollen Stich in meinem Herzen, den ich dort länger nicht mehr wahrgenommen hatte.

Ich räusperte mich und stellte die nächste Frage mit wildem Herzschlag, aus Angst, die zarte Verbindung, die wir hatten, wieder zu zerstören. »Sex nur im Schlafzimmer oder egal, wo es einen überkommt?«

Ihr Kichern ließ mich erleichtert aufatmen und ich merkte, dass ich vor Anspannung die Luft angehalten hatte.

»Du stellst Fragen … Also solange es in den eigenen vier Wänden passiert, ist es doch völlig einerlei, oder? Sofern man nicht am Fenster Sex hat, wo einen die Nachbarn sehen, ist, denke ich, alles erlaubt.«

Dass das genau wie das Küssen ohne Zunge Themen waren, die zwischen Lara und mir ständig zu Streit geführt hatten, erwähnte ich nicht. In diesem Gespräch ging es nicht darum, ihr aufzulisten, was meine Ex *nicht* wollte, sondern herauszufinden, was Cami gefiel. Und bisher hatte sie jedes Mal die für mich richtige Antwort gegeben. »Der Meinung bin ich auch«, sagte ich deshalb und Cami schnaubte zufrieden.

»Okay, nächste Frage. Lass mich mal überlegen … Heiße Dessous oder Baumwollunterwäsche?«

»Bei mir oder bei dir?«, fragte ich scherzhaft, bis mir auffiel, dass ich *bei dir* statt *bei der Frau* gesagt hatte. Verlegen biss ich mir auf die Unterlippe und verzog angespannt das Gesicht.

»Bei mir«, antwortete sie schließlich mit rauer Stimme.

Fuck, dieses Gespräch war unerwartet so prickelnd geworden, dass mich die Erregung voll im Griff hatte. Und dabei hatten wir uns nicht einmal angefasst.

Doch, hatten wir.

Ihre Worte, ihre Stimme berührten mich an Stellen, die viel zu lange taub gewesen waren ...

»Also ... ich weiß die Gemütlichkeit von Baumwollunterwäsche sehr zu schätzen. Somit wäre es falsch von mir, auf Dessous zu bestehen. Mal davon abgesehen, dass mir in einem leidenschaftlichen Moment vermutlich egal wäre, was du trägst.«

Cami atmete geräuschvoll aus.

»Und da ich sowieso jeden Zentimeter von dir erkunden würde – mit den Fingern und den Lippen – wäre es wahrscheinlich so oder so nicht relevant. Dennoch muss ich gestehen, dass es auf jeden Fall verlockend wäre, die Konturen der Wäsche nachzuzeichnen. Und wenn dann die Dessous eine besondere Form haben, ist es folglich für dich genauso reizvoll. Von daher gebe ich die Frage einfach an dich zurück: Trägst du lieber gemütliche Wäsche oder darf es auch mal etwas Ausgefallenes sein?«

Cami lachte leise auf und ich musste den Stoff meiner Hose im Schritt richten, der unangenehm spannte.

»Das kommt ganz auf den Anlass an«, begann sie schließlich. Ihre Stimme war tiefer, rauer, und ich wusste, dass unsere Unterhaltung sie genauso wenig kalt ließ. »Im Alltag mag ich es gemütlich ... an besonderen Abenden trage ich jedoch gern schöne Wäsche. Ich mag die Spitze und die zum Teil ausgefallenen Schnitte. Dass man irgendwie mehr sieht, aber dennoch alles verdeckt ist. Strümpfe betonen meine langen Beine, und das Wissen, dass sie nur einen schmalen Streifen nackte Haut frei lassen, hat auf jeden Fall seinen Reiz.«

»Oh ja«, stieß ich rau aus und brachte sie damit zum Lachen.

»Wann ist unsere Unterhaltung so schlüpfrig geworden?«

»Stört es dich?« Ich musste das einfach wissen. Immer noch konnte ich Cami nicht wirklich einschätzen. Sie wirkte schüchtern, aber ihre Antworten hauten mich völlig um. Ich war mir nicht sicher, ob es öfter vorkam, dass sie einem Fremden offenbarte, welche Unterwäsche sie trug – und ihm damit einen gewaltigen Ständer verpasste. Ahnte sie, was sie mit mir machte, oder tat sie das gänzlich unbewusst?

»Nein, ganz und gar nicht. Es ist nur … ungewohnt. Ich meine, wir kennen uns nicht und ich habe noch nie zuvor mit einem Mann über solche Themen gesprochen, wenn ich nicht mit ihm zusammen war.«

»Ist es dir unangenehm?« Zögerte sie auch nur eine Sekunde, diese Frage zu beantworten, würde ich sicher nicht mehr von mir aus Gespräche in diese Richtung beginnen, solange wir uns nicht um einiges nähergekommen wären.

»Nein«, antwortete sie wie aus der Pistole geschossen. »Nein, verrückterweise nicht. Ich hoffe, du hast jetzt kein falsches Bild von mir.«

»Welches wäre das?« Ich wischte mir mit der Hand über das Gesicht, weil mich dieses Gespräch so aufwühlte – auf dermaßen viele Weisen.

»Na ja, als würde ich … keine Ahnung. Sag mir mal, welchen Eindruck du von mir hast, bitte. Das würde mir die Sache auf jeden Fall erleichtern.«

Ich benetzte meine Lippen und legte eine Hand auf Teddy, der es sich in der Zwischenzeit neben mir auf der Couch bequem gemacht hatte. »Okay, also mal sehen … Ich denke, du bist eine selbstbewusste Frau. Du weißt, was du willst, lässt dich nicht verbiegen. Du bist nicht verklemmt, aber auch keine, die die Männer wie die Unterwäsche wechselt – was mir gefällt. Alles daran gefällt mir, Cami. Trifft es diese Beschreibung?«

Erleichtert atmete sie aus. »Ja, ich denke, das kommt gut hin. Dann kann ich mich jetzt mit gutem Gewissen von dir verabschieden und weiß, dass ich nichts falsch gemacht habe.«

Sofort spürte ich einen Stich in der Brust, und Worte, die sie aufhalten sollten, lagen auf meiner Zunge. »Was hast du noch vor?«, fragte ich jedoch stattdessen.

»Ich muss eine Kleinigkeit für die Arbeit morgen vorbereiten und dann wäre es gut, wenn ich mir was zu essen koche. Mein Magen knurrt mich schon die ganze Zeit vorwurfsvoll an.«

»Das ist ja sehr unhöflich von ihm«, meinte ich schmunzelnd.

»Nein, von mir ist es unhöflich. Ich hätte mich erst um ihn kümmern sollen, statt dich sofort anzurufen. Aber irgendwie … konnte ich es nicht erwarten, deine Stimme zu hören.«

Wärme breitete sich in mir aus, die mich besänftigte und darüber hinwegtröstete, dass unser Gespräch gleich zu Ende sein würde.

»Wann darf ich dich wieder hören?« Insgeheim hoffte ich, sie würde *nach dem Essen* antworten, aber es wäre verrückt gewesen, heute noch einmal miteinander zu telefonieren.

»Hmm, eventuell schicke ich dir später noch eine Voicemail. Was hältst du davon?«

»Das klingt großartig.« Überhaupt war es die vermutlich beste Nachricht heute – denn ich könnte sie mir so oft hintereinander anhören, wie ich wollte.

»Okay, dann wünsche ich dir noch einen schönen Abend und vielleicht bis später.«

»Ja, bis dann«, antwortete ich, und kurz darauf hatte sie aufgelegt.

Und mir wurde bewusst, dass ich es während des ganzen Telefonats nicht über mich gebracht hatte, das Thema mit den Fotos von Ronald anzusprechen. Weil ich unglaublich Schiss vor Camis Reaktion hatte. Weil ich sie mit jedem Wort, das sie ausgesprochen hatte, noch mehr in mein Herz geschlossen hatte. Verdammt, ich wollte diese Frau wie nichts zuvor. Die Sache zwischen uns zu zerstören, würde mich völlig vernichten. Es nähme mir die Hoffnung, die in den letzten Tagen endlich wieder in mir aufgeflammt war. Und das wäre mein emotionaler Ruin.

14 – CAMI

War es verrückt, dass ich ein verliebtes Seufzen ausstieß, kaum dass ich aufgelegt hatte? Dass ich das Telefon an meine Brust presste, weil ich so verzaubert war von diesem Mann?

Unser Gespräch war heiß gewesen und lustig und spannend und hatte meine Sehnsucht nach ihm und den Wunsch, ihn kennenzulernen, nur noch mehr entfacht.

Dass ich mir jetzt vorstellte, wie es wäre, ihn zu küssen, war verrückt. Zudem geisterten noch ganz andere Bilder in meinem Kopf herum, und mir war während des Telefonats dermaßen heiß geworden, dass ich mir immer wieder Luft hatte zufächeln müssen.

Das Lächeln auf meinen Lippen verschwand nicht, als ich ein One-Pot-Rezept aus dem Internet nachkochte. Auch nicht, als ich später die Lachs-Spinat-Pfanne aß oder das benutzte Geschirr abspülte.

Nicht einmal, als ich über meiner Arbeit saß, mir ein paar Notizen für morgen machte und Unterlagen hervorkramte, die ich in den nächsten Tagen im Unterricht brauchen würde.

Als mein Telefon klingelte, machte mein Herz einen verrückten Satz, doch es war nicht Elijah, sondern Sheryl, die endlich auf meine Frage, wie ihr Date gelaufen war, antwortete. Sie hatte mir bereits am späten Vormittag eine Nachricht geschickt, aber während der Arbeit hatte sie selten Zeit zum Telefonieren. Deshalb hatte ich einfach abgewartet.

»Hey, wie geht es dir? Wie war's?« Ich konnte meine Neugier nicht im Zaum halten.

»Hi, Beauty, ich bin eben nach Hause gekommen. Aaah, ich bin müde, aber … happy.« Ihr Grinsen war bis zu mir zu hören.

»Erzähl! Lass dir nicht alles aus der Nase ziehen.«

»Also, wir waren essen. Im Anschluss sind wir ein wenig durch die Straßen spaziert, bis Jacob schließlich stehen geblieben ist und meinte, dass er in diesem Haus wohne.«

»Und du bist mit ihm rein?«

Ihre erste Antwort war ein Kichern. »Ja. Und ich habe es nicht bereut, wenn du verstehst, was ich meine.«

Nun konnte ich mein Schmunzeln auch nicht länger unterdrücken. »Okay, folglich war es ein erfolgreiches Date für dich. Seht ihr euch wieder?«

»Ich hoffe es. Der Kerl stellt Dinge mit seiner Zunge und seinen Fingern an …« Sie seufzte. »Du solltest ebenfalls mutiger sein, Cami«, meinte sie schließlich. »Ich weiß, du brauchst Zeit, und das ist gut. Aber ich weiß auch, dass es dir guttun würde, über deinen Schatten zu springen. Das muss nicht bedeuten, dass du mit einem Kerl, den du kaum kennst, gleich nach Hause gehst. Dennoch wäre ein Date ein Anfang. Das würde dir bestimmt gut…«

»Ich habe heute mit Elijah telefoniert«, fiel ich ihr ins Wort.

»Du hast … was?« Sheryl lachte ungläubig und gleichzeitig voller Freude für mich.

»Ja, wir haben gestern noch darüber geschrieben, aber da hatte er Besuch. Also haben wir uns für heute am Telefon verabredet. Es war schön. Er hat eine tolle Stimme und …« Nun war ich diejenige, die ein Seufzen ausstieß.

»Oh ja, ich glaube, ich weiß, was du meinst. Worüber habt ihr euch unterhalten?«

»Über dieses und jenes. Er hat mir ein Gedicht vorgelesen.«

»Ein … Gedicht?«

Okay, das war vermutlich nicht, was Sheryl hatte hören wollen. Ich lachte über ihren entsetzten Ton.

»Ja, es war unglaublich schön und ich denke, von Bedeutung.«

»Inwiefern?«

»Es ging um meine Stimme … und darum, was sie mit ihm macht.«

»Gut, ich bin da vermutlich nicht der Typ dazu. Würde mir ein Kerl ein Gedicht am Telefon vortragen, dann … Keine Ahnung, er würde sich damit wahrscheinlich ins Aus katapultieren.«

»Du weißt nicht, was du verpasst, Sheryl. Das war unglaublich romantisch. Und dazu seine Stimme … Oh, ich schmelze schon wieder dahin bei der Erinnerung.«

»Freut mich, dass es dir gefallen hat«, sagte sie in versöhnlichem Ton, und ich war mir sicher, sie meinte das auch so. »Aber was machst du nun mit Harry, da Elijah wieder im Rennen ist?«

»Gott, ich weiß nicht. Ich habe Harry gesagt, dass ich mich vielleicht am Wochenende mit ihm treffe. Doch jetzt, da ich mich so gut mit Elijah unterhalten habe, fühlt es sich falsch an.« Die schweren Gewissensbisse nagten erneut an mir, die ich jedes Mal viel zu unangenehm spürte, wenn ich an mein Versprechen an Harry dachte.

Sheryl atmete geräuschvoll aus. »Okay, hör zu. Du bist mit keinem der beiden zusammen. Und weil du dich weder mit dem einen noch mit dem anderen getroffen hast, kannst du auch nicht wissen, zwischen wem diese besondere Chemie besteht, die dafür sorgen könnte, dass du dich Hals über Kopf verliebst. Also würde ich sagen, triff dich mit jedem von ihnen. Unterhaltet euch, lernt euch kennen. Bei einem Date kannst du nichts falsch machen. Im Gegenteil, du spürst sicher sofort, ob der Funke überspringt. Und dann kannst du dich immer noch für einen oder keinen entscheiden.«

»Hm …« Der Vorschlag klang zugegebenermaßen gut.

»Es ist völlig okay, wenn du dich mit beiden triffst. Solange es nicht ausartet und du zweigleisig fährst, tust du nichts Falsches. Im Gegenteil, Cami, du *musst* dir sogar eine Meinung zu Harry *und* Elijah bilden, wenn du beim Schreiben und Telefonieren einen Draht zu ihnen hast.«

»Wieso fühle ich mich dann dennoch mies?«

Sie seufzte. »Weil du ein viel zu guter Mensch bist, der zu schlechte Erfahrungen hat machen müssen.«

Damit hatte sie vermutlich recht. »Na gut, ich werde das Ganze sacken lassen und mir anschließend überlegen, wie ich weiter vorgehe. Ich muss Elijah ja nicht heute ein Date vorschlagen. Ehrlich gesagt genieße ich es gerade, dass wir es langsam angehen.« Zudem war Harry direkter. Oder nicht wirklich, aber er wollte weg vom Handy hin zum realen Treffen, während Elijah keine Anstalten gemacht hatte, etwas in diese Richtung vorzuschlagen. Das gab mir Zeit, einen nach dem anderen besser kennenzulernen und mich im Anschluss zu entscheiden.

»Mach es so, wie es sich für dich richtig anfühlt«, bekräftigte Sheryl erneut und ich war froh, sie als Freundin zu haben.

»Okay. Danke für deinen Rat. Aber jetzt erzähl mal … Wirst du Jacob wiedersehen?«

»Ja, wir wollen am Mittwochabend ins Kino gehen«, begann sie, bevor sie noch mindestens zehn Minuten von diesem Mann schwärmte, der wohl etwas in ihr zu berühren schien. Denn ihre meisten vorherigen Dates hatten schon am ersten Tag ein Ablaufdatum gehabt.

Nachdem ich mich wenig später fürs Bett fertiggemacht hatte, öffnete ich noch einmal *Perfect Match*. Ich wollte erneut Harrys und Elijahs Fotos anschauen und beschloss, von beiden Accounts Screenshots zu machen. Mein Bedürfnis, die App aktiv zu nutzen, war gegen null gesunken. Dennoch sträubte ich mich innerlich dagegen, sie zu deinstallieren. Nicht weil ich auf der Suche nach etwas Neuem war, sondern weil es vorerst die einzige Möglichkeit war, mit Harry zu schreiben. Immerhin wollte ich ihn nicht einfach so anrufen. Und ich war noch nicht dazu bereit, ihm meine Nummer zu geben. Was seltsam war, da es für mich bei Elijah kein Problem darstellte. Etwas hielt mich jedoch zurück, Harry ebenfalls so nah an mich heranzulassen. Bestimmt war es seine forsche Art und dass er gleich hatte telefonieren und mich treffen wollen. Aber solange er meine Telefonnummer nicht hatte, gab mir das ein Gefühl von Sicherheit und Kontrolle. Bei Elijah hingegen war es völlig anders.

Und weil ich *konnte*, schickte ich ihm nun eine Voicemail, in der Hoffnung, seine Stimme heute noch ein letztes Mal hören zu dürfen.

»Hey! Ich gehe gleich ins Bett und wollte dir noch eine gute Nacht wünschen. Und mich für das spannende und unterhaltsame Gespräch vorhin bedanken. Und für das Gedicht. Also … schlaf schön und bis bald.«

Mein Herz raste wie irre, als ich sie abschickte. Hitze war mir in die Wangen gestiegen, weil ich das Gefühl hatte, mich wie der erste Mensch bei einer Sprachnachricht anzuhören. Doch nur kurz hatte ich überlegt, sie zu löschen und neu aufzunehmen. Weder hatte ich vor, mich zu verstellen, noch wollte ich, dass er nur die perfekte Seite von mir zu sehen bekam.

Sobald die Nachricht als gelesen markiert wurde, stieg meine Aufregung weiter an. Gebannt starrte ich auf das Display, bis ich sah, dass er ebenfalls eine Voicemail aufnahm.

»Hey, Cami«, begann er, und sofort stellten sich wieder meine Härchen auf, weil seine Stimme sanft durch meinen Körper und über meine Haut streichelte. »Danke für deine Nachricht. Es war schön mit dir. Und gern habe ich dir das Gedicht vorgelesen. Vielleicht finde ich die Tage ein weiteres, das passt.

Das heißt, ich hätte schon welche, aber ich bin mir nicht sicher, ob die bereits jetzt … Nein, besser nicht. Die Guten hebe ich mir für später auf.« Er lachte leise und ich konnte das Seufzen nicht länger aufhalten. »Ich wünsche dir morgen einen schönen Tag. Hoffentlich sind die Kinder brav, die Sonne scheint wie versprochen und dir widerfahren lauter positive Dinge. Ich bin auch wieder arbeiten, und obwohl ich nicht versprechen kann, Zeit zu finden, mich tagsüber zu melden, kannst du mir gern schreiben oder eine Sprachnachricht schicken, wenn du möchtest. Ich antworte dir spätestens, wenn ich zu Hause bin. Schönen Abend und … träum süß. Gute Nacht.«

Breit grinsend musste ich mir seine Voicemail ein weiteres Mal anhören. Und noch einmal, bevor ich ihm über einen Messenger schrieb.

Cami: Ist es verrückt, dass ich deine Nachricht jetzt dreimal angehört habe?

Ich konnte es einfach nicht lassen, ihm noch einmal zu texten.

Elijah: Ist es nicht. Habe ich ebenfalls gemacht.

Ein Profilfoto hatte er hier im Chat keines hinterlegt, weshalb ich zu den Screenshots von *Perfect Match* mit seinen Fotos wechselte und ihn erneut anschaute. Ich fragte mich, wie er roch – trug er Eau de Toilette? Ich konnte ihn schwer einschätzen. Mein Ex hatte keinen zusätzlichen Duft aufgetragen, sondern immer nur Deo verwendet, das kaum Eigengeruch gehabt hatte. Dafür hatte er nach seinem Waschmittel gerochen. Lange Zeit hatte ich dieselbe Marke gekauft wie er, weil mich der Geruch frisch gewaschener Wäsche an ihn erinnert hatte. Das hatte sich jedoch geändert, als mir klargeworden war, dass mich dieser Mann kaputtmachen würde, sollte ich mich nicht von ihm trennen.

Was, wenn Elijah dasselbe Waschpulver verwendete wie Matthew? Das würde mich garantiert ziemlich aus dem Konzept bringen. Gut, es war kein Grund, mich von Elijah zu distanzieren, doch ich würde ihn vermutlich bitten, es zu wechseln, sollte sich zwischen uns mehr entwickeln.

Ein letztes Mal spielte ich die Sprachnachricht ab und lauschte seiner Stimme, ehe ich langsam in einen traumlosen tiefen Schlaf glitt.

* * *

Die Sonne schien, die Kinder waren heute unglaublich süß und brav gewesen. Außerdem hatte ich ein schönes Gespräch mit Sarah geführt, die mir erzählt hatte, dass sie und ihr Mann sich einen Hund aus dem Tierheim holen wollten. Fast war ich neidisch, aber ich freute mich riesig für meine Kollegin und hoffte, sie würde mich regelmäßig mit Fotos von dem kleinen Racker versorgen.

Gerade war ich auf dem Weg nach Hause und machte einen Umweg über ein Papierwarengeschäft, weil ich noch neue Stickerbögen für die Hausaufgabenhefte kaufen wollte. Gemütlich schlenderte ich durch den Laden, in dem bereits alles für den Frühling dekoriert war. Mir fiel ein frühlingshaftes Türschild auf, das ich kurz entschlossen ebenfalls mitnahm. Es bestand aus einem goldenen Reifen, in dessen Mitte ein mintgrünes Schild hing, auf dem *Welcome* in geschwungener Schrift stand. Blumendeko am Rand rundete es ab, und ich freute mich schon, es bald aufhängen zu können.

Als ich an der Kasse anstand, um zu bezahlen, warf ich einen Blick aus dem Laden auf das Café gegenüber. Keine Ahnung, warum ich die zwei Personen, die es verließen, länger anschaute. Doch irgendwas machte mich stutzig …

Schnell packte ich die Sticker und das Türschild in eine Stofftasche, nahm das Wechselgeld entgegen und eilte hinaus auf die Straße, wo die beiden immer noch standen. Sie wirkten unglaublich verliebt. Ihre Finger waren ineinander verschlungen, und der Mann hatte die andere Hand an der Wange der blonden Frau. Dann beugte er sich zu ihr hinab, bis er ganz sanft ihre Lippen berührte.

Impulsiv schlang sie ihre Arme um seinen Nacken, zog sich an ihm hoch und küsste ihn inniger, bis sie sich mit einem glücklichen Lächeln von ihm löste. Sie hakte sich bei ihm unter und schmiegte sich in vertrauter Weise an ihn, sodass mir mit einem Mal übel wurde. Denn der Mann – und daran bestand kein Zweifel – war Elijah.

15 – Elijah

»Vielen Dank, Mrs Esposito, wir sind fertig. Sie können sich jetzt anziehen.«

»Ah, danke schön, Mr Robson. Sie haben Zauberhände. Die Schmerzen sind wieder vollkommen weg.«

Ich lächelte, wandte mich ab und wusch meine Hände im Waschbecken.

»Freut mich, dass ich Ihnen Gutes tun konnte. Die Rechnung erhalten Sie draußen bei Caren. Und richten Sie Ihrem Mann liebe Grüße aus – er soll kommen, wenn er Schmerzen hat. Ich kann es mir gern mal ansehen.«

Sie lachte auf. »Das mache ich. Ich wünsche Ihnen noch einen schönen Tag.«

»Danke, gleichfalls.« Ich ging zur Tür, um sie der alten Frau aufzuhalten, ehe ich mich zu Teddy hinabbeugte und ihm durch sein Fell wuschelte. Seine Rute schlug in schnellem Tempo gegen die Kommode neben der Tür, in der die Handtücher aufbewahrt wurden. »Du bist ein braver, schlauer Hund. Wir gehen gleich nach Hause, okay?«

Er leckte mir über den Handrücken, dann holte ich meine Tasche, die ich mir um eine Schulter hängte. In ihr bewahrte ich meine persönlichen Dinge wie Schlüssel und Telefon auf, genau wie Leckerlis und Hundekotbeutel für Teddy. All diese Sachen so zu transportieren, war mir einfach lieber, als sie auf die Taschen meiner Kleidung zu verteilen.

Ich verabschiedete mich von Caren und wünschte ihr einen schönen Tag, bevor ich meine Sonnenbrille aufsetzte und mit Teddy ins Freie trat. Auf dem kurzen Stück bis zum Bahnhof Charlton, von dem mich die Southeastern heimwärts bringen sollte, wärmte die Sonne mein Gesicht und ich musste an Cami denken, der ich für heute Sonnenschein gewünscht hatte. Ich telefonierte kurz mit meiner Mum und erzählte ihr von Cami. Die Umstände, wie wir uns kennengelernt hatten, verschleierte ich etwas, aber darauf kam es auch nicht an. Sie freute sich für mich und drückte mir die Daumen, dass es mit uns beiden klappen würde und ich in ihr endlich eine Frau gefunden hatte, mit der ich wieder glücklich sein konnte.

An der Bahnstation angekommen setzte ich mich auf eine Bank. Bis zur Ankunft meines Zuges dauerte es ein paar Minuten, die ich nutzte, um meine Nachrichten zu checken. Ich steckte mir die Kopfhörer in die Ohren und entsperrte mein Telefon – wo eine Sprachnachricht von Cami auf mich wartete. Ich konnte es kaum erwarten, wieder ihre Stimme zu hören.

»Elijah, ich war gerade in der Stadt unterwegs und … keine Ahnung, vielleicht liegt es an meinem irren Ex-Freund, mit dem ich viel zu viele unschöne Erfahrungen habe machen müssen, aber … Ich habe dich heute gesehen.« Sie holte tief Luft und mein Herz setzte für einen Schlag aus. »Also ich glaube zumindest, dass du es warst. Das heißt … ich bin mir ziemlich sicher. Der Mann stand auf der gegenüberliegenden Straßenseite und ja, London ist groß und vielleicht hast du einen Doppelgänger, aber ich muss es einfach ansprechen. Weil du … also der Mann … eine blonde Frau geküsst hat. Und das hat nicht gewirkt wie bei einem ersten Date, sondern als wäre da schon eine Weile etwas zwischen den beiden. Ich weiß, wir kennen uns noch nicht lange, doch für mich ist es einfach wichtig, hier für Klarheit zu sorgen. Wenn du eine Freundin hast, sag es mir. Ich habe echt zu viel Mist durchmachen müssen, als dass ich mir so was erneut antun will. Also falls du eine andere Frau kennengelernt hast, mit der du glücklich bist, dann ... freue ich mich für dich. Aber bitte sei so ehrlich, es mir zu sagen.«

Fuck!

Alles in mir krampfte sich zusammen und mit einem Mal war mir speiübel.

Mein Zug fuhr ein und ich musste mich mit meiner Antwort gedulden, bis ich zu Hause war. Einerseits war es gut, da ich mir nun meine Worte ausreichend überlegen konnte. Andererseits fühlte es sich wie die reinste Qual an, da ich das Bedürfnis hatte, jetzt sofort mit Cami zu reden und ihr alles zu erklären.

Ich überlegte, Ronald anzurufen und ihm davon zu erzählen, doch er würde mir nur sagen, dass ich selbst schuld an dem Schlamassel sei und dass es mir nur recht geschehe. Auf solche Klugscheißereien konnte ich getrost verzichten. Also fuhr ich die vielleicht längste Bahnfahrt meines Lebens von der Arbeit nach Hause. Auch der Fußmarsch vom Bahnhof in Dartford heim war eine Qual. Aber auf keinen Fall würde ich Cami hier auf der Straße anrufen. Nicht auszudenken, wenn mich jemand von den Nachbarn belauschen würde. Das Ganze zöge einen längeren Rattenschwanz nach sich, als mir recht war.

Als ich endlich die Haustür hinter mir geschlossen hatte, lauschte ich in die Stille. Tief atmete ich durch, dann ging ich in die Küche, wo ich mir ein Wasser aus dem Kühlschrank nahm, Teddy eine rohe Karotte zum Knabbern gab und mich schließlich ins Schlafzimmer zurückzog. Ich schloss die Tür hinter mir, brauchte absolute Ruhe und Konzentration.

Erneut hörte ich mir Camis Nachricht an, ehe ich ihre Nummer wählte. Angespannt wartete ich darauf, dass sie ranging.

»Hallo«, meldete sie sich endlich nach dem fünften Mal klingeln.

»Hey.« Meine Stimme versagte fast und ich hatte das Gefühl, dass das Hämmern in meiner Brust sie zum Zittern brachte.

»Hast du meine Nachricht gehört?«, fragte sie und klang dabei so traurig, dass ich froh war, zu sitzen. Anderenfalls hätte mich ihre Verzweiflung in die Knie gezwungen.

»Ja. Und ich bin dir eine Erklärung schuldig. Ursprünglich wollte ich es dir schon gestern sagen, aber … ich habe unser Gespräch so genossen. Der Egoist in mir wollte nicht kaputtmachen, was zwischen uns ist. Und selbst jetzt habe ich Angst, dass ich alles gleich zerstören werde.«

Ihr »Okay« klang so kühl und beherrscht und dennoch verletzt, dass ich mich im Stillen für meinen Fehler verfluchte. Für die Idee, die vor Kurzem noch so gut geklungen hatte, jetzt aber wie Verdorbenes schmeckte.

»Cami, du hast heute nicht *mich* gesehen. Das war mein Bruder.«

Es dauerte zwei Atemzüge, ehe sie ein erleichtertes »Oh« ausstieß. »Dann hast du also einen Zwillingsbruder.«

Einen Augenblick blinzelte ich irritiert. Mit dieser Schlussfolgerung hatte ich nicht gerechnet. »Nein, Cami. Ich habe *seine* Fotos auf *Perfect Match* verwendet.«

Schweigen.

Um es nicht noch schlimmer zu machen, sprach ich weiter. »Leider habe ich auf der Plattform mit meinen eigenen Bildern zu viele schlechte Erfahrungen gemacht. Es war, als würden die Frauen mein Äußeres mögen, mich als Person jedoch nicht wollen. Oder sich nicht wirklich dafür interessieren. Das, was mich ausmacht, was mich zu dem Mann geformt hat, der ich bin, hat sie … nun ja. Menschen sind oberflächlich, Cami. Aber was erzähle ich dir? Ich habe das, was mich selbst an der

Plattform gestört hat, verwendet, um Frauen kennenzulernen. Um *dich* kennenzulernen.«

»Ich … verstehe nicht«, sagte sie und immer noch war Enttäuschung in ihrer Stimme zu hören.

»Mein Bruder, Ronald, ist ein durchschnittlich gut aussehender Mann. Er ist mit Michelle verheiratet – die Frau, die du mit ihm gesehen hast. Und ich bin … na ja, ich …«

»Was?«

Verzweifelt lachte ich auf. »Es klingt so überheblich, wenn ich es sage, aber ich sehe besser aus als er. Also es hat eine Zeit gegeben, in der ich nebenberuflich gemodelt habe. Heute nicht mehr, aus verschiedenen Gründen. Doch um auf *Perfect Match* zurückzukommen … Mit meinen eigenen Fotos ist es den Frauen gefühlt ausschließlich um mein Äußeres gegangen. Sie haben sich ihr Bild von mir schon im Vorfeld geformt und sich nicht die Mühe gegeben, mich kennenzulernen, wie ich wirklich bin.«

»Du meinst, mit deinem Hund und deinem Job als Masseur? Und dass du Gedichte magst?«

»Unter anderem, ja. Das alles waren irgendwie Gründe, die für die Frauen nicht zu dem Bild von mir passen wollten, das sie sich zurechtgelegt hatten. Keine Ahnung, ob du eine Vorstellung davon hast, wie es ist, auf sein Äußeres reduziert zu werden. Wenn es den Leuten ausschließlich darum geht, mit dir gesehen zu werden, weil du so aussiehst, wie du nun mal aussiehst. Wenn dich jemand als Begleitung für eine Hochzeit will, um mit dir, deinem Erscheinungsbild anzugeben. Oder wenn du den Freunden präsentiert wirst als Beweis, dass du wirklich so heiß bist wie auf dem Foto.« Ich holte tief Luft. »Und das sind nur wenige Beispiele. Cami, ich habe mich wie ein Tier gefühlt, das an der Leine vorgeführt wurde. Jedes Mal. Das Schlimmste jedoch war für mich, wenn meine kleinen Makel, die ich habe, mit einem Mal riesengroß erschienen, weil sie das Gesamtbild störten. Es war anstrengend, ich war es so … satt. Ich sehnte mich danach, ein ganz

144

normaler Mann zu sein, der eine Frau kennenlernt. Eine, die *mich* kennenlernen kann, bevor sie mein Äußeres sieht.«

In meiner Brust hämmerte es und ich konnte das Blut in meinen Ohren rauschen hören, doch Cami sagte nichts. Ich hörte sie nur atmen.

»Was bedeutet das, Elijah?«, begann sie schließlich und klang verwirrt. Ich konnte es ihr nicht einmal verübeln.

»Cami, ich würde dir gern ein Foto von mir schicken. Eines, auf dem wirklich ich zu sehen bin, okay?«

Sie schnaubte – oder schniefte? –, stimmte jedoch zu.

Ich wählte jenes, das in der Zeit vor knapp vier Jahren entstanden war, als ich noch nebenbei gemodelt hatte. Auf dem Foto lehnte ich an einer Steinmauer, die Arme lässig vor der Brust verschränkt. Auf der Aufnahme lächelte ich nicht, doch ich wusste um meine Wirkung, selbst wenn ich ernst schaute. Die Frauen fuhren ab auf mein kantiges Kinn, die gerade Nase, die leicht geschwungenen Lippen. Sie mochten die dichten Augenbrauen und meine langen Wimpern, die meine blaugrauen Augen in Szene setzten.

»Ich habe es an dich geschickt«, sagte ich und klang überraschend gefasst. Meine Nerven lagen blank und ich kaute nervös auf meiner Unterlippe.

»Das …«, begann sie. Freudlos lachte sie auf. »Das ist nicht dein Ernst, oder?« Sie schnaubte. »Ich fasse es nicht, dass ich mich gerade so habe verarschen lassen …«

Dann legte sie auf.

Fuck, sie hatte einfach aufgelegt!

»Aaah!« Wütend schlug ich mit der Faust auf das Bett, ehe ich mich zu den Nachrichten navigierte. Noch war es nicht zu spät – hoffte ich. Falls sie mich nicht bereits blockiert hatte.

Elijah: Cami, ich schwöre, dass ich dir die Wahrheit sage. Bitte blockiere mich nicht, ich will es dir beweisen.

Ich ging zur Schlafzimmertür, öffnete sie und stieß einen kurzen Pfiff aus. Sofort hörte ich Teddys Pfoten, als er sich die Treppe herauf auf den Weg zu mir begab.

»Komm, Kumpel, du musst mir helfen.«

Neben ihm ging ich in die Knie, den Kopf ihm zugewandt. Auf keinen Fall wollte ich, dass sie meine Enttäuschung sah. Dann machte ich ein Selfie von uns und schickte es ihr.

Cami: Was soll ich mit dem Foto anfangen?

Elijah: Das habe ich gerade eben aufgenommen.

Cami: Du weißt schon, dass das jeder behaupten kann.
Mach eines mit dem Vulkanier-Gruß.

Kurz entlockte mir ihre Aufforderung ein Schmunzeln. Doch wenn es das war, was sie wollte …

Ich schmiegte mein Gesicht wieder an Teddy, die linke Hand erhoben. Die Finger hielt ich ausgestreckt, Zeige- und Mittelfinger zusammengepresst, während ich den Ring- und kleinen Finger, ebenfalls eng aneinandergedrückt, von den anderen beiden abspreizte.

Cami: Wer sagt mir, dass du nicht gerade bei jemand
anderem bist und derjenige an deiner Stelle das Foto
von dir macht?

Ohne zu zögern, wählte ich wieder ihre Nummer. Und obwohl sie das Telefon garantiert gerade in der Hand hielt, ging sie erst nach dem vierten Klingeln ran.

»Cami, wieso sollte ich das alles machen? Vertrau mir, ich habe die Wahrheit gesagt.« Verzweifelt sank ich auf den Boden, das Bett in meinem Rücken.

Sie schnaubte. »Warum sollte ich dir glauben, wenn du nicht ehrlich zu mir warst? Weißt du, ich … mein Ex war ein verdammtes Arschloch. Der Kerl hat mich angelogen, mich manipuliert. Das alles kann ich nicht noch einmal brauchen.«

Panik stieg in mir hoch. »Scheiße, Cami, so bin ich nicht. Es tut mir leid, ich habe aus Verzweiflung gehandelt. Und wenn ich gewusst hätte, dass ich dich kennenlerne, hätte ich Ronalds Fotos nicht verwendet. Weil ich dich nicht anlügen wollte. Ich weiß, ich habe einen Fehler begangen, aber … ich war verzweifelt. Und als wir zu schreiben begonnen haben, war es so …« Tief holte ich Luft. »Es war schön mit dir, Cami. Ich habe die Gespräche, das Telefonat mit dir wirklich genossen. Endlich war alles so, wie ich es mir gewünscht habe. Bitte, kannst … denkst du, du kannst mir verzeihen?«

Cami schwieg.

Scheiße, tat das Schweigen weh. Aber wahrscheinlich hatte ich es nicht anders verdient.

»Um diesen Mist auszubügeln, musst du dich wirklich gewaltig ins Zeug legen, Elijah. Ich hoffe, dessen bist du dir bewusst. Du hast mein Vertrauen missbraucht, und meine beste Freundin wird mir vermutlich eine knallen, sobald sie erfährt, dass ich dich noch nicht in den Wind geschossen habe.«

Erleichterung durchfuhr mich, obwohl ich wusste, dass noch nichts gewonnen war. »Ich werde dich nicht enttäuschen, Cami.«

War das jetzt der Moment, um ihr auch die beiden anderen Sachen zu beichten? Oder wäre es fatal, weil die Situation zwischen uns gerade dermaßen angespannt war und ich mit einem weiteren Geständnis noch mehr zerstören würde?

Nein, besser ich wartete; ließ das eben Gebeichtete bei Cami sacken und sprach alsbald das nächste Thema an – falls es ihr auf den Selfies nicht bereits aufgefallen war. Vielleicht kam sie demnächst auch von selbst darauf – wobei ich nicht wusste, was besser wäre.

Womöglich konnte ich die Sache mit Lara sogar aus der Welt schaffen, bevor ich es Cami beichten musste …

Fuck! Ich hasste, dass es so kompliziert war.

»Was wäre, wenn wir uns treffen, Cami? Dann können wir noch einmal über alles reden. Du siehst, dass ich dir heute keine falschen Fotos geschickt habe und … abgesehen davon will Teddy dich unbedingt kennenlernen. Er liegt mir dauernd in den Ohren, wie toll er dich findet.«

Ich hatte Glück mit diesem kleinen Scherz, denn sie lachte, wenn auch leise und verhalten.

»Tut mir leid, dass ich Teddy vorerst enttäuschen muss, aber … das eben Erfahrene will ich erst einmal sacken lassen. Ich möchte in Ruhe darüber nachdenken, wie ich mit der Situation umgehe. Weißt du, angelogen zu werden, tut unglaublich weh. Es ist entwürdigend, und dafür, dass wir uns nicht kennen, ist das schon ein gewaltiger Brocken, den ich schlucken muss.«

»Scheiße, Cami, es tut mir leid. Ich hoffe, dass du meine Entscheidung nachvollziehen kannst. Ich habe es nicht getan, um mutwillig Frauen in die Irre zu führen. Ich wollte nur … ich selbst sein.« Fast hätte ich gelacht, als mir die Ironie meiner Worte klar wurde.

»Lass mich einfach mal über alles nachdenken, okay? Ich muss meine Gedanken sortieren und versuchen, zu verstehen, warum du das getan hast.«

»In Ordnung«, brachte ich fast heiser hervor. Es war mehr, als ich nach alldem verdient hatte. »Meldest du dich, oder darf ich mich bei dir melden?«

Einen Augenblick schwieg sie. »Du darfst. Aber nur im Chat, bitte. Keine Anrufe. Vorerst.«

In meiner Brust krampfte sich alles zusammen und ich grub meine Finger in Teddys Fell, der seinen Kopf auf meinen Schoß gelegt hatte.

»In Ordnung. Danke.«

Cami murmelte eine knappe Verabschiedung, dann legte sie auf.

In mir brodelten die Emotionen. Sie brachen in Form eines Schreis aus mir hervor, der Teddy zum Winseln brachte. Er spürte wohl, dass ich innerlich kurz davor war, zu zerbersten. Voller Energie und unterdrückter Wut auf mich selbst, und gleichzeitig dermaßen machtlos und kraftlos, dass ich glaubte, zusammenzufallen wie eine Staubwolke.

Ich spürte Tränen auf meinen Wangen, als ich den Kopf an das Bettende lehnte und meinen Frust herausließ.

Verdammt, ich hasste mein Leben. Wann, zur Hölle, war es so scheißkompliziert geworden?

16 – CAMI

Mein Herz raste, als ich aufgelegt hatte. Ein gewaltiger Knoten drückte gegen meine Kehle und erschwerte mir das Atmen und das Schlucken. Mein Kopf brummte und ich fühlte mich, als wäre ich nach dem Schleudergang aus der Waschmaschine gefallen.

Alles drehte sich und mir war kotzübel.

Erneut öffnete ich die Fotos, die Elijah mir geschickt hatte.

Ja, der Mann darauf sah gut aus. Aber er hatte mich zuvor angelogen, wenn das, was er mir eben am Telefon gesagt hatte, stimmte. Und das tat verdammt weh. Es verletzte mich, obwohl es das nicht sollte.

Gut, auf der anderen Seite konnte ich seine Beweggründe nachvollziehen. Verstehen konnte ich sie nicht, denn es gab immer Menschen, die oberflächlich waren, und andere, die auf Äußerlichkeiten weniger Wert legten. Auch ich war schon solchen und solchen begegnet und hatte die eine oder andere unschöne Erfahrung machen müssen. Aber das gab mir noch lange nicht das Recht, meinen Mitmenschen mit fremden Fotos etwas vorzugaukeln und zu versprechen, was nicht war.

Mein Telefon vibrierte und eine Nachricht von Elijah ging ein.

Elijah: Es tut mir aus tiefstem Herzen leid und ich hoffe ehrlich, du kannst mir verzeihen. Die Gespräche mit dir haben mir immer sehr viel Kraft gegeben. Sie haben mir Hoffnung geschenkt, dass mich endlich wer so sehen kann, wie ich wirklich bin. Vielleicht ist es für dich nicht nachvollziehbar, aber mich hat das in den letzten Jahren unglaublich belastet, nur auf mein Äußeres reduziert zu werden. Kaum jemand hat mich verstanden. Wenn man gut aussieht, stünden einem doch alle Türen offen, durfte ich mir anhören. Oder dass ich keinen Grund hätte, deswegen frustriert zu sein. Aber es ist nun mal eine traurige Tatsache. Und für so etwas haben die Leute leider kein Mitleid. Das bedeutet nicht, dass ich deines möchte. Ich will nur, dass du mich verstehst und mich nicht abschreibst. Ich habe das nicht getan, um dich zu verletzen.

War meine Reaktion wirklich übertrieben? Sollte ich Elijah mehr Verständnis entgegenbringen? Ich wusste es nicht.

Ich wusste gar nichts mehr.

Cami: Ich schreibe dich nicht ab. Vorerst zumindest nicht. Aber lass mir bitte Zeit, über alles nachzudenken.

Elijah: Natürlich. Nimm dir so viel Zeit, wie du brauchst. Ich denke an dich. Schönen Abend. 🩶 🙈

Darauf antwortete ich nicht mehr. Zu sehr schwirrte mir der Kopf. Stattdessen versuchte ich, Sheryl zu erreichen, bis mir einfiel, dass sie im Jumping-Fitness-Kurs war. Also grübelte ich allein über alles nach, bis ich irgendwann mit brummendem Schädel ins Bett ging, wo ich mich lange von einer Seite auf die andere wälzte.

* * *

Sheryl meldete sich am nächsten Tag bei mir, jedoch verpasste ich ihren Anruf. Mein Telefon war auf lautlos gestellt, weil ich nichts von irgendwelchen möglichen Nachrichten von Elijah mitbekommen wollte. Und weil ich wusste, dass meine beste Freundin heute bis spät abends im Labor war, blieb ich blöderweise vorerst allein mit meinem Problem.

Auf der Arbeit wollte ich es niemandem anvertrauen, denn ich versuchte trotz des guten Verhältnisses zu Sarah, mein Privatleben weitestgehend vom Beruflichen zu trennen. Also schlenderte ich nach dem Unterricht zu Fuß durch die Straßen, um zumindest den Kopf freizubekommen. Ich lief einfach geradeaus, über den Regent's Canal, der in die Themse mündete, begleitet durch den Londoner Verkehr, vorbei an jener Grundschule, die mir, als ich nach einer Anstellung gesucht hatte, eine Absage erteilt hatte. Rückblickend gesehen war ich nicht traurig darüber, aber damals hatte es mir einen gewaltigen Dämpfer verpasst, da diese Schule zu denen ganz oben auf meiner Prioritätenliste gehört hatte.

Kurz war ich versucht, in einen nahe gelegenen Park abzubiegen, ehe ich bemerkte, wie viel Zeit bereits vergangen war. Mein Magen verlangte knurrend nach etwas zu essen und ich überlegte, ob ich allein ein Restaurant besuchen sollte. Doch erstens hatte ich heute schon genug Zeit mit mir selbst verbracht und zweitens war mein Geld knapp bemessen. Unnötig Geld für einen Restaurantbesuch auszugeben, stand nicht unbedingt auf meiner Das-gönne-ich-mir-Liste für diesen Monat. Und weil ich auf der anderen Straßenseite einen Supermarkt entdeckte, beschloss ich, dort ein paar Tomaten, Nudeln und Mozzarella für mein Abendessen einzukaufen.

Auf dem Weg durch die Gänge landeten irgendwie noch eine Tafel Schokolade und eine Flasche Rotwein in meinem Einkaufswagen. Keine Ahnung, ob ich eines oder beides heute brauchen würde, aber zumindest fühlte es sich richtig an, es zu kaufen.

Gerade als ich die Kassen ansteuerte, drang ein »C-Cami?«
zu mir durch.

Verwundert, dass mich in dieser Gegend jemand kannte,
drehte ich mich zu der Frau um und stand der Mitbewohnerin
von Rasheeda gegenüber. Sie trug eine für diese Supermarkt-
kette typische Arbeitsuniform, was mich zu der Annahme
brachte, dass sie hier angestellt war.

»Alice, richtig?«

Sie nickte und schenkte mir ein Lächeln, das ich müde erwiderte.

»Hey, wie geht es dir?«

»G-gut und d-d-dir?«

»Auch.« Geräuschvoll atmete ich aus.

Alice hob die Augenbrauen. »D-d-das sieht aber n-nicht so
aus.«

Kurz überlegte ich, mich ihr anzuvertrauen, doch eine ältere
Frau, die neugierig in unsere Richtung schielte, während sie ihren
Einkaufswagen an uns vorbeischob, ließ mich innehalten.

»Wie lange arbeitest du heute? Hast du Zeit für einen
Kaffee?« Keine Ahnung, warum ich das Bedürfnis hatte, einer
mir völlig fremden Frau mein Herz auszuschütten, aber gerade
fühlte sich Alice an wie meine Rettung. Und ich musste einfach dringend alles loswerden, was mich seit gestern Abend aufwühlte.

Alice warf einen Blick auf ihre Uhr. »I-i-in zwanzig
Minuten.« Sie strahlte mich an. »Wenn du s-so lange warten
k-k-kannst?«

»Natürlich. Ich setze mich einfach schon mal in das Café
auf der anderen Straßenseite. Was hältst du davon?«

»D-d-das klingt großartig. Ich k-komme so schnell wie
möglich.«

Wir verabschiedeten uns, ich bezahlte meinen Einkauf an
der Kasse und steuerte auf direktem Weg das Café an, wo ich

mir einen Pfefferminztee bestellte, in der Hoffnung, er würde meine Nerven etwas beruhigen.

Als Alice eintraf, war ich erneut in Gedanken versunken.

»T-tut mir leid, d-d-dass du warten musstest.« Sie setzte sich mir gegenüber und entschied sich ebenfalls für eine Tasse Tee. »Also … W-was liegt dir auf dem Herzen?«

Erst trank ich einen Schluck, dann erzählte ich ihr von Elijah. Davon, wie gut wir uns verstanden hätten. Wie schön das Telefonat gewesen sei. Dass er schließlich die Bombe mit den Fotos seines Bruders habe platzen lassen, nachdem ich wegen meiner Beobachtung gedacht hätte, Elijah fahre zweigleisig.

Alice blies die Wangen auf, als ich mit meiner Erzählung fertig war.

»D-das ist schon ein gewaltiger B-B-Brocken, den du da mit dir herumschleppst.«

»Das kannst du laut sagen.«

»W-wie stehst du zu seiner Erklärung?«, fragte sie, nachdem sie nachdenklich an ihrem Tee genippt hatte.

Ich zuckte mit den Schultern. »Einerseits könnte ich mir schon vorstellen, dass alles so ist, wie er es mir gestern erklärt hat. Aber was soll ich von einem Mann halten, der mir von Anfang an etwas vormacht?«

Alice legte den Kopf schräg. »I-ich kann nur aus eigener Erfahrung sprechen, wenn ich dir sage, dass Menschen g-g-grausam sind. F-fast täglich werde ich damit k-konfrontiert. Ich m-meine, ich stottere.« Sie lachte kurz auf. »K-k-kein Mann w-will eine Freundin, die stottert. Ich b-bin peinlich – m-mir selbst ist es p-peinlich, verstehst du? Und nicht nur einmal habe ich m-m-mir gewünscht, meine Schwäche vor a-anderen zu verbergen, um endlich so gesehen z-zu werden, wie ich wirklich bin. In mir drinnen.«

Ihre Worte machten mich nachdenklich. »Du stotterst weniger, wenn dir dein Gegenüber nicht mehr fremd ist, richtig?«

»W-wenn ich mich bei jemandem w-w-wohl fühle, ja. Dann wird es mit der Z-Zeit besser. A-aber selbst das ist tagesabhängig.«

»Als Sheryl und ich bei euch in der Wohnung waren, weil sie ihren Schlüssel vergessen hatte, hast du gemeint, dass du das Stottern nicht sofort zur Sprache bringen würdest.«

Sie nickte. »N-nicht immer, ja. Manchmal schon, a-aber die meisten haben damit e-ein Problem und beenden die Unterhaltung. Wie gesagt, *Perfect Match* ist e-e-eine oberflächliche Plattform, in der die i-inneren Werte zweitrangig sind.«

Gedankenverloren rührte ich in meiner Teetasse.

»Denkst du also, ich sollte Elijah noch eine Chance geben?«

Alice lächelte. »D-das liegt natürlich an dir, aber i-ich finde, jeder hat eine z-zweite Chance verdient. Gerade w-wenn man aus einem Grund wie E-Elijah gehandelt hat.«

Eine Weile saßen wir noch im Café, unterhielten uns über innere Werte, Oberflächlichkeiten, Vorurteile und Schubladendenken. Sie erzählte mir von ihrem Alltag, in dem sie zwar bei vielen Menschen auf Verständnis stieß, was ihre kleine Schwäche betraf. Dennoch war sie bei Männern schnell in der Friendzone und kam dort nur schwer raus. Dass diese Sache sie belastete, war ihr anzusehen, selbst wenn sie versuchte, die Enttäuschung vor mir zu verbergen.

Die Unterhaltung brachte mich dazu, noch einmal über Elijahs Fotos nachzudenken. Und je öfter ich unser Gespräch und seine Offenbarung im Kopf Revue passieren ließ, desto mehr beruhigte sich mein erhitztes Gemüt und ich begann, ihn zu verstehen. Vorausgesetzt, er hatte mir am Telefon die Wahrheit gesagt. Das würde ich spätestens herausfinden, wenn wir uns trafen. Und das wollte ich jetzt umso dringender. Ich musste ihm in die Augen schauen und darin lesen. Erst dann würde ich merken, ob er ehrlich zu mir war. Und damit meinte ich nicht nur die falschen Fotos. Denn dieser Betrug ließ mich alles, was er bisher zu mir gesagt hatte, infrage stellen. Auch wenn das Gespräch mit Alice viel dazu beigetragen hatte, ihm seinen kleinen Schwindel nicht mehr so übel zu nehmen.

* * *

Gerade als ich meine Wohnung betrat, vibrierte mein Telefon und kündigte einen Anruf an. Es war Sheryl.

»Hey, Beauty, sorry, dass ich mich erst jetzt wieder melden kann. Heute war unglaublich viel zu tun auf der Arbeit.«

»Schon gut. Ich … wollte dir nur etwas erzählen und dich um deine Meinung dazu bitten.« Ich erklärte ihr, was vorgefallen war, merkte jedoch gleichzeitig, dass meine Version der Geschichte nicht mehr so anklagend klang wie zuletzt, als ich sie völlig aufgebracht Alice erzählt hatte.

Als ich fertig war, pfiff Sheryl durch die Zähne. »Wow, so was habe ich auch noch nie erlebt. Hast du seine Fotos gespeichert? Kann ich sie sehen?«

Ich bejahte und schickte sie ihr parallel im Chat – diejenigen, von denen ich auf *Perfect Match* einen Screenshot gemacht hatte, und jene, die er mir gestern geschickt hatte.

»Awww, so ein süßer Hund!«

Ich rollte mit den Augen, hatte jedoch ein Lächeln auf den Lippen. Denn der Golden Retriever war wirklich zuckersüß.

»Können wir uns bitte auf das Wesentliche konzentrieren?«

»Oh, sorry. Natürlich.« Sie schwieg einen Moment, dann rief sie: »Heilige Scheiße, was für ein heißer Kerl!«

Schnaubend schüttelte ich den Kopf. »Sheryl!«

Sie lachte. »Okay, also lass mich mal zusammenfassen. Du hast dich gut mit einem vermeintlich durchschnittlich schönen Typen unterhalten und hast dann erfahren müssen, dass er aussieht, als wäre er gerade einer Giorgio-Armani-Parfümwerbung entsprungen. Oooh, eine Runde Mitleid für meine Freundin Cami, bitte!«

Genervt zog ich eine Grimasse. »Ich meine das ernst, Sheryl!«

»Ich auch!«, meinte sie belustigt. »Schau ihn dir doch mal an. Und ja, ich kann schon verstehen, dass er sich manchmal unsichtbar wünscht und in der Masse verschwinden will. Mit dem Gesicht …«

»Sheryl! Was soll ich denn jetzt machen?« Langsam aber sicher wurde ich ungeduldig.

»Ganz klar. Du lässt Elijah erst mal ein bisschen zappeln. Das schadet ihm bestimmt nicht – und dir ebenfalls nicht. Schreibe mit ihm, telefoniere mit ihm, lerne ihn weiter kennen. Immerhin musst du herausfinden, ob nach dieser Sache immer noch die Vibes zwischen euch vorhanden sind. Und parallel kannst du ja mal schauen, was bei Harry geht.«

Mein Mund klappte auf und wieder zu. An Harry hatte ich bei der ganzen Aufregung gar nicht mehr gedacht. »Ja, falls der mich überhaupt noch treffen will. Immerhin habe ich mich seit Tagen nicht bei ihm gemeldet.«

»Ah, sag ihm einfach, dass es bei dir gerade etwas stressig war, und frag ihn, ob ihm Freitagabend passt. Erfahrungsgemäß sagen sie zu, wenn von ihrer Seite auch noch Interesse besteht.«

Mit aufgeblasenen Wangen dachte ich über ihre Worte nach. Das alles verlief nicht ganz so, wie ich es mir vorgestellt hatte, und irgendwie störte mich, dass Sheryl vermutlich recht hatte.

Obwohl es mir gegen den Strich ging, weiterhin mit beiden Kontakt zu halten, um sie auszutesten, war es wahrscheinlich der schlaueste Weg, um herauszufinden, was mein Herz wollte. Jedoch würde ich keinen der zwei Männer belügen. Sowohl Harry als auch Elijah würde ich mitteilen, dass noch ein anderer im Spiel war. Denn ich spielte mit offenen Karten.

17 – CAMI

Nachdem ich Harry auf *Perfect Match* geschrieben hatte, dass ich gern mit ihm telefonieren würde, antwortete er mir tatsächlich innerhalb kürzester Zeit. Er meinte, dass ich ihn jederzeit anrufen könne – was ich tat, und zwar diesmal, ohne die Nummer zu unterdrücken.

Offene Karten, für alle.

»Hey, Cami. Ich darf deine Telefonnummer haben?« Dass er dabei lächelte, konnte ich deutlich hören.

»Ja. Halte sie in Ehren.«

»Das werde ich auf jeden Fall. Wie geht es dir? Was hast du denn in den letzten Tagen gemacht, dass du so gestresst warst?«

Nun bereute ich es, dass ich Sheryls Ausrede verwendet hatte. Ich konnte schlecht lügen und fühlte mich besser, wenn ich ihm die Wahrheit sagte. Offene Karten, erinnerte ich mich.

»Ehrlich gesagt habe ich in der Zwischenzeit mit einem anderen Mann geschrieben und telefoniert.«

Für einen Moment herrschte Schweigen in der Leitung, dann lachte er. »Okay.«

»Okay?«

»Ja, damit komme ich klar. Ich bin momentan ebenfalls mit zwei anderen Frauen in Kontakt.«

»Oh!« Damit hatte ich nicht gerechnet – hätte mir jedoch sofort die Hand vor die Stirn schlagen können. Immerhin hätte ich es mir denken können. »Na gut, dann sind wir ja quitt«, sagte ich schmunzelnd.

»Sieht ganz so aus«, meinte er belustigt. »Und was hat dich dazu bewogen, dich jetzt bei mir zu melden? Gleich mit Telefonnummer, wohlgemerkt. Hat es mit dem anderen nicht gepasst?«

»Doch. Also ... es ist noch nichts entschieden«, erklärte ich und fühlte mich reichlich dämlich dabei. Als ob es um zwei Schals ginge, zwischen denen ich mich nicht entscheiden konnte. »Das heißt ... Ich würde dich gern näher kennenlernen. Du hast etwas von einem tollen Restaurant geschrieben. Am Freitagabend hätte ich Zeit.«

»Super, ich auch. Dann reserviere ich einen Tisch für uns und schicke dir die Adresse. Ich warte auf dich beim Eingang.«

»Ja, das klingt gut.« Erleichtert atmete ich auf. War doch gar nicht so schwer. Und dass er mich nicht abholte, war mir ganz recht. Meine Anschrift hätte ich ihm nicht gegeben.

»Alles klar. Dann bis Freitag. Ich freue mich, dass du mich nicht abgeschrieben hast.«

Seine direkte Ehrlichkeit mochte ich irgendwie.

»Ich mich auch.« Das war die Wahrheit, denn ich war neugierig auf ihn.

Bei Elijah meldete ich mich heute jedoch nicht mehr. Ich dachte noch eine Weile über ihn und seine Unaufrichtigkeit bezüglich seiner Fotos nach, doch meine Enttäuschung war nicht mehr so groß wie zu Beginn. Ich würde einfach alles auf mich zukommen lassen. In erster Linie war ich nun auf Harry gespannt. Und darauf sollte ich mich konzentrieren.

* * *

Am Freitagabend war ich unglaublich nervös, als ich mich dem Restaurant näherte. Dass man vom Lokal aus einen direkten Blick auf den Fluss zu haben schien, gefiel mir. Die Abendluft war kühl und ich hielt den Kragen meines dünnen Mantels zu, da an der Themse ein scharfer Wind wehte.

Nach dem Telefonat mit Harry ging ich nicht davon aus, dass ich die erste Frau war, die er zu einem Date hierher einlud. Aber da ich darüber Bescheid wusste, dass ich nicht die Einzige war, mit der er gerade in Kontakt war, kam ich damit klar.

Wie versprochen wartete er am Eingang auf mich. Er trug einen Kurzmantel, dessen Kragen er aufgestellt hatte, und eine Jeans. Freundlich lächelte er mich an, als ich auf ihn zuging.

»Hey, Cami. Schön, dass du hier bist.« Zur Begrüßung zog er mich in eine freundschaftliche Umarmung, die ich erwiderte.

»Danke für die Einladung. Ich bin schon sehr gespannt auf dich und freue mich, dich kennenzulernen.«

»Dann komm, lass uns nicht länger in der Kälte stehen.« Er deutete auf den Eingang und hielt mir schließlich die Tür auf.

Das Ambiente des Restaurants gefiel mir sofort. Alles hier war in mediterranem Weiß und Blau gehalten. Fischernetze und geknüpfte Wandteppiche hingen über blauweißen Kacheln. Lichterketten an den Decken und Wänden und über den mit Pflanzen bewachsenen Säulen sorgten für ein warmes gemütliches Licht. Die lange Bar wurde von nackten, von oben herabhängenden Glühbirnen erhellt und überall war maritime Deko zu entdecken.

Wir wurden zu unserem Tisch gebracht, wo wir zuerst die Karte studierten und im Anschluss die hausgemachte Limonade bestellten. Harry, der ein weißes Hemd trug, entschied sich für das Steak und ich für den gegrillten Lachs.

»Schön ist es hier«, sagte ich und ließ den Blick noch einmal durch das Lokal schweifen.

»Ja, oder? Ich mag den mediterranen Stil.«

»Hast du gewusst, dass der mediterrane Raum der Ursprung der Kultur und Zivilisation der westlichen Hemisphäre ist?«

Harry runzelte die Stirn. »Nein, das ist mir neu.«

Kurz zögerte ich, doch dann entschied ich, weiterzureden. »Athen, Alexandria, Rom und Byzanz beziehungsweise Konstantinopel, also das heutige Istanbul, hatten großen Einfluss auf alle Gegenden rund um das sogenannte Mare Mediterraneum bis weit nach Nordeuropa hinauf. Was ich auch spannend finde, ist, dass zu den mediterranen Farben hauptsächlich Erd- und Pflanzenfarben in allen Schattierungen zählen sowie die Farben von Himmel und Meer. Die Farbe Weiß hingegen kommt vorwiegend nur in Andalusien, auf den griechischen Inseln und in den afrikanischen Mittelmeer-Anrainerstaaten vor.«

Schmunzelnd lauschte Harry meinem kleinen Vortrag. »Hast du Geschichte studiert?«

Nun lief ich doch rot an. »Nein, ich merke mir nur viele Dinge, die ich irgendwo aufschnappe. Ich fand das interessant, vermutlich deshalb ist es hängen geblieben. Tut mir leid, falls ich dich damit gelangweilt habe.«

»Das hast du ganz und gar nicht.« Harry lächelte mir freundlich zu und beugte sich vor. »Ich stehe auf intelligente Frauen. Übrigens muss ich gestehen, du bist noch schöner als auf den Fotos. Und das ist wirklich eine Seltenheit. Meistens sind die Bilder bearbeitet, und wenn man sich im echten Leben begegnet, ist die Enttäuschung groß. Das trifft bei dir definitiv nicht zu.«

Ich spürte, wie meine Wangen erneut rot wurden. »Danke, das ist lieb von dir. Ich finde dich auch äußerst sympathisch. Das kann man auf den Fotos ja nicht einschätzen, höchstens erahnen.«

Er lächelte und trank von der Limo, die lecker nach Zitronen schmeckte. »Ich spüre definitiv eine gewisse Anziehung zwischen uns. Erzähl mir was von dir … Du bist Lehrerin, hast du gesagt?«

Ich nickte. »Genau, ich arbeite in einer Grundschule.«

»Also magst du Kinder.« Es war eine Feststellung.

»Ja. Die Kleinen sind großartig.«

Gerade wollte ich erzählen, wie wissbegierig sie waren. Doch ich kam gar nicht dazu, da meine Antwort wohl genau das war, was Harry hatte hören wollen. Er grinste breit. »Ich mag Kinder ebenfalls. Am liebsten hätte ich drei. Oder vier.«

Irritiert vom Themenwechsel blinzelte ich. »Oh.«

»Du willst doch auch Kinder, oder?«

»Also … schon irgendwann einmal, aber …«

»Gut, wir finden sicher eine Kompromisslösung, denn ich möchte nicht mehr allzu lange warten. Immerhin werden wir nicht jünger.« Er lachte auf. »Wie wäre es mit in den nächsten zwei bis drei Jahren?«

»Womit?«

»Kinder.«

Okay, diese Unterhaltung lief in eine völlig verkehrte Richtung. »Hör mal, Harry, ich kenne dich so gut wie gar nicht. Findest du nicht, dass man mit dieser Art von Gespräch noch warten sollte? Ich fühle mich beim ersten Date damit ehrlich gesagt etwas überrumpelt.«

Unbeirrt trank er einen Schluck und schaute mich dabei an. »Also ich denke, dass das gerade eines der wichtigsten Themen zu Beginn ist. Schau, die Sache ist die … Ich bin siebenundzwanzig und will mit spätestens dreißig das erste Mal Vater werden. Wenn nicht sogar zum zweiten Mal. Ich möchte nicht unzählige Dates haben, womöglich eine Beziehung eingehen, nur um festzustellen, dass man nicht harmoniert. Dass man völlig unterschiedliche Vorstellungen von der Zukunft hat. Ich will dich ja nicht gleich beim ersten Mal schwängern, aber ich würde so was einfach wissen wollen. Wie gesagt wünsche ich mir drei bis vier Kinder. Ich will heiraten, bestenfalls vor der ersten Geburt, und ich sehe uns in einem gemeinsamen Haus irgendwo außerhalb Londons. Ein Hund und drei Katzen würden das Bild komplettieren, und es wäre schön, wenn meine Frau zumindest so lange vom Beruf fernbleiben kann, bis die Kleinen zur Schule gehen. Für die finanzielle Sicherheit würde ich mit meinem Job sorgen, immerhin verdiene ich als Versicherungsmakler nicht allzu schlecht.«

Stirnrunzelnd verfolgte ich seinen Monolog. Dann lächelte ich freundlich, wartete mit meiner Antwort jedoch, weil wir gerade unser Essen serviert bekamen. Mit Gabel und Messer zerteilte ich das Gemüse, damit es etwas auskühlen konnte.

»Ich finde es gut, dass du so konkrete Vorstellungen hast, Harry. Auch, dass du alles direkt ansprichst. Das ist bestimmt eine gute Eigenschaft. Doch ich bin in dieser Hinsicht sicher nicht die Richtige für dich. Ich habe keine so präzisen Zukunftspläne, will erst einmal einige Jahre arbeiten. Selbst über eine Heirat habe ich bisher nicht nachgedacht. Zwar hätte ich kein Problem damit, aus meiner Wohnung auszuziehen, aber außerhalb Londons … Ganz ehrlich, ich will in der Nähe meiner Arbeit bleiben, weil ich die Atmosphäre liebe und das Team in der Schule mag. Unsere Chefin ist streng, aber gerecht und loyal und ich verdiene gut. Außerdem bin ich kein großer Fan von Katzen.«

»Also das mit den Haustieren wäre auf jeden Fall diskutabel«, fiel er mir ins Wort, während er sein Steak schnitt.

Fast hätte ich schmunzeln müssen. »Das ist schön, und ich bin mir sicher, deine zukünftige Frau freut sich, dass sie ein Mitspracherecht hat. Aber ich sehe mich nicht an deiner Seite, so leid es mir tut.«

Harry kaute und schluckte. »Muss es nicht. Es ist okay, wenn du Zeit brauchst. Nur weil ich die Verbindung zwischen uns fühle, muss sie nicht auch für dich greifbar sein. Wir können uns gern erst ein paar Mal daten.«

Noch wusste ich nicht, ob mich seine Hartnäckigkeit beeindrucken oder nerven sollte. Deshalb schwieg ich vorerst und aß meinen Lachs, der wirklich vorzüglich schmeckte.

»Rom oder Lissabon?«, fragte Harry kurz darauf.

»Sind beides schöne Städte. Leider war ich bisher nur in Lissabon. Wieso fragst du?«

»Für die Hochzeitsreise. Aber wenn du noch nicht in Rom warst, sollten wir …«

»Harry, ich werde *nicht* mit dir nach Rom auf Hochzeitsreise fahren«, sagte ich belustigt.

»Wie gesagt, die Details können wir noch diskutieren. Aber was hältst du grundsätzlich davon?«

»Gar nichts. Nicht einmal in meinen wildesten Träumen.« Nun lachte ich.

Harry seufzte. »Weißt du, es ist echt schwer, eine passende Frau zu finden. Du hättest alles, was ich mir wünsche … Und dann scheitert es an … ja, woran eigentlich?«

»Vielleicht solltest du die Frauen nicht sofort mit deinen bis ins Detail ausgereiften Zukunftsplänen überfallen. Nicht beim ersten Date.«

»Aber …«, begann er, doch ich fiel ihm gleich wieder ins Wort.

»Nichts da. So etwas tut man einfach nicht. Das schreckt ab, damit sammelst du ehrlich gesagt keine Pluspunkte.«

Nachdenklich kaute er. »Bisher hat sich keine Frau darüber beschwert.«

»Sind sie denn darauf eingegangen? Auf deine Pläne, meine ich.«

»Na ja …«

Fragend runzelte ich die Stirn.

»Sie haben mir schon geantwortet, jedoch nicht von sich aus darüber gesprochen.«

»Siehst du. Lass es einfach.«

Er seufzte. »Aber wie soll ich dann wissen, ob die Frau perfekt für mich ist?«

»Von mir denkst du es ja ebenfalls, obwohl für mich keiner deiner Pläne in nächster Zeit infrage käme.«

»Hm, damit hast du recht«, meinte er schließlich. »Vielleicht sollte ich bis nach dem ersten Kuss warten.«

»Oder besser drei bis sechs Monate. Wenn ihr bis über beide Ohren ineinander verliebt und dabei seid, eure gemeinsame Zukunft zu planen.«

Frustriert schnaubte er auf. »Aber das habe ich schon alles durch. Mehrfach. Dann herauszufinden, dass sie nicht heiraten will oder nur ein Kind bis maximal zwei Kinder möchte, ist … Na ja, es bringt meinen Zeitplan durcheinander. Wie gesagt, ich bin siebenundzwanzig.«

Amüsiert schüttelte ich den Kopf. »Ich fürchte, da musst du durch. Abgesehen davon heißt es ja nicht, dass sich deine große Liebe zwingend genau das von dir wünscht, was deine Pläne sind. Eine Beziehung besteht aus Kompromissen, und wenn du einen Schritt auf sie zugehst, macht sie das vielleicht genauso.«

Einen Augenblick dachte Harry darüber nach, dann beugte er sich zu mir vor. Seine Mundwinkel zuckten. »Also sollte ich dir wohl sagen, dass ich eventuell auch zwei Kinder in Betracht ziehen könnte, wenn dir drei oder vier zu viel sind. Ein Haus in einem der Randbezirke von London könnte ich ebenfalls akzeptieren und wir könnten zwei Hunde haben, wenn wir dafür die Katzen weglassen. Aber Rom oder Lissabon sind nicht verhandelbar.« Er zwinkerte mir zu, und mir wurde klar, dass er das Ganze nun selbst nicht mehr völlig ernst nahm.

Ich antwortete mit einem Augenrollen und einem Grinsen. »Ich denke, wir können uns darauf einigen, dass von meiner Seite aus kein Funke übergesprungen ist.«

»Verdammt!« Harry lehnte sich gespielt frustriert zurück. »Aber ich war nah dran, habe ich recht?«

»Nicht einmal ansatzweise«, gestand ich und brachte uns beide damit zum Lachen. So eigenartig diese Unterhaltung begonnen hatte, so amüsant war sie inzwischen geworden – auch wenn sich in mir wirklich nichts regte. Harry war zwar optisch mein Typ, aber ich spürte, dass sich außer einer Freundschaft – falls überhaupt – nichts zwischen uns entwickeln würde.

Diese Erkenntnis machte mir zudem bewusst, dass Elijah nach wie vor an erster Stelle stand – trotz dieser Sache mit den Fotos. Und dass ich nun noch neugieriger auf ihn war. Würde es mit ihm ebenfalls wie mit Harry sein, dass ich einfach keinen Funken überspringen spürte, wenn wir uns trafen? Gab es diesen Zauber ausschließlich bei einer Unterhaltung über das Smartphone – sei es im Chat oder per Telefonat? Oder würde mir ein Treffen mit ihm klarmachen, dass ich ihm den kleinen Schwindel mit den Fotos endgültig verzieh?

Harry und ich unterhielten uns noch eine Weile, und ich musste feststellen, dass er wirklich ein witziger Typ war. Das änderte zwar nichts daran, dass er mich zu Beginn mit seiner Version von einer Partnerschaft ziemlich überrumpelt hatte und ich mir mit ihm keine Zukunft vorstellen konnte. Aber als wir uns später verabschiedeten, konnte ich mich nicht zurückhalten, ihm zu sagen, dass ich einen schönen Abend mit ihm gehabt hatte.

»Dann bin ich also doch nicht so übel«, meinte er mit einem verlegenen Grinsen.

»Das habe ich nie behauptet. Aber fall beim nächsten Date nicht sofort mit der Tür ins Haus. Vielleicht ist die Nächste ja die Richtige für dich. Du bist wirklich ein netter Mann, mit dem man sicher viel Spaß haben kann.«

»Womöglich sollte ich es nicht gleich wieder versauen, indem ich mit Kindern und Hochzeit komme.«

Ich zwinkerte ihm zu. »Wäre auf jeden Fall einen Versuch wert.«

Harry seufzte schwer auf. »Weißt du, du bist echt eine Traumfrau. Dass ich es mir mit dir versaut habe, werde ich mir sicher ewig vorhalten. Alles Gute für deine Zukunft, Cami. Und danke für diesen Abend.«

»Ich habe zu danken. Für die Einladung und für die Erkenntnis, dass ich noch nicht so weit bin, um über Pläne dieser Art nachzudenken.«

Er lächelte. »Dann steht es also gut für den zweiten Kandidaten?«

»So genau kann ich das noch nicht sagen«, antwortete ich wahrheitsgemäß. »Auch mit ihm habe ich mich bisher nicht getroffen. Diese Erfahrung heute hilft mir aber sicher bei meiner Entscheidung.«

Harry runzelte die Stirn. »Inwiefern?«

»Du hast mir gezeigt, dass es nicht darum geht, den *perfekten* Partner zu finden. Jeder hat seine Ecken und Kanten und Fehler. Entweder man lebt damit oder man wird vermutlich ewig auf der Suche nach Perfektion sein. Aber ob es diese Person gibt, ist fraglich.«

Nachdenklich nickte Harry. »Ja, das trifft es gut. Danke für diese Zusammenfassung.« Er umarmte mich ein letztes Mal, ehe er die Tür des Taxis für mich öffnete, in das ich einstieg.

Kaum dass ich dem Fahrer meine Adresse genannt hatte, navigierte ich mich zum Chat mit Elijah.

Cami: Ich will mich mit dir treffen und dich besser kennenlernen. Möchte dir gegenübersitzen und mit dir reden. Ich denke, nur so finden wir beide heraus, ob wir auch weiterhin in Kontakt bleiben sollten, oder ob das, was wir dachten, dass zwischen uns ist, nur in unseren Köpfen existiert hat.

18 – Elijah

»Ich gehe später noch einkaufen. Soll ich dir was mitbringen?«
Lara stand neben mir und spülte die große Pfanne, während ich
darauf wartete, dass sie sie mir zum Abtrocknen reichte.

»Nein, danke.« Auch wenn ich etwas gebraucht hätte, hätte
ich es mir nicht von ihr bringen lassen. Ich wusste, sie meinte es
gut, aber ich erledigte meine Einkäufe lieber selbst.

»Am Wochenende bin ich bei meinen Eltern«, fuhr sie fort,
was ich mit einem Brummen kommentierte. »Ich soll dir übrigens
liebe Grüße ausrichten, ich habe heute Nachmittag mit Mum
telefoniert. Sie lässt fragen, wann du wieder einmal mitkommst.«

Geräuschvoll stieß ich den Atem aus und stellte die Pfanne
auf die Arbeitsfläche. »Hör zu, die Sache ist die … Ich will wirklich, dass du auszieht. So kann es nicht weitergehen.«

Sie seufzte. »Hör auf, das Thema hatten wir in den letzten
Jahren zur Genüge. Ich bin hier, weil du mich brauchst. Weil
ich schuld an allem bin und …« Ihre Stimme brach.

Wie jedes Mal weinte sie und sorgte dafür, dass mein
schlechtes Gewissen zu einem gewaltigen Knäuel anwuchs, weil
ich erneut darauf herumritt, dass sie endlich ausziehen sollte.

»Du bist doch eh kaum noch hier und …«, begann ich,
aber sie fiel mir ins Wort.

»Brauchst du mich öfter? Ich weiß, ich bin in letzter Zeit immer viel zu spät nach Hause gekommen. Tut mir leid, ich wollte dich nicht mit allem allein lassen.«

Genervt wandte ich mich von ihr ab und verzog das Gesicht. »Darum geht es nicht, Lara. Ich komme gut ohne dich zurecht, und ich will, dass du endlich dein Zimmer räumst. Du kannst jederzeit zurück zu deinen Eltern. Abgesehen davon hattest du jetzt über ein halbes Jahr Zeit, eine neue Bleibe zu suchen. So leid es mir tut, ich habe deine Ausreden satt.«

Dass ich so hart mit ihr reden musste, tat mir im Herzen weh, doch ich war gerade dabei, mich aufzuraffen und ein neues, besseres Leben zu beginnen. Ob Cami darin eine Rolle spielen würde, wusste ich noch nicht. Aber Lara hatte hier definitiv keinen Platz mehr, und der Zeitpunkt war gekommen, an dem sie sich endlich damit abfinden musste.

Ohne eine weitere Reaktion von ihr abzuwarten, ging ich in mein Schlafzimmer und schloss die Tür hinter mir. Ich wusste, das Ganze würde sonst in eine endlose Diskussion ausarten, und dafür hatte ich gerade echt keine Nerven. Und mein Schlafzimmer war für sie tabu. Diese Regel hatten wir zum Glück schon vor langer Zeit festgelegt und sie hatte sich bisher daran gehalten.

Erschöpft ließ ich mich auf mein Bett sacken und holte mein Telefon hervor. Vorhin hatte ich gespürt, dass eine Nachricht eingegangen war.

Zwar hoffte ich, dass sie von Cami war, dämpfte jedoch meine Erwartung, um nicht enttäuscht zu werden – doch ich hatte Glück.

Mein Herz raste, als ich sie öffnete – noch mehr, als ich verstand, was Cami wollte.

Ein Treffen wäre … nun ja, wenn ich mich darauf einlassen würde, dann würde ich so ziemlich alles aufs Spiel setzen. Andererseits würde ich das auch tun, sollte ich ablehnen. Ich hatte keine Wahl – und abgesehen davon wusste ich, dass es über kurz oder lang so weit sein würde und ich die ganze Wahrheit auspacken musste.

Ein letztes Mal atmete ich tief durch, dann wählte ich ihre Nummer – und landete auf der Mobilbox. Zwar hätte ich ihr etwas draufsprechen können, aber so spontan hatte ich keinen passenden Text dafür parat. Und ein »Ruf mich zurück« kam mir genauso dämlich vor.

Gerade wollte ich ihr schreiben, als eine weitere Nachricht von ihr ankam.

Cami: Ich bin noch im Taxi, melde mich, sobald ich zu Hause bin.

Ich antwortete mit einem knappen »Okay« und ließ Teddy ins Schlafzimmer, der vor der verschlossenen Tür gelegen und unter dem Türschlitz hindurch geschnüffelt hatte, wie er es immer tat, wenn er draußen war und ich drinnen.

Er setzte sich vor mich aufs Bett und ließ meine Streicheleinheiten über sich ergehen, die ihm wie mir gleichermaßen guttaten. Ich brauchte sie jedenfalls, um mich zu beruhigen und meine Nervosität in den Griff zu bekommen. Als Cami schließlich anrief, hämmerte mein Herz trotzdem viel zu schnell in meiner Brust.

»Hey! Na, endlich zu Hause?«, fragte ich, kaum dass ich den Anruf angenommen hatte.

»Ja, genau. Wie geht es dir?« Sie klang noch etwas außer Atem, so als ob sie gerade ein paar Treppen nach oben gegangen wäre.

»Ganz okay. Du willst dich also mit mir treffen?« Es machte keinen Sinn, das Thema länger hinauszuzögern.

Cami räusperte sich. »Genau. Ich denke, wir sollten es riskieren und herausfinden, ob wir uns auch noch sympathisch finden, wenn wir uns gegenübersitzen.«

Ihre Worte ließen Hoffnung in mir aufkeimen. »Du findest mich also sympathisch?«

»Eventuell.« Ihre Antwort war zögernd gekommen, aber ich konnte ihr Lächeln hören.

»Dann bist du mir nicht mehr böse wegen der Fotos?«

»So genau kann ich noch nicht definieren, wie ich zu dem Thema stehe. Auf jeden Fall kann ich, glaube ich, deine Entscheidung nachvollziehen. Eventuell ist das auch mit ein Grund, weshalb ich dich treffen will. Ich möchte mich davon überzeugen, ob du nun der von den ersten Fotos bist oder der von den zweiten. Oder jemand ganz anderes.«

Ein erleichtertes Lachen kam über meine Lippen. »Ich kann dir garantieren, dass ich der von den zweiten Fotos bin.«

»Ja? Dann beweise es mir«, raunte sie, und mit einem Mal lag da wieder dieses Knistern in der Luft, das ich schon bei unserem ersten Telefonat gespürt hatte.

»Das mache ich wirklich sehr gern. Da gibt es nur noch etwas, was du vorher wissen solltest.«

»O-oh … Eine weitere Lüge?« Nun lag Enttäuschung in ihrer Stimme, und fast schon tat es mir leid, dass ich die Stimmung zwischen uns wieder hatte zerstören müssen.

»Keine Lüge, Cami. Es ist nur etwas, was ich dir bisher nicht gesagt habe.«

»Du hast ein Kind!«

»Was?«

»Was?«, wiederholte sie verwirrt.

Ich lachte. »Nein, kein Kind. Nur einen Hund, aber von Teddy weißt du ja bereits.«

»Was dann?«

Tief holte ich Luft und sammelte ein letztes Mal Mut. »Ich werde dir jetzt etwas aus meiner Vergangenheit erzählen, was mich zu dem Menschen gemacht hat, der ich heute bin, und ich bitte dich, mich nicht gleich danach abzuservieren, in

Ordnung? Gib mir eine Chance, lerne mich kennen. Bilde dir ein Urteil, und dann … kannst du immer noch eine Entscheidung treffen, wenn du willst.«

»Okay, gerade bekomme ich es mit der Angst zu tun. Du warst aber nicht im Gefängnis oder so?«

Schmunzelnd verneinte ich. »Ich habe garantiert noch nie gegen das Gesetz verstoßen, Cami.«

»Gut«, stieß sie erleichtert aus.

»Bereit?«

»Nein, aber sag.« Ihre Stimme war nur noch ein Flüstern.

»Also … vor gut vier Jahren war ich mit meiner damaligen Freundin unterwegs zu ihren Eltern. Sie wohnen in einem kleinen Dorf vor Oxford und es ist eine sehr ruhige und ländliche Gegend. Um zu ihrem Elternhaus zu gelangen, muss man an einer schwer einsehbaren Kreuzung links abbiegen. Es gibt dort zwar einen Verkehrsspiegel, aber es war Herbst, die Luft feucht und kalt und der Spiegel angelaufen. Wir beide haben den Lkw nicht kommen sehen.«

Cami stieß einen erschrockenen Laut aus. »Gott, das klingt schrecklich. Was ist passiert?«

»Meine Freundin konnte mit einigen Knochenbrüchen geborgen werden. Mich hat es jedoch heftiger erwischt. Ich hatte eine schlimme Schädelverletzung, lag zwei Wochen im Koma. Mein Gehirn war angeschwollen und hat auf meinen Sehnerv gedrückt. Seitdem bin ich blind.«

Über den Unfall zu sprechen war jedes Mal aufs Neue schwer für mich. Aber noch nie hatte ich so große Angst vor der Reaktion meines Gegenübers wie jetzt, als ich darauf wartete, dass Cami etwas sagte.

Doch sie schwieg.

Und schwieg.

»Cami?«

»Ich …«, brachte sie atemlos hervor. »Du bist blind.«

172

Es klang nicht wie eine Frage. Eher, als müsste sie wiederholen, was ich ihr erzählt hatte. Als müsste sie testen, wie es sich für sie anfühlte.

»Dann ist Teddy …«

»Mein Blindenhund. Er hilft mir sehr, mich nicht *blind* zu fühlen. Durch ihn ist es mir möglich, meinen Alltag fast wie früher zu leben.«

»Tut mir leid, wenn ich noch … sprachlos bin, aber das muss ich erst alles irgendwie verarbeiten.«

»Schon gut, Cami. Nimm dir so viel Zeit, wie du brauchst.«

Ich hörte sie atmen und etwas murmeln, das ich nicht verstand. Doch ich fragte nicht nach. Wenn sie etwas wissen wollte, würde sie es sicherlich laut aussprechen.

»Wie geht es dir jetzt damit?«

»Gut. Die erste Zeit war hart, geprägt von Therapien und Ängsten. Von Frust und Wut, aber ich habe einen starken Willen. Als klar wurde, dass ich nie wieder sehen würde, habe ich alles gelernt, was ich brauche, um mich in meinem Alltag zurechtzufinden. Mir wurde das Gehen mit dem Blindenstock beigebracht und ich habe Teddy bekommen, der mir außerdem eine gute Hilfe ist. Ich kann Blindenschrift lesen und bin zur Blindenschule gegangen.«

»Und dein Job?«

»Ich war schon vorher Masseur und es spricht nichts dagegen, meinen Job auch weiter auszuüben. Mein Arbeitgeber war und ist sehr bemüht. Teddy darf mit, er hat dort ein Hundebett, in dem er es sich bequem macht und auf mich wartet, bis ich mit der Arbeit fertig bin. Die Kunden freuen sich, wenn sie ihn sehen.«

»Und *Perfect Match*? Wie hast du …?«

»Mein Bruder hat mir geholfen, Matches zu finden. Er hat mir beschrieben, wie die Frauen aussehen, während ich mir den Text dazu angehört habe. Ich habe ihm natürlich auch vorher gesagt, was mir wichtig ist. Zudem kennt er meinen Frauengeschmack.« Ich lachte verlegen.

»Also hat mich … dein Bruder ausgewählt. Der, dessen Fotos du für dein Profilbild verwenden durftest. Der, den ich mit seiner Frau gesehen habe?«

»Genau. Nicht ganz. Ich habe mich für dich entschieden. Diese Wahl hat Ronald nicht für mich getroffen.«

Cami stieß geräuschvoll die Luft aus. »Wow.«

»Bist du mir böse, weil ich es nicht gleich gesagt habe, als wir uns kennengelernt haben?«

Ein paar Atemzüge lang schwieg sie. »Nein. Ich möchte auch ehrlich zu dir sein, Elijah. Ich war heute bei einem Date.«

Sofort spürte ich einen Stich in meiner Brust. »Okay.« Die Enttäuschung konnte ich leider nicht vor ihr verbergen.

»Ich habe festgestellt, dass der Mann, mit dem ich mich getroffen habe, keinerlei Anziehung auf mich ausübt. Unter anderem deshalb, weil er, kaum dass wir uns im Restaurant gegenübersaßen, Dinge angesprochen hat, die … nun ja, für die man sich besser kennen sollte. Sicher, manches sollte man gleich zur Sprache bringen, anderes braucht seine Zeit. Dass du mir erst heute von deinem Unfall und den Auswirkungen auf dein Leben erzählt hast, ist für mich in Ordnung.«

»Ja?« Irgendwie traute ich dem Frieden nicht.

»Ja. Hättest du es gleich zu Beginn erwähnt, hätte ich mich damit vielleicht überrumpelt gefühlt und es wäre nie diese … Bindung entstanden, wie wir sie jetzt haben. Und hättest du bis zu unserem ersten Date gewartet, wäre es mir vermutlich nicht anders gegangen. So weiß ich Bescheid und … bin nun noch neugieriger auf dich.«

Erleichtert atmete ich auf. Ich konnte gar nicht in Worte fassen, wie froh ich war, dass sie mich immer noch treffen wollte.

»Wie wird das ablaufen? Ich meine …«

»Du wirst überrascht sein, wie *normal* unser Date sein wird.«

»Erzähl mal«, forderte sie leise, und ich mochte, dass sie aufgeregt und gespannt klang. Als hätte sie sich bereits wie selbstverständlich mit meiner Blindheit abgefunden.

»Ich reserviere einen Tisch im Restaurant deiner oder meiner Wahl. Wir treffen uns dort, am besten vor dem Eingang. Da kann ich nur hoffen, dass du mich ansprichst, sonst wird das Ganze etwas schwierig.«

»Das mache ich natürlich«, sagte sie mit einem Lächeln in der Stimme.

»Gut. Und im Anschluss gehen wir ins Lokal. Wir bestellen die Getränke und unser Essen. Entweder die haben eine Karte in Braille oder du musst mir vorlesen, was es alles gibt. Und dann … reden wir und lernen uns weiter kennen.«

»Und dich stört es nicht, dass du mich nicht sehen wirst?«

»Aber ich *sehe* dich doch bereits, Cami. Seit unserer ersten Unterhaltung ist ein Bild von dir in meinem Kopf entstanden, das mit jedem Gespräch klarer wird. Und wenn wir uns näher kommen … wenn ich dich berühren darf … sehe ich noch mehr von dir.«

19 – CAMI

Elijahs Worte prickelten durch mich hindurch. Seine Stimme und die Bilder, die er damit hatte entstehen lassen, zauberten eine wohlige Gänsehaut auf meinen Körper.

Ich lehnte den Kopf an die Lehne meiner Couch und schloss für einen Augenblick die Lider. Zu erfahren, dass er blind war, hatte mich im ersten Moment sprachlos gemacht. Ich hatte unsere Gespräche Revue passieren lassen, doch ich wäre im Leben nicht darauf gekommen. Ich meinte, er hatte mir davon erzählt, dass er regelmäßig joggen ging. Er hatte mir vorgelesen, und auch sonst hatte er nichts getan oder gesagt, was einen Hinweis darauf gegeben hätte, dass er mit irgendwelchen Einschränkungen zu kämpfen hatte. Vielleicht lag es daran, dass ich ihm auf der Stelle geglaubt hatte, dass er gut mit allem klarkam, obwohl er sein Augenlicht verloren hatte.

»Du musst mir sagen, was ich tun oder nicht tun soll, okay? Ich will uns beide auf keinen Fall in eine unangenehme Lage bringen, weil ich mich danebenbenehme oder du das Gefühl hast, dass ich mit meinen Fragen oder Handlungen … also …«

»Wirst du mit anderen Männern flirten, obwohl du gerade mit mir zusammen bist?«

»Was? Nein!«

»Gut. Dann hast du nichts zu befürchten und machst bestimmt nichts falsch.«

Ein Knoten drückte unangenehm gegen meinen Hals, und ich hoffte wirklich sehr für Elijah, dass er nicht gerade aus Erfahrung gesprochen hatte.

»Aber falls ich ein Haar in der Suppe habe oder eine Fliege in meinem Kaffee schwimmt, wäre ich dir dankbar, wenn du es mir sagen würdest«, meinte er, was mich wieder zum Lachen brachte.

»Keine Sorge, das werde ich.«

»Noch besser wäre, du würdest den Störenfried für mich rausfischen.«

»Selbstverständlich.« Ich merkte, wie ich mich mehr und mehr entspannte.

»Aber ansonsten musst du mir bei nichts helfen – außer ich bitte dich darum. Bei manchen alltäglichen Dingen bin ich einfach darauf angewiesen.«

»Wie im Restaurant mit der Karte«, sagte ich und Elijah brummte zustimmend.

»Oder beim Einkaufen. Wobei mir die meisten Menschen weiterhelfen, wenn ich sie um Hilfe bitte. Schwierig ist es nur mit jenen, die denken, dass sie mir helfen, indem sie etwas für mich tun, worum ich nicht gebeten habe.«

»Ja, das kann ich mir gut vorstellen.«

»Also … Ich muss morgen arbeiten. Am Sonntag bin ich bei meinen Eltern, und das wird meistens später. Montag bis Mittwoch bin ich ebenfalls im Job eingespannt, aber am Donnerstag habe ich meinen nächsten freien Tag. Was hältst du also von einem Date am Donnerstagabend?«

Ich richtete mich auf. »Das wäre schön – auch wenn ich bereits jetzt weiß, dass sich die Tage bis dahin ziehen werden.« Und das empfand ich wirklich so. Denn am liebsten hätte ich mich heute mit ihm getroffen. Was verrückt war, da ich bis vor Kurzem enttäuscht von ihm und seiner kleinen Farce mit dem

Foto gewesen war. Doch jetzt, da ich seine Geschichte kannte, konnte ich seine Entscheidung noch besser nachvollziehen.

Allein der Gedanke daran, dass ihn Frauen erst daten wollten und ihn im Anschluss abservierten, wenn sie von seiner Blindheit erfuhren, sorgte dafür, dass sich mein Herz schmerzhaft zusammenzog. Andererseits war deren Verlust mein Gewinn – denn anderenfalls hätte ich Elijah vermutlich nicht kennengelernt.

»Wir können ja stattdessen jeden Abend telefonieren. Wenn es für dich passt, melde ich mich, sobald ich von der Arbeit zu Hause bin.«

»Das wäre schön«, sagte ich mit einem Lächeln auf den Lippen.

»Wow. Dann haben wir wirklich ein Date.« Elijah lachte.

»Ja! Und ich freue mich sehr, dich zu sehen. Also … verdammt …« Ich schlug mir mit der Handfläche gegen die Stirn und kniff die Augen zusammen.

Elijah machte einen amüsierten Laut. »Ich freue mich auch darauf, dich endlich zu sehen, Cami. Mit meinen Händen …«

Ein erregtes Keuchen kam über meine Lippen. »Puh, also wenn unser Date wird, wie ich denke … könnte es sein, dass du mich gehörig ins Schwitzen bringst.«

»Glaub mir, falls es so ist, wird nicht nur dir heiß …«

Ein Beben erfasste mich und ich musste die Augen schließen. »Das ist so … verrückt. Und aufregend! Wenn ich mir vorstelle, dass mich meine Freundin Sheryl dazu überredet hat, einen *Perfect Match*-Account anzulegen … Vor allem, wie viel Überredungskunst es gebraucht hat.«

»Ich hoffe, du bereust es nicht.«

»Jetzt? Kein bisschen. Nach unserem Date? Das kann ich mir nach unseren Gesprächen nur schwer vorstellen.«

»Willst du mir verraten, womit sich der Kerl heute aus dem Rennen geschossen hat?«

Nun lachte ich. »Hast du jetzt Angst, du könntest denselben Fehler machen wie er?«

»Ehrlich gesagt … ja.«

Wie süß, dass er so verunsichert klang. Aber noch wollte ich ihn zappeln lassen. »Nein, ich werde es dir nicht sagen. Erst beim Date, okay?«

»Du willst …« Elijah schnappte nach Luft. »Das ist pure Folter, ich hoffe, du weißt das. Jetzt werde ich bis Donnerstag nicht schlafen können.«

»Zum einen denke ich, dass ich mir diese kleine Retourkutsche erlauben darf für die beiden Male, bei denen du mich mit der Wahrheit überrumpelt hast. Und zum anderen schätze ich dich nicht so ein, mich mit *solchen* Themen gleich beim ersten Date zu konfrontieren.«

Elijah schnaubte entrüstet. »Na gut, aber danach sind wir quitt.« Immer noch hörte ich sein Lächeln in der Stimme und ich wusste, er meinte es nicht böse.

»Abgemacht.«

»Abgemacht«, wiederholte er in einem so sanften Ton, dass ich mich wieder in die Couch zurücksinken ließ. »Ich schicke dir Adresse und Uhrzeit, sobald ich für uns reserviert habe.«

»Klingt gut. Ich freue mich.«

Wir wünschten uns eine gute Nacht und verabschiedeten uns. Und als ich auflegte, konnte ich ein träumerisches Seufzen nicht verhindern.

* * *

»Du verarschst mich, oder?« Sheryl saß mir auf Mrs Palmers Couch gegenüber und schlug sich sofort die Hand vor den Mund, als Makenzie sie mit großen Augen anstarrte. »Ooops, sorry.« Makenzie kicherte. »Ich wollte sagen … du vergackeierst mich doch, oder, Cami?«

»Nope.« Ich grinste breit und genoss, dass meine Freundin sprachlos war.

»Der eine hätte dich schon beim ersten Date vom Fleck weg geheiratet und du lehnst ab. Und der zweite, der zuerst vorgegeben hat, jemand anderes zu sein, und dir dann noch vorenthalten hat, dass er blind ist, dem läufst du freudestrahlend in die Arme?«

Nun schnaubte ich leicht verärgert auf. »Als ob du an meiner Stelle anders gehandelt hättest.«

Sheryl grinste breit. »Das habe ich nicht behauptet. Aber seit wann bist du wie ich?«

Ich verdrehte die Augen und wandte mich wieder an Makenzie, auf die wir heute aufpassten, weil ihre Mama ein Date hatte. »Soll ich den Hut auch ausschneiden? Ja, oder? Das kannst du noch nicht, der ist zu schwierig für dich«, sagte ich mit übertriebener Stimme, um das Mädchen aus der Reserve zu locken.

Entrüstet schaute mich die Kleine an. »Und ob ich das kann! Ich zeige es dir. Schau!« Sie nahm den Schnipsel mit dem aufgedruckten Federhut für die Anziehpuppe aus Pappe, die ich ihr heute mitgebracht und deren Kleider wir vorhin bemalt hatten. Mit zwischen die Zähne geschobener Zungenspitze begann sie, konzentriert zu schneiden.

»Ich bin überhaupt nicht wie du. Zum einen hättest du dich sofort mit beiden getroffen und zum anderen wärst du gleich mit ihnen …« Ich stieß einen kurzen Pfiff aus und schielte zu Makenzie, die immer noch mit dem Hut beschäftigt war.

Sheryl lachte. »Ja gut, das stimmt natürlich. Aber vor einem, der drei bis vier Kinder von mir möchte, wäre ich auch davongelaufen.«

»Magst du keine Kinder?«, wollte Makenzie wissen und schaute Sheryl aus großen Augen an.

»Doch. Aber nur die braven. Diejenigen, die so sind wie du.« Sie zwinkerte der Kleinen zu, die zufrieden lächelte und sich wieder dem Hut widmete – ehe sie uns erneut anschaute.

»Heißt das, ich bekomme heute einen neuen Daddy?« Angst lag in ihrer Stimme, und zugleich Hoffnung.

»Aber nein, Liebes, wie kommst du denn darauf?« Ich zog das Mädchen auf meinen Schoß und schaute die Kleine eindringlich an.

»Na, weil Sheryl gesagt hat, dass man beim ersten Date heiratet. Und meine Mummy ist doch heute auf so einem Date, richtig?«

Mit einem Lächeln auf den Lippen streichelte ich dem Mädchen über die Wange. »Das stimmt, deine Mum hat heute ein Date. Aber man heiratet nicht beim ersten Mal.«

»Beim zweiten?«

»Auch nicht. Und nur, weil deine Mum *vielleicht*«, ich sprach das Wort vorsichtig aus, »irgendwann wieder einen Freund hat, bedeutet das nicht, dass sie ihn heiraten wird. Oder dass er dein Daddy sein muss. Du hast schon einen, und wenn er dein einziger Dad bleiben soll, dann ist das so. Das entscheidest aber nur du. Denke ich«, fügte ich an und schielte zu Sheryl, die bekräftigend nickte.

»Okay«, meinte Makenzie und klang dabei richtiggehend erleichtert.

»Vielleicht sollten wir solche Gespräche besser doch nicht hier führen«, raunte ich Sheryl zu, die jedoch abwinkte.

»Wir haben ja nichts Schlimmes gesagt. Abgesehen davon sind wir hier und können ihr alles erklären. Nicht wahr, Schatz?« Sie streichelte Makenzie über ihren Kopf.

Das Mädchen nickte. »Schau, Cami, ich habe den Hut ganz allein ausgeschnitten. Wie ich gesagt habe.«

»Richtig toll. Und wie schön er geworden ist … Das hätte ich selbst nicht besser geschafft.«

Sie strahlte mich an und begann schließlich, die Puppe anzuziehen.

181

In dem Moment ging eine Nachricht auf meinem Telefon ein. Sie war von Elijah. Sheryl beugte sich zu mir, als ich nach dem Handy griff.

Mahnend schaute ich meine Freundin an, mein Smartphone an meine Brust gepresst.

»Hey, lass mich mitlesen. Ich bin neugierig. Gib mir was, von dem ich zehren kann.«

Schnaubend verdrehte ich die Augen. »Komm schon, als ob du mit Jacob keine aufregenden Momente hast.«

»Ja, aber erst wieder am Montag. Er ist übers Wochenende mit seinen Kumpels nach Schottland gefahren. Männerurlaub.« Sie schob die Unterlippe vor.

»Siehst du? Und ich muss bis Donnerstag warten.«

»Du kannst ihm wenigstens schreiben und mit ihm telefonieren. Jacob ist nicht mal telefonisch erreichbar.«

»Was? Wo sind die denn? Im tiefsten Nirgendwo?«

Sheryl seufzte. »Sieht so aus.«

»Und du vertraust ihm?« Stirnrunzelnd schaute ich meine Freundin an.

»Habe ich eine andere Wahl?« Sie blies die Wangen auf. »Ich kann einen auf eifersüchtig machen oder hoffen, dass er das mit uns ernst genug nimmt, um mich nicht zu hintergehen. Mal davon abgesehen, dass wir nicht zusammen sind oder so. Demnach könnte er tun und lassen, was er will.«

»Aber dich würde es verletzen«, schlussfolgerte ich.

Sie winkte ab, doch ich merkte, dass es sie nicht kalt ließ.

»Awww, komm her.« Ich breitete meine Arme aus und legte sie um sie, als sie an mich heranrückte. »Bestimmt wird alles gutgehen. Und rede mit ihm, sobald er zurück ist. Wenn er dir so wichtig ist, solltet ihr für klare Verhältnisse sorgen, findest du nicht?«

»Aber ich habe Schi… Angst, dass ich es damit versaue. Was, wenn er danach nichts mehr mit mir zu tun haben will? Oder wenn sich das, was zwischen uns ist, verändert?«

»Was aber, wenn er nach dir ebenso verrückt ist und mit genau denselben Ängsten und Sorgen kämpft? Du bist eine starke unabhängige Frau. Ich könnte mir gut vorstellen, dass das auf so manchen Mann einschüchternd wirkt. Vielleicht fürchtet er also, dass du ungebunden bleiben willst und dich von ihm trennst, sobald er mit Gefühlen um die Ecke kommt.«

Sheryl schaute mich verdutzt an. »Denkst du das wirklich?«

Ich zuckte mit den Schultern. »Es wäre möglich. Jedoch kenne ich Jacob nicht, kann das also schwer beurteilen.«

Diesmal war es Sheryl, die mich umarmte. »Du bist die Beste, weißt du das? Vermutlich hast du recht und wir beide machen uns umsonst viel zu viele Gedanken. Sobald Jacob sich am Montag bei mir meldet, werde ich ihn um ein Treffen bitten. Und dann ... habe ich hoffentlich nicht zu sehr die Hosen voll, um es anzusprechen.« Verlegen lachte sie.

»Du machst das schon.« Ich küsste sie auf die Wange, bevor ich mich wieder meinem Telefon widmete.

Diesmal sah Sheryl nicht mehr auf das Display, sondern half Makenzie, die versuchte, der Papppuppe Schuhe anzuziehen.

Elijah: Wie läuft dein Babysitterabend? Teddy und ich haben beschlossen, Charmed weiterzuschauen. Gerade sind wir uns noch nicht einig, was wir von diesem Leo Wyatt halten sollen ...

Cami: Oh, Leo! Ich will nicht spoilern, also schweige ich dazu. Wer von euch beiden ist Team Leo? Wir drei haben hier übrigens Spaß – noch. Gleich werden wir Makenzie verraten, dass sie ins Bett muss.

Elijah: Teddy findet Leo wohl toll. Er hebt immer den Kopf, sobald er spricht.

Cami: Bist du eifersüchtig auf Leo, weil er mehr Aufmerksamkeit bekommt als du? 😌

Elijah: Könnte sein. Wobei ... nein. Du schreibst mit mir, alles andere ist unwichtig. Soll Teddy Leo anschmachten. Solange ich dich habe, ist alles gut.

Sheryl stieß ein träumerisches Seufzen aus.

»Hey, du schaust ja doch auf mein Display«, sagte ich gespielt empört, ließ sie dann aber mitlesen, als die nächste Nachricht ankam.

Elijah: Wie hoch stehen meine Chancen, heute noch deine Stimme zu hören?

Kurz schaute ich zu Sheryl, die grinste und mit dem Kopf in Richtung Küche deutete. »Na los, verzieh dich und ruf ihn an. Ich verklickere der jungen Dame hier inzwischen, dass sie gleich auf dem Federnball tanzen darf.«

»Was für ein Ball?«, fragte Makenzie und blickte aufgeregt von Sheryl zu mir und zurück, als ich bereits zur Küche ging.

»Wir ziehen dir jetzt dein hübsches Schlafkleid an und dann ...«

»Och menno ...« Makenzie zog eine Schnute und Sheryl hob sie hoch. »Cami, kommst du noch zum Gutenachtsagen?«

»Natürlich!« Ich schickte dem Mädchen einen Handkuss, ehe ich mich in die Küche zurückzog und mit breitem Grinsen, wild klopfendem Herzen und einem kitzelnden Flattern im Magen Elijahs Nummer wählte.

20 – Cami

»Du strahlst heute bereits den ganzen Tag. Gestern auch schon. Gibt es gute Neuigkeiten?« Sarah stellte sich mit ein paar Zetteln in der Hand neben den Kopierer, durch den gerade meine eigenen Arbeitsblätter sausten und frisch gedruckt im Ablagefach landeten.

»Übermorgen habe ich ein Date.«

Kurz überlegte sie. »Der Masseur?«

»Genau. Ich bin wahnsinnig aufgeregt und gespannt, wie es wird.«

»Bestimmt toll, wenn ihr schon so eine lange Zeit einen Draht zueinander habt.«

»Ja, ich glaube auch. Dennoch will ich mir keine übertriebenen Hoffnungen machen, um nicht enttäuscht zu werden.« Ich dachte an das Date mit Harry, zu dem ich zwar ohne große Erwartungen gegangen war, jedoch hatte lernen müssen, dass selbst diese nicht erfüllt werden konnten, wenn die Grundvoraussetzung nicht vorhanden war.

»Und falls der Funke nicht überspringt, hattest du zumindest einen netten Abend mit gutem Essen.« Sarah zwinkerte mir zu.

Amüsiert stimmte ich ihr zu.

»Hast du schon ein Outfit ausgewählt?«, wollte Sarah wissen und wackelte dabei mit den Augenbrauen.

»Noch nicht.«

»Zieh ein Kleid an. Vielleicht das gelb-orange? Das steht dir so gut. Auf keinen Fall das hellblaue mit dem zarten Blumenmuster. Es ist zwar hübsch, aber die Farben machen dich blass.«

Ich lächelte und nickte, dankbar für den Tipp. Dass es im Grunde egal war, wie mein Kleid aussah, verschwieg ich.

Das Kopiergerät war fertig und ich verabschiedete mich von ihr. Zurück an meinem Schreibtisch legte ich die Kopien in das Fach für morgen und setzte mich an die Korrekturen der Hefte. Ich war fast damit durch, als das Handy vibrierte und eine Nachricht ankündigte.

Elijah: Ich denke an dich.

Cami: Und ich an dich. Ständig. Ich dachte, du kannst dich während der Arbeitszeit nicht bei mir melden?

Elijah: Es ist gerade jemand ausgefallen und ich habe unerwartet eine halbe Stunde Pause.

Cami: Oje, wie blöd. Aber schön für mich. Wie geht es dir?

Elijah: Gut. Ich zähle bereits die Stunden, bis wir uns sehen. Es sind fast genau dreiundfünfzig.

Cami: Das klingt noch nach viel zu viel.

Elijah: Und dann wird es viel zu schnell vorbei sein.

Cami: Vermutlich. 😖

Elijah: Vorfreude ist die schönste Freude, sagt man. So ein Bullshit – es ist die reinste Qual.

Cami: Ich sehe, wir verstehen uns.

Elijah: Was machst du gerade?

Cami: Ich bin in der Schule. Fünf Hefte muss ich noch korrigieren.

Elijah: Dann halte ich dich nicht länger auf. Meine Zwangspause ist auch gleich vorbei. Wir hören uns heute Abend?

Cami: Ja! Ich freue mich darauf. 🩶

Schneller als beabsichtigt hatte ich auf den Senden-Button gedrückt und Elijah ein Herz geschickt. Schon wieder!

Gut, auch von Elijah hatte ich bereits eines bekommen, aber das war im Zuge der Entschuldigung und ich hatte es damals als einen Akt der Verzweiflung gesehen.

Ich kniff die Augen zusammen und wartete, ob mein Smartphone noch einmal vibrierte. Das tat es. Blinzelnd linste ich auf das Display.

Elijah: 😘 🩶

Die letzten fünf Hefte hatte ich schneller als erwartet durch und verließ beschwingt die Schule. Sobald ich auf der Straße war, wählte ich Sheryls Nummer. Als sie ranging, klang sie gehetzt.

»Hey, Beauty, was gibt's?«

»Hi, Sheryl, störe ich?«

»Ja, das heißt … nein, ich bin nur gerade auf dem Weg ins Labor. Drei Kolleginnen sind ausgefallen. Die haben sich wohl mit einer Magen-Darm-Sache gegenseitig angesteckt und ich muss einspringen. Bin auch gleich da. Ist es was Wichtiges?«

Enttäuscht kniff ich die Augen zusammen. »O Mann, wie schade! Ich wollte dich eigentlich fragen, ob du Zeit für einen ausgiebigen Mädelsabend bei mir oder bei dir hast. Ich halte es nämlich fast nicht mehr aus, weil das Date erst übermorgen ist.«

»Oh Mist, ich würde dich so gern ablenken, doch ich muss arbeiten! Aber das holen wir nach. Unbedingt!«

»Ja, das machen wir. Und du musst mir erzählen, was Jacob bei eurer Aussprache gesagt hat.«

Sie kicherte ins Telefon. »Ein Mädelsabend ist wirklich dringend nötig. Ich melde mich, sobald ich etwas Luft habe, okay? Und du halte mich auf dem Laufenden!«

»Mache ich.« Gleich darauf verabschiedete sie sich mit einem Küsschen von mir und hatte auch schon aufgelegt.

Da ich nun nur für mich kochen musste, beschloss ich, die Lebensmittel gleich in dem Supermarkt in der Nähe zu kaufen, in dem auch Alice arbeitete. Vielleicht hatte ich ja Glück und sie war heute auch da. Suchend ging ich durch die Regale und räumte alles für mein Abendessen in den Einkaufskorb. Als ich schließlich die Kasse anpeilte, entdeckte ich sie dort. Ich stellte mich in Alice' Schlange an und konnte es kaum erwarten, an die Reihe zu kommen. Wenn ich mich schon nicht mit Sheryl ablenken konnte, hatte ja vielleicht Alice Zeit für ein Gespräch. Immerhin kannte sie die Situation mit Elijah und mir ebenfalls.

»H-h-hey, Cami.«

»Hi, Alice, ich habe gehofft, dich hier zu treffen. Wie lange arbeitest du heute?«

»B-bis Ladenschluss. W-w-wieso?«

Der Laden hatte bis elf Uhr nachts geöffnet. So lange konnte ich natürlich nicht warten.

»Ah, Mist. Ich muss dir nämlich was erzählen.«

»G-g-gib mir dein Handy, dann speichere i-i-ich meine N-Nummer ein. Schick mir deine u-und ich m-m-melde mich in meiner P-P-Pause«, sagte sie und zog die letzten Artikel über den Scanner.

»Danke, das ist eine gute Idee.«

»S-siebenunddreißig zweiundz-zwanzig, bitte.« Sie lächelte mich an und ich gab ihr mein entsperrtes Telefon. Während ich die EC-Karte an das Lesegerät hielt und meine PIN eingab, tippte sie ihre Nummer ein.

Mit einem »B-bis später und d-d-danke« gab sie es mir zurück.

»Endlich«, brummte der Mann hinter mir. »Dauert ja so schon immer alles derart lange bei der und dann auch noch das.«

Verärgert drehte ich mich um. »Entschuldigung?«

Ohne mich eines Blickes zu würdigen, schob er seine Artikel auf dem Band zurecht.

»Was sind Sie doch für ein unhöflicher, undankbarer Mensch. Ich hoffe sehr, dass Sie sich an Ihrem Kaffee die Zunge verbrennen und den kleinen Zeh am Tischbein stoßen.«

Alice grinste breit und die zwei Frauen, die hinter dem Mann in der Schlange standen, applaudierten mir, als ich immer noch wütend auf den Kerl den Laden verließ.

* * *

Ich hatte gerade den letzten Tortellino durch die Soße auf meinem Teller gezogen, als mein Telefon klingelte. Es war Alice, und auch wenn ich auf Elijah gehofft hatte, freute ich mich sehr, dass sie sich wirklich wie versprochen bei mir meldete.

»Hey, Alice. Na, alles gut bei dir?«

»H-Hallo, Cami. Ja und bei d-dir?«

»Auch. Danke, dass du dir in deiner Pause für mich Zeit nimmst. Ich muss unbedingt mit jemandem reden, der meine Situation kennt. Ich … habe ein Date.«

»Oh, das f-freut mich für dich.«

»Danke. Es ist … immer noch derselbe Mann.« Ich kniff die Augen zusammen und wartete auf ihr Urteil.

»Okay, das h-heißt, du glaubst ihm die G-Geschichte mit dem Foto und willst es jetzt wissen?«

»Ja, ich glaube ihm, und *verstehe* ihn sogar. Alice, Elijah ist … er ist blind.«

»Oh …« Für einen Moment herrschte Schweigen. »O-okay. Und deshalb v-verstehst du ihn? Ich k-kann dir nicht ganz folgen.«

Ich erzählte ihr von den Gründen, warum er das Foto seines Bruders verwendet hatte. Auch, dass es umso schwerer für ihn sein musste, wenn sich die Frauen enttäuscht von ihm abwandten, weil er nicht so perfekt war, wie es auf seinen Fotos den Anschein gemacht hatte.

»D-denkst du nicht, dass er sich das vielleicht n-nur eingebildet hat? Also dass es an dem F-Foto lag. Bei wie v-vielen Frauen hatte er denn Erfolg mit dem seines B-Bruders?«

»Keine Ahnung. Ich glaube, nur bei mir.«

»Und h-hättest du mit ihm ein Match gehabt, w-wenn er seine eigenen F-Fotos verwendet hätte?«

»Ja, ich denke schon.« Er war definitiv ein attraktiver Mann, und auch wenn ich ihn vermutlich im ersten Moment für einen Player gehalten hätte, hätte mich wahrscheinlich sein Profiltext überzeugt und ich hätte nach rechts geswipt.

»Siehst du?« Ihre Stimme klang triumphierend. »Du k-kannst ihm sagen, d-dass er sich eine M-Menge Ärger erspart hätte, wenn er v-von Beginn an seine Bilder g-g-genommen hätte.«

»Das werde ich«, antwortete ich schmunzelnd.

»W-wie gehst du damit um, dass er b-blind ist?«

Einen Augenblick lang musste ich darüber nachdenken. »Ich bin nervös«, gestand ich schließlich. »Auf keinen Fall möchte ich, dass er sich unwohl fühlt oder … keine Ahnung. Dass ich irgendetwas mache, was ihn enttäuschen könnte.«

»Das wirst du nicht, Cami. I-ich kenne dich nicht s-sehr lange, aber du bist ein g-guter Mensch. Du handelst ü-überlegt oder vielleicht auch instinktiv richtig. Jedenfalls habe ich m-mich in deiner G-Gegenwart nicht unwohl gefühlt.«

Ich merkte, wie ich erleichtert aufatmete und die angestaute Anspannung von mir abfiel. »Danke, das bedeutet mir viel.«

»W-wann triffst du dich mit ihm?«

»Am Donnerstagabend. Am liebsten hätte ich mich gleich am Wochenende mit ihm getroffen, aber da hatte er keine Zeit. So ist dafür die Vorfreude riesig und … wir telefonieren jeden Tag.«

»D-das klingt schön. Dann wünsche ich d-dir ein traumhaftes erstes Date.«

»Danke, das ist wirklich lieb von dir. Ich werde berichten, wie es lief.«

»Ich b-bin gespannt.«

Wir verabschiedeten uns voneinander und ich atmete befreit auf. Meine Sorge, ich könnte es mir mit Elijah versauen, war durch die aufbauenden Worte von Alice erneut kleiner geworden. Und als gleich darauf wieder mein Telefon vibrierte und ich Elijahs Namen auf dem Display sah, wurde mein Grinsen nur noch breiter und mein Herzschlag beschleunigte sich.

21 – Elijah

»Hey.« Allein der Klang von Camis Stimme ließ mich lächeln und steigerte meine Sehnsucht nach ihr. Was verrückt war, weil nach wie vor die Sorge in mir brannte, sie könnte sich von mir abwenden, wenn wir uns erst trafen.

Ja, es war schön, dass wir jeden Abend telefonierten, aber nur weil wir über diese Entfernung harmonierten, bedeutete das gar nichts.

Es wäre nicht das erste Mal, dass ich am Telefon ein gutes Gefühl gehabt hätte und beim Treffen enttäuscht worden wäre. Gut, es war nie Cami gewesen. Und ich hatte entweder verschwiegen, dass ich blind war, oder es herrschte von Beginn an nicht diese besondere Vertrautheit. Manche wollten wahrscheinlich nur herausfinden, ob ich sie nicht vielleicht doch verarscht hatte. Aber die Enttäuschung hatten sie nicht vor mir verbergen können, kaum dass wir uns gegenüber gesessen hatten.

Ich kannte diese Art von Beklemmung und wusste, dass es nicht leicht war, sich eine Beziehung mit jemandem vorzustellen, der sein Augenlicht verloren hatte. Und ja, ich war mir dessen bewusst, dass mir vieles verwehrt blieb und daher in gewisser Weise auch in einer Partnerschaft etwas fehlen würde.

Nie wieder würde ich mit einer Frau an meiner Seite den Sonnenuntergang sehen können. Wir würden uns nicht über all die schönen visuellen Eindrücke auf einer Reise austauschen können – wohingegen ich oftmals Dinge wahrnahm, die Sehenden gar nicht so auffielen. Wie das Zwitschern der Vögel, das Rauschen eines Baches, die Wärme der Sonne, die von einer Hauswand reflektiert wurde, wenn beides im richtigen Winkel zueinanderstand. Oder spezielle Düfte, die sich für andere vielleicht zu schnell im Wind verflüchtigten oder die sie nicht zuordnen konnten. Ja, ich hatte mein Augenlicht verloren, aber dafür auch viel gewonnen. Und ich wünschte mir nichts sehnlicher, als all das mit einer Frau – mit Cami – teilen zu dürfen.

»Wie geht es dir?«, fragte ich und spürte das kräftige Schlagen in meiner Brust, das immer dann so heftig wurde, wenn ich mit ihr telefonierte. Was erst das Treffen in mir auslösen würde, wollte ich mir gerade gar nicht ausmalen.

»Gut, und dir? Bist du schon zu Hause?«

»Ja. Teddy hatte bereits sein Futter und ich bin ebenfalls satt.«

»Ich habe auch eben gegessen. Tortellini mit Tomatensoße.« Sie lachte. »Oh, hast du gewusst, dass die Form der Tortellini der Legende nach dem Bauchnabel der Göttin Venus nachempfunden ist?«

Ein Lachen stieg in mir hoch. »Nein, das wusste ich nicht. Aber danke für das Bild, ab sofort werde ich immer daran denken, wenn ich welche esse.«

Cami kicherte. »Sorry. Was hast du heute gegessen?«

»Ich habe mir was vom Thai mitgenommen.«

»Oh, lecker!«

»Das war es«, sagte ich, und Gott, es tat wahnsinnig gut, mit Cami zu reden. Selbst über so banale Dinge wie unser Abendessen.

»Kannst du … also …«, begann sie, und ich ahnte, dass sie etwas Prekäres wissen wollte.

193

»Cami, du darfst mich immer alles fragen. Dir muss nichts unangenehm oder peinlich sein.«

Geräuschvoll atmete sie aus. »Okay. Ich möchte nur nicht, dass du denkst, ich würde ... keine Ahnung. Also falls du etwas nicht beantworten willst ...«

»Cami, frag einfach«, fiel ich ihr schmunzelnd ins Wort.

»Gut. Ich wollte wissen, ob du dir auch selbst was zu essen kochen kannst. Ich meine ... Pizza in den Ofen kann ich mir noch vorstellen. Aber alles andere? Das ist doch bestimmt total gefährlich, oder? Ich gehe mal von mir aus – ich bin wirklich ungeschickt in der Küche und schneide und verbrenne mich regelmäßig.«

»Weißt du, dass du unglaublich süß bist, wenn du so verlegen bist?«, raunte ich und fühlte, wie sich in meiner Brust alles ausdehnte. »Und um auf deine Frage zurückzukommen: Ja, ich kann kochen. Wir können das ja mal gemeinsam machen, dann siehst du, dass ich weit mehr als Pizza backen kann. Es gibt da ein paar Tricks, die du vielleicht sogar kennst. Zum Beispiel halte ich einen Holzkochlöffel in das Fett im Topf oder in der Pfanne. Wenn es rundherum blubbert und zischt, weiß ich, dass es heiß genug ist. Ich könnte auch mit der Hand über dem Topf oder der Pfanne fühlen, ob es schon heiß ist. Aber meistens verlasse ich mich auf mein Gehör oder meine Nase, das ist sicherer.«

»Du willst, dass wir gemeinsam kochen? Also ... Bei dir oder bei mir?«

Irgendwie klang Cami etwas durch den Wind, weshalb ich schnell zurückruderte. »Nur, wenn du das möchtest. Sollten wir bei unserem Date feststellen, dass ... wir uns mögen, werden wir ja auch danach in Kontakt bleiben wollen. Und dann ...«

»Ich mag dich jetzt schon, Elijah«, flüsterte sie und raubte mir für einen Augenblick den Atem.

»Ich mag dich auch, Cami«, raunte ich schließlich.

»Sehr gern können wir gemeinsam kochen«, sagte sie nun wieder mit festerer Stimme. Sie klang nicht abgeneigt, im Gegenteil.

Erleichtert atmete ich auf. »Dann haben wir zumindest schon einen Plan für ein mögliches zweites Date.«

»Ja. Was macht Teddy gerade?«

»Der liegt in seinem Bett und schnarcht.«

Cami kicherte. »Awww, wie süß. Schnarchst du auch?«

»Ich hoffe nicht. Aber das kannst du ja vielleicht irgendwann selbst herausfinden.« Dass ich nun wieder mutiger wurde, lag definitiv daran, dass sie mir gesagt hatte, dass sie mich mochte.

Keine Ahnung, wann mir zuletzt eine Frau ihre Zuneigung gestanden hatte.

»Ist das eine Herausforderung?«

»Auf jeden Fall.« Verdammt, ich kam aus dem Grinsen gar nicht mehr heraus. »Oh, da fällt mir ein, ich habe wieder ein passendes Gedicht gefunden. Soll ich es dir vorlesen?«

»Ich bitte darum.«

»Bleibst du kurz dran? Ich bin im Schlafzimmer und das Buch steht im Wohnzimmer im Regal.«

»Natürlich.«

Mit der freien Hand glitt ich am Bett entlang, bis ich die Kante fühlte und den Nachttisch erreichte. Dort legte ich das Telefon ab und stand auf. Dreieinhalb Schritte waren es bis zur geschlossenen Tür. Kurz atmete ich tief durch, dann öffnete ich sie, ging in den Flur und zog sie hinter mir wieder ins Schloss. Zwei Schritte bis zur Treppe, sechzehn Stufen bis ins Wohnzimmer, wo der Fernseher lief.

»Hey, kommst du doch zu mir?«, hörte ich Lara fragen, die den Geräuschen und dem Duft nach gerade Popcorn aß.

»Nein, ich hole nur schnell was.« Vier Schritte bis zum Bücherregal. Das fünfte Buch von links war der Gedichtband, den ich letzten Sommer von meiner Schwägerin geschenkt bekommen hatte. Michelle wusste, wie sehr ich Gedichte geliebt hatte, und als sie diesen auf einem Flohmarkt entdeckt hatte, wollte sie ihn unbedingt für mich kaufen. Überhaupt erstand meine Familie jedes Buch in Blindenschrift, das sie fanden, auch wenn ich hauptsächlich Hörbücher hörte.

Mit dem Gedichtband unter dem Arm ging ich zurück zur Treppe.

»Ich dachte, du telefonierst?«, drang Laras Stimme von der Couch zu mir.

»Mache ich auch.«

»Und dafür brauchst du das Buch?«

»Jap.« Klar hätte ich ihr erklären können, dass ich gerade mit einer Frau telefonierte, mit der ich am Donnerstagabend ein Date haben würde. Aber zum einen würde es sie vielleicht zu sehr verletzen und zum anderen könnte sie mich zu lange aufhalten. Ich wollte Cami nicht warten lassen.

Schnellen Schrittes ging ich zurück nach oben, schloss die Tür hinter mir und legte mich auf das Bett. Dann tastete ich nach dem Telefon. »Cami? Bist du noch da?«

»Selbstverständlich. Bist du jetzt wieder in deinem Schlafzimmer?«

Ein Lächeln schob sich auf meine Lippen. »Genau.«

»Also sitzt du auf deinem Bett oder auf einem Stuhl? Und wieso bist du zurück ins Schlafzimmer und hast mich nicht mit ins Wohnzimmer genommen?«

Ich verkniff mir ein gequältes Seufzen. »Du ahnst nicht, wie gemütlich mein Bett ist«, raunte ich und hoffte, sie würde nicht noch mehr nachbohren.

»Okay, dann … sollte ich das eventuell mal testen.«

»Cami …« Ein Prickeln jagte durch meinen Körper, und sosehr ich das leise Stöhnen unterdrücken wollte, es gelang mir nicht.

»Sorry, ich kann nichts dafür. Das machst du mit mir. Deine Stimme. Dein … alles.«

»Bitte entschuldige dich nie dafür, dass du mich anmachst.« Die Worte kamen rau über meine Lippen.

»Okay«, hauchte sie und beförderte eine weitere Hitzewelle in meine Lenden.

Tief atmete ich ein und wieder aus, um mich zu sammeln. Ich räusperte mich. »Das Gedicht ...«

»Ja!«

Schmunzelnd klemmte ich mir das Telefon zwischen Ohr und Schulter ein und blätterte, bis ich die Seite dreiundzwanzig erreichte. »Hier ist es. Es heißt *Es ist Nacht* und ist von Christian Morgenstern.«

»Ich bin gespannt und lausche mit geschlossenen Augen.«

Wärme durchflutete mich, als ich mit den Fingern über die kleinen Erhöhungen glitt, die für die Buchstaben standen, und las ihr vor.

»Es ist Nacht,
und mein Herz kommt zu dir,
hält's nicht aus,
hält's nicht mehr aus bei mir.
Legt sich dir auf die Brust,
wie ein Stein,
sinkt hinein,
zu dem deinen hinein.
Dort erst,
dort erst kommt es zur Ruh,
liegt am Grund
seines ewigen Du.«

Cami sog tief Luft in ihre Lungen. »Das war wunderschön, Elijah.«

»Ich mag das auch sehr. Freut mich, dass es dir gefällt.«

Ein Knarzen drang durch die Tür an mein Ohr und ich nahm das Telefon etwas weg, um zu lauschen. Erneut ein Geräusch von draußen. Ich wusste, was los war.

»Ein guter Zeitpunkt, um mich von dir zu verabschieden, Cami. Zweimal noch schlafen …«

»Ja, ich bin schon so aufgeregt und kann es kaum erwarten.«

»Geht mir genauso«, sagte ich leise, während mein Herz wie irre in meiner Brust schlug. Und diesmal war nicht ausschließlich Cami der Grund dafür.

Teddy schnarchte nach wie vor in seinem Bett und sonst war nichts mehr zu hören. Aber ich traute dem Frieden nicht.

»Gute Nacht, Elijah. Träum was Schönes.«

»Das werde ich. Schlaf gut, Cami.« Zu gern hätte ich noch länger ihrer Stimme gelauscht. Doch dieser Plan war eben durchkreuzt worden. Ich legte auf, erhob mich und ging zur Tür, die ich ruckartig aufriss.

Ein erschrockener Laut fuhr aus Laras Kehle. »Gott, hast du mich erschreckt.«

»Was wird das?«, fragte ich barscher, als ich es vorgehabt hatte.

»Ich … wollte mir nur einen Pullover überziehen. Mir ist kalt.«

Vermutlich würden meine Finger warme Arme und Hände ertasten, wenn ich sie nach ihr ausstrecken würde.

»Für mich sieht es eher so aus, als würdest du mir hinterherschnüffeln. Und das mag ich gar nicht.«

»Ich …«

»Frag mich einfach, was du wissen willst.«

Sie holte tief Luft. »War das eine Frau am Telefon?«

»Ja.«

»Und du hast ihr eines der Liebesgedichte vorgelesen?«

Der Knoten in meinem Magen zog sich enger. »So ist es. Ich habe mit ihr ein Date.«

Ich musste Lara nicht sehen, um zu wissen, was meine Worte mit ihr machten. Und es tat mir leid, dass es so war. Aber ich sagte das nicht, um sie zu quälen. Diesen Schmerz fügte sie sich selbst zu. »Du solltest gehen, Lara. Ich meine das ernst und ich meine es nur gut. Es ist auch für mich nicht leicht, wenn du hier bist und ich …«

»Ich *kann* nicht, Elijah. Und das weißt du genau.« Ihre Stimme zitterte und ich war mir sicher, dass sie mit den Tränen kämpfte. »Ich habe es mir damals geschworen und ich halte meine Versprechen.«

Geräuschvoll stieß ich Luft aus meinen Lungen. Ich war diese Unterhaltung so leid. Sie machte mich müde, ich hatte keine Kraft mehr dafür.

»Gute Nacht, Lara.« Ohne eine weitere Reaktion von ihr abzuwarten, trat ich zurück in mein Schlafzimmer und schloss die Tür hinter mir.

Ich legte mich ins Bett, stieß einen stummen Schrei ins Kissen und boxte darauf ein. Ich war wütend und verzweifelt und hatte keine Ahnung, ob die Sache mit Cami und mir nicht doch zum Scheitern verurteilt war.

22 – CAMI

Als am nächsten Abend mein Telefon klingelte und ich Sheryls Namen auf dem Display sah, setzte ich mich schnell gemütlich auf die Couch, ehe ich den Anruf annahm.

»Hi, Sheryl, wie geht es dir? Wie war die Nachtschicht?«

Meine Freundin stöhnte mir ins Ohr. »Es war übel. Wir waren nur zu zweit, obwohl vier Leute eingeteilt waren. Ich habe bis um drei nachmittags geschlafen, so müde war ich nach dem Dienst. Aber reden wir nicht davon, sondern lieber über dein Date. Bist du schon aufgeregt?« Das letzte Wort sprach sie in einem Singsang aus, der mich schmunzeln ließ.

In wenigen Sätzen brachte ich sie auf den neuesten Stand und erzählte auch von unserem Telefonat gestern.

»Na, das klingt doch super! Also bis auf den Teil mit den Gedichten, darauf komme ich immer noch nicht klar. Aber er muss zu dir passen und du scheinst das ja voll zu lieben.«

Ein Kichern schob sich in mir hoch. »Ja, daran könnte ich mich definitiv gewöhnen. Ich finde das total romantisch.«

»Na, dann passt es doch perfekt. Würde Jacob mir ein Gedicht vorlesen, würde ich vermutlich lachen und nicht mehr damit aufhören können.«

»Apropos Jacob ... Hast du mit ihm gesprochen?«, fragte ich neugierig nach.

»Ja. Gott, war ich nervös. Aber ich habe ihm gesagt, wie es mir übers Wochenende ging und ... dass mich die Vorstellung, er könnte was mit einer anderen haben, verrückt macht.«

»Und wie hat er darauf reagiert?«

Geräuschvoll atmete sie durch. »Er hat mir gesagt, dass für ihn die Sache klar ist. Er will nur mich und er konnte den Urlaub gar nicht richtig genießen, weil ihn dieselben Sorgen geplagt haben. Er meinte, er habe sich total geärgert, dass er nicht noch vor seiner Abreise für klare Verhältnisse gesorgt hat.«

»Dann seid ihr jetzt offiziell zusammen?«, hakte ich nach, weil ich mir das bei Sheryl immer noch nicht so richtig vorstellen konnte.

»Nein, so würde ich das jetzt nicht bezeichnen. Aber es bedeutet mir auf jeden Fall viel, dass wir geklärt haben, keine anderen zu daten.«

Amüsiert schmunzelte ich, ehe Sheryl noch mindestens zehn Minuten von Jacob schwärmte – zum Teil über Dinge, die ich gar nicht so genau hatte wissen wollen. Auch ich erzählte noch von Elijah und von meiner Aufregung, unser Date betreffend, während Sheryl versuchte, mich zu beruhigen – was ihr jedoch nicht gelang.

* * *

Noch nie zuvor war ich vor einem Date so nervös gewesen wie an diesem Donnerstagabend, als ich mich dem *BriAsia* näherte, das Elijah ausgewählt hatte. Er meinte, er hätte für halb acht Uhr abends den Tisch reserviert, und ich war extra eine Viertelstunde früher gekommen, weil ich ihn auf keinen Fall warten lassen wollte.

Dass er ein britisch-asiatisches Restaurant für unser Date gewählt hatte, hatte mich erst gewundert, aber ich mochte es, dass er sich für so eine bodenständige Location entschieden hatte und nicht für irgendein gehobenes Lokal. Zudem war das Essen echt lecker – ich war hin und wieder dort gewesen, wenn ich mich mit Freunden im angrenzenden Kino verabredet hatte.

Abgesehen davon hatte ich ein schlechtes Gewissen, weil das Restaurant in meiner Nähe lag und Elijah über eine Stunde mit den öffentlichen Verkehrsmitteln hierherfahren musste. Gut, es konnte natürlich sein, dass er ein Taxi nahm oder dass ihn jemand brachte, aber auch mit einem Auto brauchte er gute fünfundzwanzig Minuten – falls der Verkehr mitspielte.

Schon als der Bus auf die Haltestelle vor dem Kino zufuhr, konnte ich im rotorangen Licht der untergehenden Sonne erkennen, dass einige Leute vor dem Eingang standen. Ob Elijah darunter war, wusste ich nicht, aber mein Herz polterte heftig in meiner Brust, als ich ausstieg und auf unseren Treffpunkt zuging.

Die Menschentraube vor dem Lokal hatte sich inzwischen weitestgehend verflüchtigt. Die Leute waren in Richtung Kino gegangen und ich vermutete, dass sie etwas gegessen hatten, bevor ihr Film anfing. Zwei Frauen, die E-Zigaretten pafften und angeregt plauderten, standen noch vor dem Eingang und … Elijah.

Ich war mir ganz sicher, dass er es war. Nicht nur, dass der Mann aussah wie auf den Fotos, die er mir geschickt hatte, er hatte auch einen Golden Retriever bei sich. Als ich Elijah genauer musterte, fiel mir eine Narbe auf, die durch seine linke Augenbraue ging. Außerdem hing ein Führhundegeschirr locker wie eine Tasche über seiner Schulter.

Er trug einen schwarzen Rollkragenpullover und eine dunkelgraue Stoffhose. Darüber einen Kurzmantel, der ihm einen besonders modischen Eindruck verlieh. Sein Fünftagebart stand ihm ausgesprochen gut und ich mochte, dass er die Haare hinten und an den Seiten kurz trug, wohingegen sie am Oberkopf etwas länger waren. Sie hatten einen Out-of-Bed-Look, was mir ebenfalls gefiel und sofort den Wunsch in mir weckte, mit den Fingern hindurchzufahren. Zudem hielt er den Kopf stolz erhoben. Er schien kein bisschen nervös – im Gegensatz zu mir. Ein sanftes Lächeln lag auf seinen Lippen, als würde er jederzeit damit rechnen, dass ich auftauchen könnte. Ob es die Vorfreude war, die ihn dazu bewog?

Ein letztes Mal atmete ich tief durch, bevor ich auf die beiden zuging. »Hey, Elijah, ich bin …«

»Cami«, fiel er mir ins Wort und die Freude in seinem Gesicht verstärkte sich.

Er öffnete seine Arme zur Begrüßung und ich zögerte keine Sekunde, ihm entgegenzukommen. Sanft ließ ich mich von ihm an sich ziehen. Er hielt mich fest und ich erwartete, dass er mich abtastete, um mehr von mir zu fühlen, doch das tat er nicht.

»Ich freue mich, dass du hier bist.« Sein herber Duft, den ich sofort unglaublich mochte, drang in meine Nase, und seine Stimme kribbelte wohlig in mir. Noch mehr als bei den Telefonaten, was vielleicht das Gesamtpaket von ihm ausmachte.

»Ich freue mich auch.«

Elijah ließ mich wieder los, und ich schaute in wunderschöne graugrünbraune Augen, deren Blick wirkte, als würde er durch mich hindurchsehen. »Das ist übrigens Teddy. Teddy, das ist Cami.«

Der Hund wedelte mit dem Schwanz und sah mich aus treuen Augen an.

»Darf ich ihn streicheln?«

»Jetzt ja. Er ist gerade nicht im Dienst.« Elijah deutete auf das Führungsgeschirr auf seiner Schulter.

Ich beugte mich zu der Fellnase hinab. »Hey, Teddy. Na? Du bist ja ein Hübscher.« Mit einer Hand wuschelte ich ihm durch das Fell und kraulte ihn hinter den Ohren. Er stieß ein leises genüsslich klingendes Brummen aus, was Elijah amüsierte.

»Oh, Teddy. Sie hat deine Lieblingsstelle entdeckt, habe ich recht? Ich fürchte, er hat bereits jetzt sein Herz an dich verloren«, meinte er dann an mich gewandt.

»Das ist schön. Ich glaube, wir beide werden gute Freunde.«

Als würde Teddy mir zustimmen, schmiegte er seinen Kopf in meine Hand.

»Das denke ich auch. Wollen wir reingehen?«, wechselte Elijah schließlich das Thema.

»Gern. Kommst du zurecht oder soll ich dich führen?«

»Das wäre nett, dann muss ich Teddy nicht erneut sein Geschirr anlegen.«

Ohne zu zögern, hakte ich mich bei Elijah unter und ging mit ihm auf die Tür des Restaurants zu. In dem Moment wurde sie von ein paar Jugendlichen aufgedrückt, die ohne Rücksicht an uns vorbeieilten und uns fast angerempelt hätten.

»Tut mir leid.« Mir stieg Hitze in die Wangen, weil ich Elijah nicht gewarnt hatte – doch ich hatte die Meute selbst zu spät entdeckt.

»Alles gut, es ist ja nichts passiert.« Immer noch hatte er Teddy an der Leine und ich merkte, wie der Hund trotz der Tatsache, dass er offiziell außer Dienst war, aufmerksam wirkte und auf sein Herrchen aufpasste.

Tief durchatmend drückte ich endlich die Tür auf und hielt sie für uns beide geöffnet, sodass wir das Restaurant betreten konnten.

»Vorsicht, hier ist eine kleine Stufe«, warnte ich Elijah, der kurz stehen blieb und mit dem Fuß nach dem Hindernis tastete, bevor er selbstsicher hinaufstieg.

Wir gingen hinein und mir fiel sofort auf, dass das Lokal gut besucht war. Eine freundliche Dame stand am Empfang und sah erst Elijah und mich an, dann wanderte ihr Blick zu

Teddy, schließlich zurück zu Elijah. »Herzlich willkommen im *BriAsia*. Sie haben reserviert?«

»Genau. Einen Tisch für zwei auf Robson.«

Die Frau checkte ihren Computer. »Richtig, eine ruhige Ecke mit Platz für den Hund. Bitte folgen Sie mir.«

Wir durchquerten das Lokal, dessen Wände mit vielen bunten Mustern und Schwarzweißfotografien dekoriert waren. Kleine eckige Tische für zwei Personen reihten sich aneinander, in der Mitte standen mehrere größere Tische, an denen bis zu acht Leute gut Platz hatten. Es wurde gelacht und geredet und es roch würzig und lecker nach frittiertem Fleisch und Gemüse.

Die Frau jedoch steuerte eine Ecke an, in der es wirklich etwas ruhiger war.

Vorsichtig führte ich Elijah durch die schmalen Gänge, und am Tisch angelangt, legte ich seine Hand an die Stuhllehne. »Hier sitzen wir.«

»Danke.« Er nickte dankbar und setzte sich, während ich auf dem Stuhl ihm gegenüber Platz nahm. Teddy blieb neben Elijah stehen, und als dieser auf den Boden zeigte, legte Teddy sich einfach zu seinen Füßen hin.

»Was für ein braver Hund«, bemerkte ich und nahm die Karte entgegen, die mir die Dame reichte, die uns zum Tisch geführt hatte.

Dass Elijah eine in Blindenschrift erhielt, überraschte mich nicht. Bestimmt hatte er dieses Lokal unter anderem deshalb gewählt.

»Eine Bedienung ist gleich bei Ihnen.« Mit diesen Worten ließ uns die Empfangsdame wieder allein und eilte zurück an ihren Tisch an der Tür.

»Ja, er ist ein guter Hund. Er folgt immer meinen Kommandos und macht ausnahmslos das, wozu er ausgebildet wurde. Würde er das nicht tun, könnte es uns beide das Leben kosten.«

Natürlich war ich mir dieser Sache bewusst, aber dass Elijah es so deutlich aussprach, machte etwas mit mir. Ein Kloß stieg in meinem Hals auf, gegen den ich ankämpfen musste.

»Tut mir leid, habe ich jetzt gleich zu Beginn die Stimmung gekillt?«, meinte Elijah und fuhr sich verlegen grinsend durch die Haare.

»Nein, es war nur … Keine Ahnung, das …«

»Entschuldige bitte.« Elijah streckte seine Hand in meine Richtung, die ich, ohne zu zögern, ergriff und sanft drückte.

»Nein, ich muss um Verzeihung bitten. Ich habe mir fest vorgenommen, es nicht seltsam zwischen uns werden zu lassen – und habe es bei der ersten Gelegenheit verpatzt.«

Elijah erwiderte meinen Händedruck und glitt schließlich über meine Hand, bis ich sie für ihn öffnete. Sanft strich er mit den Fingerspitzen über meine Haut und sorgte dafür, dass es von dort ausgehend meinen ganzen Arm hinauf kribbelte.

»Es ist auch für mich immer noch ungewohnt. Blind zu daten, meine ich. Und soll ich dir was sagen? Wir *dürfen* uns ungeschickt anstellen. Niemand hat von uns verlangt, perfekt zu sein, also … scheiß drauf.« Er grinste.

»Scheiß drauf?« Nun schob sich ein Lachen in mir nach oben.

»Genau.«

»Scheiß drauf!«, wiederholte ich nun mit derselben Entschlossenheit, die ich schon aus seinen Worten gehört hatte.

Zufrieden nickte Elijah, dann verzog er das Gesicht. »Ich würde gern noch länger deine Hand halten und dich spüren, aber ich fürchte, ich sollte mich mal der Speisekarte widmen.«

»Oh, natürlich. Kein Problem.«

Ein letztes Mal verwob er unsere Finger miteinander, ehe er sich von mir löste und die Fingerkuppen über die Karte gleiten ließ.

Es dauerte ein paar Sekunden, bis ich mich gefangen hatte. Seine Berührung vibrierte noch in mir nach, während ich ebenfalls die vielen lecker klingenden Gerichte studierte.

Nachdem wir schließlich bestellt hatten, Teddy mit einer Schüssel Wasser versorgt worden war und die Bedienung die Menükarten mitgenommen hatte, legte Elijah seine Hand wieder auf den Tisch. Unverzüglich musste ich an seine Worte von eben denken, dass er meine noch länger halten wollte. Also nahm ich all meinen Mut zusammen und strich sanft mit den Fingerspitzen über seine. Sofort reagierte er mit einem zufriedenen Seufzen und streichelte und fühlte erneut. Diese Berührung rauschte durch mich hindurch und machte es mir schwer, mich auf etwas anderes zu konzentrieren.

»Darf ich fragen, wieso du dieses Restaurant gewählt hast? Ich meine, ich mag es hier sehr, aber wäre es für dich nicht einfacher gewesen, eines in deiner Nähe zu besuchen?«, fragte ich schließlich, weil mich das Thema beschäftigte.

»Ich mag das Lokal. Sie haben eine super Küche und ich bin gern hier. Auch schon vor meinem Unfall – erst essen und anschließend ins Kino.«

»Aber jetzt kannst du nicht mehr ins Kino gehen, oder?«

Elijah schmunzelte. »Doch, das ist überhaupt kein Problem. Es gibt, genau wie im Fernsehen, auch im Kino eine Audiodeskription zu den Filmen. Dazu habe ich eine App auf dem Handy, über die ich nur das Kino auswählen muss, in dem ich mich befinde. Ich scanne den Barcode auf der Kinokarte ein und höre schließlich über meine Kopfhörer eine Schilderung all jener Dinge, die sich nur aus dem Bild erschließen, zum Beispiel Handlungen oder Gesichtsausdrücke. Die App weiß, wann der Film startet, und die Audiodeskription beginnt automatisch zeitgleich. Wir können somit jederzeit gern ins Kino gehen.«

»Das klingt toll, das sollten wir unbedingt mal machen. Dann hast du also auch *Charmed* auf diese Weise geschaut?«

»Genau. Zu Beginn ist es etwas befremdlich, aber man gewöhnt sich schnell daran.«

»Was muss ich noch alles über dich und deine Welt wissen?«

»Nun … vieles weißt du schon. Ich gehe ganz normal arbeiten. Teddys Augen ersetzen sozusagen meine eigenen. Mit seiner Hilfe komme ich jeden Tag ins Massage-Institut und wieder nach Hause. Ich habe zwar auch einen Blindenstock, musste damals jedoch relativ schnell feststellen, dass ich mich damit nicht unbedingt wohlfühle. Vor allem kann ich Teddy sagen, er soll mich zur Post, zur Apotheke oder zum Arzt bringen – er findet immer den richtigen Weg. Und als Blindenhund darf er sogar in Lebensmittelläden. Er hat gelernt, nicht auf die Fleisch- oder Wursttheke zu reagieren oder zu schnuppern oder gar zu markieren, während er im Dienst ist.«

»Und das weiß Teddy, sobald er dieses Führungsgeschirr angelegt bekommt?«

»Genau. Ab da ist er in höchster Konzentration und arbeitet. Deshalb steht auch auf dem Geschirr, dass man ihn nicht streicheln oder füttern darf. Es ist für ihn wahnsinnig anstrengend und jede Ablenkung ist äußerst gefährlich für uns beide. Leider kommt es immer wieder vor. Nicht unbedingt mutwillig. Wenn Kinder mit einem Sandwich an ihm vorbeilaufen, machen sie das ja nicht absichtlich. Dennoch kann es für uns fatal enden. Mist, jetzt sind wir schon wieder bei diesem Thema gelandet.«

Ich schluckte gegen die Beklemmung an. »Nein, alles gut. Mich interessiert es ja, aber die Vorstellung, dass dir so schnell etwas passieren könnte …« Geräuschvoll atmete ich aus.

»Teddy leistet wirklich einen guten Dienst. Er ist spitze in dem, was er macht, und hat noch nie einen groben Fehler begangen. Ich bin unfassbar froh, ihn zu haben. Einen großen Teil meiner Lebensqualität habe ich durch ihn zurückerhalten.«

Unsere Getränke wurden serviert – wir hatten uns beide für Mango Lassi entschieden.

»Hast du gewusst, dass der Mango-Lassi als einer der ältesten Smoothies gilt?«

Ein Lächeln huschte über Elijahs Lippen. »Nein, aber jetzt, wo du es sagst …«

Verlegen senkte ich den Blick, weil ich schon wieder mit meinem unnützen Wissen daherkam, doch Elijah runzelte neugierig die Stirn.

»Dazu weißt du bestimmt noch mehr, habe ich recht?«

»Ja, also …«

»Du weißt, mich interessiert das alles, also nur raus mit deinem Wissensschatz.«

Dankbar trank ich einen Schluck des kühlen Mango-Joghurt-Getränks, ehe ich erzählte, was ich wusste. »Also in seiner ursprünglichen Form wurde Lassi entweder süß oder salzig serviert. Aber heute gibt es natürlich alle möglichen Geschmacksrichtungen und Kombinationen. Süßer Lassi mit Früchten ist wohl hier am meisten bekannt, aber was ich genauso spannend finde, ist zum Beispiel der Minz-Lassi. Dieser wird oft mit Joghurt, Minze und verschiedenen Gewürzen wie Kreuzkümmel, Kardamom, grünem Chili, Salz, schwarzem Pfeffer und manchmal sogar mit Gurke zubereitet.«

Elijah verzog das Gesicht. »Klingt spannend. Aber ich denke, ich bleibe lieber bei der fruchtigen Variante«, meinte er und trank, als würde er seine Aussage unterstreichen wollen, einen großen Schluck.

»Ich mag die Kombination der Gewürze, aber es ist definitiv gewöhnungsbedürftig«, sagte ich, ehe ich die nächste Frage stellte. »Darf ich fragen, wie das mit dem Joggen funktioniert?«

Elijahs Mundwinkel verzogen sich zu einem Grinsen. »Das war zu Beginn eine ziemliche Herausforderung. Nach dem Unfall war Sport für eine Weile nicht möglich. Dennoch hat er mir die ganze Zeit gefehlt, und irgendwann war ich mit Ronald spazieren und mich überkam dieser Drang. Ich wollte wieder laufen. Also bat ich ihn, mich zu führen. Wir haben langsam damit begonnen und uns Stück für Stück gesteigert, wobei ich sagen muss, dass wir zusätzlich mit einem speziell für Blinde ausgebildeten Trainer geübt haben. Das alles ist ziemlich komplex, immerhin muss nicht nur ich Ronald vertrauen und seine Anweisungen bestmöglich umsetzen, er muss auch ein auf mich abgestimmtes Bewegungsverhalten herstellen. Zudem muss er mir rechtzeitig Signale geben, falls sich etwas an der Bodenbeschaffenheit ändert oder sich Hindernisse auftun, und das, während er nicht nur das nahe Umfeld im Blick behält. Der Beginn war schwer für uns beide, aber wir haben es geschafft und sind heute ein eingespieltes Team.«

»Das klingt schön. Es freut mich für dich, dass du diese Möglichkeit hast und dass dein Bruder dich dabei unterstützt.«

»Ja, ich bin Ronald sehr dankbar für alles, was er für mich tut.«

»Auch dafür, dass er dir sein Foto für *Perfect Match* geliehen hat?«, meinte ich mit einem Schmunzeln.

Elijah lachte verlegen auf. »Gut, aber du musst zugeben, mein Foto hätte uns unter Umständen nicht hierher geführt.«

»Also ich kann dir garantieren, dass wir auch mit deinem eigenen Foto heute hier sitzen würden.«

Elijah verzog sein Gesicht. »Die Erfahrung der letzten Monate hat mich leider etwas anderes gelehrt. Selbst wenn wir hier gelandet wären, kann ich mir schwer vorstellen, dass es genauso verlaufen wäre wie jetzt. Für die Leute passt mein Äußeres nun mal nicht zu der Tatsache, dass ich blind bin. Die Frauen sehen mich und glauben, ich würde sie verarschen, wenn ich von meiner Sehbehinderung erzähle. Als wäre es meine Abschleppmasche oder so. Oder ich passe nicht in ihr Bild des perfekten Mannes an ihrer Seite, mit dem sie sich in ihrem Freundes- und Bekanntenkreis zeigen können. Ich bin einfach nicht die Art von Mann, die sich eine Frau wünscht. Nicht mehr.«

Zum ersten Mal merkte ich, wie seine starke Fassade bröckelte. Seine Verletzlichkeit zu sehen und nicht nur am Telefon zu hören, machte etwas mit mir. Ich drückte seine Hand noch fester.

»Es tut mir leid, dass du bisher ausschließlich Frauen gedatet hast, die oberflächlich sind und nicht wahrhaben wollen, was für ein toller Mensch du bist. Innen wie außen. Wie stark du bist und wie unerschrocken du dich den Herausforderungen in deinem Leben stellst. Du bist definitiv ein Mann, zu dem man aufsehen sollte. Egal, was die anderen denken, du kannst so was von stolz auf dich sein.«

Ein zaghaftes Lächeln trat auf sein Gesicht, und ich wusste nicht, ob es daran lag, dass er sich freute, oder womöglich daran, dass er meinen Worten nicht glaubte oder dass es nicht die richtigen waren.

23 – Elijah

Ich liebte es, Camis Stimme zu lauschen und gleichzeitig ihre Hand zu halten. Sie hatte zarte lange Finger und kurze Fingernägel, auf denen sie wohl Nagellack trug.

Ihre aufbauenden Worte hallten in mir nach, und obwohl ich ihr glauben wollte, dass das Foto von mir auf *Perfect Match* keinen Unterschied gemacht hätte, war ich dennoch fest vom Gegenteil überzeugt. Aber ich hatte nicht vor, mit ihr darüber zu diskutieren. Stattdessen rührte mich, wie sie über meine Situation dachte – und gleichzeitig war es mir unangenehm. Denn das Gefühl, schwach und auf Hilfe angewiesen zu sein, war seit dem Unfall immer in mir präsent. Doch das wollte ich nicht. Verdammt, ich war ein Mann. Ja, ich wusste, dass es eine Stärke war, Schwäche zu zeigen. Aber wenn man wie ich die ganze Zeit gezwungen war, seine neue Schwachstelle anzunehmen, weil sie unwiderruflich ein Teil von einem geworden war, fühlte es sich unglaublich zermürbend an. Noch dazu, da ich vor dem Unfall nie schwach gewesen war. Ich hatte vor Selbstbewusstsein gestrotzt und war vor nichts und niemandem zurückgeschreckt. Und auch wenn Teddy meine Augen im Straßenverkehr und öffentlichen Leben zu einem gewissen Grad ersetzte, fehlte mir mein Augenlicht jeden Tag. Ganz besonders in Momenten wie jetzt, wo ich verdammt noch mal alles dafür geben würde, Cami sehen zu können.

»Welche Farbe hat dein Nagellack?«, fragte ich deshalb, nachdem uns das Essen serviert worden war. Ronald hatte mir ihre Augen beschrieben – mittelbraun mit dunklem Kranz rundherum. Ob eine Frau geschminkt war oder nicht, war mir schon vor meinem Unfall nicht wichtig gewesen, aber die Farbe des Nagellacks sagte einiges über die Person aus – bildete ich mir jedenfalls ein.

Dass ich nun nicht mehr ihre Hand halten konnte, fand ich schade, doch unmöglich konnte ich einhändig meinen Burger essen.

»Er ist dunkelrot.« Die Farbe einer Lady. Sie war selbstbewusst und sinnlich, aber das hatte ich schon vorher gewusst. »Soll ich dir beschreiben, was ich anhabe?«

Meine Mundwinkel zuckten. »Ich bitte darum.«

Gott, wie sehr wünschte ich mich jetzt mit ihr in einen Raum, wo nur wir beide waren. Ungestört. Nicht dass ich sie befummeln wollte, aber gerade störten mich der Lärm des Restaurants und der Tisch zwischen uns ungemein.

»Also ich trage eine schwarze ärmellose Seidenbluse. An den Schultern und an der Knopfleiste sind Rüschen. Dazu habe ich einen dunkelroten Rock an, der mir nicht ganz bis zu den Knien reicht. Außerdem habe ich mich für eine hautfarbene Strumpfhose entschieden und schwarze Riemchenkeilsandalen.«

Bei dem Bild, das sie in meinen Kopf zauberte, musste ich schlucken. »Darüber hast du einen Mantel getragen?« Ich hatte einen festen Stoff gefühlt, ähnlich wie Filz.

»Genau. Er ist dunkelgrau.«

Meine Mundwinkel hoben sich. »Danke für dieses Bild.«

»Weißt du denn, wie ich sonst aussehe?«

213

»Du hast eine schlanke Statur, wie auf dem Foto. Deine Haare sind brünett, das hat mir Ronald verraten. Sie reichen dir ungefähr bis zum Ellenbogen, richtig?«

»Genau. Ich trage einen Seitenscheitel.«

Ich nickte und speicherte diese zusätzliche Information ab.

»Du hast große braune Augen?«

»Sie sind braungrün. Oder eher ein verwaschenes Moosgrün mit braunen Sprenkeln und einem dunkelbraunen Ring rund um die Iris.«

Interessant, da hatte sich Ronald keine große Mühe gegeben.

Bei ihrer Beschreibung musste ich wehmütig lächeln. »Ich wünschte, ich könnte sie sehen.«

Cami schwieg, und ich hasste es, dass ich erneut die Stimmung gekillt hatte. Also redete ich weiter und hoffte, uns damit wieder auf sicheres Terrain zurückzuführen. »Du hast eine Stupsnase und gerade weiße Zähne. Und ich mag deine Hände. Sie fühlen sich weich an und …« Ich schluckte. »Du riechst verdammt gut.«

Zu gern würde ich aussprechen, dass ich noch mehr von ihrem Körper spüren wollte. Dass ich ihre Haut auch schmecken, sie erkunden wollte. Aber ich biss mir auf die Zunge und wartete stattdessen eine Reaktion von Cami ab.

»Du ebenfalls. Wenn ich ehrlich bin, hast du dich vorhin zu schnell von mir gelöst. Ich hätte gern noch mehr von dir inhaliert.«

Ihre Worte jagten eine Hitzewelle durch meinen Körper.

Räuspernd versuchte ich, mich zu sammeln. »Wie schmeckt deine gegrillte Hühnerbrust?«

»Sehr lecker. Und dein Burger?«

»Auch. Möchtest du probieren?« Im ersten Moment war ich davon überrascht, wie selbstverständlich ich diese Frage äußerte. Doch ihr »Gern« nahm mir die restlichen Hemmungen. Ich hielt ihr den Burger entgegen und dachte, sie würde ihn mir abnehmen und abbeißen. Aber dann spürte ich ihre Finger an meinen. Ein Kribbeln fuhr durch mich hindurch, als sie meine Hände in ihre Richtung führte und genüsslich seufzte, nachdem sie abgebissen hatte.

»Der ist echt richtig gut.«

»Ja, oder?« Ich legte ihn auf meinen Teller und tastete nach den Pommes.

»Möchtest du auch von mir probieren?«

Meine Mundwinkel zuckten. »Gern. Und von deinem Hühnchen ebenfalls, wenn ich darf.«

Camis leises Lachen war Balsam für meine Seele. »Mund auf«, hörte ich kurz darauf, und ich gehorchte.

»Mhh, das ist … aromatisch.« Eine milde Würze brannte auf meiner Zunge, und ich mochte, dass sie sich für dieses Gericht entschieden hatte.

»Ja, ich mag es gern etwas … schärfer.«

Bildete ich es mir ein oder redeten wir nicht mehr ausschließlich vom Essen?

»Gut zu wissen«, antwortete ich vage, und fuck, was hätte ich dafür gegeben, jetzt ihr Gesicht sehen zu können.

»Was ist deine schlechteste Eigenschaft?«

»Meine …« Ich lachte auf. »Hey, ich bin perfekt, so was habe ich nicht.«

»Komm schon!«, forderte sie mich belustigt auf.

»Meine schlechteste Eigenschaft ist … Solltest du nicht vielleicht nach meiner besten fragen?«

Wieder lachte sie und ich spürte ihre Hand an meinem Unterarm.

Kurz dachte ich an Lara, die jetzt vermutlich zu Hause saß und sich mit dem Gedanken daran, dass ich bei einem Date war, verrückt machte. *Das* war meine Schwäche – dass ich nicht endlich für klare Verhältnisse sorgen konnte. Aber was wäre ich für ein Mensch, wenn ich sie einfach vor die Tür setzen würde?

»Also gut. Ich fürchte, meine schlechteste Eigenschaft ist, dass ich nur ungern zu meinen Schwächen stehe.«

Cami schnaubte. »Ich finde sie schon noch raus, Elijah Robson.«

»Und was ist dein größter Minuspunkt, Cami *Ich-kenne-deinen-Nachnamen-nicht*?«

»Cami Gardner. Eigentlich Camilla, aber, es tut mir unglaublich leid, wenn ich das sage, der Name ist schrecklich. Schon als kleines Kind haben mich alle nur Cami genannt, und es fühlt sich jedes Mal seltsam an, meinen Geburtsnamen auszusprechen oder mich dabei angesprochen zu fühlen.«

»Völlig verständlich«, antwortete ich und meine Mundwinkel zuckten. Wie eine Camilla, wie *die* Camilla stellte ich mir Cami tatsächlich nicht vor.

»Und zu meiner schlechtesten Eigenschaft: Ich denke, ich bin zu empathisch. Was zwar einerseits gut ist, aber ... nun ja, es ist gerade in meinem Beruf manchmal wahnsinnig schwer für mich, wenn ich die Schicksale so mancher Kinder sehe.«

»Kannst du denn nichts dagegen unternehmen?«

»Klar. Muss ich auch, sobald mir was auffällt. Aber nur weil ich Missstände melde, leben die Kleinen fortan nicht in einer perfekten Welt, verstehst du? Nur weil sie aus der einen Situation herauskommen, bedeutet es nicht, dass die neuen Umstände ihnen eine sorglose Zukunft voller Glück bescheren.«

»Ich bin mir sicher, du hast ein großes Herz, Cami. Und ganz bestimmt lieben dich die Kinder. Wie ich dich einschätze, bist du die beste Lehrerin, die sich Grundschulkinder wünschen können.«

»Danke.« In ihrem Wort schwang so viel mehr mit.

»Nicht dafür.« Ich lächelte. »Wir haben echt ungewöhnlich schwere Themen für ein erstes Date.«

»Oh ja, auf jeden Fall. Aber gerade deshalb mag ich es.«

»Weil wir Weltmeister im Stimmungdrücken sind?«

»Weil ich das Gefühl habe, dass ich mit dir über *alles* reden kann. Nicht nur über die schönen, unbeschwerten Dinge des Lebens, sondern auch über die weniger angenehmen.«

Unzählige Worte lagen mir auf der Zunge, die ich jetzt hätte sagen wollen, doch ich schluckte sie alle hinunter und biss stattdessen noch einmal von meinem Burger ab.

»Du hast da Soße am Kinn. Darf ich … sie wegmachen?«

War es verrückt, dass ich jeglicher Berührung von ihr entgegengierte? Ja. Nutzte ich das schamlos aus? Auf jeden Fall.

»Bitte.« Ich beugte mich vor und reckte ihr mein Gesicht entgegen. Erst spürte ich ihre Fingerspitzen zart unter meinem Kinn, ehe sie mit einer Serviette über meinen Bart rieb. Und nein, ich bildete es mir nicht ein, dass sie mich länger als nötig berührte. Als ich auch noch ihren Daumen an meiner Wange fühlte, hoben sich meine Lippen zu einem Lächeln.

Ich griff nach ihrer Hand, bevor sie sie wegziehen konnte, und hielt sie an Ort und Stelle. »Ich mag es, wenn du mich berührst.«

»Und ich mag es, wenn du mich berührst«, murmelte sie, und es klang näher, als ich vermutet hätte. »Ist es verrückt, zu sagen, dass ich lieber irgendwo mit dir allein sein möchte?«

Erleichtert atmete ich auf. »Überhaupt nicht. Mir geht es genauso.«

Sie kicherte. »Was machen wir denn da?«

»Ich weiß nicht«, raunte ich. Das war eine Lüge.

»Was wäre, wenn ich … mit zu dir komme?«

Schwere machte sich in mir breit. »Das … halte ich für keine gute Idee.«

»Wieso nicht?«

»Weil ich nicht will, dass du allein in der Nacht so weit nach Hause fahren musst.« Das war nur ein Teil der Wahrheit.

»Ich könnte mir ein Taxi nehmen«, murmelte sie, was mich zum Schlucken brachte.

»Das glaube ich dir, aber … ich würde gern mit zu dir in deine Wohnung. Außer du hast nicht aufgeräumt, dann …« Ich verzog das Gesicht zu einer Grimasse.

»Bei mir steht immer alles an seinem Platz, ich hasse Unordnung.« Dass sie damit nur zusätzlich bei mir punktete, ahnte sie vermutlich nicht.

»Ich will dich einfach in Sicherheit wissen, Cami. Für mich macht es keinen Unterschied, ob ich tagsüber oder nachts unterwegs bin. Ich habe Teddy, der mich unbeschadet nach Hause bringt. Außer du möchtest oder darfst in deiner Wohnung keinen Hund haben, dann verstehe ich …«

»Natürlich ist Teddy bei mir genauso willkommen wie du. Ich würde mich freuen, wenn ihr mich nach Hause begleitet.«

»Falls du dich mit mir in deiner Wohnung unwohl fühlst oder deine Nachbarn …«

»Elijah, es wäre wirklich schön, wenn ihr mit zu mir kommt.« Sie griff nach meinen Händen und drückte sie sanft. »Ich hatte das nicht so geplant. Überhaupt wäre ich vor zwei Wochen nicht einmal auf die Idee gekommen, mich mit jemandem zu treffen, den ich nur online kenne – geschweige denn, die Person mit zu mir zu nehmen. Aber ich vertraue dir und Teddy und würde mich sehr darüber freuen, wenn unser Date nach dem Essen nicht zu Ende ist. Obwohl ich mich um einiges wohler fühlen würde mit dem Wissen, dass du sicher nach Hause kommst.«

»Das werde ich, selbst wenn wir noch länger hier sitzen oder im Anschluss ins Kino gehen würden, oder etwa nicht?«

»Hmmm, vermutlich hast du recht.«

»Oder ist es bei dir in deiner Gegend so gefährlich? Dann muss *ich* mir um dich Sorgen machen.«

Sie lachte leise. »Nein, keine Angst, in meiner Siedlung ist alles sicher.«

»Aber wenn es dich beruhigt, kann ich ein Taxi nach Hause nehmen.«

»Gott, ich will dich jetzt nicht dazu nötigen oder so …«

Schmunzelnd schüttelte ich den Kopf. »Schon gut. Lass mich erst mal für unser Essen bezahlen und zu dir fahren. Über alles andere können wir uns später Gedanken machen.«

»Okay.« Sie klang aufgeregt und atemlos und ich konnte hören, wie sie dabei lächelte.

Und fuck, es wäre die Untertreibung des Jahrhunderts, zu behaupten, ich wäre nicht ebenfalls nervös.

24 – CAMI

Keine Ahnung, was ich mir dabei dachte, Elijah einfach so mit zu mir nach Hause zu nehmen. Die Cami von vor zwei Wochen hätte mich vermutlich entsetzt angestarrt, mich angeschrien oder zumindest an meiner Zurechnungsfähigkeit gezweifelt. Doch ich spürte keinerlei Grund, meine Entscheidung zu bereuen. Ich fühlte mich sicher bei ihm, mochte seine Gesellschaft.

Der Tisch in dem Restaurant stand zwar abseits des restlichen Trubels, dennoch hatten wir keine Privatsphäre. Zudem verspürte ich den Drang, ihn zu berühren und mich von ihm berühren zu lassen. Nicht unbedingt auf sexuelle Weise, sondern in erster Linie, damit er mich *sehen* konnte. Er war ein Mann, der Körperkontakt brauchte, um sein Gegenüber kennenzulernen. Und diese Möglichkeit wollte ich ihm bieten.

Als wir das Restaurant verließen, legte Elijah Teddy das Führhundegeschirr nicht an. Stattdessen hakte er sich wieder bei mir unter. Wir schlenderten gemächlich zur Haltestelle, wo kurz darauf der Bus kam. Drei Stationen später stiegen wir aus und gingen die paar Minuten bis zu meinem Zuhause. Ich sagte ihm jede Schwelle, jede Gehsteigkante an und führte ihn ganz selbstverständlich um Hindernisse herum, während Teddy gemütlich neben uns hertrottete.

»Da wären wir«, sagte ich, als ich die untere Haustür aufschloss. »Wir müssen gleich in den dritten Stock. Dazu nehmen wir den Aufzug.«

»Magst du mir zeigen, welche der Klingeln deine ist?«

Mein Herz hüpfte in der Brust. »Natürlich.« Ich griff nach seiner Hand und führte sie zum Feld mit den Klingelknöpfen. »Zweite Spalte, die dritte von unten.«

Elijah glitt über die vielen Knöpfe, um sich zu orientieren. »Dieser?«

»Genau.«

Er drückte ihn und als das leise Surren ertönte, grinste er.

Ich schloss die Tür auf und ließ uns ins Haus. »Rechts von uns sind Treppen, aber der Aufzug ist definitiv bequemer. Der befindet sich links. An der rechten Seite der Aufzugtür findest du den Rufknopf.«

Elijah tastete danach und drückte ihn für uns. Als kurz darauf die Türen aufglitten und wir die Kabine betraten, gab ich ihm wieder einen Hinweis, wo sich das Tastenfeld befand, das zusätzlich in Blindenschrift beschriftet war. Sofort hatte er den Knopf für den dritten Stock gefunden und gedrückt.

»Meine Wohnung ist am Ende des Flurs links.«

Der Aufzug hielt und wir stiegen aus.

Meine Aufregung wurde größer, als wir die Wohnungstür erreichten. »Da wären wir.« Ich löste mich von Elijah, um aufzusperren. Das zarte Aroma von Wildblumen meines Raumduftes drang an meine Nase. Seltsam, dass mir dieser heute besonders auffiel – aber vermutlich deshalb, weil ich seit dem Beginn des Dates immer mehr darauf geachtet hatte, wie Elijah die Welt wahrnahm.

»Komm rein, hier ist es sehr eng. Warte, ich führe dich an beiden Händen.« Ich nahm ihn wie versprochen und führte ihn rückwärts gehend vorsichtig in mein Wohnzimmer. »Wir gehen gerade an der Toilette, dem Badezimmer und dem Abstellraum

221

vorbei.« Ich streckte jeweils unsere Hände in die Richtung der Räume.

»Wäre es für dich okay, wenn ich mir kurz die Hände wasche?«

»Natürlich!« Gerade bei Elijah, der sie viel mehr im Einsatz hatte als ich, weil sie zum Teil seine Augen ersetzten, war es logisch, dass er sich nach einem Tag in der Öffentlichkeit die Hände waschen wollte.

Ich öffnete die Badezimmertür, während Elijah Teddys Leine vom Halsband löste. Ich nahm sie ihm ab und hängte sie gemeinsam mit dem Führungsgeschirr und unseren Mänteln an die Garderobe.

»Vielen Dank.« Sein vergnügter Gesichtsausdruck zeigte mir, dass er sich wohlfühlte und ich alles richtig machte.

Amüsiert schüttelte ich den Kopf und führte ihn ins Badezimmer. »Die Toilette ist im Raum rechts von uns, falls du sie mal brauchst. Hier haben wir direkt vor uns den Waschtisch. Links ist die Waschmaschine, rechts eine Dusche. Bei mir ist alles so eng, dass man vermutlich nicht umkippen kann. Oh, warte …« Ich führte seine Hände zur Seife, nachdem er den Wasserhahn ertastet hatte. »Das Handtuch hängt rechts von dir neben dem Waschbecken.«

Er griff nach dem Frottee und trocknete sich ab, während ich ebenfalls meine Hände wusch. Anschließend gingen wir weiter in Richtung Wohnzimmer, wo Teddy alles neugierig inspizierte.

»Hier im Flur ist es deshalb so schmal, weil ich zusätzlich meine Garderobe und eine Kommode stehen habe. Die Wohnung ist sehr klein, aber ausreichend für mich. Nun sind wir im Wohnzimmer. Ich führe dich zur Couch, wo du dich setzen kannst, und hole uns was zu trinken. Für Teddy bringe ich auch eine Schüssel mit Wasser.«

»Das ist wirklich sehr aufmerksam von dir.«

Der Hund machte es sich sofort auf dem Teppich zu Elijahs Füßen bequem.

Wenig später, ich hatte uns alle versorgt, setzte ich mich zu Elijah auf die Couch. Ihm hatte ich einen Kaffee gebracht, während ich mir ein Glas Wasser mitgenommen hatte.

»Beschreib mal dein Wohnzimmer«, bat er mich und tastete sofort nach mir.

Seine Finger berührten erst meinen Oberschenkel, dann meinen Unterarm, ehe er meine Hand erreichte und sie mit seiner verschränkte. Und bei jeder Berührung kribbelte es aufgeregt in mir.

»Also die Küche ist zu unserer Rechten, wie du vielleicht schon gehört hast. Auch sie ist verdammt klein. Zu zweit darin zu hantieren, könnte eine Herausforderung werden.«

»Challenge accepted«, meinte Elijah und schmunzelte.

Amüsiert fuhr ich fort, ohne auf seine Aufforderung einzugehen. »Geradeaus links von uns ist das Schlafzimmer. Zwischen den beiden Räumen ist nicht nur der Durchgang zum Flur, sondern auch eine kleine Wohnwand mit meinem Fernseher.« Ich schaute mich um – auf diese Weise hatte ich mein Zuhause noch nie betrachtet. »Rechts von uns steht mein Esstisch mit zwei Stühlen. Und an der Wand links von uns sind ein Bücherregal und ein Blumenstock. Hinter uns an der Wand hängen zwei Bilder, die ich sehr liebe. Sie gehören zusammen und zeigen eine Wiese mit Wildblumen im Sonnenaufgang – oder -untergang, so genau kann ich das nicht sagen.«

»Ah, daher weht der Duft«, meinte Elijah und brachte mich damit zum Grinsen.

»Ganz genau.« Ich gönnte mir einen Augenblick, in dem ich ihn musterte und die Narbe an seiner Augenbraue betrachtete. Ob sie von dem Unfall stammte? Unter dem Fünftagebart sah ich Grübchen in seinen Wangen und schmolz dahin. Außerdem blickte ich in seine graugrünbraunen Augen, die vermutlich niemals ganz auf mich fokussiert sein würden.

Dennoch machte es oftmals den Anschein, als hätte er sie auf mich gerichtet. Als wollte er mir damit zeigen, wie sehr mir seine Aufmerksamkeit galt.

Seine freie Hand strich über die Couch. »Welche Farbe hat der Stoff? Und vor uns steht ein kleiner Tisch, richtig?«

»Genau. Der Couchtisch ist schwarz, die Couch dunkelgrau. Am Boden liegt ein cremeweißer Teppich und ja, die empfindliche Farbe habe ich schon mehrfach bereut. Die anderen Möbel hier sind ebenfalls schwarz, aber sie drücken nicht, da die Wände weiß und die Möbelstücke nicht sehr groß sind. Es wirkt alles sehr beruhigend auf mich.«

»Du machst das wirklich gut, weißt du das? Ich habe sofort ein Bild vor Augen und es fällt mir unglaublich leicht, mich zurechtzufinden.«

»Das ist schön. Ich mag meine Wohnung, und dass ich es richtig mache, wie ich dir alles erkläre, beruhigt mich.«

Elijah brummte zustimmend und setzte sich so, dass er mir mehr zugewandt war. »Darf ich …« Er räusperte sich. »Darf ich dich berühren, Cami? Dein Gesicht, ich … will auch dich besser *sehen*.«

Das Flattern in meiner Brust stieg an. Ich schaute ihn an, nervös, aber nicht verunsichert. Ich vertraute ihm. »Okay«, hauchte ich aufgeregt und zog ein Bein unter meinen Körper, um mich ihm zuzuwenden.

Langsam löste er seine Hände aus meinen und glitt bedächtig mit ihnen meine Arme hinauf. Meine Atmung beschleunigte sich. Durch dieses zarte Streicheln setzte Elijah meinen Körper in Brand und trieb meinen Puls an.

Ohne die geringste Spur von Eile tastete er sich die Oberarme entlang nach oben. Seine Lider hatte er halb geschlossen, fast so, als würde er all seine Aufmerksamkeit auf mich richten. Darauf, was er fühlte, was er hörte und roch und wie ich auf seine Berührung reagierte …

Als er meine Schultern erreichte und dort die Rüschen meiner Bluse ertastete, kräuselten sich seine Lippen zu einem Lächeln. Einen Augenblick lang verharrte er dort, dann holte er tief Luft und überwand das kurze Stück bis zu meinem Hals. Bedächtig strichen seine Hände zu meinem Nacken, zu meinem Kinn. Ein Keuchen drang aus mir hervor und ich kämpfte gegen einen wohligen Schauer an, weil ich ihn in seinen Bewegungen nicht stören wollte.

Elijahs Daumen fuhren die Form meines Kiefers nach, ehe er die Finger in meine Haare grub. Dass ihn diese Sache ebenfalls nicht kalt ließ, verriet mir sein Adamsapfel, der sich deutlich auf und ab bewegte, als er schluckte. Auch er atmete schneller und die Spannung zwischen uns war förmlich greifbar.

Als er vorsichtig eine Hand vor mein Gesicht führte und mit den Fingerspitzen von meiner Stirn abwärtsglitt, schloss ich die Augen. Ich sog den Duft der Seife ein und nahm gleichzeitig einen Hauch seines herben Geruches wahr. Er berührte meine Wangenknochen und die Nasenspitze und fuhr schließlich sanft die Form meiner Lippen nach.

Wie von selbst öffneten sie sich für ihn, und ohne es beeinflussen zu können, griff ich nach seinem Handgelenk. Mein Denken hatte sich abgeschaltet und ich folgte nur noch meinen Instinkten. Sanft hauchte ich einen Kuss auf die Spitze seines Mittel-, dann seines Zeigefingers.

»Cami«, raunte er tief, und der Klang seiner Stimme vibrierte durch mich hindurch.

»Küss mich«, verlangte ich leise und kam ihm ein Stück weit entgegen.

Elijah stöhnte verhalten, dann hielt er meinen Kopf wieder zärtlich fest und kam mir näher.

Sein Atem stieß auf meine Haut, meinen Mund. Er hatte die Lider geschlossen, während ich ihn anschauen musste. Mein Herz schwoll an und alles sehnte sich danach, ihn jetzt zu schmecken.

Er kam noch näher und als seine Lippen endlich auf meine trafen, seufzte ich erleichtert auf. Ganz zart berührten sie sich, dann öffnete ich meine für ihn. Vorsichtig tastete ich mit der Zunge nach vorn und schloss nun ebenfalls die Augen. Ich musste nichts mehr sehen, wollte nur noch fühlen. Wollte den Kuss so erleben, wie Elijah es gerade tat.

Meine Hände landeten wie von selbst auf seinem Oberschenkel und an seinem Arm, dann berührten sich unsere Zungen. Weich und zart und vorsichtig. Neugierig tastend rieben sie aneinander. Elijah schmeckte süß und würzig und so, dass ich am liebsten nie wieder aufhören wollte, ihn zu küssen. Es war perfekt.

Mein Herz raste und flog gleichzeitig in mir, während wir unseren Kuss vertieften. Ich rückte noch näher an Elijah heran, spürte mit einem Mal seine Arme um mich, die mich auf ihn zogen, und ehe ich michs versah, saß ich rittlings auf seinem Schoß.

Meine Hände streichelten über seinen Rücken, während seine dasselbe bei mir taten. Wir hielten uns aneinander fest, küssten uns innig und leidenschaftlich, ohne jedoch weiterzugehen. Ich wollte nichts anderes, als ihn zu küssen und mich von ihm halten zu lassen. Seine Erektion drängte gegen meinen Schritt, mein Rock war bis zu den Hüften hochgerutscht, doch Elijah machte keine Anstalten, mit den Händen tiefer zu gleiten, und das gefiel mir. Denn es fühlte sich für den Moment genau richtig an.

25 – ELIJAH

Ich konnte mein Glück kaum fassen. Darüber, dass ich mit dieser wundervollen Frau in ihrer Wohnung war, und darüber, dass wir uns küssten. Dass sie mir erlaubt hatte, sie zu fühlen, damit ich eine bessere Vorstellung davon hatte, wie sie aussah, hatte mich gefreut. Dass sie mich jedoch um einen Kuss gebeten hatte, war mehr, als ich zu hoffen gewagt hatte. Denn bereits im Restaurant hatte ich darauf gehofft, ihr so nahekommen zu dürfen. Auf keinen Fall aber hätte ich heute die Initiative dazu ergriffen.

Früher hatte ich mich auf den Gesichtsausdruck, auf die Körpersprache der Frau verlassen. Das alles fiel jetzt weg, und ich hatte ursprünglich vorgehabt, mich mehrfach zu versichern, ob Cami wirklich von mir geküsst werden wollte. Dass sich das Ganze nun so entwickelt und sie mich darum gebeten hatte, übertraf all meine Wünsche.

Sie schmeckte süß, und ihre Küsse trieben mich in den Wahnsinn, genau wie ihre Hände, die über meinen Rücken glitten und an mir Halt suchten. Dazu ihr Duft, der mich an einen warmen Sommerregen in einem Rosengarten erinnerte.

Ihre Lippen waren weich und zärtlich und ihre Zunge … Hölle, ihre Zunge machte mich verrückt nach mehr.

Schwer atmend rückte ich etwas von ihr ab, da ich kurz davor war, die Beherrschung zu verlieren. Ich sehnte mich nach mehr, nach nackter Haut, aber nicht heute. Nicht jetzt und nicht, wenn noch ungeklärte Dinge zwischen uns lagen. Das hatte Cami nicht verdient. Keine weiteren Geheimnisse. Doch das würde warten müssen. Diesen Abend wollte ich uns beiden nicht zerstören.

Ich lehnte meine Stirn gegen ihre, sog ihren Atem in meine Lungen. »Das war ... wow!«

»Deine Küsse machen süchtig nach mehr«, murmelte sie und strich mir mit einem Finger über die Unterlippe.

»Mhhh«, brummte ich, und es kostete mich wirklich all meine Beherrschung, ihr diesen Wunsch nicht zu erfüllen. »Cami, am liebsten würde ich ...« Ein schwerer Seufzer kam über meine Lippen. »Ich möchte mehr. Definitiv. Aber nicht heute. Ich will mir Zeit lassen, alles richtig machen, verstehst du?«

Zwei Atemzüge lang schwieg sie, und ich verfluchte mein Schicksal erneut dafür, dass ich Camis Gesicht nicht sehen konnte. Zu gern wollte ich darin lesen, um zu erfahren, was gerade in ihr vor sich ging.

»Selbstverständlich, es tut mir leid, wenn ich zu schnell war und dich mit dem Kuss überrumpelt ...«, begann sie, doch ich fiel ihr sogleich ins Wort.

»Nein, so war das nicht gemeint. Ich *wollte* dich küssen, will es immer noch. Will dich. Alles. Aber ich möchte nicht, dass wir uns übereilt zu etwas hinreißen lassen, was Zeit hat, verstehst du?«

Statt eine Antwort zu geben, hauchte sie zarte Küsse auf meine Lippen, meine Wangen, meine Stirn, meine Lider ...

»Alles gut, Elijah. Wirklich.« In ihrer Stimme lag ein Lächeln, und endlich entspannte ich mich etwas. Noch mehr, als sie sanft durch meine Haare strich. »So war das nicht gemeint.

Für mich ist es genau so, wie es gerade ist, perfekt. Ich genieße deine Nähe sehr, aber für mehr wäre es mir ebenfalls zu früh. Auch wenn ich es für die Zukunft nicht ausschließen will.«

Dankbar schlang ich meine Arme um sie. Es war verrückt, dass ich mich zu ihr dermaßen hingezogen fühlte, obwohl wir uns heute das erste Mal im echten Leben begegnet waren und uns davor ausschließlich per Chat und Telefon kennengelernt hatten.

»Du bist …« Langsam schüttelte ich den Kopf. »Genau richtig für mich, ich hoffe, das weißt du, Cami.«

Ein leises Schnauben drang an mein Ohr, ehe sie mich erneut küsste. »Und du für mich, Elijah.«

Erleichterung machte sich in mir breit und ich sackte schmunzelnd nach hinten. »Echt verrückt, das alles.«

Sie rutschte halb von mir, ließ jedoch ein Bein über meinem Schoß und schmiegte sich an meine Seite. »Wem sagst du das? Bis vor Kurzem habe ich meine Freundin noch für völlig irre erklärt, wenn sie mir von ihren *Perfect Match*-Dates erzählt hat. Wenn sie einen im Grunde fremden Mann zu sich nach Hause eingeladen hat und dort über ihn hergefallen ist.«

Ein befreiendes Lachen löste sich aus meiner Brust. »Da habe ich ja noch mal richtig Glück gehabt.«

Cami stieß einen belustigten Laut aus. »Das heißt, wir sehen uns wieder?«

»Das hoffe ich sehr.« Die pure Vorstellung, das mit Cami und mir könnte heute Abend enden, sorgte für eine gewaltige Leere in meinem Inneren.

»Wie wäre es gleich mit morgen?«

Verbissen presste ich die Lippen aufeinander. »Dieses Wochenende ist eher ungünstig.« Nicht nur, dass Lara in der Stadt war, ich war auch für den Spätdienst auf der Arbeit eingeteilt. »Was hältst du davon, wenn wir nächstes Wochenende fix machen? Da habe ich einen kurzen Freitag und Samstag und Sonntag sind meine freien Tage.«

»Das klingt großartig, aber … wie soll ich die Zeit bis dahin überstehen?«

»Indem wir wieder ganz oft telefonieren und uns Sprachnachrichten schicken.« Tröstend murmelte ich diese Worte an ihrer Schläfe und erkannte einmal mehr, dass es höchste Eisenbahn war, dass sich in meinem Leben etwas änderte.

»Okay.« Einen Augenblick schwieg sie, dann erklärte sie: »Ich werde mein *Perfect Match*-Profil deaktivieren. Ich sage es dir nicht, weil ich es auch von dir verlange, aber … für mich gibt es keinen Grund mehr, dort noch registriert zu sein.«

In meiner Brust wurde es eng, als sich mein Herz ausdehnte. »Ich habe meines bereits gelöscht.«

»Hast du?« Cami klang überrascht, und dass sie es noch nicht wusste, war ein Beweis dafür, dass sie die App nicht mehr wirklich verwendete.

»Ja, schon seit ein paar Tagen.«

»Und … wieso?« Die Aufregung in ihrer Stimme war förmlich greifbar.

»Weil ich dieser ganzen Dating-Sache müde bin. In den letzten Monaten habe ich so viel Zeit darin investiert und wurde dennoch ein ums andere Mal enttäuscht. Was aber das Wichtigste ist: Jetzt habe ich dich kennengelernt. Und ich habe ein verdammt gutes Gefühl, was uns betrifft.«

Vielleicht hatte ich sie mit meiner Aussage überrumpelt. Doch ich wollte ehrlich sein – in allen Belangen.

»Dann geht es dir wie mir«, hörte ich Cami sagen.

Erleichtert atmete ich aus und lächelte. »Willst du mir nun verraten, was dein vorheriges *Perfect Match*-Date getan hat, was sich für ein erstes Treffen nicht gehört?« Vielleicht war es verrückt, jetzt das Gespräch auf einen anderen Kerl zu lenken, aber ich hatte das Gefühl, dass das noch sehr amüsant werden konnte.

»Oh Gott! Also … Harry war davon überzeugt, seine Checklist durchgehen zu müssen, um zu prüfen, ob ich als heiratsfähige Kandidatin und Mutter seiner zukünftigen drei bis vier Kinder infrage komme.«

Mein Mund klappte auf und wieder zu. »Okay, damit habe ich jetzt nicht gerechnet. Ich dachte immer, das wäre eher eine Masche der Frauen, die Männer dahingehend abzuchecken, um herauszufinden, ob sie sich als heiratswillig und kinderlieb erweisen.«

Belustigt kicherte sie. »Ganz offensichtlich nicht. Hast du denn auch schon Erfahrungen dieser Art machen müssen?«

Schnaubend nickte ich. »Ja, jedoch nicht beim ersten Mal. Bei mir haben sie sich zumindest bis zum zweiten oder dritten Date gezügelt.«

»Echt verrückt«, murmelte Cami, bevor ich ihre Hand an meiner Wange fühlte. »Dabei gibt es doch so viele andere Themen, über die man reden kann und sollte. Bisher fand ich unseren Abend jedenfalls sehr schön.«

»Geht mir genauso«, raunte ich und war überrascht, als ich einen sanften Kuss von ihr auf der Wange spürte.

Ich verwob unsere Finger miteinander und atmete glücklich und zufrieden aus. Gerade wollte ich nirgendwo anders sein als bei ihr. »Danke, dass ich noch mit zu dir nach Hause kommen durfte.«

»Ich habe zu danken, dass du mir vertraust und mit zu mir gekommen bist.«

Ich schluckte, denn sie hatte recht. Sie war die Erste, bei der ich, ohne zu überlegen, mitgekommen war. Bei allen anderen Dates hätte ich es nicht einmal in Erwägung gezogen. Nicht, dass ich davon ausgegangen wäre, dass die Frauen etwa meine Blindheit ausgenutzt und mich beklaut hätten oder gar körperlich übergriffig geworden wären. Aber bei Cami fühlte sich zum ersten Mal alles richtig an. Ich vertraute ihr, das hatte sie gut erkannt.

Wir unterhielten uns noch lange über alles Mögliche, und wie bei all unseren Gesprächen zuvor war da eine Verbindung zwischen uns, die es mir leicht machte, mich fallen zu lassen und mich ihr zu öffnen. Und ihr schien es genauso zu gehen.

Wir redeten über unsere Urlaube, wobei meine bereits etwas länger zurücklagen. Ich erklärte ihr, dass ich, auch wenn ich die schöne Landschaft nicht mehr sehen konnte, dennoch gern wieder verreisen wollte. Nicht nur, um andere Sprachen zu hören, die heiße Sonne auf meiner Haut zu fühlen und Gerichte zu probieren, die ich noch nicht kannte. Ich sehnte mich nach einem Leben, das so normal wie möglich war, und Urlaub war für mich weit mehr als eine schöne Umgebung. Dass Cami mir sofort zustimmte und von den Gerüchen auf dem marokkanischen Markt zu erzählen begann, auf dem sie vor ein paar Jahren gewesen war, zeigte mir, dass sie genauso dachte wie ich.

Wir unterhielten uns über Quentin Tarantino und John Mayer, über Ed Sheeran, über unsere Lieblingsserien und darüber, wie weit ich inzwischen bei *Charmed* war. Daraufhin schalteten wir den Fernseher ein und sie aktivierte die Audiodeskription, weil sie wissen wollte, wie es sich für mich anhörte. Sie startete die erste Folge von *Bridgerton,* und nachdem sie zu Beginn gekichert hatte, wartete ich nun gebannt auf ein weiteres Urteil von ihr.

»Es ist kurz gewöhnungsbedürftig, aber es stört nicht. Im Gegenteil. Ich bin positiv überrascht.«

»Inwiefern?«

»Ich hatte während der ganzen Zeit die Augen geschlossen«, verriet sie mir mit einem Lächeln in der Stimme und trieb mit diesem Geständnis meinen Herzschlag an. »Und es fühlt sich überraschend gut an, nur zu hören und sich nicht durch das Bild ablenken zu lassen. Fast wie ein Hörbuch. Gut, vielleicht fällt es mir leichter, weil ich die Folgen schon gesehen habe, aber ich kann mir gut vorstellen, auch neue Serien und Filme auf diese Weise zu schauen.«

Ein Kloß drängte sich bei ihren Worten in meinen Hals, und ich fragte mich, womit ich eine so wundervolle Frau verdient hatte …

26 – CAMI

Der Abend mit Elijah war wahnsinnig schön gewesen. Irgendwann nach Mitternacht hatte er sich schließlich auf den Nachhauseweg gemacht. Tatsächlich hatte ich ihn dazu überreden können, ein Taxi zu nehmen – was sicher auch daran lag, dass er um diese Uhrzeit mit öffentlichen Verkehrsmitteln gut zwei Stunden nach Hause gebraucht hätte.

Ich hatte ihn noch vor die Tür begleitet und mit ihm auf das Taxi gewartet. Erst als er und Teddy eingestiegen waren, ging ich beruhigt zurück in meine Wohnung. Leider hatte ich vor einigen Jahren miterleben müssen, wie ein Taxifahrer eine blinde Frau nicht hatte mitnehmen wollen, weil sie in Begleitung ihres Führhundes gewesen war. Seine Begründung war gewesen, dass er keine Hundehaare in seinem Auto haben wolle – ob wegen des Schmutzes oder aus Gründen einer Allergie hatte ich nicht mitbekommen. So oder so wollte ich Elijah auf keinen Fall in einer derartigen Situation wissen.

Als ich zurück in der Wohnung war, schrieb ich Sheryl noch eine Nachricht, wie wundervoll das Date gewesen war und dass ich ihr unbedingt so bald wie möglich alles erzählen wollte. Sie antwortete mir nicht mehr darauf, vermutlich, weil es so spät war und sie schon schlief.

Auch Alice schrieb ich, und sie war tatsächlich noch wach.

Alice: Ah, ich freue mich so sehr für dich! Wann werdet ihr euch wiedersehen?

Cami: Nächstes Wochenende. Echt, es ist so verrückt! Wir waren nach dem Restaurantbesuch noch bei mir. Ehrlich, hätte mir das jemand vor Kurzem gesagt, dass ich ein Perfect Match-Date gleich beim ersten Kennenlernen mit zu mir nach Hause nehmen würde, hätte ich denjenigen ausgelacht. Und jetzt ist es tatsächlich so, dass ich keine Ahnung habe, wie ich die Zeit bis zum Wiedersehen überstehen soll.

Alice: Wenn es passt, dann passt es einfach. Genieße es, dass der Funke zwischen euch so übergesprungen ist. So etwas ist in der Welt des Online-Datings echt eine Seltenheit.

Cami: Ja, vielleicht hast du recht. Auch wenn ein kleiner Teil in mir Angst hat, dass ich vor lauter Euphorie und rosaroter Brille viel zu viel in alles hineininterpretiere und in Kürze das böse Erwachen erlebe. 🙊

Alice: Hat man dieses Risiko nicht immer? Und geht es nicht ums Vertrauen – in den anderen und in einen selbst?

Cami: Vermutlich …

Alice: Lass dir von der verletzten Stimme in deinem Kopf nicht alles vermiesen. Genieße stattdessen, dass es dir so gut geht und dass du glücklich bist.

Cami: Du hast natürlich so recht! So, und jetzt lasse ich dich schlafen.

Alice: Schon gut, ich liege vermutlich noch länger wach, mir geht
zu viel durch den Kopf.

Cami: Oh, was ist los?

Alice: Ach, ich habe heute zufällig an einer U-Bahn-Station die
Anzeige der Amy Winehouse Academy gesehen. Das ist DIE
Schule in London für Leute, die eine Gesangskarriere anpeilen,
und in Kürze starten wieder die Bewerbungsphasen.

Cami: Und du möchtest dich bewerben? Ich wusste gar nicht, dass
du singen kannst.

Alice: Das wissen nicht viele. Und ja, ich überlege auch nicht das
erste Mal. Es wäre halt echt ein großer Schritt für mich.

Im Anschluss schickte sie mir den Link zu einem Video, und als
ich ihn anklickte, sah ich Alice in einem hübschen langen Kleid
in einer Kirche. In der Hand hielt sie ein Mikrofon und sie
hatte die Augen geschlossen. Sie lächelte, und als sie zu singen
begann, stockte mir der Atem. Nicht nur, dass sie sang, ohne zu
stottern, ihre Stimme war unglaublich schön. Unerwartet kräftig und mit viel Gefühl sang sie ein Lied, das ich nicht kannte, während ich im Hintergrund die Braut auf den Bräutigam
zugehen sah. Jeder Ton saß, und obwohl die Aufnahme nicht
gerade die beste Qualität hatte, bekam ich eine Gänsehaut.

Parallel hatte ich schnell die Schule gegoogelt und war
überrascht, wie viele bekannte Stimmen dort ihren Abschluss
gemacht hatten.

Cami: Wow, Alice! Ich bin keine Expertin, aber du bist unfassbar
gut! Wenn du es nicht schaffst, dort aufgenommen zu werden,
wer dann?

Alice: 🐵 *Danke, das ist lieb von dir.*

Cami: Ich meine das ernst, Alice! Nutze deine Chance, die wären dumm, wenn sie dich nicht nehmen. Außerdem, wie war das eben? Lass dir von der Stimme in deinem Kopf nicht alles vermiesen.

Alice: Touché! Und ja, vielleicht hast du recht. Wenn ich es nicht versuche, werde ich nie wissen, was sie von mir denken.

Cami: Ich drücke dir so sehr die Daumen – du musst mich unbedingt auf dem Laufenden halten.

Alice: Danke! Bis es so weit ist, wird es sicher noch zwei bis drei Monate dauern. Aber selbstverständlich sage ich Bescheid, sobald es etwas zu berichten gibt. Jetzt lasse ich dich jedoch schlafen. Gute Nacht, Cami.

Dass ich am nächsten Morgen müde, aber glücklich in der Schule aufkreuzte, fiel unter anderem auch Sarah auf, der ich in einer Pause von meinem Date erzählen musste. Ich fasste mich dabei kurz und ließ viele Details aus, dennoch freute sie sich für mich und wünschte mir alles Gute mit Elijah.

Als ich nach der Arbeit endlich zu Hause ankam, wurde mir bewusst, dass es exakt eine Woche dauern würde, bis Elijah und ich uns wiedersahen – was ich ihm sofort mitteilen musste.

Cami: Genau eine Woche noch!

Elijah: Ja! Ich kann es kaum erwarten und bete, dass die Zeit schnell vergeht.

Cami: Das hoffe ich auch so sehr für uns.

Mit einem zufriedenen Lächeln goss ich Wasser über meine Instantnudeln und machte es mir damit auf der Couch bequem, als Sheryl anrief.

»Hey, Beauty, bist du zu Hause?«

»Ja, eben heimgekommen.«

»Gut, dann komme ich gleich zu dir. Ich bin unglaublich neugierig, wie es mit Elijah war; ich hoffe, das weißt du.«

Schmunzelnd rollte ich mit den Augen. »Das denke ich mir. Kannst gern vorbeikommen, aber ich warne dich vor, ich bin hundemüde, ich habe nicht viel geschlafen.«

»Oh, là, là! Ich eile …«

Schon hatte sie aufgelegt.

Gerade hatte ich die Nudeln aufgegessen, als es an der Tür klingelte und ich meine beste Freundin in die Wohnung ließ.

»Erzähl!«, sagte sie statt einer Begrüßung. Sie war wohl wirklich kurz vorm Platzen vor Neugier.

»Tee?«

Sheryl hob eine Augenbraue. »Gern. Unter der Voraussetzung, dass du schon mal mit deinem Bericht beginnst.«

Kopfschüttelnd über ihre Ungeduld setzte ich Teewasser auf und holte zwei Tassen aus dem Schrank. Währenddessen erzählte ich von dem Abend mit Elijah. Als ich erwähnte, dass wir nach dem Essen zu mir gefahren seien, stieß sie einen vergnügten Schrei aus.

»Nicht wahr! Du – Cami Gardner – hast einen Kerl beim ersten Date mit zu dir nach Hause genommen? Du, die mich bis vor Kurzem noch für meinen jugendlichen Leichtsinn gerügt hat? Was ist los mit dir? Woher der Sinneswandel?«

Grinsend zuckte ich mit den Schultern, als ich das kochende Wasser über unsere Teeeier goss. »So genau kann ich es dir auch nicht sagen, aber … es hat sich richtig angefühlt. Und es war schön mit ihm.«

»Habt ihr …« Anstatt weiterzureden, machte sie eindeutige Pfeifgeräusche.

»Nein! Gott, nein. Wir haben uns geküsst. Es war unfassbar gut und aufregend. Nicht vergleichbar mit den Küssen, die ich vor ihm hatte. Elijah hat mich abgetastet. Mein Gesicht, meine ich. Und es war so intim, so … schön und sinnlich. Da hat eines zum anderen geführt.« Eine sanfte Gänsehaut überkam mich, als ich an unseren Kuss zurückdachte, und ich konnte das Grinsen nicht abstellen.

»Also seht ihr euch wieder?«

»Nächstes Wochenende.«

»Bei dir oder bei ihm?«

»Das haben wir noch nicht entschieden. Aber er hat einen kurzen Freitag und danach das Wochenende frei, also …«

»Also wirst entweder du bei ihm oder er bei dir übernachten«, schlussfolgerte Sheryl mit frechem Gesichtsausdruck.

Hitze stieg mir in die Wangen. »Auch darüber haben wir noch nicht gesprochen.«

»Du solltest auf jeden Fall Kondome kaufen.«

»Sheryl!«

Meine Freundin lachte. »Im Ernst, Cami. Stell dir vor, alles ist perfekt. Er ist bei dir oder du bei ihm. Ihr küsst euch, befummelt euch, eines führt zum anderen. Und mit einem Mal müsst ihr feststellen, dass ihr vögeln wollt, aber keinen Gummi habt.«

Schnaubend verdrehte ich die Augen. »Okay, schon gut. Ich kaufe welche …«

Zufrieden nickte sie. »Dank mir danach.«

Belustigt schüttelte ich den Kopf. »Wie läuft es eigentlich mit dir und Jacob?«

»Gut. Er kommt morgen zu mir. Ich *habe* Kondome gekauft.«

»Danke für dieses Update«, meinte ich und verzog das Gesicht zu einer Grimasse. »Dann bist du glücklich mit ihm?«

Sheryl zuckte mit den Schultern. »Er ist wirklich toll.«

»Magst du ihn oder sind es nur seine Qualitäten im Bett, die dich an ihm reizen?«

Die Wangen meiner Freundin färbten sich rot – und das kam echt selten vor. »Er ist schon süß.«

»Also magst du ihn.«

»Er … ich … ja, verdammt, könnte sein, dass ich mein steinernes Herz ein kleines bisschen für ihn geöffnet habe.« Sie schnaubte schmunzelnd. »Aber behalte diese Information für dich, hörst du?«

Ich drehte Daumen und Zeigefinger vor meinen Lippen, als würde ich sie mit einem Schlüssel versperren. »Von mir erfährt niemand etwas, das weißt du.«

»Und nein, ich bin *nicht* verliebt, ich … so würde ich das nicht bezeichnen. Aber der Sex ist der Hammer. Und wir harmonieren nicht nur im Bett miteinander. Keine Ahnung, Jacob bringt mich zum Lachen. Er ist witzig und geistreich und … Es fühlt sich mit ihm an, als würde ich Zeit mit meinem besten Freund verbringen, mit dem ich auch schlafe. Klingt das logisch?«

»Klar.« Ich nickte mit ernstem Gesicht, wobei mir das Herz fast überging vor Freude. Sheryl *war* verliebt, aber solange sie selbst nichts dazu sagte, würde ich den Teufel tun, es auszusprechen. Ich freute mich einfach für sie und hoffte sehr, dass zwischen ihnen weiterhin alles gut lief und sie es nicht wieder versaute. Oder er …

* * *

Die nächsten Tage zogen sich leider endlos. Auf der Arbeit war viel zu tun – ich hatte ein neues Mädchen in die Klasse bekommen, deren Eltern sich als schwierig herausstellten. Sie lebten getrennt und die Kleine litt sehr darunter, was für mich intensive Gespräche mit ihr und den Eltern nach sich zog.

Erst gemeinsam, schließlich separat unter vier Augen, weil ich merkte, dass die zwei in einem Raum eine explosive Mischung waren. Doch nach den Einzelgesprächen drehten sie mir im Anschluss das Wort im Mund um und zogen mich in ihren Rosenkrieg hinein. Es war schrecklich anstrengend und ihre Tochter tat mir leid.

Infolgedessen saß ich am Donnerstagabend mit der Direktorin zusammen, um das weitere Vorgehen zu besprechen – vor allem, da ich den Verdacht hatte, dass es zu körperlichen Übergriffen auf die Kleine gekommen war. Doch bislang gab es keine Beweise dafür. Einzig die Reaktionen des Mädchens ließen mich zu dieser Schlussfolgerung kommen – doch das reichte leider nicht aus, um weitere Schritte einzuleiten.

Dieses Thema machte mir sehr zu schaffen – zusätzlich zu der Tatsache, dass ich nicht immer wie gedacht Zeit für Telefonate mit Elijah hatte. So hatten sich unsere Gespräche an drei Tagen auf kurze Sprachnachrichten beschränkt.

Als ich jedoch am Tag vor unserem Date spät am Abend nach Hause kam und auf mein Handy schaute, sah ich, dass er mir eine Textnachricht geschickt hatte.

Elijah: Ruf mich an, sobald du Zeit hast. Ich möchte etwas mit dir besprechen.

Sofort stieg meine Nervosität an, kaum dass ich seine Nummer wählte.

»Hey«, drang seine beruhigende Stimme zu mir durch und fegte mit einem Mal die Anspannung von mir.

»Hi. Wie geht es dir?«

»Jetzt gut, und dir?«

»Dito.« Ich lächelte. »Du wolltest, dass ich dich anrufe?«

»Genau. Ich habe mir überlegt, dass du morgen Abend zu mir kommen könntest – natürlich nur, falls du das möchtest.

Wir könnten gemeinsam was kochen oder auch was zu essen bestellen, da richte ich mich ganz nach dir. Ich würde dir zeigen, wo Teddy und ich wohnen und … wenn du willst, können wir uns im Anschluss einen Film ansehen.«

Ein Flattern stieg in mir auf, und meine Aufregung wuchs. »Das würde ich sehr gern«, antwortete ich ehrlich. Sofort musste ich an Sheryls Ratschlag denken, Kondome zu kaufen. Ich kniff die Augen zusammen, wusste aber gleichzeitig, dass ich das auf jeden Fall noch tun würde.

Elijah stieß erleichtert den Atem aus. »Gut, das freut mich wirklich. Dann schicke ich dir meine Adresse. Was hältst du von Spaghetti alla puttanesca?«

»Klingt großartig. Sag mir einfach, was ich mitbringen soll.«

»Nur dich, Cami.« Er sagte es mit derart weicher Stimme, dass mein Herz schmolz.

»Ich bringe das Dessert mit, einverstanden?«

Erst als Elijah sich räusperte, wurde ich mir der Doppeldeutigkeit meiner Aussage bewusst.

»Okay«, raunte er, und ich vermied, etwas richtigzustellen – weil es nichts gab, was ich hätte korrigieren wollen.

* * *

Dass ich am nächsten Tag neben Pralinen und einer leckeren Ananas auch frische Unterwäsche, eine Zahnbürste, Deo und meine Haarbürste sowie eine Packung Kondome eingepackt hatte, sorgte dafür, dass ich doppelt und dreifach nervös war. Nicht, dass ich mit dem Vorsatz zu Elijah fuhr, mit ihm zu schlafen und bei ihm zu übernachten – aber sollte es sich ergeben, wollte ich nicht unvorbereitet sein.

Als ich die Strecke vom Bahnhof zu seiner Adresse ging, die mir das Navi am Handy anzeigte, war ich einmal mehr überrascht, welch langen Weg Elijah täglich mit Teddy zurücklegte, wenn er zur Arbeit fuhr. Fast zwanzig Minuten musste ich laufen, bis ich in der Siedlung ankam und in die Chestnut Road einbog.

Mit schweißnassen Händen überprüfte ich ein letztes Mal die Adresse, die Elijah mir geschickt hatte, als ich vor dem weißen Reihenhaus stand. Es war nicht groß, aber hübsch, mit einer Zufahrt, auf die mehrere Blumentröge ein paar Farbkleckse zauberten.

Nervös holte ich ein letztes Mal tief Luft, ehe ich auf die Haustür zuging und klingelte. Es dauerte nicht lange, dann hörte ich Elijahs Stimme dahinter. »Ja, bitte?«

Ein warmes Lächeln schob sich auf meine Lippen. »Hier ist Cami.«

Sofort wurde mir die Tür geöffnet und ich stand dem Mann gegenüber, der mein Herz und meine Gedanken beherrschte.

»Du bist tatsächlich gekommen.«

Ich lachte. »Natürlich!«

»Komm rein.«

Er öffnete die Tür ein Stück weiter und ich betrat das Haus. Sofort sah ich Teddy, der in einem Hundebett unter der Treppe lag und voller Freude mit dem Schwanz wedelte.

»Hi, Teddy, du Hübscher!«

Als hätte er nur darauf gewartet, dass ich ihn ansprach, erhob er sich.

»Na komm, sag Cami hallo!«, meinte Elijah amüsiert.

Das ließ sich Teddy nicht noch einmal sagen. Er huschte aus seiner Nische hervor und scharwenzelte aufgeregt und voller Freude um mich herum.

»Du Süßer, bestimmt hast du mich vermisst, gib es zu.« Ich wuschelte ihm durch das Fell, während er sich langsam beruhigte.

»Und wie!«, sagte Elijah. »Oh, du meinst Teddy. Ja, der auch.«

Belustigt löste ich mich von dem Hund, der wieder zurück zu seinem Bett trottete und sich mit einem tiefen Seufzen hineinlegte. Ich tastete nach Elijahs Händen, und kaum dass wir uns berührten, zog er mich an sich.

»Fast habe ich befürchtet, du bist nur wegen Teddy gekommen«, raunte er an meiner Wange.

»Das auch, aber … in erster Linie deinetwegen. Sag es jedoch nicht Teddy, ich will ihm nicht das Herz brechen«, flüsterte ich zurück, was ein unwiderstehliches Lächeln auf Elijahs Lippen zauberte.

»Oh, ich habe dir etwas mitgebracht. Also … uns beiden.« Ich gab Elijah die kleine Geschenktüte mit der Ananas und der Schokolade in die Hand.

Vorsichtig tastete er hinein. »Eine Ananas?«, fragte er lächelnd. »Und …« Er fühlte weiter. »Was ist das?«

»Pralinen. Ich hoffe, du magst sie.«

»Ganz bestimmt. Danke, Cami.« Er stellte die Tüte auf einer Kommode nicht weit von uns ab, dann legte er seine Arme um mich.

Ich schmiegte mich an seine Brust, streichelte über seinen Rücken und atmete tief seinen herrlich herben Duft ein. Ich spürte seinen Bart seitlich an der Stirn, und als er genüsslich und zufrieden brummte, vibrierte dieser Laut durch mich hindurch.

Bedächtig zog ich meinen Kopf etwas zurück, um zu ihm hinaufzuschauen. Sah auf seinen Mund, der verlockend vor mir war, und der Wunsch, ihn zu küssen wurde immer stärker.

Als hätte Elijah meine Gedanken gehört, wanderten seine Hände meinen Rücken nach oben zu meinen Oberarmen, weiter über die Schultern zu meinem Hals, bis er zärtlich mit den Daumen über mein Kinn und meine Lippen strich. Er schloss die Augen und kam mir näher.

Und näher.

Ein Seufzen entwich mir, als er mich endlich küsste. Zart und vorsichtig, und dennoch konnte ich die Sehnsucht und Leidenschaft spüren, die er zu zügeln versuchte.

Seine Zunge rieb über meine, während er mit einer Hand meinen Kopf hielt und den anderen Arm wieder um meinen Rücken legte, als hätte er Angst, ich könnte ihm jeden Moment entwischen.

Schwer atmend löste er sich von mir, aber nur, um mir kleine Küsse auf die Mundwinkel zu hauchen. »Komm mit, ich zeige dir das Haus«, raunte er.

Ich brauchte zwei Atemzüge, bis ich mich so weit gefangen hatte, dass ich mein Nicken, das er nicht sehen konnte, in Sprache umwandelte. »Okay.«

Elijah verschränkte meine Finger mit seinen und begann mit seiner Führung. »Rechts von uns findest du eine Toilette und links ein kleines Arbeitszimmer«, erklärte er, ohne die Räume zu öffnen. Anschließend deutete er auf die nächste Tür gegenüber der Treppe. »Hier geht es in die Küche.« Mit sicheren Schritten ging er voraus. Die Küchenfronten waren weiß mit schwarzen Griffen, die Arbeitsfläche in Holzoptik gehalten. Die Küche war nicht sehr geräumig, aber auf jeden Fall hatte man hier mehr Platz als bei mir zu Hause.

»Hübsch«, sagte ich und ließ mich weiterführen, an Teddy vorbei, der uns mit müden Augen beobachtete.

»Das Esszimmer ist hier. Von der Küche gibt es eine kleine Durchreiche, was sehr praktisch ist.« In dem Raum, von dem ein runder Durchgang in das angrenzende Wohnzimmer führte, stand ein Tisch, an dem sechs Personen gut Platz hatten. Die Kommode war mit Vintage-Geschirr gefüllt – vielleicht Erbstücke?

Wir betraten das Wohnzimmer, in dem eine dunkelblaue gemütlich wirkende Couch zum Sitzen einlud. Ein Bücherregal an der Wand daneben machte mich neugierig, genau wie die Bilder, die gegenüber auf einer Kommode standen, aber ich hatte keine Zeit, dem allen große Beachtung zu schenken. Aus dem Augenwinkel bemerkte ich noch den Fernseher und einen Kamin, der im Winter bestimmt wohlige Wärme spendete.

Doch Elijah hatte mich schon weitergeführt und wir steuerten nun die Treppe an.

»Hast du es eilig?«, fragte ich lachend und konnte meine Verunsicherung nicht gänzlich verbergen. Dass er es kaum erwarten konnte, mit mir nach oben zu kommen, irritierte mich nun doch.

»Ich … will dir zuerst alles zeigen und … etwas loswerden.«

»Okay …« Weil ich seine Aufregung spürte, sagte ich nichts weiter und folgte ihm gespannt.

Oben angekommen deutete er auf die erste Tür rechts von uns. »Hier ist das Badezimmer mit einer zweiten Toilette. Gegenüber ist mein Schlafzimmer.« Er räusperte sich verlegen, machte jedoch keine Anstalten, darauf zuzugehen. »Und der dritte Raum ist … ein Gästezimmer.«

»Das ist …«, begann ich, doch was ich sagen wollte, blieb mir im Hals stecken, als ich Elijahs gequälten Gesichtsausdruck bemerkte.

»Cami, bevor wir auch nur einen weiteren Schritt gehen, gibt es da etwas, was du über mich wissen musst.«

Die Art, wie er diesen Satz hervorpresste, wie dabei sein Gesichtsausdruck war, ließ alle Alarmglocken in mir schrillen. Mein Herz raste mehr als zuvor und ein kalter Schauer lief mir über den Rücken, weil seine Worte in mir die Vorahnung weckten, dass mir sein Geständnis nicht gefallen würde.

27 – ELIJAH

Ein dicker Kloß erschwerte mir das Sprechen. Angst und Zweifel hatten mich im Griff, genau wie die Panik, ich könnte Cami gleich wieder verlieren.

»Was ist los?« Ihre Unsicherheit war greifbar, so wie die Sorge in ihrer Stimme.

Ich räusperte mich, holte tief Luft und wünschte mir mehr als je zuvor, jetzt ihr Gesicht sehen zu können, um abzuschätzen, wie sie mein Geständnis aufnahm. »Darf ich … Ich muss dich dabei halten und … fühlen. Ist das für dich okay?«

Es dauerte zwei Atemzüge, ehe sie ein »Sicher« hervorstieß, bei dem ich nicht wusste, ob sie es auch tatsächlich so meinte. Doch als ich sie an mich zog und spürte, wie sie sich an mich klammerte, schöpfte ich Zuversicht.

Ich nahm all meinen Mut zusammen und begann, das Unausweichliche auszusprechen. »Du erinnerst dich daran, dass ich dir von meinem Unfall erzählt habe?«

»Ja.« Ihr Atem strich über mein Kinn, und ich wusste, sie hatte den Kopf zu mir gehoben. Schnell tastete ich mich nach oben, bis ich ihr Gesicht mit beiden Händen umfasste, während sie sich an meinem Pullover festhielt. »Es saß meine damalige Freundin am Steuer. Wir hatten Streit … es lief zu dem

Zeitpunkt nicht besonders gut zwischen uns. Sie empfand nicht mehr so tief für mich, wohingegen ich sie von ganzem Herzen geliebt habe und sie nicht verlieren wollte. Es war nicht so, dass sie Schluss machen wollte, aber sie bat um eine Trennung auf Zeit. Ich habe mich natürlich dagegen gewehrt, konnte es nicht verstehen. Für mich war alles in Ordnung und noch dazu waren wir zu dem Zeitpunkt, als wir darüber diskutierten, auf dem Weg zu ihren Eltern. Sie meinte zu mir, dass sie nach dem Besuch ihre Sachen hier im Haus packen und vorübergehend bei ihnen einziehen wollte, bis sie sich über ihre Gefühle im Klaren war. Bis sie wusste, ob sie mich noch liebte und mich vermisste, oder … Im Grunde wollte sie nur deshalb zu ihren Eltern, um mit ihnen zu reden und sie zu bitten, ihr altes Zimmer für eine Weile in Beschlag nehmen zu dürfen.«

»Das … tut mir leid für dich. Wieso hat sie dich überhaupt mitgenommen? Es muss ihr doch klar gewesen sein, dass es für dich bestimmt unglaublich unangenehm ist, ihren Eltern mit diesem Wissen gegenüberzutreten«, murmelte Cami, und ich spürte, wie mein Herz schwer wurde. Sie war eine so gute Frau, hatte etwas Besseres als mich verdient, das dämmerte mir in diesem Moment.

Mühsam schluckte ich, bevor ich weitersprach. »Als wir an jener Kreuzung ankamen, stritten wir genau darüber. Und weil ich dagegen war, dass sie mich verließ, wenn auch auf Zeit. Ich wollte, dass sie bei mir blieb, dass wir gemeinsam an unserer Beziehung arbeiteten. Abstand klang für mich nach Ende, nicht nach neuer Chance, verstehst du?«

Sanft streichelte Cami mir über die Rippen. Es brauchte keine Worte von ihr.

»Doch das alles ist völlig sinnlos gewesen, denn wir sind nie bei ihren Eltern angekommen. Der Lkw hat uns voll erwischt, und für die nächsten zwei Wochen war mein Leben auf Pause gestellt.« Tief holte ich Luft, ehe ich weitersprach. »Als ich aus dem Koma erwachte, gab es all meine Probleme nicht mehr. Nicht in dieser Weise. Ich musste erst einmal die Tatsache verdauen, dass ich mein Augenlicht verloren hatte. Und ich musste lernen, mit meiner neuen Situation zurechtzukommen. Es war ein langer und harter Weg, und es hat gedauert, doch irgendwann hat mich Dankbarkeit erfüllt. Weil ich überlebt habe, weil ich eine Chance auf ein neues Leben bekommen habe. Und weil Lara noch bei mir war. Sie hat an meiner Seite gesessen, jeden Tag, als ich im Koma lag. Auch danach ist sie immer für mich da gewesen. Als hätte der Unfall sie wachgerüttelt, ihr gezeigt, was sie dabei gewesen war, zu verlieren.«

»Das klingt schön und freut mich für dich«, erwiderte Cami und verdammt, es klang, als würde sie es wirklich so meinen.

Tränen brannten in meinen Augen. Tränen der Wut und Verzweiflung. »Nein, Cami.« Ich schüttelte den Kopf. »Lara ist nicht bei mir geblieben, weil sie mich noch *geliebt* hat. Sie ist mir aus einem Pflichtgefühl heraus nicht mehr von der Seite gewichen. Und das tut sie bis heute …«

»Was meinst du?« Verunsicherung war in ihrer Stimme zu hören, und ich spürte, wie Cami sich umsah, als würde Lara jeden Moment hier auftauchen.

»Cami, Lara wohnt immer noch hier.«

Sie löste sich von mir. Langsam, und es tat so verdammt weh, dass sie Abstand suchte. Doch ich ließ es zu, weil ich ahnte, dass sie eine Weile brauchen würde, um das eben Erfahrene zu verdauen.

»Ich liebe sie nicht mehr. Es ist nicht von heute auf morgen passiert, aber nach einem guten Jahr habe ich begriffen, dass sie keine romantischen Gefühle mehr für mich hat. Was bei mir jedoch nicht so schnell ging. Ich habe sie nach wie vor geliebt, und es hat gedauert, bis ich verstanden habe, dass ihr schlechtes Gewissen mir gegenüber sie an mich bindet.«

»Und deshalb lebt sie noch hier? Mit dir, in diesem Haus?«

»Ja. Doch da läuft nichts mehr zwischen uns, ich schwöre es. Ich weiß, es ist sicher nicht leicht für dich, das zu verstehen. Du ahnst nicht, wie oft ich sie in den letzten Monaten gebeten habe, auszuziehen. Uns verbindet nichts mehr außer dieser Unfall, aber …«

»Tut mir leid, Elijah, ich muss …« Ihre Stimme klang belegt, als sie an mir vorbeihuschte, zur Treppe.

»Cami, bitte. Lass uns darüber reden.«

»Ich … kann gerade nicht. Ich muss das alles erst verdauen. Weißt du, zuerst war da die Sache mit den Fotos, die ich dir verziehen habe. Ich meine, was ist schon eine kleine Schwindelei?« Sie lachte traurig auf. »Dann die Tatsache, dass du blind bist. Es … tut mir leid, aber auch das war etwas, was für mich nicht alltäglich ist und worüber ich mir erst Gedanken machen musste. Denn ja, Elijah, ich habe mir ehrlich gesagt eine Zukunft mit dir vorgestellt. Du und ich als Paar. Doch jetzt …« Sie atmete mehrfach schnell ein und aus. »Jetzt kommst du mit der nächsten Sache um die Ecke, und ich frage mich, wie oft du mich noch mit scheinbar kleinen Geheimnissen und Geständnissen konfrontierst. Weißt du, ich war vor dir mit einem Mann zusammen, der mich ständig belogen hat. Er hat mir etwas vorgemacht, mir das gesagt, was seine eigene Wahrheit war – und nur seine. Auf wirklich fiese Weise hat er sich wieder und wieder mein Vertrauen erschlichen, während er sich ins Fäustchen gelacht und mich verarscht hat. Jedes Mal aufs Neue habe ich ihm vergeben, ihm seine geheulten Entschuldigungen geglaubt. Ich habe Mitleid empfunden für den Mann, der unter Tränen und auf Knien vor mir gerutscht ist und mich angefleht hat, ihn zurückzunehmen und ihm noch eine Chance zu geben.«

Ihre Worte sogen mir die letzte Luft aus den Lungen. *Ich bin nicht wie er*, lag es mir auf der Zunge. Aber war das denn die Wahrheit? Ich hatte sie dreimal enttäuscht und geschockt. Mit Tatsachen überrumpelt, die für sie wichtig gewesen wären.

Hätte ich es ihr doch nur sensibler gesagt oder erst gar nicht mit falschen Karten gespielt!

»Bitte geh nicht«, rief ich ihr hinterher, als sie mit polternden Schritten nach unten lief. »Es gibt sonst keine Geheimnisse mehr. Ich war immer in allem ehrlich, habe nur auf den richtigen Zeitpunkt gewartet und …«

Die Tür fiel ins Schloss und mein Herz brach in tausend Stücke.

So sehr hatte ich mich davor gefürchtet, es zu verbocken – und *tadaaa* – ich hatte es geschafft.

Ein unfassbarer Schmerz zwang mich in die Knie. Ich ertastete das Geländer der Treppe, an dem ich mich festhielt und zu Boden sank, während ich mit aller Kraft Wut und Tränen niederzukämpfen versuchte, den Kampf jedoch verlor.

28 – CAMI

In meinem Kopf herrschte Chaos, als ich mit verschwommener Sicht aus Elijahs Haus stolperte. Mein Herz brannte, genau wie meine Seele.

Wieso war ich so dumm gewesen, wieder jemandem zu vertrauen? Und warum erwischte ich schon wieder einen Mann, der mich derart verletzte? Weshalb war er nicht einfach von Anfang an in allen Dingen ehrlich zu mir gewesen? Dann hätte er mir jetzt nicht das Herz aus der Brust gerissen.

Die Tatsache, dass er nach wie vor mit seiner Ex unter einem Dach lebte, war einfach zu abstrus, als dass ich mir das Ganze hätte vorstellen können.

Mit keinem einzigen meiner Ex-Freunde hätte ich nach der Trennung auch nur einen Tag länger verbringen wollen. Gut, so, wie sie waren, war es definitiv gesünder für mich gewesen, einen endgültigen Schlussstrich zu ziehen.

Ohne Plan, wo ich jetzt hinsollte, lief ich den Weg zurück Richtung Bahnhof. War es die richtige Entscheidung, zu gehen? Was, wenn ich nur überreagierte, weil mich meine eigene Vergangenheit so übel geprägt hatte?

Ich brauchte eine zweite Meinung! Aber Sheryl war gerade im Dienst, da konnte sie nicht telefonieren. Und Sarah würde meine Sorgen vermutlich nicht verstehen. Sie hatte keine Erfahrung mit Online-Dating, war mit ihrem Mann schon ewig verheiratet. Mein Verhältnis zu ihr war zwar enger als das zu anderen Kollegen, aber dennoch nicht so freundschaftlich, dass ich diese Situation mit ihr diskutieren wollte. Abgesehen davon wollte ich nicht, dass meine Kolleginnen zu viel über mein Privatleben wussten.

Weil ich aber dennoch mit jemandem darüber reden musste, wählte ich nach kurzem Überlegen Alice' Nummer. Tatsächlich ging sie beim dritten Klingeln ran.

»Hey, C-C-Cami. Was für eine p-positive Überraschung, wie geht es dir?«

Ich stieß ein Schnauben aus. »Beschissen, wenn ich ehrlich bin.«

»Oh nein, w-w-was ist l-los?« Sie klang wirklich besorgt und ich kam direkt auf den Punkt.

»Es tut mir leid, dass ich mit einem ganzen Lkw voller Probleme bei dir ankomme, aber ich muss unbedingt mit jemandem reden, der mich versteht und meine Situation kennt.«

»Ich b-bin da und höre z-zu.«

Dankbar nahm ich ihr Angebot an und erzählte ihr von den jüngsten Ereignissen. Von Elijahs Einladung, seinem Geständnis und dass ich nun verloren durch die Straßen lief und nicht sicher war, ob ich zurück zum Bahnhof gehen und in den nächsten Zug steigen sollte oder doch besser umkehren. Ob ich in Ruhe in meiner Wohnung über alles nachdenken sollte oder ob ich damit noch mehr kaputt machte, als es bereits der Fall war.

»W-w-was sagt dein Kopf?«

»Dass ich nach Hause fahren und den Kerl vergessen soll.«

»Hm. U-und was sagt dein B-Bauch?«

»Umdrehen und mit ihm reden …«

»U-und dein H-Herz?«

Meine Kehle wurde eng und ich blieb stehen und legte den Kopf blinzelnd in den Nacken. »Dass ich ihn mehr mag, als im Moment gut für mich ist.«

Alice atmete tief ein und aus. »Also w-wenn du meine Meinung hören w-w-willst ...«

»Deswegen habe ich angerufen. Bitte, hilf mir, ich weiß nicht, was ich tun soll.«

»D-d-dreh um. Rede mit ihm. Lass es n-nicht auf diese Weise enden. E-er liebt sie nicht mehr, richtig?«

»Nein, ich denke nicht.«

»Okay, h-h-hör zu. Der Mann hat dich zu sich e-eingeladen. Er f-führt dich durch sein Haus und gesteht dir im selben Z-Zug, dass seine Ex noch bei ihm wohnt, e-er sie aber bislang nicht vor die T-Tür setzen konnte. Im Grunde spricht das für sein g-gutes Herz. Geh zu ihm zurück u-und lass dir von ihm erklären, w-w-was genau es damit auf sich hat. E-er soll dir alles erzählen und dann k-kannst du immer noch entscheiden, w-wie du zu dem Ganzen stehst.«

Tief sog ich die kühle Luft in meine Lungen und stieß sie wieder aus. Autos rauschten an mir vorbei und erneut blinzelte ich Tränen weg. »Was, wenn er noch einmal mein Herz bricht?«

»D-das kannst du nicht wissen, Cami. W-was, wenn er dich g-glücklich macht und du viele schöne J-Jahre mit ihm verbringst?«

Damit hatte Alice recht. Dennoch war meine Angst, erneut verletzt zu werden, groß. »Ich ...«

»Geh zurück zu ihm, Cami!« Dass Alice diesen Satz ausgesprochen hatte, ohne zu stottern, machte etwas mit mir.

»Okay«, brachte ich atemlos hervor.

»G-gib ihm die Chance, sich zu e-erklären. Vielleicht ist es halb s-so schlimm. W-wirf nichts weg, wenn du n-noch nicht alle Details k-kennst.«

»Okay«, wiederholte ich, diesmal entschlossener. Denn ja, sie hatte recht. Zumindest mir selbst war ich es schuldig, mir auch noch den Rest anzuhören. Weil ich Elijah mochte. Verdammt, ich mochte ihn zu sehr, um unbeschadet aus dieser Sache rauszugehen, ohne ihn angehört zu haben.

»Falls d-du später noch mal reden willst, C-Cami … jederzeit.«

Zitternd holte ich Luft und nickte. »Danke, Alice.«

»N-nicht dafür.«

Ich verabschiedete mich von meiner neuen Freundin, kramte die Kopfhörer aus der Handtasche, startete meine Playlist und verstaute mein Telefon zwischen dem frischen Slip und dem Kulturbeutel. Denn ich konnte nicht sofort umdrehen. Eine Weile schlenderte ich noch ziellos durch die Straßen, wiederholte Elijahs Geständnis und Alice' Worte wieder und wieder. Fühlte, was mein Bauch mir sagte und was mein Herz wollte. Fragte vorsichtig den Kopf nach seiner Meinung, der mich ständig an das Verhalten meines Ex-Freundes erinnerte …

Aber der Bauch und das Herz waren größer, stärker, lauter. Und als ich »A Sky Full of Stars« lauschte, füllten sich meine Augen mit Tränen und ich wusste, dass ich einen Fehler beging, würde ich jetzt nicht zu Elijah zurückkehren.

Zwar hatte ich ein flaues Gefühl im Magen, als ich stehen blieb und erneut seine Adresse im Navi aktivierte, doch ich musste mich dem Ganzen einfach stellen. Weil ich wusste, dass ich es mir nicht verzeihen könnte, sollte ich jetzt nach Hause fahren und mich fortan mit einem *Was wäre gewesen, wenn* quälen. Dennoch hetzte ich nicht, um zu ihm zurückzukommen. Jede Minute, die ich länger Zeit hatte, nutzte ich, um zu versuchen, die Situation aus der Sicht eines Außenstehenden zu betrachten. Objektiv und ohne dass mich meine Vorgeschichte beeinflusste. Denn das war ich Elijah schuldig, nachdem ich so überstürzt davongelaufen war.

Mein Herz raste nicht weniger schnell, als ich zum zweiten Mal an diesem Tag an seiner Haustür klingelte. Was, wenn er mir nicht öffnete? Oder wenn er nicht mehr zu Hause war?

In letzterem Fall würde ich auf ihn warten, beschloss ich, als mein Blick auf die kleine Bank vor dem Haus fiel. Und ich würde versuchen, ihn am Telefon zu erreichen.

Einen Atemzug später hörte ich jedoch seine Stimme durch die Tür: »Wer ist da?« Er klang missmutig, fast schon mürrisch.

»Ich bin's noch einmal. Cami.« Angespannt wartete ich, doch die Haustür blieb geschlossen. Schwere machte sich in mir breit. »Es ... tut mir leid, dass ich so überstürzt weggelaufen bin. Ich brauchte etwas Zeit, um zu verdauen, was du mir gesagt hast, aber wenn du mir eine Chance gibst, werde ich ...«

Das Schloss klickte, dann schwang die Tür auf. Aus Elijahs Gesicht war all das Strahlen verschwunden, das ich sonst so gern dort sah.

»Bitte entschuldige, dass ich abgehauen bin«, flüsterte ich und hielt angespannt den Atem an, als er nicht darauf reagierte. »Darf ich bitte noch einmal hinein, um über alles zu reden? Dann erzähle ich dir von meiner Vergangenheit und du mir über deine, damit wir uns und unser Handeln besser verstehen können.«

Im Hintergrund hörte ich Teddys Rute auf das Leder seines Hundebetts klopfen. *Wenigstens einer, der sich freute, mich zu sehen*, dachte ich.

»Mir ist klar, dass du über alles nachdenken musstest, Cami. Und ja, ich habe mich im Vorfeld darauf eingestellt, dass du mir bei meinem Geständnis nicht um den Hals fallen würdest.« Er lachte freudlos. »Aber jetzt ...« Er schüttelte mit geschlossenen Augen den Kopf, als wollte er all die Worte abschütteln, die ihm noch auf der Zunge lagen. Dann zeigte sich so was wie ein Lächeln auf seinen Lippen. »Jetzt bist du wieder da.«

»Jetzt bin ich wieder da«, wiederholte ich und spürte erstmals etwas wie Hoffnung in mir aufkeimen.

Elijah nickte. »Komm rein. Lass uns auf den Schock einen Tee trinken und noch einmal in Ruhe über alles reden.« Mit diesen Worten öffnete er die Tür weiter und ließ mich wieder in sein Haus.

Ohne Umarmung, ohne Berührung.

Mir wurde klar, dass ich ihn mindestens ebenso verletzt hatte wie er mich.

Tränen sammelten sich in meinen Augen, als ich die Tür hinter mir schloss und ihm wortlos in die Küche folgte, wo er schweigend Wasser aufsetzte.

»Kann ich was helfen? Wo hast du die Teetassen?«

Er deutete auf einen der Hängeschränke. »Brauchst du Zucker?«

»Nein, danke. Du?«

Er schüttelte den Kopf, während er eine Teekanne vor sich stellte und vier Löffel losen Tee in das Teesieb gab. Kaum dass das Wasser kochte, war ich versucht, ihm anzubieten, es für ihn in die Kanne zu gießen, aber etwas an seinem Verhalten hielt mich davon ab. Elijah war enttäuscht, vielleicht auch wütend, und ich befürchtete, ihm jetzt eine derartige Alltäglichkeit wie das Teezubereiten abzunehmen, könnte ihn nur noch mehr kränken.

Ich verfolgte seine Handbewegungen, wie er vorsichtig, aber gezielt den Griff des Wasserkessels fand. Mit der anderen Hand tastete er nach der Teekanne und erfühlte mit dem Zeigefinger die oberste Kante. Dort setzte er den Schnabel des Wasserkessels an, und mein Arm schnellte nach vorn, bereit, einzugreifen, aus Angst, er könnte sich verbrühen. Doch geschickt zog er den Finger zurück und umschloss stattdessen den Griff der Kanne, in die er, ohne etwas zu verschütten, das kochende Wasser goss.

Mein Adrenalinspiegel war jenseits von Gut und Böse – ein weiterer Beweis dafür, wie sehr mir Elijah am Herzen lag. Unmöglich hätte ich es ertragen, wenn er sich verbrüht hätte.

»Ich nehme die Kanne und du die Teebecher, okay?«, sagte ich schnell, als er Anstalten machte, die Küche zu verlassen.

Einen Augenblick zögerte er, bevor er die Teekanne wieder abstellte. »Einverstanden.«

»Hier sind die Becher«, sagte ich und reichte sie ihm so, dass er die Henkel greifen konnte.

»Danke.« Er nahm beide mit einer Hand, die zweite verwendete er als Führung, um zügig aus der Küche in Richtung Wohnzimmer zu gelangen.

Ich folgte ihm und platzierte die Kanne auf dem Couchtisch, wo er bereits die Teebecher abgestellt hatte.

»Bitte, nimm Platz«, sagte er, immer noch ohne Lächeln, jedoch inzwischen mit weicherer Stimme.

Mein Herz raste, als ich mich auf die Couch setzte und er sich neben mich sinken ließ.

»Also ich …«, begann ich genau in dem Moment, als Elijah mit »Möchtest du …« ansetzte.

Verlegen lachten wir, und ich war erleichtert, dass diese Situation erneut etwas von dem Eis gebrochen hatte, das schneller zwischen uns aufgezogen war als ein Blizzard.

»Du zuerst, bitte«, begann er und wandte sich mit dem Oberkörper in meine Richtung.

»Nein, bitte sag du. Ich habe dich vorhin nicht ausreden lassen und bereue es zutiefst. Ich bin mir sicher, dass du noch einiges hättest sagen wollen, was mich in meiner Entscheidung beeinflusst hätte. Also dass ich *nicht* aus dem Haus gelaufen wäre, wenn ich …« Ich stockte und wurde rot.

Elijah atmete geräuschvoll aus und tastete nach meiner Hand, die ich ihm reichte. Sanft drückte er sie, glitt mit seinen Fingern zwischen meine und besänftigte mich weiter. »Es tut mir aus tiefstem Herzen leid, Cami. Wirklich, ich habe mehr als einmal überlegt, wann der richtige Zeitpunkt ist, es dir zu sagen. Aber ehrlich, gibt es den? Jeden Tag, an dem wir uns besser kennengelernt haben, hat es sich noch zu früh dafür angefühlt. Und jeden Tag, an dem wir uns näher gekommen sind, war es, als wäre es bereits zu spät für die Wahrheit. Und je länger ich gezögert habe, desto schlimmer ist es geworden.« Er atmete tief ein und wieder aus. »Glaub mir, seit wir das erste Mal geschrieben haben, habe ich den Auszug mehrfach bei Lara angesprochen. Doch sie ist leider unglaublich hartnäckig. Monatelang habe ich es nicht geschafft, ihr deutlich zu machen, wie sehr ich will, dass sie geht. Ich meine, ich kann sie schlecht vor die Tür setzen. Aber jetzt … Jetzt musste ich eine Entscheidung treffen. Dich weiter mit Unwahrheiten zu konfrontieren und zu hoffen, dass ich Lara gleichzeitig doch irgendwann dazu überreden kann, sich eine neue Bleibe zu suchen? Oder dir die Wahrheit anzuvertrauen und zu beten, dass du dafür Verständnis hast und mir glaubst, dass ich … nun, dass ich dabei bin, etwas an der Situation zu ändern. Wenn auch bisher leider nur mäßig erfolgreich.«

Seine Worte drangen zu mir durch und verdeutlichten mir mehr und mehr, in welcher Zwickmühle sich Elijah befunden hatte.

»Ich hoffe einfach, dass ich mich jetzt nicht für den falschen Weg entschieden habe und dich durch mein Geständnis verliere, Cami. Denn das würde … mein Leben ziemlich dunkel machen.«

29 – ELIJAH

Laut dröhnte das Rauschen des Blutes in meinen Ohren, als ich auf eine Reaktion von Cami wartete. Der Songtext von »Wait« von JP Cooper wiederholte sich, wie in letzter Zeit immer öfter, in meinem Kopf. Er sang von einer Beziehung, die auf dem besten Weg war, zu scheitern, die er aber nicht aufgeben wollte und ihr deshalb Zeit gab. Und genau das hatte ich auch vor. Wenn Cami noch Zeit brauchte, um die neuen Informationen zu verdauen, war es eben so. Auf keinen Fall würde ich etwas überstürzen oder sie gar zu etwas drängen. Doch gerade war ich in der passiven Situation. Ich musste warten, bis von ihr etwas kam.

Konzentriert tastete ich nach der Teekanne, vergewisserte mich, dass der Deckel fest darauf saß, und goss uns Tee in die Becher.

Der leicht würzige Duft der Kräuter drang in meine Nase, als Cami endlich auf meine Worte reagierte. »Ich kann deine Zwickmühle verstehen, genau wie deine Entscheidung. Vermutlich hätte ich ähnlich wie du gehandelt, aber ...«

Fuck, da war dieses Wort, das ich gefürchtet hatte. Mein Herz setzte einen Schlag aus.

»Auch ich habe schlechte Erfahrungen gemacht. Meine letzte Beziehung ist etwas über zwei Jahre her, doch es hat lange gedauert, bis ich wieder bereit war, mich darauf einzulassen, einen Mann kennenzulernen. Dass es dann gleich auf *Perfect Match* passiert ist und wir beide uns gefunden haben, ist wohl ein Wink des Schicksals.« Ihre Stimme war weicher geworden und ich konnte das Lächeln darin hören. Sanft streichelte sie mit den Fingerkuppen über meine Handfläche und ich atmete bei dieser tröstenden Berührung erleichtert auf.

»Was war das mit deinem Ex?«

Sie schnaubte. »Matthew habe ich kennengelernt, als ich mich mit Sheryl in der Schlange vorm Kino angestellt habe. Er stand hinter uns und hat mit uns geflirtet. Mir hat er sofort gefallen und als er mitbekommen hat, welchen Film wir uns ansehen, hat er sich für diesen ebenfalls eine Karte gekauft. Und rate mal, wo er anschließend saß.«

»Neben dir?«, fragte ich und kämpfte gleichzeitig gegen meine Eifersucht an. Allein das Wissen, dass es einen Mann vor mir gegeben hatte, der Cami noch dazu schlecht behandelt und ihr das Herz gebrochen hatte, trieb meinen Puls in die Höhe und ließ mich meine freie Hand zu einer Faust ballen.

»Genau. Jedenfalls hat er sich weiter mit mir unterhalten, sogar während des Films. Mir hat seine freche Art gefallen und als die Vorstellung zu Ende war, hat er mich um meine Telefonnummer und um ein Date gebeten. Keine Woche später waren wir zusammen. Matthew konnte sehr überzeugend sein, wenn er etwas wollte, und ich fühlte mich von seiner forschen und fordernden Art angezogen. Leider hat es viel zu lange gedauert, bis mir klargeworden ist, dass ich nur eine Trophäe für ihn war. Dass er mir etwas vorgemacht und mich gleichzeitig kleingehalten hat, um die Kontrolle über mich zu behalten.«

Zornig presste ich die Kiefer aufeinander, sagte jedoch nichts. Ich wollte sie erst weitererzählen lassen.

»Rückblickend gesehen hat ihn gefühlt alles an mir gestört. Mein Lachen, meine positive Art, meine Intelligenz oder meine

Liebe zu Kindern und meinem Beruf. Dass ich mich so für die Kleinen eingesetzt habe – anstatt meine ganze Aufmerksamkeit auf ihn zu lenken. Ich durfte mich nicht einmal mehr mit anderen Männern, geschweige denn ehemaligen Studien- oder Arbeitskollegen unterhalten. Und leider habe ich lange gebraucht, um zu verstehen, wie sehr er mich manipuliert und mir jede Freude und Energie ausgesogen hat.«

»Hast du dich dann von ihm getrennt?«

»Genau genommen hätte ich ihn gleich verlassen sollen, als mir das erste Mal klargeworden ist, dass er mich kontrolliert. Spätestens beim zweiten Mal wäre der Zeitpunkt erreicht gewesen, ihn in den Wind zu schießen. Schieb es auf mein weiches Herz, dass ich dachte, ich könnte die gute Seite in Matthew wecken. Unzählige Male habe ich versucht, ein vernünftiges Gespräch darüber anzufangen. Ihm zu sagen, wie sehr mich seine Art verletzt. Dass es nicht okay ist, wenn er mich anschreit und das, was mich glücklich macht, schlechtredet. Immer wieder, wenn ich ihm erklärt habe, dass ich das nicht länger aushalte, hat er sich bei mir entschuldigt und mir versprochen, sich zu ändern. Hat gesagt, dass er Zeit bräuchte, weil er es nicht anders kannte. Weil er selbst aus einer zerrütteten Familie kam. Doch er hat mich zu oft angelogen. Unmöglich kann ich – rückblickend gesehen – irgendwas von dem, was er gesagt hat, als wahr betrachten. Es würde mich nicht wundern, wenn er mich bei jeder sich bietenden Gelegenheit betrogen hätte … Wenigstens bin ich gesund und er hat mir keine Krankheiten angehängt.«

Etwas in meiner Brust wurde schwer. »Das tut mir leid für dich. Alles. Und ich verstehe nun viel besser, warum du so reagiert hast.« Seufzend wischte ich mir mit der freien Hand über das Gesicht.

»Mach dir keinen Kopf deswegen. Wir beide sind kein unbeschriebenes Blatt. Das bedeutet jedoch nicht, dass wir nicht trotzdem zusammenfinden können, oder?«

Zum ersten Mal, seit Cami fluchtartig das Haus verlassen hatte, spürte ich echte Erleichterung in mir. Noch war nichts verloren, wir hatten nur einen etwas holprigen Start.

Ein Lächeln hob meine Mundwinkel, als ich ihre Hand fester drückte. »Hey, wir haben *Perfect Match* überstanden, also sollte das jetzt ein Klacks für uns sein.«

Sie kicherte und rückte zu mir auf. »Neustart?«, fragte sie leise.

»Neustart«, wiederholte ich entschlossen. Ich griff nach meinem Tee, und daran, wie sich neben mir die Couch bewegte, merkte ich, dass Cami es mir gleichtat. »Auf uns und die Kraft, mit Altem abzuschließen und uns auf Neues einzulassen.«

»Cheers!« Camis Henkelbecher stieß sanft gegen meinen, dann hörte ich, wie sie über den Rand pustete und leise schlürfte.

Auch ich trank einen kleinen Schluck und stellte den Teebecher zurück auf den Tisch.

»Wo ist Lara jetzt?« In Camis Stimme konnte ich keine Verurteilung mehr hören. Nur Neugier.

»Bei ihren Eltern. Jedes zweite Wochenende fährt sie direkt nach der Arbeit zu ihnen und kommt erst am Sonntagabend zurück.«

»Also bist du bis dahin allein?«

Mein Puls stieg bei ihren Worten an, und ich fragte mich, ob sie es nach wie vor aus reiner Neugier wissen wollte, oder ob sie noch etwas anderes im Sinn hatte.

»Ich hoffe, nicht gänzlich allein«, sagte ich deshalb, um Cami und mir alles offenzulassen.

Aus ihrer Richtung kam ein »Okay«, das jedoch vergnügt klang. Ich merkte, wie sie sich von mir abwandte, aber sicher nicht, weil ihr meine Aussage nicht gefallen hatte. »Dann sollten wir uns eine gemütliche Zeit machen. Wann willst du kochen?«

»Hast du denn schon Hunger?«

»Noch nicht wirklich.«

»Ich auch nicht.«

Sie tastete nach meiner Hand und verwob ihre Finger mit meinen. »Lass uns einfach hier sitzen und reden. Über alles, was uns bewegt.«

Und das taten wir. Wir sprachen über unsere Familien und ich erfuhr, dass Camis Eltern sich getrennt hatten, als sie ausgezogen war. Ihre Mutter arbeitete als Buchhalterin und ihr Vater war Krankenpfleger im St. Thomas Hospital. Ich erzählte von meinen Eltern, die beide bereits ihren Ruhestand genossen. Von Ronald und seiner Frau Michelle und dass sie sich seit zwei Jahren ein Baby wünschten, es bisher aber nicht geklappt hatte, und davon, dass sich mein Freundeskreis seit meinem Unfall komplett verändert hatte.

»Das war eine der härtesten Erfahrungen für mich. Die Jungs aus dem Fußballclub haben sich zu Beginn noch gemeldet und sich erkundigt, wie es mir geht. Aber als sich rausgestellt hat, dass ich niemals mehr sehen werde, haben sie sich nach und nach zurückgezogen. Wenn ich sie kontaktiert habe, waren sie jedes Mal kurz angebunden. Keine Ahnung, ob es daran liegt, dass sie wegen meiner Blindheit mir gegenüber Hemmungen haben, oder dass ich nie wieder mit ihnen kicken, geschweige denn mir eines ihrer Spiele anschauen kann. Nicht auf die Art, wie ich es früher getan habe. Ich brauche halt jedes Mal jemanden, der mir die Spielzüge ansagt. Ein paar haben es probiert, doch entweder es war für sie nervig oder sie haben es schleifen lassen und ich hatte keine Ahnung, wie das Spiel gerade lief. Sogar meine anderen Kumpels abseits des Feldes haben begonnen, sich seltsam zu verhalten und sich zurückzuziehen. Als hätte sich meine Persönlichkeit geändert. Vielleicht hat sie das sogar, aber … es war hart, jahrelange vermeintliche Freundschaften zerbrechen zu sehen und keinen Einfluss darauf zu haben. Sicher spielt es auch eine große Rolle, dass ich mit meinen Kumpel nicht mehr durch die Clubs ziehen kann wie früher. Also nicht falsch verstehen, ich könnte schon, aber ich fühle mich an zu lauten fremden Orten nicht wohl. Orientierungslos. Und es nervt, jedes Mal jemanden bitten zu müssen, mich zur Toilette zu begleiten, wenn wir in einem neuen Lokal sind, wo ich noch nicht sicher weiß, wo sie sich befindet. Mit dem Blindenstock in einem vollen Club oder einer dichtgedrängten Bar ist man einfach fehl am Platz.«

»Das tut mir sehr leid für dich.« Cami klang bedrückt.

»Muss es nicht. Zu Beginn war es schwer, zu erleben, wie sich meine Freunde von mir distanzieren. Rückblickend gesehen war es jedoch gut so. Leute, die Berührungsängste haben oder mich nicht mehr als den Elijah sehen, der ich vor dem Unfall war, tun mir leid. Sie behandeln mich, als wäre ich ohne Augenlicht ein anderer Mensch. Im Grunde denke ich jedoch, dass mich diese Erfahrung stärker hat werden lassen. Ich habe enorm viel gelernt – über mich und die Leute in meinem Umfeld. Und auch wenn eine nicht unwesentliche Menge davon schmerzhaft war, würde ich doch keine der Erkenntnisse missen wollen.«

»Du bist ein bewundernswerter Mann. Deshalb bitte ich dich noch einmal, es mir zu sagen, sollte ich dich in irgendeiner Weise nicht so behandeln, wie du es dir erhoffst oder brauchst. Bitte sei immer offen zu mir und sprich alles sofort an. Auf keinen Fall möchte ich, dass etwas zwischen uns steht und wir uns dadurch das Leben schwer machen. Nicht noch einmal. Ich werde ebenfalls an mir arbeiten und … ich verspreche, nicht mehr davonzulaufen, wenn sich Dinge auftun, die mir Angst bereiten oder mich im ersten Moment überfordern.«

Ein Kloß bildete sich in meinem Hals, so viel Glück empfand ich in diesem Augenblick. »So machen wir es.«

Sanft glitt ihre Hand an meinen Nacken, dann zog sie mich an sich. Ihre Lippen waren herrlich erlösend auf meinen und als ihre Zunge meine neckte, wünschte ich, der Kuss würde nie enden. Doch ein leises Knurren drang zu mir durch – und nein, es kam nicht von Teddy.

»Okay, ich denke, wir sollten kochen«, murmelte ich belustigt und strich ihr über die Lippen, bedauernd, dass ich mich von ihr lösen musste.

Cami stieß ein frustriertes Seufzen aus. »Oje, ich glaube, noch nie zuvor habe ich meine Körperfunktionen so sehr verflucht wie heute. Wobei Magenknurren ja nicht zwingend ein Zeichen dafür ist, dass man Hunger hat. Es kann durchaus auch entstehen, wenn Luft und Flüssigkeiten in einem bewegt werden. Aber das macht es gerade nicht unbedingt besser für mich, oder?« Sie lachte auf, und Gott, ich liebte dieses Geräusch.

»Na komm, lass uns in die Küche gehen. Selbst wenn du noch keinen Hunger hast – der kommt bestimmt, sobald wir kochen.«

Ich nahm die fast leere Teekanne mit, während ich mir sicher war, dass Cami nach unseren Bechern griff. Das wurde mir bestätigt, als ich hörte, wie sie ganz selbstverständlich die Spülmaschine öffnete und sie hineinstellte.

Teddy bekam seine tägliche Futterration und im Anschluss ließ ich ihn kurz in den Garten. Einen Spaziergang gab es heute ausnahmsweise nicht.

»Also ... wie kann ich helfen?«, wandte sich Cami schließlich an mich.

»Du könntest aus dem Kühlschrank die Sardellenfilets, die Oliven, Kapern und das Tomatenmark holen.« Ich öffnete den Schrank, nahm zwei Töpfe heraus und stellte sie auf die Herdplatten. Einen davon füllte ich mit Wasser und schaltete die Platte ein.

Hinter mir wurde die Kühlschranktür geöffnet und ich musste lächeln, weil ich voller Vorfreude auf das gemeinsame Kochen mit Cami war.

»Und nun?«

»Jetzt schneiden wir alles klein.« Ich suchte zwei Schneidbretter und tastete in einem Schrank nach den geschälten Tomaten in den Dosen.

»Kommst du zurecht?« Dass Cami nicht ständig fragte, ob sie helfen konnte, sondern ob ich zurechtkam, bedeutete mir viel. Kein einziges Mal fühlte ich mich bei ihr minderwertig oder so, als wäre ich ohne fremde Hilfe aufgeschmissen.

»Eventuell kannst du mir sagen, ob ich wirklich die Dosentomaten erwischt habe.« Zwar hatte ich sie mir zu Hause mit Aufklebern markiert, aber es wäre nicht das erste Mal gewesen, dass mir im Supermarkt jemand die falschen Artikel gegeben hatte.

»Ja, hast du.«

Zufrieden stellte ich die Dosen ab.

»Kann ich mich bei den Messern im Messerblock bedienen?«

»Natürlich. Was schneidest du?«

»Die Oliven und den Knoblauch?«

»Perfekt.«

Ich konnte förmlich Camis Blick auf mir spüren, als ich das kochende Wasser salzte, Nudeln hineingab und etwas Olivenöl in den zweiten Topf träufelte. Zu gern hätte ich jetzt ihr Gesicht gesehen oder – noch besser – ihre Gedanken gehört.

»Ich bin schwer beeindruckt, wie sicher deine Handgriffe in der Küche sind.« Das Schmunzeln in ihren Worten entging mir natürlich nicht.

»Ich wusste, dass ich dich damit beeindrucken kann.«

»Hast du also schon immer gern gekocht?«

»Ja. Das hilft mir jetzt bestimmt umso mehr.«

Neben mir hörte ich das leise Geräusch der Messerklinge auf dem Schneidbrett.

Schnell schnitt auch ich die getrocknete Chilischote in feine Streifen. Ich öffnete die Sardellenfilets und stellte einen Teller auf die akustische Küchenwaage, ehe ich die benötigte

Menge abwog. Ich spülte sie ab, trocknete sie vorsichtig mit einem Küchentuch und wandte mich anschließend an Cami.

»Kannst du kurz einen Blick auf die Sardellen werfen? Manchmal fusselt das Küchenkrepp und ich will ungern, dass du Papier in deinem Essen hast.« Würde ich nur für mich kochen, wäre es mir egal, aber so …

»Alles sauber und in Ordnung«, bestätigte sie mir.

Zufrieden nickte ich, holte einen Kochlöffel aus der Schublade und hielt den Stiel in den Topf mit dem Öl. Ein leises Zischen ertönte. »Wir können jetzt den Knoblauch und die Chilistreifen hineingeben.«

Sobald die beiden Zutaten im heißen Fett waren, verströmten sie ihr herrliches Aroma. Ich rührte um und schaltete die Hitze etwas zurück.

Vorsichtig schnitt ich die Sardellen klein. »Sind deine Oliven fertig gestückelt?«

»Aye, Sir«, kam es von Cami und ich grinste.

»Gut, dann rein mit ihnen in die Pfanne.« Ich gab die Sardellen dazu. Ich liebte den salzig-würzigen Duft, der nun in der Luft lag. »Wir brauchen zwei Esslöffel Tomatenmark, die Löffel sind in der Schublade ganz links.«

Das Besteck rasselte, als sie die Lade aufzog, noch mehr, während sie nach einem Löffel griff. Währenddessen öffnete ich die Dosen, tastete nach dem Rand des Topfes und goss ihren Inhalt vorsichtig hinein. Sofort lag die raue Süße der Tomaten in der Luft und überdeckte den salzigen Geruch der Sardellen und Oliven.

»Mhhh, wie das duftet!«

»Ja, oder?«

Cami kicherte leise.

»Was ist?«

»Nichts, ich … Hast du eventuell wieder Lust auf unnützes Wissen?«

»Unbedingt!«, antwortete ich und ließ mich von ihrer guten Laune anstecken, während ich erneut die Hitze etwas reduzierte und einen zehnminütigen Timer auf meiner Uhr stellte.

»Also … übersetzt heißt Spaghetti alla puttanesca so viel wie Spaghetti nach Hurenart. Warum genau das so ist, ist unklar, aber es gibt dazu zwei Theorien.«

»Ich bin gespannt«, antwortete ich amüsiert und nahm den zweiten Kochlöffel, mit dem ich langsam durch das Nudelwasser rührte.

»Also eine Erklärung geht darauf zurück, dass Prostituierte das Gericht schnell und einfach zubereiten konnten. Die andere Erklärung besagt, dass italienische Freudenhäuser in den 1950er-Jahren sogenannte *case chiuse*, also Häuser mit geschlossenen Fensterläden, waren. Die Prostituierten durften angeblich nur einmal pro Woche einkaufen gehen. Das Gericht soll demnach aus den besser haltbaren Resten der Speisekammer entstanden sein.«

»Echt spannend, das höre ich heute tatsächlich zum ersten Mal. Jetzt habe ich direkt ein schlechtes Gewissen, weil ich dich zu so einem Resteessen eingeladen habe.« Ich lachte verlegen. »Ich schwöre, wenn ich das gewusst hätte, hätte ich etwas anderes vorgeschlagen.«

»Oh nein, das wollte ich damit jetzt nicht andeuten, im Gegenteil. Ich esse Spaghetti alla puttanesca wirklich sehr gerne.«

»Ja?«

»Ganz sicher. Also … soll ich mal die Nudeln probieren?«

Immer noch rührte ich durch das Nudelwasser. »Die sind noch nicht ganz fertig.«

»Das spürst du?«

»Klar. Du sicher auch. Hier.« Ich hielt ihr den Holzlöffel entgegen, den sie mir abnahm. Dabei berührten sich für einen Moment unsere Finger. »Wenn du durch das Wasser rührst, kannst du fühlen, wie steif die Nudeln sind. Dass sie im Kern nach wie vor hart sind.«

»Stimmt«, kam es verwundert aus ihrer Richtung. »Darauf habe ich noch nie so wirklich geachtet.«

Ein hölzernes Klacken ertönte, als sie den Kochlöffel auf die Arbeitsfläche legte.

Ohne zu überlegen, zog ich Cami an mich. »Und wie sieht es jetzt mit deinem Hunger aus?« Ihr Atem traf auf meinen Hals und ihr blumiger Duft strömte in meine Nase.

»Der ist definitiv vorhanden.« Sie raunte diese Worte und ich war mir nicht sicher, ob sie sich nur auf das Essen bezog. Noch weniger, als ihre Lippen die meinen streiften und ich ihre Hände spürte, die mit gespreizten Fingern über meinen Rücken glitten.

Ein wohliger Schauer erfasste mich und ich musste mich wirklich zusammenreißen, in diesem Moment nicht unser Essen zu vergessen, das am Herd vor sich hin köchelte.

30 – Cami

Keine Ahnung, woran es lag, dass mir mit einem Mal so heiß war. Es auf die Chilischote zu schieben, war sicher falsch, denn ich war mit ihr nicht in Berührung gekommen. Wenn ich ehrlich war, gab es nur einen Grund dafür. Der stand vor mir und hatte mich völlig verzaubert. Mit seiner ganzen Art, mit der Selbstsicherheit und Ruhe, mit der er in der Küche hantierte und seiner Blindheit gelassen den Mittelfinger zeigte. Definitiv lag es jedoch an unserem Kuss, der mich vergessen ließ, wo wir uns befanden.

»Wir sollten noch einmal nach der Pasta sehen«, meinte Elijah leise, nachdem er sich langsam von mir gelöst hatte.

Ich unterdrückte ein verzweifeltes Stöhnen und sah ihm zu, wie er erneut in dem Kochtopf rührte und schließlich ein paar Nudeln an die Oberfläche beförderte. Vorsichtig langte er nach einer der Spaghetti und biss hinein.

»Mhm«, machte er und hielt mir das andere Ende entgegen.

Schmunzelnd ließ ich mich darauf ein und sog sie in meinen Mund, bis sich unsere Lippen erneut berührten.

»Ich gieße die Nudeln ab«, erklärte ich entschieden, da ich auf keinen Fall zusehen wollte, wie er mit dem kochend heißen Wasser hantierte und sich dabei womöglich verbrühte.

Er reichte mir ein Sieb und rührte anschließend in der Soße, während ich die Nudeln abgoss. Nachdem ich sie mit kaltem Wasser abgeschreckt und einen Schuss Olivenöl dazugegeben hatte, wandte ich mich wieder Elijah zu, der eben die gehackten Kapern unterrührte und alles abschmeckte.

»Probier mal«, sagte er und hielt einen Löffel, auf dem eine kleine Menge Soße war, abwartend in meine Richtung.

Vorsichtig pustete ich, weil sie heftig dampfte, doch als sie auf meine Zunge traf, seufzte ich genüsslich auf. Die Schärfe der Chili vermischt mit der Süße der Tomaten und dem salzigen Geschmack der Oliven, Kapern und Sardellen war ein Traum.

»Dann lass uns mal essen«, meinte er zufrieden.

Ich brummte zustimmend. Während ich Besteck aus der Schublade nahm, holte Elijah Teller aus dem Schrank, die ich mit zwei Portionen für uns befüllte. In der Zwischenzeit kümmerte sich Elijah um etwas zu trinken. »Möchtest du Rotwein dazu?«

»Nur wenn du auch einen trinkst.«

Einen Augenblick lang biss er sich unschlüssig auf die Unterlippe. »Ein kleines Glas ist sicher in Ordnung.«

»Oh … du trinkst nicht?«

»Normalerweise nicht. Wenn, dann nur ganz wenig und wenn ich weiß, dass ich es nicht weit zum Bett habe. Oder jemanden habe, der mich dorthin führt.« Mir fiel auf, wie verlegen er bei diesen Worten wurde.

»Keine Sorge, ich bin da und gebe auf dich acht.«

Wenig später saßen wir beide am Esstisch. Elijah erzählte von der ersten Zeit, in der er frustriert und verärgert darüber gewesen war, dass er nie wieder etwas würde sehen können, und wie er aus lauter Wut viel zu tief ins Glas geschaut hatte. »Es war wirklich übel. Zum Glück hat es nur dieses eine Mal gebraucht, um zu lernen, dass es scheiße ist, sturzbetrunken zu sein, dass es aber weitaus schlimmer ist, wenn man dabei auch noch blind ist.«

»Hast du dich verletzt?«

»Siehst du diese Narbe hier?« Er zeigte auf seine linke Augenbraue.

»Ja. Ich dachte, die hast du von deinem Unfall«, gestand ich ehrlich.

Elijah schüttelte den Kopf. »Nope. Die kommt von der Kollision mit einer Tischkante in besagtem betrunkenen Zustand. Einziger Vorteil war, dass ich schon so hackevoll war, dass die Schmerzen erst am nächsten Tag kamen.« Er lächelte traurig. »Seitdem bin ich äußerst zurückhaltend, was Alkohol betrifft.«

»Nun, das … ist vermutlich der schlechteste Zeitpunkt, um auf uns beide und unser zweites Date zu trinken«, sagte ich verlegen lachend.

»Oder der beste«, raunte Elijah mir zu, und hätte Teddy in dem Moment nicht unter dem Tisch gebrummt, wäre es eine richtig romantische Szene gewesen.

Wir lachten und ich stieß mein Glas gegen seines, ehe wir beide einen Schluck tranken.

»Ich hoffe, dir schmeckt das Essen.«

»Sehr.« Als sich seine Mundwinkel zu einem Lächeln hoben, freute ich mich. Überhaupt fiel es mir schwer, den Blick von ihm abzuwenden. Nicht nur, dass er heute wieder unverschämt gut aussah und mir das Gespräch mit ihm im Wohnzimmer weitere Seiten von ihm gezeigt hatte. Und jede Einzelne davon war liebenswert. Auch seinen Duft, seine Stimme, seine Berührungen empfand ich als anregend. All das trug dazu bei, dass ich mich noch mehr zu ihm hingezogen fühlte. Inzwischen fragte ich mich, warum ich überhaupt so dumm reagiert und völlig überstürzt nach Abstand verlangt hatte. Ja, er hatte eine Vergangenheit – aber wer hatte die nicht? Sein Leben war genauso wenig rosarot wie meines, und es gab keinen Grund, jemanden für Situationen zu verurteilen, wie sie Elijah und seine beharrliche Ex-Freundin hatten. Er konnte ja schlecht all ihre Sachen vor die Tür stellen und das Schloss wechseln.

Klar war da nach wie vor dieser fiese Stich der Eifersucht in mir, der unangenehm pochte, sobald ich daran dachte, wie sie hier täglich ein und aus ging. Doch ich vertraute Elijah, wenn er sagte, dass er keine Gefühle mehr für sie hegte und dass nichts mehr zwischen den beiden lief. Was vermutlich verrückt von mir war, aber gerade wollte ich mich in dieser schönen verliebten Blase so richtig ausbreiten und sämtliche Zweifel und nagenden Gedanken zu dem Thema beiseiteschieben.

Nach dem Essen half ich ihm, die Küche sauberzumachen. Wir räumten die Spülmaschine ein, und nachdem ich den Herd und die Arbeitsfläche saubergewischt hatte, zog mich Elijah in die Arme.

»Ich schmecke immer noch den Chili auf meiner Zunge. Du auch?«

»Ja«, brachte ich leise hervor, weil mich seine Hände ablenkten, die meine Arme nach oben über meine Schultern zu meinem Nacken und meiner Wange wanderten. Keine Ahnung, wie Elijah das machte, aber jedes Mal, wenn er mich berührte, stand mein ganzer Körper in Flammen.

»Dann muss ich dich wohl küssen«, raunte er und schon landeten seine Lippen auf meinen. Ich schmeckte milde Schärfe und den Rotwein auf seiner Zunge und war völlig berauscht davon.

Ohne wirklich zu registrieren, was ich tat, schob ich meine Hände unter seinen Pullover. Elijah keuchte auf, kaum dass meine Finger seine Haut berührten, und als hätte er diesen Vorstoß von mir gebraucht, wanderten seine Lippen tiefer. Er liebkoste meinen Hals, rieb meine Oberschenkel hinab und wieder hinauf, um mich gleich darauf fest am Hintern zu packen.

Ein Stöhnen drang aus meiner Kehle, während ein süßer Schauder mein prickelndes Verlangen nach mehr anheizte.

Augenblicklich brachte er Abstand zwischen uns. »Tut mir leid, ich … habe gerade etwas die Kontrolle verloren«, sagte er mit rauer Stimme.

Heftig atmend versuchte ich, mich wieder zu sammeln. »Alles gut, ich … mir ging es nicht anders.«

Elijah lächelte verlegen. »Was hältst du davon, wenn wir uns jetzt einen Film anschauen?«

Erleichtert atmete ich auf. Nicht, weil wir uns unterbrochen hatten, sondern weil Elijah genauso überwältigt zu sein schien von allem, was hier gerade passierte. Also setzten wir uns ins Wohnzimmer, wo er den Fernseher einschaltete und wir uns schließlich für *Catch Me If You Can* entschieden.

Auch das Fernsehen mit Elijah war auf seine Art besonders. Er saß mit ausgestreckten Beinen seitlich zum Fernseher. Ich lag an seiner Brust und schaute den Film, während ich zusätzlich der Audiodeskription lauschte. Keine Ahnung, inwieweit Elijah der Handlung folgte, doch mir fiel es bedeutend schwerer ab dem Moment, in dem er anfing, sanft mit seinen Fingern an meinem Oberarm und Rücken auf und ab zu streicheln. Meine Konzentration schwand beziehungsweise verlagerte sich, denn ich konnte mich nur noch auf seine Hand fokussieren, die wieder und wieder für ein sehnendes Ziehen in mir sorgte.

Fast schon erleichtert atmete ich auf, als der Film zu Ende war und ich mich entschuldigte, um zur Toilette zu gehen. Nicht nur, weil ich musste, sondern auch, um mich zu sammeln und einen klaren Kopf zu bekommen. Die kühle Luft und der Abstand zu Elijah halfen mir, wieder vernünftig denken zu können. Doch sobald ich zurück im Wohnzimmer war und ihn auf der Couch sitzen sah, wurde mir erneut schwummrig.

Auch Elijah ging kurz zur Toilette, während ich unsere Wassergläser auffüllte. Weil ich noch nicht gehen wollte.

»Was machen wir jetzt?« Elijah stand in der Tür zum Wohnzimmer. Seine Haare waren auf diese sexy Art zerzaust, und am liebsten wäre ich zu ihm gegangen, um ihm mit den Fingern hindurchzufahren.

»Wenn du willst, könnten wir die Ananas essen«, schlug ich vor, weil ich eine Verschnaufpause von seiner Nähe brauchte. Denn ganz ehrlich, würden wir uns jetzt wieder auf die Couch legen, könnte ich für nichts garantieren. Ich war inzwischen so aufgeheizt, dass ich vermutlich keine fünf Atemzüge lang meine Finger bei mir behalten könnte. Und das nur, weil ich knapp hundertvierzig Minuten lang seinen Duft eingeatmet, seine Wärme gespürt und seinen Herzschlag gehört hatte. Von seinen Berührungen mal ganz abgesehen …

»Ist das also eine spezielle extrareife Ananas?«

»Wir bereiten sie so zu, dass du sie ohne Bedenken essen kannst. Na komm …« Ich griff nach seiner Hand und zog ihn sanft hinter mir her in die Küche.

»Was kann ich helfen?«, fragte er neugierig.

»Hmm … Ich brauche eine Pfanne und einen Müllsack für den Abfall. Butter und Zucker benötige ich auch. Den Rest mache ich.« Ohne abzuwarten, holte ich ein Schneidbrett aus dem Schrank und nahm das große scharfe Messer aus dem Messerblock.

Elijah reichte mir die Ananas und ich begann, sie zu schneiden, während er seine Arme um mich schlang und mich mit Zunge und Lippen zärtlich am Hals neckte.

»Das war nicht, was ich beabsichtigt hatte«, brachte ich atemlos hervor, als ich die halben Ananasscheiben in die Pfanne legte, in der Butter und Zucker aufschäumten.

Süßer Duft hüllte uns ein und Teddy kam verschlafen um die Ecke und schnupperte neugierig.

»Tut mir leid, aber ich kann nur schwer die Finger von dir lassen. Ich bin verrückt nach deiner Nähe.« Er küsste mich auf den Mundwinkel und dann auf die Lippen. »Verrückt nach dir.«

Seufzend drehte ich mich um und erwiderte den Kuss, bevor ich die Ananasscheiben wendete.

Elijah holte einen Teller aus dem Schrank und sobald die Ananas auch auf der anderen Seite eine sanfte braune Farbe erhalten hatte, legte ich die Stücke darauf.

»Und die kann ich jetzt bedenkenlos essen?«

»Ja, ich habe sie mit Butter und Zucker karamellisiert. Durch das Erhitzen wurde das Enzym zerstört, das deine Zunge anschwellen lässt. Willst du probieren?«

Seine Mundwinkel zuckten. »Ich bitte darum.«

Mit der Gabel spießte ich ein Stück auf und führte es an seine Lippen. »Achtung, heiß.«

Elijah pustete vorsichtig und umfasste mein Handgelenk mit seiner Hand. Anschließend probierte er die Ananas. Ein genüssliches Stöhnen kam aus seiner Kehle, was nur zusätzlich dafür sorgte, dass mir heiß wurde.

»So gut?«, fragte ich mit rauer Stimme.

»Ja.«

Und ehe ich michs versah, hatte er mich an sich gezogen und seine Lippen auf meine gelegt. Er drang mit seiner Zunge in mich und ließ mich auf diese Weise die herrliche Süße der Ananas schmecken.

Ich keuchte in seinen Mund und musste mich erneut bremsen, mich und meinen Anstand nicht zu vergessen. »Lass uns noch einen Film schauen«, bat ich ihn mit schwirrendem Kopf und einem wilden Pochen zwischen meinen Beinen.

Elijah atmete geräuschvoll aus, lehnte seine Stirn an meine und nickte schließlich. »Das ist eine gute Idee.« Dass es ihn mindestens so viel Selbstbeherrschung kostete wie mich, konnte er nicht vor mir verbergen.

31 – ELIJAH

Fuck, ich hatte keine Ahnung, was wir hier gerade taten. Cami lag erneut an mich gelehnt, während wir *Desperado* schauten. Klar, ich dachte, ein Actionfilm könnte dafür sorgen, dass wir uns wieder etwas beruhigten. Jedoch hatte ich nicht mehr im Kopf gehabt, wie sexy manche Szenen in diesem Film waren. Wie stark das Knistern zwischen Salma Hayek alias Carolina und Antonio Banderas als Gitarrist war.

»Tut mir leid, ich hatte vergessen, dass der Film nicht dazu beiträgt, einen kühlen Kopf zu bewahren.«

Sie lachte leise in sich hinein. »Alles gut. Die Ananas war da bedauerlicherweise auch nicht wirklich hilfreich.«

»Ananas?« Ich war verwirrt, noch mehr, als Cami sich an mich schmiegte und kicherte.

»Ja. Sie gehört unter anderem zu den Spitzenreitern in der Liebesküche und ist überaus luststeigernd.«

Ein lautes Lachen brach aus mir heraus. »Okay, das ist tatsächlich ein nützliches unnützes Wissen, das du da mit dir herumträgst. Dann hast du die Ananas also ganz bewusst mitgebracht?«

»Ich habe mich für sie entschieden, weil sie in unserer ersten Unterhaltung Thema war. Nicht, dass ich damit dein Verlangen nach mir steigern wollte oder so …« Sie verbarg ihr Gesicht an meiner Brust, als hätte ich bemerken können, wie sie rot wurde. Und ich liebte es, dass sie mich auf diese Weise *sehen* ließ.

»Keine Sorge, dafür ist kein Aphrodisiakum notwendig«, raunte ich an ihrer Wange.

Sie keuchte auf und räusperte sich schließlich. »Der Film …«

Tief holte ich Luft und nickte. »Du hast recht.«

Mit aller Kraft versuchte ich, mich nicht von der Frau in meinen Armen ablenken zu lassen, sondern mich ganz auf die Handlung zu konzentrieren. Cami schien es ähnlich zu machen, denn sie lag ruhig an mich geschmiegt. Ihr Atem ging gleichmäßig, und ich widerstand dem Drang, erneut über ihre Arme und Taille zu streicheln.

Als der Film zu Ende war, setzte ich mich auf, um mich zu strecken. Auch Cami wirkte müde, denn sie gähnte verhalten.

»Wie spät ist es?«, fragte ich und schaltete den Fernseher aus.

»Kurz nach halb eins.«

Seufzend wischte ich mir über das Gesicht. »Tut mir leid, ich hatte nicht bedacht, wie viel Zeit bereits vergangen ist.«

»Schon gut, kein Problem.«

Ich atmete tief durch und versuchte, die richtigen Worte zu finden. Doch ich war von Camis Nähe zu benebelt, weshalb ich einfach geradeheraus sagte, was ich dachte. »Hör zu, ich möchte nicht, dass du so spät noch allein nach Hause fährst. Es mag vielleicht klingen, als ob ich es absichtlich so eingefädelt habe, doch ich habe in deiner Gegenwart völlig die Zeit vergessen.«

»Keine Sorge, das hätte ich jetzt auch nicht über dich gedacht, Elijah.«

»Es wäre vermutlich angebracht, dass ich dir mein Bett anbiete und ich … nehme das in dem Zimmer meiner Ex. Das wäre allerdings seltsam, vor allem, weil ich noch nie in dem

Gästezimmer war, seit sie es für sich beansprucht. Und hier auf der Couch zu bleiben, wäre zwar eine Möglichkeit, aber ...«

»Elijah, es wäre schön, wenn wir uns ein Bett teilen würden. Dein Bett ...«

Ihre Worte jagten Hitze durch mich hindurch.

»Okay ... Ich mache das jedoch nicht, weil ich mit dir schlafen will. Also ... ich möchte es. Verdammt, so sehr, aber es ist vermutlich zu früh. Auf keinen Fall will ich, dass du ein falsches Bild von mir hast. Ich bin nicht so einer, der eine Frau einlädt und sie hinhält, bis es zu spät ist, um sie allein nach Hause fahren zu lassen, mit dem Ziel, ihr an die Wäsche zu gehen.«

Cami lachte leise. »Elijah, mach dir bitte keinen Kopf. Ich habe keine schlechte Meinung von dir, okay?«

Tief atmete ich ein und wieder aus. »Gut, dann ...« Ich räusperte mich. »Lass uns nach oben gehen.«

»Nach dir«, antwortete sie leise.

Scheiße, ich konnte mich nicht daran erinnern, wann ich zuletzt so nervös gewesen war. Mein Herz raste wie irre, als wir mein Schlafzimmer erreichten.

»Also ... willst du zuerst ins Badezimmer? Ich denke, ich habe noch irgendwo eine verpackte Zahnbürste im ...«

»Ich habe eine mit.«

Dieser Satz verblüffte mich. »Du hast ...«

»Ja, also ...« Cami atmete geräuschvoll aus. »Ich habe vorsorglich eine eingepackt. Weil ich ... ähm ... nicht, dass ich das geplant habe, aber ich dachte, sicher ist sicher.«

Unzählige Gefühle durchströmten mich mit einem Mal.

Wortlos zog ich Cami an mich. Ich hielt sie fest, streichelte über ihren Rücken und genoss es, dass sie meine Zärtlichkeiten erwiderte. »Dann haben wir es uns also beide gewünscht und nicht zu hoffen gewagt, dass es tatsächlich so weit kommen würde.«

»Sieht ganz danach aus«, antwortete sie amüsiert. »Aber wenn ich darf, leihe ich mir Zahncreme von dir aus.«

Erleichtert atmete ich auf. »Kein Problem.«

Während Cami ihre Zähne putzte, ging ich ins Schlafzimmer, um das Fenster weit aufzureißen und frische Luft hereinzulassen. Ich pfiff nach Teddy, der müde die Treppe nach oben trottete und sich mit einem lauten Schnauben in sein Hundebett fallen ließ. Als schließlich Cami zu mir kam, schloss ich das Fenster bis auf einen kleinen Spalt, denn es war verdammt kühl draußen.

»Ich bin dann kurz im Bad«, sagte ich unnötigerweise, was sie mit einem leisen »Okay« beantwortete.

Dort angekommen stützte ich mich auf den Rand des Waschtisches und versuchte zu begreifen, dass gleich Cami die Nacht in meinem Bett verbringen würde. Keine Ahnung, wie ich auch nur ein Auge zutun sollte, wenn ich wusste, dass sie an mich geschmiegt neben mir lag ...

Ich leerte meine Blase, putzte die Zähne und grübelte währenddessen die ganze Zeit, *wie* ich schlafen sollte. Nur in Boxershorts? Oder doch mit T-Shirt? Oder wäre es angemessen, einen Pyjama anzuziehen? Aber meine Überlegungen halfen mir nicht weiter.

In der Schlafzimmertür blieb ich stehen. »Die Tür lasse ich offen, okay? Teddy hat unten sein Wasser und manchmal liegt er lieber dort in seinem Bett. Lara kommt wie gesagt erst am Sonntagabend, also ...«

»Schon in Ordnung«, erwiderte sie und ich merkte, dass sie dabei lächelte. Aber fuck, ich hörte sie aus der Richtung meines Bettes und war mir hundertprozentig sicher, dass sie bereits darin lag.

Dieses Wissen half nur bedingt, dass ich mich entspannte. »Gut, aber da gibt es noch eine Sache, Cami. Du musst mir bei etwas helfen.«

»Okay?«

Tief holte ich Luft und versuchte, mich zu konzentrieren. »Sag mir, was du anhast.« Vor Aufregung musste ich mich räuspern. »Damit ich weiß, was ich zum Schlafen anziehen soll.«

Auch Camis Stimme bebte, als sie mir antwortete: »Ich trage nur meinen Slip und ein Tanktop.«

Geräuschvoll stieß ich sämtliche Luft aus meinen Lungen. »Du machst es mir damit echt nicht leicht, ich hoffe, du weißt das.« Verzweifelt lachte ich auf. »Aber gut, das kann ich auch.« Mit diesen Worten öffnete ich die Knöpfe meiner Jeans und schob sie nach unten. Ich hielt mich an der Kommode fest, während ich aus einem Hosenbein nach dem anderen herausschlüpfte und gleichzeitig die Socken abstreifte. Dann zog ich meinen Pullover über den Kopf und platzierte ihn auf dem Sessel, auf den ich auch die restlichen Klamotten gelegt hatte.

Ich spürte Camis Blick auf mir, als ich die zwei Schritte zum Bett machte. Ganz sicher hatte sie die Nachttischlampe eingeschaltet, die ich seit dem Unfall nur in der ersten Zeit benutzt hatte, als ich im Affekt nach dem Aufwachen den Schalter betätigt hatte, in der Hoffnung, etwas zu sehen.

Wenn ich mich nicht irrte, lag sie auf der rechten Seite, weshalb ich die linke anpeilte.

»Elijah?«

»Ja?«

»Ich habe das Licht nicht eingeschaltet und die Augen geschlossen. Nur, falls du denkst ... Ich dachte, es wäre fair, die gleichen Bedingungen für mich zu schaffen, wie du sie hast.«

Tief sog ich Luft in meine Lungen und versuchte, das verräterische Brennen in meinen Augen wegzublinzeln. »Danke, das ist wirklich ...«

»... nicht erwähnenswert. Ich möchte, dass du dich genauso wohl fühlst wie ich. Und ... das ist heute unser zweites

281

Date.« Sie stieß ein kurzes Lachen aus. »Ich meine, nie hätte ich gedacht, dass ich so schnell mit einem Mann, den ich übers Internet kennengelernt habe, in einem Bett schlafe.«

Erneut wurde mir heiß, doch nun gab es keinen Grund mehr, mich länger von ihr – oder eher meiner Matratze – fernzuhalten. Also setzte ich mich und schlüpfte unter die Decke. »Ich hätte das ebenfalls nicht erwartet, Cami. Aber ich bin froh, dass es sich so ergeben hat und dass du mir dermaßen vertraust, dass du heute hierbleibst. Bei mir.«

Sanft strich ihre Hand über mein Gesicht. »Das kann ich nur zurückgeben. Weil es nicht selbstverständlich ist, dass du mich bei dir bleiben lässt. In deinem Bett, neben dir.«

»Komm her«, raunte ich und hob die Decke etwas an, damit kein Stoff zwischen uns war.

Seit Jahren hatte ich ausschließlich eine Decke zum Schlafen, obwohl ich zwei Kissen brauchte, weil ich manchmal ein zweites zum Sitzen im Bett in Verwendung hatte. Ich konnte nur hoffen, dass das ein weiterer Beweis für Cami war, dass ich allein schlief. Andererseits ... warum zweifelte ich noch? Sie lag hier, in meinen Armen, an mich geschmiegt. Ihr warmer Atem streifte meine Brust, ihre Haare kitzelten an meinem Arm und ich fühlte viel zu viel Haut von ihr. Heiße Haut, weiche Haut, die ich zu gern berühren wollte. Überall.

Ein gequältes Stöhnen drang aus meiner Kehle, das ich unmöglich unterdrücken konnte.

»Alles okay? Ich hoffe, es ist nicht unangenehm, wie ich bei dir liege ...«, begann Cami und wollte sich schon von mir wegbewegen, doch ich schlang einfach den zweiten Arm um sie und hielt sie fest.

»Du tust mir nicht weh, im Gegenteil. Es ist nur ...« Mühsam versuchte ich, mich zu sammeln. »Deine Nähe ... deine Wärme ... Das macht es mir nicht gerade leicht, verstehst du?«

Zwei Atemzüge lang sagte sie nichts. »Mir geht es nicht anders«, hauchte sie schließlich.

Leise lachte ich auf. »Da haben wir uns ja in eine echt schwierige Situation gebracht. Aber ... wir schaffen das, oder?«

Wieder schwieg Cami, und ein kleiner Teil von mir hoffte, sie würde mir sagen, dass sie unmöglich die Finger von mir lassen konnte. Weil ich ganz sicher nicht den ersten Schritt wagen würde.

Doch sie seufzte schwer, bevor ich ihr Nicken spürte. »Ja, wir stehen das durch. Gute Nacht, Elijah.«

Ich schluckte meine Erleichterung und Enttäuschung hinunter und küsste sie sanft auf die Stirn. »Schlaf gut, Cami.«

32 – CAMI

Keine Ahnung, wie lange ich wach lag und Elijahs Atem lauschte. Ich war mir sicher, dass er ebenfalls nicht schlafen konnte, doch ich würde nichts tun, was er womöglich nicht wollte. Dass ich bei ihm übernachtete, war mir schon unangenehm. Weil es sich trotz seiner lieben Reaktion anfühlte, als hätte ich es von Anfang an so geplant. Und obwohl er mir keinen Anlass gegeben hatte, zu denken, dass es ihm nicht recht sei, war ich vorsichtig. Immerhin kannten wir uns viel zu kurz, als dass ich ihn in dieser Hinsicht einschätzen konnte.

Die Tatsache, dass er mich bei sich übernachten ließ – sogar neben ihm im Bett –, war eine große Sache für mich. Er musste mir weit mehr Vertrauen entgegenbringen als ich ihm. Umgekehrt konnte ich mir nicht vorstellen, dass ich so schnell jemanden bei mir hätte bleiben lassen, wenn ich die Person erst zum zweiten Mal sah. Wobei *sehen* genau der Punkt war. Denn sollte ich ihm Böses wollen, könnte er nicht einmal darauf reagieren, weil er einen möglichen Angriff nicht kommen sehen würde. Gut, im schlafenden Zustand wäre es für einen sehenden Menschen genauso, aber dennoch …

Dementsprechend war ich überrascht und freute mich zugleich, dass er mich gefragt hatte, was ich zum Schlafen trug, um sich mir anzupassen. Obwohl ich natürlich nicht absichtlich so leicht bekleidet schlief. Ich hatte nur keine Alternativen aufgrund der Tatsache, dass in meiner Handtasche nicht auch noch ein Pyjama Platz gefunden hatte. Andererseits wäre es für uns beide vermutlich schlauer gewesen, Elijah hätte sich einen langen Schlafanzug angezogen – denn ihn so nah zu spüren, Haut an Haut, und dabei außerdem seinen Duft einzuatmen, kostete mich eine Menge Beherrschung. Eine dermaßen große, dass ich so tat, als ob das alles kein Problem für mich wäre und ich ohne Schwierigkeiten einschlafen könnte.

Was für eine schlechte Lüge!

Dennoch kapitulierte ich irgendwann vor Müdigkeit und fiel in einen traumlosen Schlaf.

Das Tageslicht weckte mich schließlich. Klar, Elijah brauchte keinen vorgezogenen Vorhang und ich hatte ebenfalls nicht daran gedacht, das Fenster zu verdunkeln.

Zwar war ich unglaublich müde, weil es insgesamt einfach zu wenig Schlaf gewesen war, doch nun, da ich wach war, nutzte ich die Zeit, Elijah ungeniert zu mustern. Er lag auf der Seite und wirkte völlig entspannt. Seine Haare waren zerstrubbelt und er hatte die Lippen leicht geöffnet.

Erneut wurde mir bewusst, wie schön dieser Mann war. Wie liebenswert und gutherzig, und wie sehr ich die Zeit mit ihm genoss. Wie dankbar ich sein konnte, ausgerechnet ihn auf *Perfect Match* kennengelernt zu haben.

Sanft fuhr ich ihm mit einer Hand durch die Haare, weil ich einfach nicht anders konnte.

Tief Luft holend drehte sich Elijah auf den Rücken. »Guten Morgen«, murmelte er, ein Lächeln auf den Lippen.

»Guten Morgen, Elijah.«

Er grinste noch mehr, wandte sich wieder zu mir und schlang einfach seinen Arm um mich, um mich näher an sich zu ziehen. Er vergrub sein Gesicht in meinen Haaren und rollte sich halb auf mich. Seine Hand glitt über meinen Rücken abwärts bis zu meinem Hintern, weiter zu meinem Oberschenkel, den er packte und über seine Beine führte.

Ein sehnsuchtsvolles Kribbeln jagte durch mich hindurch. Noch mehr, als er ein tiefes Knurren ausstieß, das durch meinen Körper vibrierte, und als ich seine Erregung an meinem Schoß spürte.

»Kurz dachte ich, ich hätte nur geträumt, dass du hiergeblieben bist. Aber du bist es tatsächlich«, raunte er an meinem Hals.

Ich streichelte über seinen nackten Rücken und atmete tief seinen Duft ein, der jetzt intensiver denn je zu sein schien.

Bestimmt lag die verschärfte Wahrnehmung daran, dass wir beide noch nicht ganz wach waren. Wir waren müde und träge und aufgeheizt von letzter Nacht.

Elijah schob meine Haare von der Schulter und drückte seine Lippen auf meine Haut, in dem Moment, als ich meine Zähne sanft in seinen Hals grub und ihn schmeckte.

Elijah stöhnte genüsslich auf, und dieses Geräusch weckte nur weitere Sehnsucht in mir.

Ich rieb über seinen Rücken, über seine Seiten und verlor mich in einem Kuss, der mich alles vergessen ließ.

Seine Hände erkundeten jeden Zentimeter meines Oberkörpers, tanzten über das Tanktop und sandten Hitzewellen durch mich hindurch. Wie lange hatte ich schon nicht mehr jemanden so sehr begehrt?

Ich schlang meine Beine um ihn, presste ihn drängender an mich.

»Du fühlst dich so gut an«, raunte er, und Gott, ich liebte es, wie rau seine Stimme klang. Wie sehr das Verlangen in ihr mitschwang.

Sanft drückte ich die Hände gegen seine Brust, bis er sich seitwärts von mir rollte und ich mich auf ihn schob. Rittlings saß ich auf ihm, seinen nackten Oberkörper vor mir. Seine

Erregung, die sich hartnäckig an mich presste, und Elijahs Hände, die sich unter mein Top schoben, ließen mich keuchen und zauberten ein Lächeln auf seine Lippen.

»Bist du kitzelig?«

»Nein«, log ich schmunzelnd. Denn jede Berührung von Elijah kitzelte. Auf mir, in mir. Sie vibrierte in meinem Innersten und heizte meinen Wunsch nach mehr davon an.

»Mhhh, ich wäre mir da nicht so sicher«, murmelte er, schob mein Top ein Stück hinauf, streichelte über meine Rippen bis zu meinen Hüften und glitt von oben mit einem Finger unter meinen Slip. Ich keuchte auf und bog mich seiner Berührung entgegen. Sehnte mich nach so viel mehr.

Elijahs Atem ging schnell, dann richtete er sich auf und zog mir das Top über den Kopf.

Mein Puls raste. Ich schmiegte mich erneut an ihn, um ihn zu küssen und seinen Hals und Oberkörper mit meinem Mund zu erkunden, während Elijah sanft meine Brüste streichelte. Er stöhnte verhalten auf, was Teddy mit einem Winseln kommentierte.

Lachend drehte ich mich um und sah, dass der Golden Retriever seinen Kopf auf das Bett gelegt hatte und verunsichert zwischen seinem Herrchen und mir hin- und hersah. »Oje, ich fürchte, auf Teddy wirkt das gerade sehr verstörend.«

»Er hat bestimmt Angst, dass es mir nicht gutgeht. Na komm her, Kleiner.« Elijah streckte die Hand nach ihm aus. Sofort kam der Hund zu ihm und drückte den Kopf auf seine Handfläche. »Mir geht es gut, Teddy. Wirklich. So gut wie schon lange nicht mehr. Du musst dir keine Sorgen machen.«

Wieder winselte er, und auch ich streichelte ihn beruhigend.

»Na los, zurück in dein Bett«, meinte Elijah lachend. »Oder geh runter und leg dich unten in dein Bettchen, wenn du uns nicht zusehen kannst.«

Unschlüssig stand der Hund da und schaute uns aus seinen treuen Augen an.

»Abmarsch, nach unten!« Diesmal war Elijahs Ton etwas strenger, aber er sprach nach wie vor mit einem Grinsen im Gesicht. Und Teddy folgte. Er ging zur Tür, drehte sich noch einmal zögernd um und tapste dann die Treppe hinab. Erst als wir das Knatschen des Leders unter seinen Tatzen hörten, nutzte Elijah diese Gelegenheit, um die Tür zu schließen. »Ich denke, so ist es besser für Teddys Ohren.« Schmunzelnd näherte er sich mir wieder. Er setzte sich an die untere Bettkante und nahm sich diesmal meine Füße vor. Bedächtig knetete er sie, ehe er sich langsam an meinen Waden entlang nach oben arbeitete. Und Gott, jede Berührung von ihm weckte nur das Verlangen nach mehr, kribbelte über meinen Körper, durch und durch, so sehr, dass ich es sogar an meiner Kopfhaut spüren konnte.

Als er sich herabbeugte und Küsse auf meinen Schenkeln verteilte, drückte ich den Rücken durch und krallte mich im Laken fest.

»Gott, Elijah … das ist …« Egal, was ich sonst noch sagen wollte, es ging in einem kehligen Stöhnen unter. Weil er mit der Zunge die Spitze meines Slips nachzeichnete; mich seinen Atem durch den dünnen Stoff spüren und gleichzeitig weiter seine Hände über mich gleiten ließ.

Wie von selbst öffnete ich meine Schenkel für ihn, hoffte, mehr von ihm zu bekommen.

Als würde er meine stumme Bitte bewusst ignorieren, widmete sich Elijah wieder meinem Oberkörper. Frustriert wollte ich aufstöhnen, doch dann überraschte er mich, indem er meine Brüste umkreiste, meine Nippel mit der Zunge neckte und gleichzeitig seine Fingerspitzen unter den Saum meines Slips schob.

Mit ihm fühlte es sich so viel besser an als alles, was ich bisher erlebt hatte. Keine Ahnung, ob es daran lag, dass er Masseur war oder dass er sich mehr auf seinen Tastsinn verlassen musste, aber ... er wusste genau, was mir gefiel und wie er mich noch verrückter machen konnte.

Es war, als wären seine Hände überall. Sein Atem strich an Stellen über meinen Körper, die bisher jeder Mann vor ihm ignoriert hatte. Dass Elijah damit ein Feuerwerk in mir auslöste, war ihm vermutlich nicht einmal bewusst.

Ich wand mich unter seinen Berührungen, stöhnte und keuchte und zerfloss vor Lust. Fast schon erleichtert atmete ich auf, als er endlich meinen Slip hinabschob und seine Zunge über mein Zentrum rieb.

Er stieß ein genüssliches Brummen aus, leckte mich, massierte mich, bis ich glaubte gleich zu zerspringen.

Ein lautes Krachen ließ ihn innehalten und auch ich erstarrte vor Schreck.

»Was war das?«, fragte ich flüsternd.

»Elijah?« Eine Frauenstimme erklang von unten.

»Fuck!« Elijah richtete sich auf und Schock und Ärger standen ihm ins Gesicht geschrieben.

»Wer ist das?« Mein Herz polterte wie irre in der Brust, während ich nach meinem Slip und dem Tanktop Ausschau hielt, die beide irgendwo zwischen den Laken verlorengegangen waren.

»Lara, meine Ex.« Elijah klang wütend, als er aufstand und zu seinem Kleiderschrank ging, wo er nach einem T-Shirt tastete, es sich schnell überzog und im Anschluss eine Jogginghose herausnahm.

»Elijah? Wo bist du?« Die Stimme kam näher.

Nun erwachte auch ich aus meinem Schock und begann, mich hektisch anzuziehen.

»Ich bin in meinem Zimmer, Lara!«, antwortete Elijah ihr endlich und ging auf die geschlossene Tür zu. »Fuck, wieso ist sie schon hier?«

Ja, das interessierte mich auch. »Ich dachte, sie kommt erst am Sonntag zurück?«

»Tja, offensichtlich nicht – weil ich ihr gesagt habe, dass ich Besuch bekomme«, knurrte Elijah erbost. Dass ihn diese Unterbrechung unglaublich ärgerte, war nicht zu übersehen.

In dem Moment, als Elijah die Tür öffnen wollte, wurde sie von außen aufgemacht, und eine hübsche Frau mit schwarzbraunen schulterlangen Haaren kam herein. Gerade rechtzeitig schloss ich die Knöpfe meiner Jeans, doch es war mehr als deutlich erkennbar, was wir hier eben noch getan hatten.

Lara war nicht dumm. Auch sie verstand.

In ihrem Gesicht standen Schock und Schmerz und Erkenntnis, gepaart mit Sorge und Unverständnis.

Erneut stiegen die unschönen Erfahrungen aus meiner Vergangenheit hoch, die ich mit aller Kraft niederzukämpfen versuchte. Denn nein, Elijah war nicht mehr mit ihr zusammen. Das hatte er mir deutlich gemacht. Dennoch löste ihr Blick etwas in mir aus. Das Gefühl, nicht hier sein zu dürfen, ein Eindringling in ihrem Leben zu sein. In ihrem Leben mit Elijah.

33 – ELIJAH

Ich war dermaßen angepisst, dass mich ein Schwindel erfasste. Mit aller Macht zwang ich mich dazu, nichts Falsches zu sagen oder zu tun. Denn dass Lara einfach auftauchte, war kein Zufall. Eher war es verwunderlich, dass sie nicht bereits gestern Abend hier aufgeschlagen war.

»Oh, tut mir leid, ich wusste nicht, dass du noch Besuch hast.«

»Was willst du hier?«, fuhr ich sie barsch an.

»Ich … na ja, ich hatte eine kleine Meinungsverschiedenheit mit meinen Eltern. Da bin ich gefahren und … außerdem wollte ich sichergehen, dass es dir gutgeht.«

»Danke, mir ging es bis eben hervorragend. Cami, darf ich dir meine *reizende* Ex vorstellen: Lara.« Ich konnte meinen Ärger nicht zurückhalten. »Lara, das ist Cami. Wir hatten gestern einen unglaublich schönen Abend und sie hat hier übernachtet.« In die letzte Aussage legte ich all meine Gefühle für diese Frau.

»Freut mich.« Sogar ich merkte, dass Lara diese Worte nicht wirklich ernst meinen konnte.

»Gleichfalls. Ich … sollte wohl besser gehen«, meinte Cami und schmiegte sich noch einmal an meinen Arm, ehe ich einen Kuss auf meiner Wange spürte.

»Nein, warte, wir …«

»Schon gut, ich finde allein raus«, fiel sie mir ins Wort und schob sich an mir vorbei.

Erneut wollte ich sie aufhalten, doch es wäre vermutlich zwecklos gewesen. Viel wichtiger war es, mit Lara zu reden, was ihr Aufkreuzen zu bedeuten hatte. Denn ich war mir sicher, dass sie sich genau dessen bewusst war, was sie gerade getan hatte.

»Ich melde mich bei dir!«, rief ich Cami noch hinterher, was sie von unten mit einem »Okay« beantwortete. Daraufhin hörte ich, wie die Haustür ins Schloss fiel.

»Was zum Teufel sollte das eben, Lara?«

»Was meinst du?«

»Hör auf, die Unschuldige zu spielen. Du wusstest genau, was du mir damit antust. Warum? Denkst du, du schlägst sie auf diese Weise in die Flucht und drängst sie aus meinem Leben, nur um einen Grund zu haben, länger hierzubleiben?«

Lara schnappte nach Luft. »Wie kannst du es wagen, mir so etwas zu unterstellen?«, hauchte sie, und mit einem Mal fühlte ich mich schlecht. Mit meinen Worten hatte ich sie wohl tatsächlich getroffen. »Ich habe nicht gelogen! Der Streit beim Frühstück mit meinen Eltern war … übel und ich hätte unmöglich noch bei ihnen bleiben können. Also bin ich zurückgefahren. Und klar wusste ich, dass du gestern Besuch hattest, aber es ist halb neun vorbei. Normalerweise schläfst du nie länger als bis halb acht, und als es so ruhig war, habe ich Angst bekommen, dass dir was zugestoßen sein könnte. Du kennst die Frau nicht, wie oft hast du sie gesehen? Zweimal?«

Ich schnaubte auf, wollte etwas erwidern, doch Lara redete einfach weiter.

»Tut mir leid, aber auch, wenn ich dir nichts mehr bedeute, kann ich dasselbe nicht über mich behaupten. Ich habe mir Sorgen gemacht, habe dich verletzt auf dem Boden liegen gesehen. Erstochen in deinem Bett oder was weiß ich …«

»Erstochen? Weißt du eigentlich, was du da von dir gibst?«
Fassungslos schüttelte ich den Kopf.

»Ich will einfach nicht, dass dir was passiert, Elijah, verstehst du?« Lara legte ihre Hände an meine Wangen, doch ich wich vor ihr zurück.

»Halte dich aus meinem Leben raus, Lara. Ich brauche dich nicht, ich komme allein klar. Wie jeden verdammten Tag, wenn ich zur Arbeit fahre, einkaufen gehe und meinen Alltag bewältige.«

»Aber du bist *blind*, Elijah!«, rief sie verzweifelt und unter Tränen. »Du bist blind und du bist es nur meinetwegen.« Nun war sie leiser geworden und mein früheres Ich hätte sie vielleicht tröstend in die Arme gezogen und ihr – wie so oft – klarmachen wollen, dass sie nichts dafürkonnte. Doch heute schaffte ich es nicht. Sie hatte Cami in Verlegenheit gebracht und mit ihrem unerwarteten Auftauchen dafür gesorgt, dass sie nun viel zu früh nach Hause fuhr.

Cami, die erste Frau seit Langem, bei der ich glücklich war. In die ich mich ... verliebt hatte.

»Hör auf, mein Leben kaputtzumachen«, zischte ich wütend.

Lara schluchzte auf, doch gerade konnte ich kein Mitleid empfinden. Stattdessen stieß ich einen Pfiff aus und Teddy, der wohl irgendwann nach oben gekommen war, stupste mit seiner Schnauze gegen meine Hand als Zeichen, dass er hier war.

Durch und durch enttäuscht von Lara und der Show, die sie hier abzog, schob ich sie aus meinem Schlafzimmer und knallte ihr die Tür vor der Nase zu.

Aufgewühlt sackte ich auf das Bett und ließ Revue passieren, was eben passiert war. Wie mich Cami geweckt hatte und wie wir uns näher gekommen waren. Wie ich es heute einfach nicht geschafft hatte, erneut die Finger von ihr zu lassen, und wie sie auf mich reagiert hatte. Wie groß mein Verlangen nach ihr gewesen war. Immer noch war.

Fuck, wenn Lara nicht zurückgekommen und hereingeplatzt wäre, hätten wir vermutlich miteinander geschlafen. Wir würden es wahrscheinlich gerade in diesem Moment tun. Hier, in meinem Bett …

Frustriert stöhnte ich auf und vergrub das Gesicht im Kissen, wo meine Wut auf Lara augenblicklich in Sehnsucht nach Cami umschlug, als ich ihren zarten blumigen Duft im Stoff wahrnahm. Ich ballte meine Hände zu Fäusten, hielt mich an dem Laken fest, das zuvor noch ihren fast nackten Körper bedeckt hatte, und verfluchte mein Leben. Ich verfluchte den Unfall und all seine Auswirkungen auf mich.

Doch das half mir nicht weiter. Ich durfte mich nicht ständig an der unabwendbaren Tatsache stören, dass es nun einmal so war. Ich musste handeln und dafür sorgen, dass meine Zukunft besser wurde. In erster Linie musste ich jedoch zusehen, dass zwischen Cami und mir alles in Ordnung war. Und ja, das schloss mit ein, dass Lara endlich und unwiderruflich das Feld räumte. Nun war definitiv der Punkt erreicht, an dem ich selbst wieder die Kontrolle über mein Leben zurückerlangen musste. Endgültig.

Kurz wog ich ab, was mir wichtiger war. Lara würde so schnell nicht das Haus verlassen, weshalb ich zuerst nach meinem Telefon tastete, das seit gestern Nachmittag auf dem Nachttisch lag.

Gebannt lauschte ich dem Freizeichen und hoffte, Cami würde den Anruf annehmen. Mein Puls beschleunigte sich mit jeder Sekunde, die verstrich.

»Hallo?« Sie klang atemlos, und genauso fühlte ich mich.

»Cami, ich bin's, Elijah.«

»Hey! Wie geht es dir?«, fragte sie mit besorgtem Unterton.

»Die Frage ist eher, wie es dir geht.« Verzweifelt fuhr ich mir durch die Haare. »Es tut mir so verdammt leid, dass Lara hier aufgetaucht ist. Du hättest nicht gehen sollen – obwohl ich deine Reaktion natürlich verstehen kann.«

»Nein, schon gut. Ich denke, dass es ... reichlich seltsam wäre, wenn ich bei dir bleibe, während deine Ex nebenan ist. Zudem hat es auf mich den Eindruck gemacht, als hättet ihr einiges zu klären.«

Geräuschvoll stieß ich die Luft aus. »Du hast recht, das haben wir. Und das werden wir. So was wie heute wird nicht noch einmal passieren. Mir tut es leid, dass es überhaupt so weit gekommen ist. Ich wollte nur sichergehen, dass zwischen uns beiden alles in Ordnung ist. Lara muss gehen, daran gibt es nichts zu rütteln. Auch wenn sie wohl einen Streit mit ihren Eltern hatte, muss sie das aus dem Weg räumen und zu ihnen ziehen – oder sich schnellstmöglich etwas Eigenes suchen. Und wenn ich ihr eine neue Bleibe suche, damit sie endlich geht. Doch so ... will ich nicht länger weitermachen.«

Es wurde laut an meinem Ohr und mir wurde bewusst, dass Cami schon am Bahnhof angekommen sein musste.

»Keine Sorge, ich bin dir nicht böse oder so. Und ich hoffe, dass wir uns bald wiedersehen. Aber erst solltest du die Sache mit ihr klären.«

»Das werde ich«, sagte ich schnell. »Jetzt gleich. Nach dem Telefonat. Was hältst du davon, wenn ich im Anschluss zu dir komme? Dann können wir noch einmal in Ruhe über alles reden und ... ich kann wiedergutmachen, was heute schiefgelaufen ist.«

Ein leises Lachen drang an mein Ohr, das Wärme durch mich hindurch schickte. »Das klingt gut. Sagen wir gegen sieben Uhr? Dann kochen wir diesmal bei mir.«

»Perfekt. Worauf hast du Lust? Ich könnte auf dem Weg noch zu einem Supermarkt ...«

»Nein, diesmal übernehme ich den Einkauf. Lass dich einfach überraschen. Gibt es etwas, was du nicht gern isst?«

»Also ... Ich mag keinen Blumenkohl. Aber ansonsten esse ich so ziemlich alles«, antwortete ich mit einem gewaltigen Gefühl von Vorfreude in mir.

»Ist notiert. Dann bis später.«

»Bis heute Abend.« Ich legte auf und blieb noch für ein paar Atemzüge erleichtert auf dem Bett liegen. Als ich mich nicht mehr länger vor der unabwendbaren Aufgabe drücken konnte und mir sicher war, dass ich genug von den Glücksgefühlen aufgrund des Telefonats mit Cami gespeichert hatte, stand ich auf und öffnete die Tür.

»Lara?«

»Ich bin im Wohnzimmer«, antwortete sie.

Natürlich. Sie bewegte sich schließlich nach wie vor in meinem Haus, als wäre es ihres.

Entschlossen ging ich nach unten. Teddy folgte mir auf Schritt und Tritt und ich war froh, meinen Flauscher bei mir zu wissen.

»Wir müssen reden.« Ich hielt in der Tür zum Wohnzimmer inne und wartete auf eine Reaktion von Lara, weil ich nicht wusste, wo sie gerade war. Stand sie irgendwo im Raum oder saß sie auf der Couch?

»Okay, das denke ich auch«, sagte sie leise und verriet mir dadurch, dass sie am rechten Ende der Couch saß – dort, wo gestern Cami gesessen hatte.

Am liebsten wäre ich stehen geblieben, doch ich wollte mich voll und ganz auf das Gespräch konzentrieren, weshalb ich mich ans andere Couchende setzte.

»Lara, ich weiß, wir hatten das Thema schon mehrfach, aber noch nie zuvor war es mir dermaßen ernst wie jetzt. Du musst ausziehen. Du kannst nicht länger hierbleiben, verstehst du? Wir sind nicht mehr zusammen und dein unangekündigtes Aufkreuzen heute war ziemlich daneben.«

»Aber ich dachte … ich habe mir Sorgen gemacht, kannst du das nicht nachvollziehen?«

Wieder klang sie weinerlich, was mich nur noch mehr in Rage versetzte.

»Du wusstest, dass ich Besuch hatte, dass Cami hier sein würde. Streite es nicht ab, damit machst du mich nur wütend.«

»Hast du mit ihr geschlafen?« Den leichten Trotz in ihrer Stimme überhörte ich.

»Das geht dich rein gar nichts an! Und das ist auch nicht das Thema hier. Ich will, dass du deine Sachen packst. Du hättest schon längst in eine der Wohnungen oder WGs ziehen können, die ich dir im Internet herausgesucht und zu denen ich dir die Daten per E-Mail geschickt habe. Was du jetzt machst, ist mir ehrlich gesagt egal. Ruf deine Eltern an und kläre es mit ihnen; ich weiß, dass es für sie kein Problem wäre, wenn du vorübergehend bei ihnen wohnst. Oder nimm dir ein Hotelzimmer, komm bei Freunden auf der Couch unter … Mir egal, doch du kannst hier nicht länger bleiben. Es tut mir leid, dass ich dir das derart deutlich sagen muss, aber du hast es bisher nicht glauben wollen. Dann muss ich es dir wohl auf diese Weise klarmachen, dass es so nicht mehr weitergehen kann für dich.«

Ein herzzerreißender Schluchzer drang über ihre Lippen, doch ich würde mich nicht wieder weichkriegen lassen. Damit war endgültig Schluss.

Ich streichelte Teddys Kopf, der sich neben meinen Füßen zusammengerollt hatte, und stand auf. »Bis Sonntagabend hast du Zeit, dann will ich von dir eine Lösung hören. Eine, die sich nicht bis zum Herbst zieht. Ich bin mir sicher, das schaffst du.« Mit diesen Worten wandte ich mich von ihr ab und ging zurück nach oben, wo ich ein paar Klamotten in einen Rucksack packte. Mein Ärger verrauchte und das Gefühl, um mehrere Zentner leichter zu sein und den Druck auf den Schultern nicht länger zu spüren, hob meine Laune. Und mit einem Mal war ich voller Vorfreude auf heute Abend, wenn ich zu Cami fahren würde.

34 – CAMI

Nervös rückte ich den Couchtisch zur Seite, nur um ihn gleich darauf wieder zurück an seinen Platz zu stellen. Elijah hatte meine Wohnung genau so kennengelernt, da sollte ich nichts verändern. Ein Blick auf die Uhr verriet mir, dass es kurz vor sieben war. Er würde jeden Moment hier sein, immerhin hatte er mir geschrieben, als er am Bahnhof auf seinen Zug gewartet hatte.

Das Brummen meines Telefons, das auf dem Esstisch lag, ließ mich zusammenzucken. War er schon hier und wusste nicht mehr, wo er klingeln musste? Er hatte mir gesagt, dass er sich vom Navi auf seinem Handy bis zu meiner Haustür leiten lassen würde, aber ich hatte keine Ahnung, ob das für ihn reichte, um sich nicht zu verirren.

Doch als ich das Telefon in die Hand nahm, leuchtete eine mir unbekannte Nummer auf dem Display auf.

»Hallo?«

»Hi, Cami.« Es war Elijah, aber irgendwie … klang er nicht gut.

»Elijah? Alles okay bei dir? Was ist …«

»Cami, ich kann leider nicht kommen.«

»Was? Wieso, was ist …?«

»Bitte mach dir keine Sorgen, mir geht es gut, aber … ich wurde überfallen.«

Mein Herz setzte einen Schlag aus, dann einen weiteren, während meine Knie nachgaben und ich zu Boden sackte. »Überfallen? Was … Wo?« Tränen stiegen mir in die Augen, die ich wegzublinzeln versuchte. Gleichzeitig durchflutete mich eine Panik, wie ich sie noch nie zuvor empfunden hatte. »Wo bist du, ich komme zu dir!«

»Nein, schon gut, mir ist wirklich nichts passiert. Aber mein Handy und meine Geldbörse sind weg, deshalb rufe ich gerade von einem anderen Telefon an. Zum Glück kenne ich deine Nummer auswendig. Mach dir keine Sorgen, ich melde mich morgen bei dir, okay?«

»Aber ich … ich komme zu dir. Sag mir einfach, wo du bist. Du musst da nicht allein durch, ich bin für dich da, ich helfe dir.« Ein Kloß drückte sich in meinem Hals nach oben.

»Schon gut, ich komme zurecht.« Bildete ich es mir ein oder hatte seine Stimme jetzt viel härter geklungen als noch gerade eben?

»Und Teddy?«

»Der ist bei mir, dem geht es ebenfalls gut. Also, bis morgen.«

»Bis morgen«, murmelte ich. Verwirrt und mit brummendem Kopf. Danach war das Gespräch auch schon beendet.

Ein Schluchzen drängte sich nach oben, das ich hinunterzuschlucken versuchte, und Tränen fluteten meine Augen.

»Verdammt, Cami, reiß dich zusammen!«, rügte ich mich selbst, wischte über meine feuchten Wangen und zog die Nase hoch.

Tief durchatmend stand ich auf und lief im Wohnzimmer auf und ab. Völlig überfordert mit der Situation rief ich Sheryl an.

»Hey, Cami, was ist los bei dir? Solltest du nicht gleich Besuch bekommen?« Im Hintergrund hörte ich jemanden reden und vermutete, dass sie bereits bei Jacob war.

Aufgelöst erzählte ich meiner Freundin, was passiert war, nicht ohne erneut weinen zu müssen.

»Scheiße, und ihm geht es gut, sagt er?«

»Ja, aber … er hat sich seltsam angehört.«

»Glaubst du, er hat dir was vorgemacht? Dass er doch Hilfe braucht und es nur nicht sagen wollte? Oder dass er … dass es einen anderen Grund gibt, warum er nicht zu dir kommen kann?« Dass Sheryl aussprach, was ich selbst bereits einen Augenblick lang gedacht hatte, machte die Sache nicht gerade besser.

»Ich weiß es nicht, ich … er meinte, ihm gehe es gut, aber was, wenn nicht?«

»Dann ruf ihn noch einmal an und hake nach. Finde heraus, wo er ist, und fahr zu ihm.«

»Ihm wurde das Telefon geklaut«, wiederholte ich. »Er muss sich von jemandem ein Handy geliehen haben.«

»Und wenn du dort noch einmal anrufst?«

»Hm … ja, das mache ich. Danke, Sheryl.«

»Aber wofür denn?«

»Dafür, dass du mir zuhörst und …«

»Jetzt hör schon auf, sentimental zu sein, und finde Elijah!«, schalt sie mich mit fürsorglicher Stimme.

»Okay«, murmelte ich, bedankte mich ein weiteres Mal und legte schließlich auf.

Mit zitternden Fingern navigierte ich mich zu der Nummer zurück, unter der sich Elijah vorhin gemeldet hatte, und rief an.

Nach mehrmaligem Klingeln ging eine Frau ran. »Hallo?«

»Hey, ich … Ist Elijah da?«

»Elijah? Ich kenne niemanden, der so heißt.«

Aufgewühlt schloss ich die Augen. »Er hat mich vorhin von diesem Telefon aus angerufen. Er ist blind und wurde überfallen …«

»Ah. Er hat sich nur mein Handy geliehen, um ein paar Anrufe zu tätigen. Ich bin weitergegangen, nachdem er damit fertig war.«

Ein Kloß bildete sich in meinem Hals. »Geht es ... geht es ihm wirklich gut?«

»Keine Ahnung, ich denke schon. Er hat auf einer Bank an einer Bushaltestelle gesessen.«

Wieder stiegen Tränen in mir hoch. »Wo ... wo war denn die Haltestelle?«

»Am Bahnhof in Barking.«

Also gar nicht weit von hier.

Dass er vielleicht zehn Minuten von mir entfernt überfallen worden war, saß nun noch tiefer in meinen Knochen, und das schlechte Gewissen drückte auf meine Stimmung.

Ein Schluchzen drängte in mir nach oben. »Vielen Dank.« Ich murmelte eine knappe Verabschiedung, anschließend zog ich mich an und verließ meine Wohnung. Keine Ahnung, ob Elijah immer noch dort war, aber falls ja, würde ich ihn finden. Und wenn nicht, dann ... würde ich mich auf den Weg zu ihm nach Hause machen, um mich zu vergewissern, dass es ihm gut ging.

So schnell ich konnte, eilte ich zum Bahnhof. Ich suchte alle Haltestellen in der Umgebung ab, konnte Elijah jedoch nirgendwo entdecken. Ich fragte sogar ein paar der wartenden Leute, ob sie einen Mann mit einem Blindenführhund gesehen hätten. Vielleicht hatte jemand etwas von dem Überfall mitbekommen. Doch niemand konnte mir dazu etwas sagen – wenn sie überhaupt mit mehr als einem Kopfschütteln auf meine Fragen reagierten.

Ich beschloss, dass ich hier unnötig Zeit verlor. Entweder war Elijah wieder auf dem Nachhauseweg oder er war in ein Krankenhaus gekommen. Oder er war zur Polizeistation gegangen, um Anzeige zu erstatten. So oder so würde ich ihn hier nicht mehr finden, das wurde mir klar. Zurück nach Hause konnte ich aber nicht. Dort zu sitzen und zu warten, bis er sich wieder bei mir meldete, war unvorstellbar.

Also eilte ich zum nächsten Taxistand und gab dem Fahrer Elijahs Adresse. Die Fahrt zu ihm zog sich und ich verging fast vor Sorge. Als ich nach gut fünfunddreißig Minuten endlich bei ihm ankam, lag das Haus im Dunkeln. Nichts deutete darauf hin, dass jemand hier sein könnte. Jedoch brauchte Elijah das Licht nicht, wenn er allein war.

Ich klingelte, mehrfach. Keine Reaktion. Er war also entweder wirklich noch nicht zu Hause oder er wollte mir nicht öffnen – wobei Letzteres für mich null Sinn ergab.

Folglich beschloss ich, Sheryl erneut anzurufen und dabei ein paar Meter zu laufen. Auf keinen Fall wollte ich, dass neugierige Nachbarn etwas mitbekamen und ich Elijah in Verlegenheit brachte. Doch Sheryl ging nicht ans Telefon. Bestimmt war sie gerade mit Jacob beschäftigt. Ich gönnte es ihr.

Mit niemandem darüber zu reden, hielt ich jedoch nicht aus. Ich brauchte jemanden, der mir eine logische Erklärung für das alles lieferte. Jemanden, der nicht tief mit den Gefühlen in dieser Sache hing wie ich und der mir half, rational zu denken. Also wählte ich – wieder einmal – Alice' Nummer.

»Hey, C-Cami, wie geht es dir?« Sie klang gut gelaunt – genau, was ich gerade brauchte. Bestimmt würde sie mich schnell beruhigen können und mir helfen, eine plausible Erklärung für alles zu finden.

In wenigen Worten erzählte ich ihr, was passiert war und wo ich mich befand. Sie hörte zu, stieß ab und zu einen entsetzten Laut aus, unterbrach mich jedoch nicht.

»Was soll ich denn jetzt machen? Soll ich hierbleiben und vor seinem Haus rumlungern? Oder soll ich wieder zurück zu meiner Wohnung fahren? Aber ich halte es unmöglich aus, untätig herumzusitzen und nicht zu wissen, wie es ihm geht.«

Alice holte tief Luft, ehe sie zu sprechen begann. »B-bist du warm angezogen?«

»Ja, also … ich habe eine Jacke an. Noch friere ich nicht, das könnte jedoch auch an der Aufregung liegen.«

Sie brummte zustimmend. »Bleib d-dort und warte. Vielleicht war er w-wirklich erst auf der P-Polizei und kommt jeden Moment nach Hause. Wenn es dir zu k-kalt wird, kannst du immer noch umdrehen und zurück in d-deine Wohnung fahren.«

Knapp nickte ich. »Danke, Alice. Das klingt gut, das werde ich machen.«

»K-Kopf hoch, bestimmt ist alles halb s-so schlimm.«

Ich stieß geräuschvoll den Atem aus meiner Lunge. »Du hast recht, ich bin nur …«

»Aufgewühlt. D-das ist ganz logisch. Das w-wird schon, ganz sicher.«

Erneut bedankte ich mich und versprach ihr, mich zu melden, sobald ich wüsste, wie es Elijah ging. Dann legte ich auf und lief zurück zum Haus. Immer noch war es finster hinter den Fenstern und ich hatte kein Auto halten sehen – so oder so hätte er an mir vorbei gemusst. Dennoch klingelte ich ein weiteres Mal, um sicherzugehen; doch niemand öffnete.

Also lief ich erst in der Auffahrt auf und ab, ehe ich mich auf die kleine Bank neben der Tür setzte. Inzwischen war mir kalt, aber ich würde garantiert nicht jetzt schon aufgeben und wieder nach Hause fahren. Ich warf einen Blick auf die Uhr – es war Viertel nach neun Uhr abends. Falls er wirklich zur Polizei gegangen war oder vielleicht sogar zusätzlich ins Krankenhaus musste, würde er bestimmt noch eine Weile unterwegs sein. Ob er mit einem Taxi kam oder mit dem Zug, mit dem er viel länger brauchen würde, wusste ich nicht.

Als meine Zähne zu klappern begannen, stand ich auf und sprang auf und ab, ehe ich beschloss, die Straße entlangzujoggen, um mich aufzuwärmen. Auf keinen Fall wollte ich mich hier erkälten, obwohl es bestimmt an die sieben Grad oder mehr waren. Jedoch war das immer noch zu kalt, um ewig lange im Freien auszuharren.

Ich war gerade am Ende der Straße angelangt und drehte wieder um, als vor seinem Haus ein Wagen langsamer wurde und schließlich in die Einfahrt fuhr.

Sofort beschleunigte sich mein Herzschlag – und ich mein Tempo, um zu ihm zu gelangen.

An der Zufahrt angekommen sah ich, wie Elijah ausstieg. Aus dem Auto, das heute Morgen in der Einfahrt gestanden hatte. *Laras* Auto … Wie angewurzelt blieb ich stehen.

Sie hielt ihm die Beifahrertür auf, während Teddy bereits aufgeregt mit dem Schwanz wedelte, als er mich entdeckte.

Endlich löste ich mich aus der Starre. »Elijah!« Ohne zu zögern, lief ich auf ihn zu.

»Cami.« Er klang gequält und … irgendwie auch verärgert.

Wie es in mir aussah – dass ich gekränkt war, weil er offensichtlich *doch* Hilfe benötigt hatte und diese von Lara sehr wohl angenommen oder sie vielleicht sogar darum gebeten hatte – versuchte ich gerade, zu ignorieren.

»Wie geht es dir?« Ich streckte meine Hand nach ihm aus, weil ich mich einfach selbst davon überzeugen musste, dass mit ihm alles in Ordnung war.

»Was machst du hier?« Bei seinem ersten Schritt zuckte er zusammen. Da fiel mir auf, dass sein Hosenbein hinaufgekrempelt war und er einen Verband um das Fußgelenk trug.

Augenblicklich standen Tränen in meinen Augen.

»Er hat sich den Knöchel verstaucht«, erklärte Lara an seiner Stelle. »Zum Glück bin ich hier und nicht bei meinen Eltern. So konnte ich gleich bei dir sein und mich um dich kümmern, nicht wahr?«

Ihre Worte waren wie ein Schlag in mein Gesicht. Denn ich hätte alles verwettet, dass ich näher bei Elijah gewesen war als sie.

»Geh ins Haus, Lara.« Seine Stimme war ruhig und ich konnte nicht einschätzen, wie es in ihm aussah.

Nach kurzem Zögern ließ sie uns allein und ging hinein, nicht ohne die Haustür sperrangelweit offen zu lassen. Ob sie das für Elijah und Teddy tat oder um zu lauschen, wusste ich nicht. Ich wusste nur, dass ich diese Frau nicht mochte.

»Wie geht es dir?«, wiederholte ich. Sofort war ich bei ihm und glitt endlich mit den Händen seine Arme hinauf, weiter zu seinem Kopf und legte sie an seine Wangen. Ich wollte ihn küssen, doch er kam mir nicht entgegen und seine ganze Körpersprache signalisierte Ablehnung.

Ein weiterer Schlag.

»Du hättest nicht herkommen sollen, Cami. Ich habe dir gesagt, dass ich zurechtkomme.«

Ungläubig schüttelte ich den Kopf, hatte erneut Tränen in den Augen. »Aber ich habe mir Sorgen gemacht, Elijah. Versetz dich bitte mal in meine Lage, wie würdest du denn an meiner Stelle reagieren? Nach einem solchen Anruf, ohne zu wissen, was passiert ist, ohne eine Möglichkeit, dich anzurufen und mehr zu erfahren ...«

Er seufzte, dann endlich zog er mich an sich und legte seine Arme vorsichtig um mich. »Tut mir leid, das war ... unsensibel von mir. Ich wollte nicht, dass du dich sorgst. Es ist nichts Schlimmes. Ich bin nur unglücklich mit dem Fuß umgeknickt, als mir der Kerl den Rucksack von den Schultern gerissen und mich dann umgestoßen hat.«

»Aber warum hast du dir nicht von mir helfen lassen? Ich wäre in zehn Minuten bei dir gewesen!«

Er presste seine Lippen aufeinander und wandte den Kopf ab.

»Rede mit mir!«, flehte ich.

Geräuschvoll stieß er die Luft aus, ehe er seine Stirn gegen meine lehnte. »Hast du eine Ahnung, wie schwer das alles für mich ist? Ich will nicht schwach und hilflos vor dir sein, verstehst du? Ich möchte, dass du den Mann in mir siehst, der ich vor meinem Unfall war. Nicht einer, der … auf andere angewiesen ist.«

Tränen liefen mir über die Wangen, doch das war mir egal. »Aber für mich hast du keine Schwächen, Elijah. Im Gegenteil, du bist stark und ich bewundere dich. Für mich bist du perfekt, wie du bist. Dass du nicht sehen kannst, machst du mit so vielen anderen Eigenschaften wett. Denkst du wirklich, ich finde dich nicht … männlich genug, nur weil du meine Hilfe annimmst, nachdem du überfallen wurdest?«

Er schnaubte und schwieg – mehr Antwort brauchte ich nicht.

»Du *bist* nicht schwach, Elijah. Nicht in meinen Augen. Im Gegenteil.«

Er schüttelte nur den Kopf.

Verzweifelt sah ich mich um und entdeckte eine Bewegung am Fenster neben der Tür. »Warum ist Hilfe von Lara für dich in Ordnung, aber nicht von mir?«, flüsterte ich, weil mich diese Tatsache am meisten verletzte.

»Weil …« Er seufzte, dann zog er mich wieder an sich.

»Elijah, kommst du? Du sollst dein Bein hochlagern, hast du vergessen?«

Gott, wie sehr ich Lara verfluchte. Noch mehr, als sie auf uns zukam und Elijah am Arm fasste, um ihn zum Haus zu führen.

»Ich ruf dich später an«, versprach er. »Irgendwo in meinem Zimmer habe ich ein altes Handy liegen.«

»Okay«, hauchte ich und ließ ihn widerwillig los. Ich schaute ihnen hinterher, während Teddy schon vorausgelaufen war und im Haus auf die beiden wartete.

Zwar war ich nun beruhigt, weil ich wusste, dass es ihn nicht so schlimm erwischt hatte, wie ich befürchtet hatte. Dennoch fühlte ich mich nicht wirklich besser. Heute Morgen hatte er mir erklärt, dass er seine Ex endgültig aus seinem Haus und seinem Leben haben wollte. Trotzdem hatte er *sie* angerufen, damit sie ihm half, und das konnte ich partout nicht verstehen. Es traf mich hart. Und sosehr ich mich dagegen wehrte, es triggerte mich und erinnerte mich leider an Matthew.

Elijah war nicht wie mein Ex, das hatte er mir oft genug gezeigt. Oder zeigen wollen? Hatten mich meine Gefühle für ihn so verblendet, dass ich die Realität nicht wahrhaben wollte?

Meine Schultern fielen nach vorn und ich drehte mich um, um mich in Richtung Bahnhof aufzumachen.

»Cami, richtig?« Laras Stimme hinter mir brachte mich dazu, stehen zu bleiben und mich zu ihr umzudrehen.

Sie eilte aus dem Haus auf mich zu, ihren Cardigan fest um sich geschlungen.

»Ja?«

»Ich … wollte mich bei dir entschuldigen«, begann sie und sah sich um. Entweder es war ihr unangenehm oder sie wollte sichergehen, dass uns keiner hörte. »Dass ich zu euch in Elijahs Zimmer geplatzt bin, meine ich. Ich hätte darauf vertrauen sollen, dass er niemanden ins Haus lässt, der ihm schaden kann, aber … Wie wir heute traurigerweise wieder erleben mussten, gibt es genug Menschen auf dieser Welt, die keine Skrupel haben. Also tut mir leid, dass ich dir gegenüber zu Beginn misstrauisch war.«

»Schon gut«, murmelte ich müde. Ich hatte jetzt wirklich keinen Nerv, mich mit ihr darüber zu streiten.

»Du magst ihn sehr, habe ich recht?«

Unangenehm berührt war nun ich diejenige, die ihrem Blick auswich. Denn im Grunde ging sie das alles nichts an. »Ja, das tue ich.«

Sie nickte, als hätte sie mit so einer Antwort bereits gerechnet. »Das ist schön und … freut mich für euch. Aber solltest du Elijah wirklich wollen, musst du auch mit mir klarkommen.

Denn selbst wenn er dir gegenüber vielleicht erwähnt hat, dass ich ausziehen soll, werde ich immer Teil seines Lebens bleiben. Dieser Unfall hat uns unwiderruflich miteinander verbunden. Ich war für ihn in seiner schlimmsten Zeit da. *Ich* war diejenige, die an seinem Bett gesessen und seine Hand gehalten hat, als er im Koma lag. Als wir alle für ihn gebetet haben, dass er wieder wach werden würde. Als er entlassen wurde, war ich an seiner Seite, und ich war da, als er lernen musste, mit der neuen Situation zurechtzukommen. Ich war dabei, als man ihm beigebracht hat, mit dem Blindenstock zu gehen, als er Teddy bekommen hat. Als er im Blindeninstitut war, habe ich gemeinsam mit ihm gelernt, wie er trotz seiner Behinderung im Alltag zurechtkommt. Ich bin immer noch seine erste Anlaufstelle, die Person, die ihn mit all seinen Stärken und Schwächen kennt. Die weiß, wie sie für ihn da sein kann, wenn er Hilfe benötigt. Wenn dir also etwas an Elijah liegt und du mit ihm zusammen sein möchtest, musst du mich in eurem Leben akzeptieren. Denn auch wenn Elijah es nicht wahrhaben will – er braucht mich. Genau wie er Teddy braucht. Falls du damit ein Problem hast, solltest du dir überlegen, ob Elijah wirklich der richtige Mann für dich ist.« Sie lächelte mir wohlwollend zu, während sich mir der ganze Magen umdrehte.

»Danke für den Hinweis, Lara.« Zu gern hätte ich noch etwas erwidert, aber ich schaffte es nicht, die Worte, die in meinem Kopf herumschwirrten, zu fassen und zu Sätzen zu formen. Überhaupt war mir schwindelig und übel, und ich wollte nur weg von hier. Weg von *ihr*, weil mich das, was sie gesagt hatte, viel zu sehr traf. Weil ich fürchtete, dass sie damit recht haben könnte … Denn Elijah hatte meine Hilfe abgelehnt, ihre jedoch angenommen. Und das nicht ohne Grund. Womöglich sah er es also genauso wie sie.

35 – ELIJAH

In mir brodelte ein Vulkan, der kurz davor war, auszubrechen. Dass es so weit gekommen war, lag nicht an Cami, sondern an mir, aber auch an Lara. *Vor allem* an Lara.

Ich hörte, wie die Haustür ins Schloss fiel. »Oh, du bist hier? Du solltest doch nicht von der Couch aufstehen, dein Fuß ...«

»Du hast genau fünfzehn Minuten, um deine Sachen zu packen und zu verschwinden, Lara.«

Verlegen lachte sie auf. »Was?«

Humpelnd machte ich einen Schritt auf sie zu. »Ich mache keine Scherze. Entweder du packst dein Zeug und haust ab, oder ich werfe dich eigenhändig aus dem Haus.« Um meine Drohung zu unterstreichen, schob ich die Ärmel meines Shirts nach oben.

Ein Schnauben ertönte. »Du bist wirklich undankbar, weißt du das? Da hole ich dich vom Krankenhaus ab, fahre dich nach Hause, und dann wirfst du mich raus?«

Scheiße, noch nie zuvor hatte ich so sehr um meine Beherrschung gerungen wie jetzt. »Ich habe dich nicht gebeten, mich abzuholen«, presste ich zwischen den Kiefern hervor.

»Aber Emma hat mich angerufen, als sie dich in der Aufnahme gesehen hat. Wie hätte ich dich da nicht abholen und nach Hause fahren sollen?«

»Ich hätte auch ein Taxi nehmen können«, knurrte ich. Dass sich Laras Freundin eingemischt und Lara ohne meine Zustimmung kontaktiert hatte, war ein Thema, um das ich mich ein anderes Mal kümmern würde.

Lara schnaubte. »Aber was macht das denn für einen Sinn, wenn ich sowieso mit dem Auto unterwegs war und dich mitnehmen konnte? Immerhin wohnen wir beide hier und …«

»Nicht mehr!«, unterbrach ich sie. »Ich habe die Schnauze so voll von dir. Ich habe es satt, dass du mich bemutterst wie ein kleines Kind. Dass du dich aufführst wie mein Vormund, als hätte ich keine eigene Entscheidungskraft. Dass du dich einmischst in meine Beziehung zu Cami und ihr sagst, sie müsse sich damit abfinden, dass du in mein … in Camis und mein Leben gehörst.« Gegen Ende hin war ich immer lauter geworden, die letzten Worte schrie ich aus mir hinaus. Teddy winselte und verzog sich in sein Bett unter der Treppe. »Zehn Minuten, Lara. Du hast inzwischen nur noch zehn Minuten. Und bei Gott, ich meine das ernst.«

Keine Ahnung, ob es an meinem wütenden Tonfall lag, aber endlich reagierte sie. Schluchzend hetzte sie die Treppe nach oben, und ich hoffte für sie, dass sie wirklich ihre Sachen packte. Kurz checkte ich die Uhrzeit auf meiner Smartwatch und versuchte, mich durch mehrfaches tiefes Ein- und Ausatmen zu beruhigen. In mir brannte es, weil ich Cami anrufen und ihr sagen wollte, dass es nicht so war, wie Lara es ihr hatte weismachen wollen, aber meine Angst, sie könnte mir nicht glauben, war zu groß. Außerdem befürchtete ich, dass Lara meine Unachtsamkeit ausnutzen könnte und glaubte, sie könnte dennoch hierbleiben. Also verharrte ich hier an der Treppe und lauschte. Tatsächlich konnte ich Laras Schritte hören, aber ich hatte keine Ahnung, ob sie im Kreis lief und einen neuen Plan schmiedete, wie sie weiter im Haus bleiben könnte, oder ob sie wirklich ihre Sachen packte.

»Fünf Minuten, Lara«, rief ich deshalb laut und deutlich nach oben, was sie damit beantwortete, dass sie aus dem Gästezimmer stürmte, die Tür donnernd hinter sich zuwarf und ins Bad eilte, wo sie geräuschvoll herumkramte.

»Drei Minuten!« Langsam, aber sicher machte es mir Spaß, den Countdown zu zählen. Teddy kam kurz aus seinem Bett und schmiegte sich an mich. Er leckte mir über die Hand, ging jedoch wieder zurück unter die Treppe, als Lara erneut die Türen knallen ließ.

Gerade als ich ansetzte, ihr zuzurufen, dass der Countdown abgelaufen sei, eilte sie aus ihrem Zimmer die Treppe herunter. »Du bist ein riesengroßes Arschloch, Elijah Robson. Unglaublich, dass ich dich irgendwann mal geliebt habe.«

Kopfschüttelnd schnaubte ich auf. »Du bist tief im Herzen eine gute Seele, Lara. Aber unsere Zeit ist schon lange vorbei. Du wusstest es, ich wusste es. Und der Moment, getrennte Wege zu gehen, ist längst überfällig. Wir wollten es nur nicht wahrhaben …« Dass ich ihr nicht ebenfalls Gemeinheiten an den Kopf schleuderte, nahm ihr wohl den Wind aus den Segeln.

Zweimal holte sie Luft, als ob sie etwas sagen wollte, entschied sich dann jedoch dagegen.

»Deinen Schlüssel«, forderte ich nachdrücklich und streckte meine offene Hand aus.

»Meinen … was?«

»Ich will den Haustürschlüssel zurück, Lara. Es ist *mein* Haus. Wenn du etwas brauchst, klingle, wie jeder andere, der nicht hier wohnt. Oder ruf mich an, meine Handynummer vom alten Telefon hast du noch, nehme ich an.« Dass ich sie nicht lange in Verwendung haben würde, erwähnte ich jedoch nicht. Zu viele Menschen aus meinem früheren Leben, die mich zu sehr enttäuscht hatten und denen ich keine Möglichkeit mehr bieten wollte, mich zu kontaktieren, hatten diese Nummer der Prepaid-Karte. Und Lara brauchte diese Option auch nicht länger.

311

Das Rasseln eines Schlüsselbundes erklang, kurz darauf spürte ich das harte Metall auf meiner Handfläche. Lara hatte ihn mir mit all der Wut gegeben, die vermutlich gerade in ihr brodelte. Weil sie wusste, dass sie nicht mehr die Zügel in der Hand hatte.

»Ich habe noch Zeug in meinem Zimmer.«

»Davon gehe ich aus. Hätte mich gewundert, wenn du jetzt alles gepackt hättest. Wie gesagt, ruf an, dann können wir einen Tag ausmachen, an dem du den Rest abholst.«

Ein erneutes Schnauben erklang, ehe sie die Tür aufriss und aus dem Haus eilte – nicht ohne auch hier wieder die Tür ins Schloss zu donnern. Gleich darauf startete sie den Motor und fuhr aus der Einfahrt.

Erst als es komplett still war, atmete ich auf. Zitternd setzte ich mich auf die Treppe. Jetzt wurde mir bewusst, wie sehr mich das Ganze mitgenommen hatte. Nicht nur der Streit, sondern auch der Überfall.

Ich war so voller Vorfreude gewesen, hatte es kaum erwarten können, endlich bei Cami zu sein. Hatte mir bereits ausgemalt, wie es sein würde, wenn wir uns wieder in die Arme fielen, wie ich die Nacht bei ihr verbringen würde. Doch dann war alles anders gekommen …

Teddy und ich stiegen aus dem Zug, und nach wenigen Schritten spürte ich die Leitstreifen unter meinen Füßen. Das Bodenleitsystem für Blinde und Sehbehinderte signalisierte, in welche Richtung ich gehen musste, um aus dem Bahnhof zu finden.

»Teddy, links, voran.« Es dauerte nicht lange, bis ich an dem geriffelten Quadrat, dem Aufmerksamkeitsfeld, ankam, das mir anzeigte, dass ich abbiegen musste. Zum Glück war ich in der Vergangenheit bereits ein paar Mal auf diesem Bahnhof unterwegs gewesen, sodass ich ungefähr wusste, wo ich lang musste, um aus dem Gebäude zu gelangen. Mit einem weiteren Kommando änderten wir die Richung und ich folgte Teddy, bis er anhielt.

Vorsichtig tastete ich mit dem Fuß nach vorn, bis ich an ein Hindernis stieß. Die Treppe, die erst nach oben und schließlich auf die Straße führte. »Gut!«, lobte ich meinen treuen Freund und gab ihm ein Leckerli zur Belohnung, bevor wir der Treppe folgten, an deren Geländer in Blindenschrift geschrieben stand, in welche Straße dieser Weg mündete. Kurz überprüfte ich meine Richtung und lächelte zufrieden, als ich die Bestätigung las.

Oben angelangt war ich im ersten Moment orientierungslos. Ich wusste, dass auf dem Boden hier keine Leitstreifen mehr waren, weshalb ich Teddy mit »Tür« anwies, mich aus dem Bahnhof zu führen. Er setzte sich in Bewegung und als er erneut hielt und ich nach dem Hindernis tasten wollte, hörte ich die Stimme einer älteren Frau neben mir: »Wollen Sie da raus?«

»Wenn ich vor der Tür stehe, die mich aus dem Bahnhof auf die Straße führt, dann ja«, antwortete ich freundlich.

»Genau, da ist der Ausgang.«

Im selben Moment spürte ich eine Hand an meinem Unterarm, die mich durch die Tür lotste – etwas, was ich nicht unbedingt mochte, was aber leider viel zu oft vorkam. In der ersten Zeit war ich noch vor fremden unangekündigten Berührungen zurückgezuckt, aber da die Frau es nur gut meinte und ich so an mein Ziel kam, sagte ich nichts weiter zu ihr, sondern bedankte mich für ihre Hilfe.

Nach einem kurzen »Kein Ding« war sie auch schon im Lärm der Straße verschwunden. Doch das war kein Problem, denn ab sofort würde ich mich mithilfe des Navis zurechtfinden.

»Teddy, sitz!«

Sobald ich spürte, wie er sich neben mich setzte, ließ ich das Führgeschirr los und holte meinen Rucksack nach vorn, um das Handy aus der Innentasche zu nehmen und die Navigation zu Camis Adresse zu starten.

Völlig unerwartet traf mich ein harter Stoß an der rechten Seite und mein Smartphone verschwand aus meiner Hand. Der Riemen meines Rucksacks schnitt in meine Schulter, als mir dieser heruntergerissen wurde. Ich kam ins Straucheln und ein stechender Schmerz fuhr durch meinen Knöchel. Das Einzige, was für einen Augenblick nachhallte, war der Duft von herbem After Shave, vermischt mit dem säuerlichen Geruch von Alkohol, und die lauten schweren Schritte auf dem Steinboden, als der Wichser, der mich überfallen hatte, davonlief. Alles war so schnell geschehen, dass ich keine Chance gehabt hatte, zu reagieren.

Keuchend machte ich einen Schritt in die Richtung, aus der ich die Schritte vernommen hatte. »Hey!«, brüllte ich, »der Kerl hat mich bestohlen!«

Mit rasendem Herzen tastete ich nach dem Führhundegeschirr, konnte es aber nirgendwo finden. Mit einem Mal war eine übermächtig große Angst in mir, dass der Typ meinem Hund etwas angetan hatte. »Teddy!«, rief ich panisch, doch sofort spürte ich seine kühle feuchte Nase an meiner Hand.

Erleichtert atmete ich auf, ging neben ihm in die Hocke und umarmte ihn, wuschelte ihm durch das Fell und war einfach nur froh, dass er hier war – auch wenn mir sonst alles gestohlen worden war, was ich bei mir hatte.

Meine Gedanken rasten und ich war völlig überfordert mit der Situation.

»Mein Gott, geht es Ihnen gut?« Die junge Frau klang besorgt, aber freundlich. »Ich habe beobachtet, wie der Mann Sie überfallen hat. Brauchen Sie Hilfe? Sind Sie verletzt?«

»Danke, ich ... weiß nicht.« Noch immer stand ich unter Schock und konnte nicht fassen, dass mir das eben passiert war. Ich stand wieder auf und umfasste das Führhundegeschirr. »Ich glaube, ich muss mich erst mal setzen.«

»Natürlich, da drüben ist eine Bank. Soll ich Sie dorthin bringen?«

Auf keinen Fall wollte ich nach dem Erlebten, dass mich erneut eine fremde Person anfasste. »Danke, Teddy macht das schon«, fuhr ich sie an und im selben Moment tat es mir schon leid, dass ich so

abweisend klang. »Das ist sein Job«, fügte ich versöhnlicher hinzu.
»Teddy, Bank.«

Mein Hund setzte sich in Bewegung und ich folgte ihm, wobei mich bei jeder Belastung meines linken Knöchels ein übler Schmerz durchzuckte. Erleichtert atmete ich auf, als Teddy stehen blieb und ich das kalte Metall einer Bank ertastete, auf die ich mich kraftlos sinken ließ.

»Soll ich einen Krankenwagen rufen? Die Polizei?«

Mir schwirrte der Kopf. In erster Linie dachte ich daran, dass ich jetzt nicht zu Cami konnte. Nicht nur, weil ich auf keinen Fall mit dem schmerzenden Bein das restliche Stück zu ihr zu gehen vermochte. Ich wollte vor allem auch nicht, dass sie mich so sah. Verletzt, gedemütigt, verunsichert und voller Scham. Wenn ich nicht blind gewesen wäre, hätte ich den Angreifer vermutlich kommen sehen. Ich hätte mich wehren oder ihn eventuell sogar verfolgen können. Oder aber ich hätte ihm meine Sachen überlassen und mich zwar geärgert, aber meine Gesundheit nicht aufs Spiel gesetzt. So jedoch fühlte ich mich völlig hilf- und machtlos, und ich spürte die Enge in meinem Hals, die die Verzweiflung in mir mitbrachte.

»Ja, bitte«, antwortete ich auf ihre Frage. »Haben Sie den Mann gesehen? Könnten Sie ihn beschreiben?«

Sie setzte sich neben mich. »Tut mir leid, nein. Ich habe nur gesehen, dass er eine schwarze Jeans und einen schwarzen Kapuzenpulli anhatte. Das ist bestimmt nichts, was man nicht auch über die Überwachungskameras erkennen kann.«

Ich presste meine Lippen aufeinander und nickte nur. Verfluchte erneut mein Leben, während die Frau neben mir mit der Notrufzentrale telefonierte und einen Krankenwagen und die Polizei anforderte.

»Sie sind in wenigen Minuten da. Möchten Sie noch jemanden anrufen? Ich kann Ihnen mein Telefon leihen, wenn Sie wollen.«

Dankbar nahm ich ihr Angebot an. Weil ich Cami unbedingt Bescheid sagen musste.

315

Teddy schmiegte sich an mich und riss mich aus meiner Erinnerung. Ich streichelte ihm über das Fell am Rücken und schüttelte das eisige Gefühl ab, das mit den Bildern des Erlebten wieder in mir hochgestiegen war. Gleichzeitig fühlte ich den gewaltigen Felsbrocken, der endlich von meinen Schultern fiel und mich seit langer Zeit wieder frei atmen ließ, weil Lara nun endlich gegangen war. Weil mir eine neue Zukunft bevorstand. »Nun sind wir auf uns gestellt, Kleiner. Aber das macht nichts, oder? Wir schaffen das schon.« Zur Antwort leckte er mir über das Gesicht.

Dennoch gab es etwas, das ich noch in Ordnung bringen musste.

»Na komm, wir haben noch was vor«, raunte ich Teddy zu und raffte mich auf. Denn irgendwo in meinem Zimmer lag mein altes Handy, das ich aufladen sollte. Und das war nicht alles, was ich plante …

36 – CAMI

Als ich gute zwei Stunden später endlich zu Hause ankam, fror ich durch und durch. Nicht ausschließlich von der Kühle draußen, sondern auch innerlich. Zu oft hatte ich während der Bahnfahrt Laras Worte in meinem Kopf durchgekaut. Doch egal, wie oft ich sie in mir abspielte, es wurde nicht besser. Sie war nun mal ein großer Teil seines Lebens. Ein dermaßen großer, dass ich mir nicht sicher war, ob er mir und sich selbst nicht etwas vormachte mit seiner Aussage, dass er sie nicht mehr bei sich haben wolle.

Und wenn ich ehrlich war, wusste ich nicht, ob ich die Kraft dazu hatte, erneut mit einem Mann zusammen zu sein, bei dem ich jedes Wort auf die Waagschale legen musste. Weil ich mir nie sicher sein konnte, ob er mir wirklich aus tiefstem Herzen die volle Wahrheit sagte.

Es tat so unglaublich weh, denn verdammt, ich hatte mich in Elijah verliebt. So verrückt es klingen mochte, dieser Mann bedeutete mir nach den Unterhaltungen auf *Perfect Match*, den Telefonaten und den beiden Malen, wo wir uns gesehen hatten, mehr, als ich für möglich gehalten hatte. Ich würde sogar behaupten, meine Gefühle für ihn waren tiefer als die, die ich je für Matthew empfunden hatte. Und das hieß schon was. Elijah hatte sich für mich interessiert. Er hatte jede gute und jede

317

schlechte Seite an mir gemocht und wertgeschätzt – etwas, was ich aus den Beziehungen vor ihm nicht kannte.

Ein tiefer Seufzer drang aus mir hervor, als ich mich mit dieser Erkenntnis auf meine Couch sacken ließ. Ich schielte auf das Handy in meiner Hand und wusste nicht, wie ich reagieren sollte, wenn Elijah sich meldete. Wahrscheinlich wäre es klüger für mich und für mein Herz, *jetzt* einen Schlussstrich zu ziehen, bevor ich noch mehr verletzt wurde.

Tatsächlich dauerte es keine fünf Minuten, bis das Gerät vibrierte und eine mir unbekannte Nummer auf dem Display erschien.

Nervös nahm ich den Anruf an, war nach den Erlebnissen des heutigen Tages für alles gewappnet.

»Cami?« Elijahs Stimme zu hören, tat gut – und warf mich dennoch in einen Abgrund.

»Hey«, brachte ich mühsam hervor. Gerade noch hatte ich mich so sicher gefühlt in meiner Entscheidung, dass es so mit uns nicht weitergehen konnte. Doch nun fühlte ich mich mit einem Mal schlecht. Es wäre nicht fair, es ihm am Telefon zu sagen, so ein Miststück war ich nicht.

»Bist du zu Hause?«, erkundigte er sich mit weicher Stimme.

»Ja, ich bin vor gut fünfzehn Minuten durch die Tür.«

»Mach sie auf«, raunte er.

»Was?«

Ich konnte sein Lächeln hören. »Geh zur Wohnungstür und öffne sie, Cami.«

Ein wildes Flattern breitete sich in meiner Brust aus. Keine Sekunde länger konnte ich sitzen bleiben. Ich hetzte zur Tür und schaute durch den Türspion, konnte jedoch nichts erkennen, da es im Treppenhaus dunkel war. Automatisch betätigte ich den Lichtschalter im Flur und öffnete die Tür. Das Licht fiel auf Elijah, der gemeinsam mit Teddy vor der Wohnungstür stand, das Telefon ans Ohr gepresst.

Langsam ließ er die Hand sinken und ich legte auf.

»Du bist da«, sagte ich unnötigerweise, jedoch voller Verwirrung. Denn mit ihm hatte ich überhaupt nicht gerechnet. »Kommt rein.« Ich öffnete die Tür ein Stück weiter und schaute ihm zu, wie er Teddy das Führungsgeschirr abnahm. Schwanzwedelnd kam der Golden Retriever auf mich zu und gesellte sich dann wieder zu seinem Herrchen, der die Hände zu den Seiten ausstreckte, um sich vorzutasten.

Ich ging voraus und wandte mich im Wohnzimmer zu den beiden um. »Komm, Teddy! Komm zu mir.« Ich klopfte auf meine Oberschenkel, um den Hund zu mir zu locken, damit Elijah leichter durch den Flur kam. Dass Teddy von den Ereignissen heute Abend genauso mitgenommen war, wurde mir klar, als er sich immer wieder zu seinem Herrchen umdrehte und zu ihm wollte, um sicherzugehen, dass er gut zu mir gelangte.

Als Elijah im Durchgang zum Wohnzimmer stand, beugte er sich zu Teddy hinab und streichelte ihm durch das Fell. »Schon gut, mein Kleiner, alles in Ordnung.«

Dass er humpelte, verriet mir, dass es nicht so war.

»Wie bist du hergekommen?« Die Vorstellung, er könnte mit seinem verletzten Knöchel mit den öffentlichen Verkehrsmitteln zu mir gefahren sein, sorgte für eine unangenehme Gänsehaut auf meinem Rücken.

»Mit einem Taxi.« Er machte einen weiteren Schritt auf mich zu, streckte die Arme nach mir aus.

»Hör zu, Cami, es tut mir …«, begann er in dem Moment, als ich »Wir sollten reden« sagte.

Mir wurde schwer ums Herz und ich schluckte. »Vielleicht sollten wir uns setzen? Ich mache uns Tee.«

»In Ordnung. Magst du mich zur Couch führen?«

»Sicher.« Ich nahm ihm den Rucksack ab, den er von seinen Schultern gleiten ließ, und parkte ihn in der Ecke, damit er nicht im Weg war. Dann griff ich Elijah am Unterarm und geleitete ihn zur Couch, wo er Platz nahm. Im Anschluss ging ich in die Küche, füllte eine Schüssel mit Wasser und stellte diese unter den Esstisch. »Teddy, hier kannst du trinken.«

Der Hund kam zu mir und trank schlabbernd, ehe er sich wieder zu Elijah legte. Währenddessen kochte ich Teewasser, holte zwei Tassen aus dem Schrank und gab Tee in die Teekanne. Gleichzeitig überlegte ich, wie ich am besten anfangen sollte.

»Hör zu, Elijah, vielleicht ist es besser, wenn wir das, was zwischen uns war, als eine schöne Zeit abhaken. Wenn wir damit abschließen und einfach getrennte Wege ...«

»Ich habe gehört, was Lara zu dir gesagt hat«, unterbrach er mich.

Mein Herz stockte, und ich trug die Tassen und die Kanne mit dem Tee zum Couchtisch, wo ich beides abstellte und mich schließlich zu ihm setzte.

»Okay ...« Noch war ich mir nicht sicher, was ich davon halten sollte.

»Ich hoffe, du hast ihr diesen Schwachsinn nicht abgekauft, Cami. Weil es kompletter Unsinn ist.« Er tastete nach meiner Hand und ich ließ die Berührung zu. Innerlich bebend schloss ich die Augen und spürte den Wunsch in mir, meine Hand von ihm zu lösen, weil ich bis gerade eben Abstand noch für wirklich sinnvoll gehalten hatte. Doch seine Finger zwischen meine gleiten zu spüren, fühlte sich viel zu gut an.

»Als du weg warst, habe ich Lara damit konfrontiert, dass ich gelauscht habe. Sie hat den Fehler in ihren Worten einfach nicht erkannt.« Er schnaubte. »Ich habe sie heute rausgeworfen, hörst du? Sie hat das Nötigste gepackt und ist gefahren. Nicht ohne dass ich vorher ihren Schlüssel zurückverlangt habe. Sie ist weg, Cami. Endgültig. Sobald ich eine neue Handynummer habe, gehört sie zu meiner Vergangenheit. Ich werde sie nur noch einmal mit dem alten Telefon kontaktieren, damit sie ihre restlichen Sachen abholen kann. Dann wird sie uns das Leben nicht mehr schwer machen.«

Zu viele Emotionen prasselten auf mich ein. »Elijah, ich ...«

»Bitte, Cami. Gib uns nicht auf. Ich will nicht, dass das mit uns schon jetzt zu Ende geht.«

»Wieso hast du dann Lara angerufen und meine Hilfe am Telefon abgelehnt?«, fragte ich, denn das war es, was am meisten auf meiner Seele brannte.

Elijah atmete geräuschvoll aus. »Das habe ich nicht. Ja, ich habe das Angebot von dir nicht angenommen, weil es mir unangenehm war, hilflos zu sein. Ich wollte, wie gesagt, dass du mich nicht als hilfsbedürftig siehst, weil ich ...« Er schluckte, rang um Worte. »Weil ich für dich stark sein will. Weil ich nicht möchte, dass meine Schwächen im Vordergrund stehen. Ich habe mir große Mühe gegeben, für dich der Mann zu sein, der ich wirklich bin. Der ich vor dem Unfall war, bevor ich ... den Glauben an mich selbst verloren habe.«

»Aber du *bist* stark, das habe ich dir schon gesagt. Würde meine Welt in Dunkelheit versinken, ich würde ... Keine Ahnung, was ich tun würde, Elijah«, gestand ich mit zitternder Stimme. »Dass du mit so einer Stärke dein Leben meisterst, beeindruckt mich zutiefst. Und es ist in meinen Augen kein Zeichen von Schwäche, Hilfe anzunehmen.«

Er seufzte tief. »Das weiß ich. Ich *weiß* das alles. Trotzdem fällt es mir manchmal schwer, meinen Stolz zu überwinden und ... keine Ahnung. Jedenfalls hat eine Freundin von Lara sie kontaktiert, als ich ins Krankenhaus eingeliefert wurde. Sie arbeitet dort in der Aufnahme und ... Na ja, dass sie über meinen Kopf hinweg meine Ex angerufen hat, ist etwas, was mich maßlos ärgert und worüber ich noch mit ihr sprechen werde.«

Er klang dermaßen gequält und genervt von allem, was passiert war, dass ich mich nun näher an ihn schmiegte, um ihn zu beruhigen. Weil mein Ärger mit seinen letzten Worten irgendwie verpufft war.

»Weißt du, es gibt leider viel zu viele Menschen, die denken, dass man völlig hilflos ist, nur weil man blind ist. Sie glauben, dass sie einen bevormunden und Entscheidungen für einen treffen müssen, die man selbst nicht gewählt hätte. Das fängt damit an, dass sie einem über die Straße helfen, obwohl man nicht um Hilfe gebeten hat – manchmal sogar, wenn man sie nicht einmal passieren möchte.«

»Und es endet damit, dass Bekannte einem einen vermeintlichen *Gefallen* tun, indem sie, ohne zu fragen, für einen beschließen, die Ex anzurufen, wenn man im Krankenhaus landet«, führte ich seinen Gedanken fort.

»So ist es. Dass ich deine Hilfe nicht angenommen, ja sogar komplett abgeblockt habe, lag wohl daran, dass du sie mir angeboten hast. Das war dumm und unüberlegt von mir und tut mir wirklich sehr leid. Könnte ich die Zeit zurückdrehen, hätte ich dir gesagt, dass ich gleich mit dem Rettungswagen in ein Krankenhaus gebracht werde und mich freuen würde, wenn du zu mir kommst. Damit wir dennoch den Abend gemeinsam verbringen können. Aber das hat mir in dem Moment leider mein Stolz verboten.«

Lächelnd fuhr ich ihm durch die Haare. »Das hättest du nicht tun müssen. Mach das nie wieder, okay? Du kannst mich immer um Hilfe bitten und du wirst dadurch in meinen Augen nicht automatisch zum Weichei. Weil man in einer Beziehung füreinander da ist und sich hilft, wo es notwendig ist.«

»Dann … gibst du uns also noch eine Chance?« In seiner Stimme lag so viel Hoffnung, dass mir ganz warm ums Herz wurde. »Bitte, ich … will dich nicht verlieren, Cami. Ich möchte dich in meinem Leben wissen. Weil ich dank dir endlich wieder frei atmen kann. Weil du so viel Licht in meine Dunkelheit bringst. Weil ich … mich in dich verliebt habe.«

Mein Herz polterte wild bei seinen Worten. Es dehnte sich aus, schwoll an und drückte einen Kloß der Rührung nach oben, während es in meinem Bauch die Schmetterlinge weckte.

»Ich mich auch in dich, Elijah. Ich bin verrückt nach dir und … dich nicht mehr in meinem Leben zu wissen, wäre unglaublich schmerzhaft.«

»Trotzdem hättest du dich von mir trennen wollen?«, flüsterte er gequält.

»Es wäre die einzig logische Schlussfolgerung für mich gewesen, um mein Herz davor zu schützen, endgültig zu zerbrechen«, sagte ich mit bebender Stimme.

Elijah lächelte, schüttelte sanft den Kopf. »Tut mir leid, dass ich dir so viele Sorgen bereitet habe. Das wird nicht mehr passieren, okay?«

Ich nickte, dann hauchte ich eine leise Zustimmung.

»Zweifle nie wieder an meinen Worten, Cami. Ich werde immer ehrlich zu dir sein und alles an- und aussprechen, was in meinem Kopf vor sich geht.«

»Das werde ich ebenfalls. Wir … schaffen das schon«, erwiderte ich zuversichtlich und lächelte dabei. Dann konnte ich mich nicht länger zurückhalten. Ich drückte mich an ihn, küsste ihn. Erst zärtlich, doch als unsere Zungen leidenschaftlich aneinanderrieben, setzte ich mich rittlings auf ihn und presste mein Becken gegen seines. Mit gespreizten Fingern streichelte ich über seinen Rücken, durch seine Haare. Ich sehnte mich nach mehr von ihm, wollte von ihm gehalten werden, ihn spüren.

Auch Elijahs Berührungen wurden drängender, sehnender.

Entschlossen löste ich mich von ihm und stand auf. »Komm, lass uns ins Schlafzimmer gehen.«

Mit einem verwegenen Grinsen auf den Lippen ließ er sich von mir führen, und diesmal schloss ich gleich die Tür hinter mir, sodass Teddy uns nicht störte.

Elijah lachte auf, als er mitbekam, was ich getan hatte. Dann schlang er seine Arme um mich und zog mich erneut in einen innigen Kuss.

Heftig atmend löste ich mich von ihm, knöpfte meine Bluse halb auf und zog sie mir über den Kopf. Ich legte sie auf den Stuhl in der Ecke, wo auch mein BH landete.

An Elijahs Hals konnte ich erkennen, wie er schluckte. Er wusste, was ich getan hatte, hatte sicher das leise Rascheln des Stoffes gehört. Langsam streckte er seine Arme in meine Richtung, stöhnte verhalten, als ich seine Hände an meinen nackten Bauch führte. Warm und fest und entschlossen fasste er mich an. Da lag kein Zögern in seinen Berührungen, keine Unsicherheit. Er wusste, was er tat, und das liebte ich so an ihm. Als würde er jeden Zentimeter, jede Rundung erkunden, jedes Härchen, jedes Muttermal spüren. Er berührte mich, *sah* mich mit seinen Händen, und ich genoss, was er tat.

Ganz von selbst schob ich meine Finger unter sein Shirt, streichelte über seine warme Haut und folgte dem zarten Flaum, der von seinem Bauchnabel abwärts führte.

In einer schnellen Bewegung zog er sich das Shirt über den Kopf. Ich nahm es ihm einfach aus den Händen und warf es auf den Stuhl zu meinen Klamotten. Dann drängte ich mich an ihn, spürte seine Haut auf meiner, während ich seinen Duft einatmete und über seinen Rücken rieb.

Elijah vergrub seine Finger in meinen Haaren, schmiegte sein Gesicht an mich, neckte die empfindliche Stelle an meinem Hals. Er genoss mich mit allen Sinnen, und ich liebte es so sehr.

Ich löste mich nur kurz von ihm, ging zum Bett, auf das ich mich setzte und ihn sanft zu mir zog. Wir legten uns auf das Laken, streichelten uns gegenseitig. Mit jeder Berührung schürte er das Feuer in mir, ließ mich mehr und mehr vergessen, was zuvor passiert war. Es gab nur noch uns beide, hier, in diesem Moment.

Zärtlich liebkoste er meine Brüste, knetete sie, rieb über meine Brustwarzen, bis sie sich ihm hart und sehnend entgegenstreckten. Er neckte sie mit seiner Zunge, sog daran, sodass ich genüsslich aufstöhnte.

Ich beugte mich über ihn, bis er auf dem Rücken lag, verteilte feuchte Küsse auf seinem Oberkörper. Schmunzelnd stellte ich fest, dass er besonders zusammenzuckte, als ich seine unteren Rippen erreichte, und wie sehr es ihn erregte, wenn ich ihn knapp über dem Bund seiner Shorts mit der Zunge neckte. Ein heiseres Stöhnen drang über seine Lippen, als ich mit der Hand über die Beule in seiner Hose rieb und mich schließlich den Knöpfen seiner Jeans widmete. Er half mir, den Stoff von seinen Beinen und über seinen Verband zu streifen, entledigte sich seiner Socken und drängte mich anschließend sanft zurück, um mir meinen Rock und meine Strumpfhose auszuziehen.

Nur noch mit Unterwäsche bekleidet legte sich Elijah auf mich, zwischen meine Beine. Er hielt mich fest, so liebevoll und zärtlich, dass ich vor Glück und Zuneigung fast zu platzen drohte.

Er küsste mich drängend und ich hob ihm mein Becken entgegen.

Heftig atmend löste er sich von mir. Seine Nasenspitze lag an meiner und ich bemerkte das Lächeln auf seinen Lippen. »Diesmal lassen wir uns nicht unterbrechen«, meinte er mit sexy rauer Stimme und schickte damit einen wohlig prickelnden Schauer über meinen Körper. Dann küsste er sich von meinem Schlüsselbein zu meiner Brust und tiefer, bis er die Kontur meines Spitzenslips erreichte und mich entlang des Randes mit den Lippen an der empfindlichen Haut reizte.

Heiße Schauer jagten durch mich hindurch, und als er schließlich den Stoff hinabschob und mich ganz entblößte, keuchte ich vor Erregung auf. Alles in mir pochte, sehnte sich nach seinen Berührungen. Als seine Lippen schließlich auf meine Mitte trafen, stöhnte ich verhalten. Ich drängte mich ihm entgegen, hieß seine heiße harte Zunge willkommen und murmelte immer wieder seinen Namen, während ich meine Finger in seine Haare und in das Laken vergrub.

Seufzend wand ich mich unter ihm, genoss, wie mich Elijah mit seinem Mund, seiner Zunge und seinen Händen reizte, meine Erregung vorwärts peitschte und mich immer näher an den Orgasmus trieb, bis ich laut stöhnend kam.

Alles in mir pulsierte, als sich Elijah neben mich legte und mich in seine Arme zog. Er streichelte mich, hielt mich, bis ich mich wieder gesammelt hatte.

»Ich will mit dir schlafen, Elijah«, murmelte ich an seinen Lippen.

Seine Antwort war ein genüssliches Brummen, das in mir nachhallte. Sofort küsste er mich wieder, ließ mich seine Erregung durch den Stoff seiner Shorts spüren. »Fuck, Cami, ich will tief in dir sein, will dir alles von mir geben. Ich will, dass du um meinen Schwanz kommst.«

»Ich habe Kondome hier«, murmelte ich an seinem Hals, und erneut brummte er zustimmend.

Ohne länger zu warten, beugte ich mich zum Nachttisch und öffnete die Schublade, um die Schachtel herauszuholen. Ich nahm eines heraus und befreite es aus der Folie, während Elijah seine Shorts auszog und mit einer Hand langsam seinen großen harten Schaft massierte.

Fasziniert schaute ich ihm dabei zu, dann legte ich meine Hand auf seine und beugte mich vor, um ihn in den Mund zu nehmen.

Elijah stöhnte auf, als ich ihn mit meiner Zunge befeuchtete und an ihm sog. Nachdem ich mich von ihm gelöst hatte, rollte ich den Gummi über.

Er keuchte auf, als ich mich auf ihn setzte und ihn langsam in mich aufnahm.

Innig schmiegte er seinen Kopf an mich, hielt mich mit seinen großen Händen, während ich heftig atmend einen Augenblick brauchte, um mich an ihn zu gewöhnen.

»Alles okay?«, fragte er leise.

»Es ging mir nie besser«, erwiderte ich mit einem Lächeln auf den Lippen, das Elijah mir wegküsste. Seine Hand hielt mich im Nacken, während die andere an meiner Hüfte lag und meine Bewegungen führte. Ich zog mich von ihm zurück, nur um ihn erneut tief in mich aufzunehmen.

»So gut«, raunte Elijah leise.

Ich begann, ihn zu reiten. Langsam, genüsslich und seinem Streicheln und seinen Küssen angepasst. Er kam mir mit seinen Hüften entgegen, drängte sich in mich, tief und fest. Wir steigerten unser Tempo, verloren uns in den Gefühlen. Sein Atem strömte in meinen Mund und meiner in seinen. Wir hielten uns, verwöhnten uns, raunten uns liebevolle Worte zu. Gleichzeitig spürte ich, dass die Anspannung in mir ein weiteres Mal wuchs.

Eine gewaltige Welle erfasste mich und riss mich mit. Wieder und wieder murmelte ich Elijahs Namen. Ich übergab ihm die Kontrolle und fiel. Elijah führte mich, steigerte erneut das Tempo und kam schließlich mit einem lang gezogenen Knurren.

Heftig atmend hielten wir uns fest, ließen die letzten Wellen unserer Höhepunkte uns langsam wieder ins Hier und Jetzt tragen, während Tränen des Glücks in meine Augen stiegen.

37 – Elijah

War es möglich, dass dem Herzen in der Brust der Platz zu eng wurde? So wirkte es zumindest gerade auf mich. Ich lag in Camis Bett, und in meinen Armen hielt ich die Frau, die ich fast verloren geglaubt hatte. Dabei fühlte ich mich so erfüllt und glücklich wie schon seit Jahren nicht mehr.

Ich spürte Camis heißen Atem an meiner Schulter, während ihre Hände träge über meine Brust streichelten.

»Wir sollten uns fertig machen«, raunte sie, bewegte sich jedoch keinen Zentimeter.

Zwei Wochen war es her, dass ich auf dem Weg zu Cami überfallen worden war. Dass ich gefürchtet hatte, sie für immer verloren zu haben – zuerst, als ich mitanhören musste, was Lara zu ihr gesagt hatte, und schließlich, als ich hier bei ihr gewesen war und sie mit den Worten angefangen hatte, dass es besser sei, getrennte Wege zu gehen.

Zum Glück war danach alles anders gekommen und wir hatten die Dinge, die noch zwischen uns gestanden hatten, klären können. Heute mussten wir uns jedoch der nächsten Prüfung stellen.

»Außer du möchtest nicht zu Rasheedas Party. Wir können auch absagen und ich stelle dich Sheryl, Jacob, Alice und

Rasheeda ein anderes Mal vor«, begann Cami, doch ich unterbrach sie mit einem Kuss.

»Wenn du dir Sorgen wegen mir auf der Party machst – ich denke nicht, dass es dort so laut ist, dass man sich kaum versteht, wenn man sich unterhält. Und du wirst mich bestimmt zur Toilette begleiten, wenn ich mal muss, oder?«

»Natürlich bin ich für dich da. Und nein, die Musik läuft auf jeden Fall in einer Lautstärke, dass man sich nicht anschreien muss, um sich zu verstehen.«

»Na dann … Außer natürlich, *du* möchtest lieber zu Hause bleiben.«

»Nix da! Ich will dir endlich meine Freunde vorstellen. Sheryl wird mir den Kopf abreißen, wenn sie dich nicht endlich kennenlernen darf.«

Schmunzelnd musste ich an letzten Mittwoch denken, als wir mit ihr und ihrem Freund zum Kino verabredet gewesen waren. Wir hatten es jedoch nicht aus der Wohnung geschafft, weil wir, kaum dass ich bei Cami angekommen war, um sie abzuholen, übereinander hergefallen waren.

»Wir könnten auch wiederholen, was wir am Mittwochabend getan haben.«

Cami schnaubte belustigt. »Das haben wir doch gerade. Gib es zu, du bist einfach nur nervös, was das Kennenlernen meiner Freunde betrifft.«

Brummend rollte ich mich auf sie und vergrub mein Gesicht in ihren Haaren. »Unter anderem. Aber auch, weil ich immer noch das Bedürfnis habe, jeden Augenblick mit dir auf die intensivste Art zu genießen.«

»Du bist verrückt, Elijah Robson.«

»Und du das Beste, was mir passieren konnte, Cami Gardner.« Ich unterstrich meine Aussage durch einen innigen Kuss, den sie erwiderte. Dennoch ließ ich mich schließlich von ihr aus dem Bett ziehen.

»Du solltest duschen, ich gehe nach dir«, meinte sie und öffnete die Schlafzimmertür, wo Teddy sehnsüchtig auf uns gewartet hatte. Inzwischen hatte der kleine Racker auch hier ein Hundebett, in das er sich zurückzog, wenn Cami und ich uns zeigten, wie verrückt wir nacheinander waren.

»Morgen schlafen wir wieder bei mir«, erklärte ich entschlossen.

Camis Wohnung lag zwar näher am Zentrum, aber ich liebte es, mit ihr gemeinsam zu duschen – etwas, was in ihrem kleinen Badezimmer einfach nicht möglich war.

»Ganz wie du möchtest.« Sie kniff mir im Vorbeigehen in den Hintern, und ihr Lachen, das darauf folgte, sorgte dafür, dass ich grinsen musste.

In den ersten Tagen waren wir immer bei ihr gewesen, doch eine Woche, nachdem ich Lara den Schlüssel abgenommen hatte, hatte Cami wieder bei mir übernachtet. Es war schön gewesen und ich hatte mir gewünscht, dass das Wochenende niemals geendet hätte und wir nicht zur Arbeit hätten gehen müssen. Dennoch lag eine gewisse Anspannung in der Luft, weil Laras Sachen nach wie vor im Gästezimmer waren.

Seit meine Ex das Haus verlassen hatte, hatte ich nur einmal von ihr gehört. Sie war bei Emma untergekommen, die sich kürzlich von ihrem Freund getrennt hatte. Wann sie gedachte, ihr Zeug zu holen, wusste ich nicht. Die Kommunikation war dahingehend immer noch schwierig zwischen uns.

Zwar war sie seit jenem Abend nicht mehr bei mir zu Hause gewesen, dennoch merkte ich, dass diese Sache nach wie vor die Beziehung zu Cami überschattete.

Während ich duschte, fasste ich einen Entschluss, und als ich kurz darauf mit einem Handtuch um die Hüften aus dem Badezimmer kam, fühlte sich mein Gedanke dazu verdammt richtig an.

»Cami?«

»Hier bin ich!«, rief sie aus der Küche.

Sofort ging ich zu ihr. »Ich habe eben einen Entschluss gefasst«, sagte ich und zog sie an mich, kaum dass ihre Hände meine nackte Brust berührten.

»Mhhh, und der wäre?« Neckend streichelte sie über meine Haut und brachte mich damit zum Schmunzeln.

»Mir scheint, als ob du doch nicht zur Party möchtest.«

»Oh. Sicher. Sorry, aber wenn du so vor mir stehst und derart verlockend aussiehst … Entschuldige, was wolltest du sagen?«

Belustigt schmiegte ich mich an sie und küsste sie auf die Schläfe. »Ich werde Ronald und Michelle bitten, mir nächstes Wochenende zu helfen, Laras Sachen zu packen. Ich will ihr Zeug endlich aus dem Haus haben, während sich gleichzeitig alles in mir dagegen sträubt, sie erneut ins Haus zu lassen, damit sie das Gästezimmer ausräumen kann.«

»Hmm«, machte Cami nachdenklich, und ich fürchtete schon, dass sie das für keine gute Idee hielt. »Wenn du willst, kann ich auch helfen. Also … falls es nicht zu strange ist, dass ich die Sachen deiner Ex packe.«

Einen Augenblick lang dachte ich darüber nach. »Wenn es für dich in Ordnung wäre, würde ich nicht nein sagen. Du kannst ja Kisten falten und sie hinuntertragen oder so … Dann musst du nicht in ihren Schränken und Schubladen herumwühlen.«

Cami atmete auf. »Ja, das klingt nach einer guten Idee.«

Lächelnd nickte ich.

Als Cami schließlich ins Badezimmer ging, um zu duschen, nahm ich mein neues Handy und rief Ronald an. Gleich am Montag nach dem Überfall hatte ich mir ein neues Handy mit einer neuen Telefonnummer besorgt. Eine Nummer, die Lara nie bekommen würde.

»Hey, wie geht's, Eli?«

»Gut, dir auch?«

»Ja, alles bestens. Ich hoffe, du rufst an, weil es deinem Knöchel besser geht und wir bald wieder gemeinsam laufen können.«

Ich lachte. Das letzte Mal waren wir vor über zwei Wochen joggen gewesen, danach hatten sich die Ereignisse überstürzt. Seitdem genoss ich meine Zeit lieber mit Cami, weil ich erst richtig realisieren musste, dass sie sich wirklich für mich entschieden hatte.

»Wir können gern was für übernächste Woche ausmachen, bis dahin sollte wieder alles in Ordnung sein und ich den Fuß schmerzfrei belasten können. Aber deswegen rufe ich nicht an.«

Ronald machte ein fragendes Geräusch, woraufhin ich ihm von meinem Plan erzählte.

»Okay, du willst alles von ihr raushaben?«

»Alles. Endgültig.«

»Was machst du dann mit dem freien Zimmer?«, wollte er amüsiert wissen.

»Keine Ahnung. Vielleicht wird wieder ein Gästezimmer daraus. Oder ein Büro für Cami, wo sie ihre Sachen für die Schule erledigen kann.«

Ein wohlwollender Laut drang an mein Ohr. »Das mit euch ist also was Ernstes?«

»Ich denke schon. Zumindest fühlt es sich gerade so an. Wir sind glücklich, das ist alles, was zählt.«

»Wann lernen wir sie kennen?«, wollte er wissen.

»Das wäre mein Trumpf gewesen, falls du nicht gleich zugesagt hättest – sie hat nämlich angeboten, ebenfalls zu helfen.«

Ronald brummte belustigt. »Gut, ich bin mir sicher, Michelle ist dabei. Wir sind echt gespannt auf die Frau, die dich endlich wieder zum Lachen bringt.«

»Hey, ich habe auch vorher gelacht.«

»Nicht mehr von Herzen. Also … ich melde mich bei dir, bin jedoch zuversichtlich, dass Michelle ebenfalls Zeit hat. Muss jetzt aber gleich weg, ich will das Fußballspiel nicht verpassen.«

Früher hätte mich bei dieser Aussage ein schmerzhafter Stich durchzuckt. Doch nun machte es mir nichts mehr aus. Vielleicht hatte Ronald recht und Cami hatte wirklich dafür gesorgt, dass ich zum ersten Mal seit Langem das Leben wieder in vollen Zügen genießen konnte.

* * *

Etwas später stiegen Cami und ich aus dem Taxi. Sie hatte eine große Form mit Tragegriff voll mit meinem leckeren Tiramisu in der Hand – unser Mitbringsel für die berühmt-berüchtigte Party bei Rasheeda. Als wir auf das Wohnhaus zugingen, in dem die Feier stattfand, wurde ich dennoch nervös. Grundsätzlich hatte ich kein Problem damit, neue Leute kennenzulernen. Bei den Freunden meiner neuen Freundin war das jedoch von Bedeutung. Zwar würde ich mich nicht davon abhalten lassen, mit Cami zusammen zu sein, selbst wenn mich ihre Freunde nicht mochten, aber mir wäre es natürlich lieber, wenn wir uns gut verstehen würden.

Zudem würde ich sie auf einer Party kennenlernen, und ich hatte keine Ahnung, wie es dort sein würde. Gemütlich und unterhaltsam oder doch zu laut und zu eng für mich? Zwar vertraute ich grundsätzlich Camis Urteil, aber so gut kannte sie mich dann doch noch nicht, um mich dahingehend einschätzen zu können.

Teddy hatten wir in Camis Wohnung gelassen. Er fühlte sich in seinem neuen Bettchen pudelwohl, was mich sehr erleichterte. Überhaupt hatte er einen Narren an Cami gefressen, und sie liebte ihn genauso abgöttisch.

»Achtung, wir sind da. Drei Stufen, dann stehen wir vor der Haustür. Moment, ich klingle«, kündigte Cami an, während sie stehen blieb und mich losließ. Wie immer hatte sie sich bei mir untergehakt und mich so durch den Großstadtdschungel geführt.

Das leise Schrillen ertönte durch die Sprechanlage, kurz darauf summte auch schon der Türöffner.

»Hier müssen wir uns leicht links halten, dort ist das Treppenhaus. Die Wohnung liegt wie gesagt im dritten Stock, ohne Aufzug.«

»Kein Problem.«

»Auch nicht mit deinem Knöchel?«

»Mach dir keine Sorgen. Solange wir nicht die restliche Nacht durchtanzen, geht es mir gut. Wobei … dritter Stock?« Ich schnaubte. »Verdammt, ich hätte mich vorhin nicht so verausgaben sollen.«

Cami lachte und küsste mich flüchtig auf die Wange.

»Achtung, es geht los. Das Treppengeländer ist zu deiner Linken.«

Ich tastete danach und ging zügig mit ihr nach oben. Die letzten drei Stufen zählte sie ganz automatisch immer für mich mit, damit ich nicht ins Leere stieg.

Je näher wir der Partywohnung kamen, desto deutlicher hörte ich die Musik. Die Lyrics von »Kiss Me« drangen zu mir durch und ich musste Cami kurz an mich ziehen, um dieser kleinen Aufforderung nachzukommen. Ich bemerkte ihr süßes Lächeln, ehe sie mich sanft an der Hand weiter lotste und mir einen knappen Hinweis gab, dass wir uns gleich durch die Tür bewegen würden. Ich ließ ihr den Vortritt und folgte ihr, wobei wir unsere Position ein klein wenig änderten und ich mich an einem ihrer Arme festhielt, während ich hinter ihr herging. Es waren wohl viele Leute hier, denn sofort tauchten wir in die Gesprächskulisse der Gäste ein und kamen nur noch langsam voran. Cami achtete sehr darauf, dass ich gefahrlos hindurchkam, bis sie mir verriet, dass wir gleich einen Stehtisch erreichen würden. Sie führte meine Hände an die Tischkante, wo ich mich lässig abstützte, nachdem ich mich vergewissert hatte, dass der Platz frei und trocken war. Auf Partys konnte man nie wissen …

»Was möchtest du trinken?«, erkundigte sie sich.

Ich beugte mich in ihre Richtung und senkte meine Stimme. »Was trinkt man hier so?«

»Bier aus Flaschen, größtenteils. Das dort drüben sieht nach Rotwein aus und … hm. Ein paar Leute haben Limodosen in den Händen.«

Ein Lächeln hob meine Mundwinkel.

»Limo?«, fragte Cami.

Ich nickte. »Bitte. Du weißt ja, kein Alkohol, wenn das Bett zu weit weg ist.«

»Alles klar. Ich bringe mal eben das Tiramisu in die Küche und komme gleich mit unseren Getränken wieder. Du bleibst doch hier und läufst mir nicht davon?«

»Selbstverständlich.«

»Kuchen? Deftige Snacks? Soll ich dir was mitbringen?«

»Danke, vielleicht später.«

Ein zärtlicher Kuss streifte meine Lippen, genau wie ihre Hand meinen Rücken, ehe sie verschwand und ich versuchte, mich zu orientieren. Hinter mir musste wohl ein Fenster oder eine Balkontür sein, denn zum einen konnte ich die Kühle spüren, die sich von draußen ihren Weg in die aufgeheizte Wohnung suchte, und zum anderen kamen Musik und Gespräche ausschließlich aus der anderen Richtung. Rechts von mir lachte eine Frau, die ein sehr kräftiges Organ hatte und bestimmt die Aufmerksamkeit vieler auf sich zog. Links von mir diskutierten ein paar Männer über die Fernsehserie *Vikings*.

»Du musst Elijah sein, richtig?« Das war die Frau mit der einprägsamen Stimme.

»Genau, und du bist …?«

»Sheryl, da bist du ja!«, rief Cami und beantwortete somit indirekt meine Frage.

»Hey, Cami! Ich dachte schon, du lässt deinen Freund hier vereinsamen.«

»Nein, ich habe uns nur Getränke geholt. Elijah, darf ich dir meine beste Freundin Sheryl und ihren Freund Jacob vorstellen? Das ist Elijah, *mein* Freund.«

Das war das erste Mal, dass sie mich so betitelte, und ich liebte es, wie der Stolz in ihren Worten mitschwang.

»Freut mich, dich endlich kennenzulernen. Darf ich dich umarmen?«

Verlegen lachte ich auf. »Sicher.«

Als sie mich drückte, raunte sie mir ins Ohr: »Danke, dass du Cami so glücklich machst. Verbock es nicht, sonst lernst du meinen linken Haken kennen.«

Lachend löste ich mich von ihr. »Keine Sorge, dazu wird es nicht kommen.«

»Sheryl! Du hast doch nicht etwa Elijah bedroht?«

»Gut zu wissen, dass sie das bei anderen genauso macht. Ich bin Jacob, freut mich, dich kennenzulernen.«

Ich streckte meine Hand in die Richtung, aus der die Stimme kam, und spürte einen festen, aber nicht unangenehmen Händedruck. »Ich freue mich auch, endlich Camis Freunde zu treffen.«

»Das wurde auch echt Zeit«, meinte Sheryl belustigt. »Nachdem ihr uns das letzte Mal einfach so habt sitzen lassen.«

Nun konnte ich ein Schmunzeln nicht verbergen und spürte gleichzeitig Camis Hand in meiner.

»Tut uns echt leid, dass wir euch versetzt haben. Aber das mit dem Kino könnten wir übernächsten Samstag nachholen. Oder, Elijah?«, meinte sie an mich gewandt und ich nickte.

»Also eurem Grinsen nach zu urteilen, bereut ihr es keine Sekunde.« Jacob stieß ein Lachen aus und Cami schmiegte sich enger an mich.

»Übernächstes Wochenende kann ich leider nicht, da braucht mich Mrs Palmer für Makenzie. Wenn du Zeit und Lust hast, könnten wir ja gemeinsam babysitten.«

Ich war mir sicher, diese Frage von Sheryl war an Cami gerichtet, was sich bestätigte, als sie ihrer Freundin antwortete.

»Lass mich noch überlegen, da sage ich dir Bescheid, okay?«

Ein zustimmender Laut kam von Sheryl, der jedoch in Camis »Oh, da drüben ist Alice!« unterging.

»Und Rasheeda. Jetzt lernst du den Rest der Truppe kennen«, meinte Sheryl amüsiert.

»Wenn ich gewusst hätte, dass meine Anwesenheit so ein Aufsehen erregt ...«, begann ich schmunzelnd, doch dann wurde es lauter, als sich die ganzen Leute begrüßten. Auch ich wurde der Gastgeberin und ihrer Mitbewohnerin vorgestellt.

Wir hatten einen wirklich unterhaltsamen Abend. Cami plauderte eine Weile mit Alice über eine Gesangsausbildung, die diese anstrebte, und ich lauschte interessiert und neugierig, ohne mich groß in das Gespräch einbringen zu können. Doch das machte mir nichts aus. Es war schön, Cami mal nur zuzuhören und ihre Begeisterung für das Talent ihrer Freundin zu spüren. Anscheinend hatte Alice vorgestern die Bewerbungsunterlagen zur Post gebracht und war bereits jetzt total hibbelig, ob sie zu einem Vorsingen geladen werden würde oder nicht. Wobei ich nicht daran zweifelte, als mir Cami etwas später ein Video vorspielte. Alice' Stimme war wirklich außergewöhnlich.

Cami und ich unterhielten uns noch mit Rasheeda, die ziemlich energiegeladen war, und mit Sheryl und Jacob. Wir tranken noch mehr Limonade, aßen leckere Schinkenteigtaschen und herrlich süßen Kuchen. Von meinem Tiramisu bekamen wir leider nichts mehr ab. Darauf hatten sich die Leute wie die Geier gestürzt, berichtete man uns. Einige der Gäste – vorwiegend ältere Frauen – waren fasziniert davon gewesen, dass ich es gemacht hatte. Doch heute störte es mich nicht, dass meine Kompetenzen als blinder Mann in der Küche infrage gestellt wurden. Stattdessen betrachtete ich es einfach als Kompliment – was vielleicht auch daran lag, dass Jacob, der die Schinkenteigtaschen gebacken hatte, ähnliches Feedback bekam. Echt verrückt, dass es in der heutigen Zeit immer noch Menschen gab, für die es nicht selbstverständlich war, dass Männer genauso den Haushalt erledigen und kochen konnten wie eine Frau.

Es war bereits nach Mitternacht, als wir uns schließlich mit Sheryl und Jacob ein Taxi teilten, das uns nach Hause bringen sollte.

Cami war müde und ich spürte den heutigen Tag ebenfalls in den Knochen.

»Wie geht es deinem Fuß?«, erkundigte sich Sheryl, während sich das Taxi in Bewegung setzte.

»So weit ganz gut, aber ich freue mich aufs Bett.« Und auf die Schmerztablette, doch das erwähnte ich nicht.

Zum Glück hatten wir relativ bald einen freien Platz auf der Couch ergattern können, wo ich mein Bein etwas hochgelagert hatte, um es zu schonen. Zwar konnte ich inzwischen wieder fast schmerzfrei gehen, aber nach einem langen Tag pochte es dann doch unangenehm im Knöchel.

»War wirklich lustig mit euch. Was haltet ihr davon, wenn wir das demnächst wiederholen? Vielleicht in gemütlicherer Runde?«, schlug Jacob vor.

Der Mann war echt schwer in Ordnung. Schon auf der Party war mir aufgefallen, dass er die energiegeladene Sheryl erdete, als wäre er der Ruhepol, den sie in ihrem Leben brauchte.

»Das klingt nach einer guten Idee«, meinte Cami und drückte meine Hand.

»Also ich wäre auf jeden Fall dabei. Nur kommendes Wochenende geht es nicht«, wandte ich mich an Cami.

Ich spürte, wie ihr Daumen sanft über meinen Handrücken streichelte, um mir zu signalisieren, dass wir die Tage mit Laras Auszug gut über die Bühne bringen würden.

Ich hoffte nur, dass sie recht behalten würde.

»Kein Problem, wir sprechen uns einfach noch ab. Meldest du dich bei mir?«, fragte Sheryl, und ich ging davon aus, dass sie sich damit an Cami wandte.

»Natürlich.«

Das Taxi hielt und Sheryl und Jacob verabschiedeten sich von uns. Jacob bestand darauf, die Hälfte des Fahrpreises zu übernehmen, und drückte mir das Geld in die Hände. Auch wir wünschten den beiden einen schönen Abend. Schließlich setzte sich das Auto wieder in Bewegung, um uns keine Minute später ebenfalls aussteigen zu lassen.

Ich bezahlte die Fahrt, wir verließen das Fahrzeug und ich hakte mich bei Cami unter, die mich zum Hauseingang führte, wo sie mit ihrem Schlüssel aufsperrte.

Sie rief den Aufzug und lehnte sich an mich. »Das war wirklich ein schöner Abend. Meine Freunde mögen dich.«

»Ja, da haben wir echt Glück gehabt«, sagte ich leise lachend.

»Ich habe nie daran gezweifelt«, murmelte sie und ihre Lippen streiften dabei die meinen. Die Aufzugtüren gingen auf und wir stiegen in den Lift.

»Übrigens wären wir heute vermutlich nicht zusammen, hätte es Alice nicht gegeben.«

»Tatsächlich?« Ich überlegte, ob sie die Frau in der Zeit vor unserer Beziehung mir gegenüber je erwähnt hatte, doch ich konnte mich nicht daran erinnern.

»Ja. Sie hat mich darin bestätigt, dir zu vertrauen und dir eine weitere Chance zu geben.«

Der Fahrstuhl hielt und wir stiegen aus. Doch statt gleich in Richtung ihrer Wohnung zu gehen, zog ich Cami an mich. Tief sog ich ihren Duft in mich auf, streichelte mit den Lippen über ihre Wangen. »Ich bin wahnsinnig froh, dass sie dich überzeugen konnte, mich nicht aufzugeben. Vielleicht sollte ich ihr Blumen schicken.«

Cami kicherte leise. »Darüber würde sie sich sicher freuen.«
Dann landeten ihre Lippen auf meinen und ich erwiderte den
Kuss mit all der Liebe, die ich für sie empfand.

38 – CAMI

Zu sagen, ich sei nervös gewesen, als ich am Wochenende darauf bei Elijah im Wohnzimmer saß, wäre die Untertreibung des Jahrhunderts. Jeden Moment würden Ronald und seine Frau Michelle hier sein und gemeinsam hatten wir vor, Laras Zimmer und Badezimmerschrank zu räumen.

Weil ich es immer noch als seltsam erachtete, die Sachen seiner Ex einzupacken, hatten Elijah und ich uns darauf geeinigt, dass ich für uns alle etwas zu essen kochen würde. So konnte ich mich nützlich machen, während die drei oben im ehemaligen Gästezimmer sein würden. Und sobald ein paar der Kisten bereit waren, nach unten getragen zu werden, würde ich natürlich dabei helfen.

Teddy lag zu meinen Füßen und Elijah saß mit Kopfhörern neben mir und hatte ein Hörbuch eingeschaltet. Zwar hatte er mir angeboten, mitzuhören, aber da ich die ersten dreißig Prozent der Geschichte nicht kannte, hatte ich dankend abgelehnt. Abgesehen davon war ich mir sicher, dass er es nur deshalb tat, weil er sich selbst ablenken wollte. Schließlich war das Packen der persönlichen Sachen von Lara für ihn eine Reise in die Vergangenheit, die ihn garantiert nicht kalt ließ.

Den Beweis dafür erhielt ich, als es an der Tür klingelte und er hochschreckte. Aber auch mir schoss das Adrenalin siedend heiß durch die Venen und sofort spürte ich meinen Herzschlag im Hals.

Teddy war aufgestanden und wartete schwanzwedelnd in der Nähe seines Herrchens, jedoch ohne ihm im Weg zu stehen.

Elijah ging zur Tür und ich folgte ihm.

Nachdem er sich erkundigt hatte, wer draußen war, machte er auf und sein Bruder betrat als Erstes den Flur und umarmte ihn herzlich mit einem »Hey, Eli«. Hinter ihm stand die Frau, die ich bereits damals auf der Straße mit ihm gesehen hatte – und den beiden nun wieder gegenüberzustehen, spülte eine Welle an Erinnerungen und Emotionen in mir hoch. Doch noch zwei weitere Personen waren hier, die Elijah begrüßten.

»Mom, Dad, was macht ihr denn hier?« Elijah wirkte freudig überrascht und ließ sich von seinen Eltern drücken.

Irgendwie artete es in ein lautes und buntes Hallo aus, bei dem sich alle umarmten und es reichlich eng wurde im Flur – noch mehr, als Teddy sich schwanzwedelnd Platz verschaffte und ebenfalls Elijahs Familie begrüßen wollte.

»Ronald hat geplaudert«, beantwortete schließlich seine Mutter die Frage. Sie war eine Frau Anfang bis Mitte sechzig, die ihre lockigen Haare mit einer Haarspange gebändigt hatte. Neugierig schaute sie in meine Richtung und schenkte mir ein warmes Lächeln.

»Da konnten wir unmöglich zu Hause sitzen bleiben und euch die Arbeit allein machen lassen«, ergänzte sein Vater. Er trug ein Hemd und Hosenträger, die gemeinsam mit seinem grauen Vollbart und seinem schütteren Haar eine interessante Erscheinung aus ihm machten.

Ronald grinste verlegen und irgendwie war es seltsam, da ich sein Gesicht in der ersten Zeit mit Elijah in Verbindung gebracht hatte.

Als ich sah, wie glücklich Elijah inmitten seiner Familie war, schwoll mein Herz an.

»Ich danke euch. Wirklich. Aber bevor wir loslegen, möchte ich euch meine Freundin Cami vorstellen. Cami, das sind Ronald und seine Frau Michelle und meine Eltern Evelyn und Walter Robson.«

»Hi! Ich freue mich so sehr, euch alle endlich kennenzulernen.«

»Ach, Liebes, die Freude ist ganz auf unserer Seite. Du hast unserem Sohn gezeigt, wie man wieder Spaß am Leben hat«, meinte seine Mutter an mich gewandt. »Tut mir leid, dass wir so unangemeldet hier aufkreuzen, aber wie ich meinen Sohn kenne, hätte er unsere Hilfe dankend abgelehnt, wenn wir gesagt hätten, dass wir auch kommen wollen.«

Elijah lachte. »Das hätte ich, ja.«

»Mach dir keinen Kopf, mein Lieber. Ich helfe Cami in der Zwischenzeit in der Küche. Michelle hat erwähnt, dass du Lasagne nach Elijahs Rezept machen willst. Und da das Kochrezept von mir stammt, habe ich einfach die Zutaten für eine zweite Portion mitgenommen.« Sie zwinkerte mir zu. »Und dein Vater wird oben helfen. Bestimmt möchtest du auch die Möbel wieder so stellen, wie sie vorher gewesen sind.«

Elijah räusperte sich. »Ja, da hast du recht. Wobei ich das Bücherregal im Wohnzimmer lassen würde. Aber den Lesesessel könnten wir aus dem Keller holen.«

»Das machen wir«, bekräftigte Evelyn, die mit dem Korb auf ihrem Arm zu mir kam. »Komm, wir zwei kümmern uns mal um das Essen und lernen uns besser kennen, während der Rest alles in Laras ehemaligem Zimmer einpackt.«

»Ich hole die Kartons aus dem Wagen«, meinte Ronald und verschwand noch einmal kurz nach draußen.

Die anderen gingen bereits nach oben und ich folgte Evelyn in die Küche, wo sie gleich die Lebensmittel aus dem Korb räumte.

»Das ist so lieb von Ihnen, dass Sie gekommen sind, um zu helfen, Mrs Robson.« Ich ging zum Kühlschrank, aus dem ich Butter und Hackfleisch herausholte.

»Ach, bitte, sag Evelyn zu mir. Und …«, begann sie mit gesenkter Stimme und einem verstohlenen Blick nach draußen, »… wir machen das wirklich gern. Vor allem, wenn es darum geht, unseren Sohn glücklich zu sehen. Für diesen wunderschönen Start mit dir muss er endlich seine Altlasten loswerden. Und du sollst dich ganz sicher nicht damit quälen. Ich habe Walter angewiesen, dass er Elijah so weit wie möglich mit anderen Dingen beschäftigt. Ich finde nicht, dass er im Eigentum seiner Ex herumwühlen sollte. Diese unnötige Belastung kann er sich getrost ersparen.« Sie schenkte mir ein wohlwollendes Lächeln.

»Ich denke, nun weiß ich, woher Elijah sein großes Herz hat«, sagte ich mehr zu mir selbst, aber Evelyn hatte es gehört.

Sie legte das Messer beiseite, mit dem sie eben anfangen wollte, die Zwiebel zu schneiden, und herzte mich liebevoll.

»Ich spüre es im kleinen Zeh, dass du die Richtige für ihn bist. Er hat schon so viel von dir erzählt, und ich war unglaublich neugierig auf die Frau, die er liebt. Und ich muss sagen, du hast bereits jetzt meine Erwartungen übertroffen.«

Sprachlos angesichts all dieser neuen Informationen und ihrer Herzlichkeit erwiderte ich die Umarmung, ehe ich mich wieder von ihr löste.

»Aber … ich mache ja gar nichts.«

»Oh doch, Liebes. Du behandelst ihn nicht anders, weil er blind ist. Er ist in deinen Augen ein starker, selbstständiger Mann.«

Irritiert blinzelte ich. »Aber das ist er ja auch.«

Evelyn lächelte. »Genau das meine ich. Lara und viele seiner ehemaligen Freunde, sogar Menschen, die ihn gar nicht kennen, sind nicht davon überzeugt. Sie sehen sein Handicap und fassen ihn automatisch mit Samthandschuhen an. Sie nehmen ihm für ihn alltägliche Dinge ab, oft völlig ungefragt. Sie bevormunden und bemuttern ihn, was unnötig ist. Er ist noch immer der Mann, der er vorher war. Nur dass er inzwischen mit all den anderen Sinnen sieht und sein persönlicher Assistent ein Vierbeiner ist, der ihn sogar bis ins Schlafzimmer begleitet. Aber genug davon. Du arbeitest als Lehrerin in einer Grundschule?«

Bewegt von ihren Worten brauchte ich noch einen Atemzug, bevor ich ihr von mir zu erzählen begann. Und es dauerte nicht lange, da waren wir in eine angeregte Unterhaltung verwickelt. Sie erzählte mir von ihren jungen Jahren, in denen sie als Fotomodell in Paris gelebt hatte, ehe sie sich Hals über Kopf in einen gut aussehenden Engländer verliebt hatte. Seinetwegen hatte sie schließlich ihre Karriere beendet und war zurück in ihre alte Heimat gezogen.

Ich erfuhr von Elijahs und Ronalds Kindheit und dass die beiden immer schon wie Pech und Schwefel zusammengehalten hatten. Auch wenn es um Streiche ging, die sie ihren Eltern oder den Nachbarn gespielt hatten. Und ich bekam eine ungefähre Ahnung davon, wie es früher im Hause Robson rundgegangen sein musste, als die zwei noch bei ihren Eltern gewohnt hatten.

Als die Lasagne fertig war und wir die beiden Auflaufformen in den Ofen schieben konnten, begannen Walter und Ronald bereits, die ersten Kisten herunterzutragen.

Evelyn und ich halfen mit und wenig später stand der Flur voll mit Kartons. Michelle hatte in der Zwischenzeit alle mit Getränken versorgt und anschließend den Tisch gedeckt. Und nach einer kurzen Verschnaufpause konnten Evelyn und ich auch die Lasagne servieren.

»Dank eurer Hilfe sind wir viel früher fertig als erwartet«, stellte Elijah fest, bevor er Lasagne auf die Gabel lud.

In seiner Stimme konnte ich Erleichterung hören. Erst jetzt wurde mir so richtig bewusst, wie groß die Belastung für ihn gewesen sein musste, all diese Dinge von Lara noch in seinem Haus zu wissen.

»Kein Problem, dafür sind wir da«, erklärte sein Vater und klopfte ihm wohlwollend auf die Schulter.

Elijah sagte nichts mehr darauf, aber ich konnte sehen, wie Tränen in seinen Augen glitzerten.

Nach dem Essen räumten Michelle und ich den Tisch ab, während Elijah sich zurückzog, um Lara anzurufen und ihr mitzuteilen, dass ihre Sachen gepackt und abholbereit auf sie warteten. Dass er dabei allein sein wollte, konnte ich nachvollziehen.

»Du hast Ronald und mich vor einiger Zeit auf der Straße gesehen, hat Elijah erzählt.« Michelle sah mich fragend an.

Verlegen nickte ich. »Ja, ich … ähm …«

Michelle lächelte mich an. »Ich kann voll und ganz verstehen, dass es dich verwirrt und gekränkt haben muss. Ehrlich gesagt war ich nicht wirklich begeistert, dass Ronald sich darauf eingelassen hat, Elijah seine Fotos für *Perfect Match* zu leihen. Schon allein deshalb, weil ich immer für Aufrichtigkeit bin. Aber ich habe meinen Schwager gesehen. Er war … nicht mit jetzt zu vergleichen, Cami. Er war so gebrochen, so verletzt und … ich dachte, einen Versuch wäre es wert, wenn er dadurch eine Frau findet, die ihn um seiner selbst willen liebt. Auch wenn ich seine eigentliche Intention dahinter nicht verstanden habe, da Ronald für mich weitaus attraktiver ist als Elijah.« Sie zwinkerte mir zu.

»Na, das will ich doch hoffen«, unterbrach ihr Mann sie, der unerwartet in der Tür zur Küche aufgetaucht war und sie von hinten umarmte.

Sie kicherte und drehte sich in seinen Armen um, ehe die beiden verliebte Worte austauschten.

Irgendwie fühlte ich mich gerade fehl am Platz, weshalb ich nach draußen ging. Die Tür zum kleinen Garten hinter dem Haus stand offen, wo Evelyn und Walter mit Teddy tobten.

Elijah war jedoch nicht hier. Also suchte ich weiter, doch weder im Wohnzimmer noch in den Räumen oben konnte ich ihn entdecken.

Das Gästezimmer war auf den ersten Blick komplett ausgeräumt. Einzig der Schrank, das Bett mit dem Nachttisch und der Schreibtisch waren noch da, wobei ich mir sicher war, dass in keiner Schublade und in keinem Schrank mehr etwas zurückgeblieben war. Ein Eimer mit Schmutzwasser stand auf der Fensterbank und ich vermutete, dass jemand gleich alles saubergewischt hatte, um auch die letzten Spuren von Lara zu entfernen.

Als ich die Treppe hinabstieg, bemerkte ich eine Bewegung durch das Milchglas in der Eingangstür, also trat ich hinaus in die Einfahrt. Elijah stand dort, das Handy ans Ohr gepresst. Ich erstarrte.

»Ist gut, bis gleich«, sagte er, dann nahm er das Telefon vom Ohr und legte auf.

»Alles okay?«, erkundigte ich mich besorgt bei ihm.

Er nickte. »Sie fährt gleich los und ist voraussichtlich in etwa einer Stunde hier.«

Zögernd ging ich auf ihn zu und legte meine Hände auf seine Arme. »Und … wie geht es dir damit?«

»Dass sie ihr Zeug holt? Darüber bin ich froh. Sie war jedoch gerade ziemlich aufgebracht am Telefon. Was irgendwie verständlich ist, weil wir ihre Sachen ausgeräumt haben. Aber ich … hätte es nicht ausgehalten, wenn sie es selbst gemacht hätte. Ich habe ihr versichert, dass wir alles eingepackt haben und dass keiner irgendwas länger als nötig in den Händen hatte. Dass niemand in ihren Sachen geschnüffelt hat oder so. Es wurde nur gepackt.«

»Ich weiß«, sagte ich ruhig, da Ronald vorhin beim Essen etwas Ähnliches erwähnt hatte.

»Ich glaube, dass es jetzt endgültig zu Ende ist, trifft sie hart.«

»Ist auch irgendwie verständlich.«

Elijah schnaubte und verzog sein Gesicht zu einem halben Lächeln. »Du bist wirklich eine ganz besondere Frau, Cami, das weißt du, oder? Du könntest auch sagen, dass es ihr recht geschieht oder … dass es höchste Zeit ist, dass sie endlich von hier verschwindet.«

Sanft streichelte ich über seine Wange und seine Bartstoppeln kitzelten mich an der Handfläche. »Das hat sie nicht verdient.«

Elijah küsste mich und schlang seinen Arm um mich. »Also ich wäre jetzt bereit für eine moralische Stärkung in Form eines Tiramisu. Was hältst du davon?«

»Klingt nach einem guten Plan.« Gemeinsam gingen wir zurück ins Haus, wo Elijah Kaffee für uns kochte, während ich das Tiramisu, das wir gestern Abend vorbereitet hatten, aus dem Kühlschrank holte und sechs gleich große Stücke auf Teller legte.

Wir unterhielten uns noch über alles Mögliche. Evelyn und Walter erzählten von ihrem geplanten Urlaub in drei Wochen und Ronald und Michelle gaben ein paar Anekdoten von ihrer Hochzeitsreise zum Besten. Anschließend war Elijahs Familie in Aufbruchsstimmung, da er sie gebeten hatte, zu fahren, bevor Lara hier auftauchte. Weil es so schon schwer genug für sie, ihn und mich sein würde. Dem hatte niemand etwas entgegenzusetzen.

Gemeinsam stellten wir die Kisten vor das Haus, damit Lara gar nicht mehr über die Schwelle musste – was nicht nur für Elijah gut war, sondern bestimmt auch für sie. Und als wir uns kurz darauf von allen verabschiedet hatten und Michelle mich zu ihrer Geburtstagsfeier übernächste Woche eingeladen hatte, wurde es seltsam still im Haus. Elijahs Nervosität war förmlich greifbar und hatte sich inzwischen auf mich übertragen. Keine Ahnung, wie Lara reagieren würde …

»Müsste sie nicht längst hier sein?«, fragte ich und hielt Ausschau nach ihr, um meine Aufregung im Zaum zu halten.

»Sie war bei einer Freundin in London, vielleicht steht sie im Stau.«

In dem Moment ertönte ein Motorengeräusch und ein rotes Auto näherte sich uns.

»Das ist sie«, raunte ich, den Blick auf die verbissen wirkende Frau hinter dem Steuer gerichtet. »Soll ich gehen und euch allein lassen?«

Elijahs Griff wurde fester. »Bitte bleib.«

»Okay«, hauchte ich und wappnete mich geistig für das Aufeinandertreffen mit Lara.

Sie fuhr rückwärts in die Einfahrt. Als sie ausstieg, merkte ich, wie mitgenommen sie aussah. Ohne den Anflug eines Lächelns kam sie auf uns zu.

»Hi, Lara«, sagte Elijah und auch ich begrüßte sie freundlich. Knapp nickte sie mir zu und sah dann zu Elijah. »Hallo.«

»Danke, dass du so schnell kommen konntest.«

Sie seufzte und wich konsequent meinem Blick aus. »Danke fürs Packen.«

»Ich war nicht oben, ich habe nur die Kisten getragen«, sagte ich hastig, weil ich das Gefühl hatte, dass sie das wissen sollte.

Wieder nur ein Nicken mit zusammengepressten Lippen. Zögernd schaute sie zwischen den Kartonagen und ihrem Wagen hin und her, als ob sie sich wünschen würde, sie hätte das Ganze bereits hinter sich. »Dann packe ich mal alles in mein Auto.«

Für einen Moment unschlüssig, ob ich meine Hilfe anbieten sollte, biss ich mir auf die Unterlippe. »Warte, ich helfe dir«, sagte ich dann und wollte schon den ersten Karton nehmen.

»Nein, danke«, erwiderte sie etwas zu scharf. »Ich mach das allein.« Sie öffnete den Kofferraum und lud ihn voll. Den Rest packte sie auf die Rückbank, ein Blumenstock wanderte auf den Beifahrersitz. Dann kam sie noch einmal auf Elijah zu, der die ganze Zeit über mit ausdruckslosem Gesicht neben mir gestanden hatte. Er konnte nicht verbergen, wie sehr ihn das alles mitnahm. Zu gern wollte ich ihn in den Arm nehmen und trösten, doch ich vermutete, dass das, solange Lara hier war, nicht gerade förderlich für den Abschied zwischen den beiden gewesen wäre. Als ich jedoch mein Gewicht verlagerte und mich somit ein kleines bisschen von ihm wegbewegte, hielt er mich sofort fest, als fürchtete er, ich würde ins Haus gehen wollen.

»Also … das war's dann wohl«, sagte Lara und schloss die Autotüren.

Elijah nickte nur und brummte leise zustimmend.

Lara wollte schon in ihr Auto steigen, wandte sich uns jedoch noch einmal zu. »Erst dachte ich, dass das mit euch beiden ein kleines Abenteuer ist. Etwas, was schnell wieder verflogen ist, und dass du, Elijah, dann merkst, dass du mich brauchst. Aber ich habe mich geirrt. In so vielen Dingen. Du hast mich nie *gebraucht*. Nicht auf die Weise, wie ich es mir gewünscht habe. Und Cami … Dass du keine schlechten Absichten hast, habe ich inzwischen auch verstanden.« Tatsächlich hoben sich ihre Mundwinkel zu einem kleinen Lächeln, das jedoch nicht lange hielt. »Ihr passt gut zusammen. Vielleicht besser, als wir beide es je taten, Elijah. Danke, Cami, dass du an seiner Seite bist.«

Mit diesen Worten stieg sie in ihren Wagen und fuhr los.

Ich kannte diese Frau kaum, und bisher hatte ich nicht gerade die beste Meinung von ihr gehabt. Sie so zu erleben und zu sehen, wie sehr sie Elijah trotz allem immer noch auf ihre Weise lieben musste, sorgte dafür, dass ich Mitleid für sie empfand.

Als ich mich zu Elijah drehte, zog er mich sofort in eine feste Umarmung.

Tröstend streichelte ich ihm über den Rücken. »Ich bin da für dich«, murmelte ich leise.

Er küsste mich auf die Stirn und nickte. »Ich weiß, Cami. Mir geht es gut. Wirklich.« Dabei bebte seine Stimme und verriet, dass es ihm dennoch schwerfiel.

»Du hast sie geliebt und sie war über so lange Jahre eine wichtige Person für dich. Dass dir dieser Abschied nicht leicht fällt, ist völlig verständlich.«

Leise lachte er auf und legte blinzelnd den Kopf in den Nacken. »Gott, Cami, ich habe keine Ahnung, womit ich dich verdient habe. Ich liebe dich. So sehr. Dank dir kann ich endlich wieder die vielen Farben des Lebens sehen. Sogar an regnerischen Tagen wie heute.«

Ich warf einen Blick nach oben in den wolkenlosen Himmel und musste lächeln. Denn ich wusste genau, wie er es meinte.

»Ich liebe dich auch, Elijah.«

Das war der vielleicht traurigste glückliche Start einer großen Liebe. Einer, von der ich hoffte, dass sie Jahrzehnte andauern würde. Und etwas flüsterte mir zu, dass ich damit recht behalten würde. Denn Elijah war alles und so viel mehr, als ich mir in meinem Leben je gewünscht hatte. Mit ihm zusammen zu sein, erfüllte mich mit Glück, und jeder Moment mit ihm war auf seine Weise besonders.

Ihn heute erlebt zu haben, bewies mir einmal mehr, dass er absolut gar keine Ähnlichkeit mit Matthew hatte. Elijah würde mich nicht belügen, mir niemals ein schlechtes Gefühl geben, mich nicht emotional klein halten. Im Gegenteil, an seiner Seite war ich gleichwertig, stark und glücklich. Und so unfassbar verliebt, dass ich nicht anders konnte, als mich an ihn zu schmiegen und ihn zu küssen mit all der Liebe, die ich für ihn empfand.

QUELLEN

Morgenstern, Christian: *Es ist Nacht, und mein Herz kommt zu Dir. Liebesgedichte,* Wiesbaden: marixverlag, 2016

von Platen, August Graf: *Laß tief in dir mich lesen: Werke in zwei Bänden. Band 1: Lyrik. Gedichte, Ausgabe 1834, Romanzen und Jugendlieder,* München: Holzinger, 1982

Folge der Autorin auf Amazon

Wenn dir dieses Buch gefallen hat, folge Sarah Saxx auf Amazon. Dann erhältst du eine Benachrichtigung, wenn die Autorin ihr nächstes Buch veröffentlicht. Um der Autorin zu folgen, gehe bitte folgendermaßen vor:

Desktop:

1) Suche auf Amazon.de oder in der Amazon App nach dem Namen der Autorin.
2) Klicke auf den Namen der Autorin, um auf die Autorenseite zu gelangen.
3) Klicke auf den »Folgen«-Button.

Smartphone und Tablet:

1) Suche auf Amazon.de oder in der Amazon App nach dem Namen der Autorin.
2) Klicke auf einen Titel der Autorin.
3) Klicke auf den Namen der Autorin, um auf die Autorenseite zu gelangen.
4) Klicke auf den »Folgen«-Button.

Kindle eReader und Kindle App:

Wenn du dieses Buch auf einem Kindle eReader oder in der Kindle App liest, wird dir automatisch angeboten, der Autorin zu folgen, nachdem du die letzte Seite des Buches gelesen hast.

Zeitfracht Medien GmbH
Ferdinand-Jühlke-Straße 7
99095 Erfurt, Deutschland
produktsicherheit@kolibri360.de

Druck:
CPI Druckdienstleistungen GmbH
im Auftrag der
Zeitfracht Medien GmbH
Ein Unternehmen der Zeitfracht - Gruppe
Ferdinand-Jühlke-Str. 7
99095 Erfurt